Shreveport
Dallas
X A S
Colorado
Austin
Houston
La Grange
Columbus
Galveston
Quintana
San Antonio
Baton Rouge
New Orleans
Corpus Christi
ville
Brownsville
El Refugio
GOLF
VON MEXIKO
N
W
O
S

KARL MAY

WINNETOU
und der Scout

KARL MAY

WINNETOU
und der Scout

Herausgegeben und für diese Ausgabe
bearbeitet von S. C. Augustin
und Walter Hansen

nymphenburger

2. Auflage

Der Roman erschien erstmals 1888/1889 unter dem Titel »Der Scout«.
Herausgegeben und für diese Ausgabe bearbeitet von
S. C. Augustin und W. Hansen.

Schutzumschlag: Bernd und Christel Kaselow, München
Schutzumschlagillustration: Gerhard Bauer, Fürth
Satz: MPM, Wasserburg
gesetzt aus der 10/12 Punkt CG-Garamond
Druck: Jos. C. Huber KG, Dießen
Bindung: Großbuchbinderei Monheim
Printed in Germany
ISBN 3-485-00724-2

Inhalt

Vorwort

Als Karl May diesen Zeitschriftenroman schrieb, vor mehr als hundert Jahren, damals sechsundvierzig Jahre alt, gehörte er zu den unbekannten Hungerleidern unter den deutschen Schriftstellern. Nur ein kleiner Leserkreis kannte ihn als den Verfasser spannender Geschichten und Fortsetzungsromane.

Wenige Jahre später war Karl May einer der bekanntesten Autoren seiner Zeit, reich und angesehen, berühmt durch seine nunmehr in Buchform veröffentlichten »Reiseerzählungen« aus dem Orient und dem Wilden Westen.

»Der Scout« erschien unter diesem Titel im 15. Jahrgang der katholischen Familienzeitschrift »Deutscher Hausschatz« in den Heften 11—46 vom Dezember 1888 bis August 1989.

Noch heute ist spürbar, wie Karl May die Zeitungsleser von Fortsetzung zu Fortsetzung fesseln wollte. Das Werk ist literarisch hochkarätig, brillant geschrieben und bedachtsam durchkomponiert.

Die Romanpersonen sind gewissermaßen in Pastellfarben gemalt und als differenzierbare Persönlichkeiten erkennbar, psychologisch gut beobachtet, glaubhaft in ihren oft exzentrischen Rollen und plausibel in ihren Handlungsweisen. Vergnüglich zu lesen ist das Selbstporträt des

Ich-Erzählers, der sich als »Greenhorn« bezeichnet, als blutigen Anfänger, der erst durch eine Verkettung blamabler Pannen zum passablen Westmann reift. Keine Spur vom Übermenschen-Mythos des späteren Old Shatterhand.

»Er übt noch einen ›bürgerlichen‹ Beruf aus (als Detektiv) und wird als tüchtig, aber unerfahren geschildert; er wird infolgedessen mehrmals ›im höchsten Grade‹ blamiert, hat große Mühe mit der von Karl May später als selbstverständlich vorausgesetzten Artistik des Anschleichens, scheuert sich beim Reiten die Schenkel bis an das Knie auf, ›so daß die Lederhose am wunden Fleisch anklebt‹ und er schließlich nur noch mit einer ›Art krampfhafter Ergebung‹ zu Pferde sitzt; ja, er muß sogar das Pferd mit sich durchgehen und sich — ›eine wahre Affenschande‹ — von ihm abwerfen lassen, welch letzteres Debakel auch noch von Winnetou inszeniert wird. Das alles wird von May mit viel Selbstironie sehr sympathisch vorgetragen und sichert der Urfassung des ›Scout‹ eine Sonderstellung unter seinen Wildwestgeschichten. Nie wieder hat der May-Leser Gelegenheit, den ›werdenden Shatterhand‹ (der hier diesen Namen noch nicht trägt) mit den lebenswahr gesehenen Unzulänglichkeiten des realen Menschen kennenzulernen, einen jungen Mann mit ›drei Sorten von Bartwichse im Reisenécessaire‹ und einem unreifen Vergnügen an ›theatralischen Effecten‹«. (Professor Dr. Claus Roxin, Vorsitzender der Karl-May-Gesellschaft, in seiner Einführung zum Reprint der Zeitschriftenseiten, der Ende der siebziger Jahre in minimaler Auflage vornehmlich für Forschungszwecke und für einen begrenzten Personenkreis erschien.)

Einige Personen der Handlung wird der Karl-May-Leser nicht als Fremde empfinden, sondern als alte Bekannte. Karl May hat nämlich etliches aus dem Roman in seiner späteren Winnetou-Trilogie verarbeitet, und zwar im zweiten Band, ohne allerdings den in sich geschlossenen Handlungsablauf des Fortsetzungsromans mit den daraus sich ergebenden Spannungselementen und stilistischen Besonderheiten übernehmen zu können. Der Grund lag darin, daß die Story im Widerspruch zu einer Vielzahl vollendeter Tatsachen aus dem ersten Winnetou-Band stand und daher für den zweiten Band entsprechend verändert oder zum Teil sogar verworfen werden mußte. So »etwa die völkerkundlich bemerkenswerte Darlegungen über die ›Rauchsprache‹ der Indianer; einen Abschnitt über einen ›europäischen Gelehrten‹, der Winnetous Lehrer und Onkel (!) gewesen sein soll — eine Vorformung des Klekih-petra-Motivs, die unter Weglassung der Verwandtschaftsbeziehung auch in der Buchausgabe stehengeblieben ist, schließlich eine recht ausführliche Schilderung der Umstände, die May aus der Heimat in die Fremde getrieben haben ...« (Professor Dr. Roxin).

Nun liegt der Roman im Neusatz vor. Der Originaltext wurde der Orthographie und dem Lesebedürfnis unserer Zeit angepaßt, von einigen historischen Unstimmigkeiten befreit und mit erklärenden Fußnoten versehen.

W. H.

Ein Greenhorn als Detektiv

Greenhorn – eine höchst ärgerliche und despektierliche Bezeichnung für denjenigen, auf den sie angewendet wird. Green heißt grün, und unter Horn ist Fühlhorn gemeint. Ein Greenhorn ist demnach ein Mensch, der noch grün, also neu, unerfahren im Land ist und behutsam seine Fühlhörner ausstrecken muß, wenn er sich nicht der Gefahr aussetzen will, ausgelacht zu werden. In diesem Sinne wendet der Yankee und besonders der Bewohner des wilden Westens, der Frontier, der Squatter und Trapper dieses Wort an.

Ein Greenhorn ist ein Mensch, der nicht von seinem Stuhl aufsteht, wenn die Lady sich darauf setzen will, der den Herrn des Hauses grüßt, ehe er der Mistreß und Miß seine Verbeugung gemacht hat, der beim Laden des Gewehres die Patrone verkehrt in den Lauf schiebt oder erst den Pfropfen, dann die Kugel und zuletzt das Pulver hineinstößt. Ein Greenhorn spricht entweder gar kein oder ein sehr reines und geziertes Englisch, ihm ist das Yankee-Englisch ein Greuel, das ihm nicht in den Kopf und nicht über die Zunge will. Ein Greenhorn hält ein Racoon* für ein Opossum.**

---

* Waschbär.

** Stinktier.

Ein Greenhorn raucht Zigaretten und verabscheut den tabaksaftspeienden Sir. Ein Greenhorn läuft, wenn er von Paddy eine Ohrfeige erhalten hat, mit seiner Klage zum Friedensrichter, anstatt wie ein richtiger Yankee den Kerl einfach niederzuschlagen. Ein Greenhorn hält die Tapfen eines Turkey für eine Bärenfährte und eine Sportjacht für einen Mississippisteamer. Ein Greenhorn geniert sich, seine schmutzigen Stiefel auf die Knie seines Mitpassagiers zu legen und seine Suppe mit dem Schnaufen eines verendenden Büffels hinabzuschlürfen.

Ein Greenhorn schleppt der Reinlichkeit wegen einen Badeschwamm in der Größe eines Kürbisses und zehn Pfund Seife mit in die Prärie und steckt sich dazu einen Kompaß bei, der nach jeder anderen Himmelsrichtung, niemals aber nach Norden zeigt. Ein Greenhorn notiert sich achthundert Indianerausdrücke, und wenn er dem ersten Roten begegnet, so bemerkt er, daß er diese Notizen im letzten Briefumschlag nach Hause gesandt, den Brief aber in das Feuer geworfen hat. Ein Greenhorn – nun, ein Greenhorn ist eben ein Greenhorn. Und so ein Greenhorn war damals – auch ich!

Aber man denke ja nicht etwa, daß ich jemals die Überzeugung oder wenigstens die Ahnung gehabt hätte, daß diese kränkende Bezeichnung für mich passe! O nein, denn es ist ja die hervorragendste Eigentümlichkeit eines Greenhorns, jeden andern, aber nur nicht sich selbst für »grün« zu halten.

So war es auch mit mir. Ich hatte das wohltuende Bewußtsein, trotz meiner Jugend bereits sehr, sehr viel gelernt und erfahren zu haben, rieb mir wohlriechende Öle in die Frisur und freute mich über den kleinen, netten Fuß, mit dem ich in den engen Lackstiefeletten renommieren konnte. Gummistege an den Hosenbeinen und drei Sorten von Bartwichse im Reisenecessaire, eine auffallend breite, goldene Uhrkette – unter vier Augen, sie war nur Talmi und hatte in Bremen einen Taler zehn Silbergroschen gekostet –, Chapeau claque* und seidener Regenschirm mit dickem, elegantem Elfenbeingriff – war leider nur gebleichter Knochen –, so forderte ich mein Jahrhundert und also auch die Vereinigten Staaten in die Schranken.

Notabene habe ich da nicht etwa meine ganze damalige Ausstattung beschrieben. Meine eigentliche Ausrüstung war im Reisekoffer untergebracht. Sie bestand aus mehreren Anzügen verschiedenen Genres, einigen Perücken, vielen falschen Bärten und ähnlichen polizeiwidrigen Gegenständen, die aber doch von der Polizei gebraucht werden. Sollte man aus dem Besitz dieser Gegenstände schließen, daß ich ein reisender Einbrecher gewesen sei, so beeile ich mich, zu versichern, daß dies keineswegs der Fall war. Und wer auch nun noch leise die Achseln zucken sollte, dem will ich heimlich anvertrauen, daß ich als verpflichteter Feind aller Spitzbuben, als Detektiv mich auf der Suche befand.

Und das war so gekommen:

Nach vollendeten Studien hatte ich mich mit einem wahren Feuereifer meinem Beruf,** für den ich begeistert war, gewidmet, aber bereits nach kurzer Zeit war er mir verleidet worden. Hohle Köpfe, deren einziger Verdienst in irgend-

* Chapeau claque: zusammenklappbarer Zylinderhut.
** Karl May spielt hier autobiographisch auf seinen Lehrerberuf an.

einer alten einflußreichen Tante bestand, gewandte Heuchler, denen ihr Amt nichts als die schnell auszunutzende Milchkuh war und die sich daher vor dem Spiegel ihre servilen Bücklinge einübten, waren mir vorgezogen worden. Mein nächster Vorgesetzter forderte von mir eine Amtsführung, die ihm allein Nutzen bringen, dagegen aber das Wohl meiner Schützlinge schädigen mußte. Als ich mich höheren Orts diskret erkundigte, gab man mir zwar vollständig recht, sagte mir aber achselzuckend, daß mich die Verleugnung meiner gewissenhafteren Ansicht schnell vorwärts bringen werde. Der Mann wurde unter der Hand von meiner Befragung benachrichtigt und verfolgte mich nun mit einer Rachsucht, die sich durch nichts versöhnen ließ. Es kam zum offenen Bruch zwischen uns, er nannte mich einen unvorsichtigen Dummkopf, ich antwortete ihm durch eine schweigsame, tiefe Verbeugung, stellte ihm meine Anstellung zurück und ging – nach Amerika, ein kühner Schritt, den ich aber glücklicherweise nicht zu bereuen habe. Später traf ich diesen sehr ehrenwerten Herrn zu meinem größten Erstaunen als Mormonenapostel wieder. Er hatte Untergebene gefunden, die weniger rücksichtsvoll gewesen waren als ich, war abgesetzt worden und auch nach Amerika gegangen, wo er als Apostel einen Platz unter den »Heiligen der letzten Tage« mit dem Heile seiner Seele bezahlte.

Was mich betrifft, so machte auch ich die Erfahrung, daß die United States nicht jeden mit offenen Armen empfangen. Doch gelang es mir, gerade als meine geringen Mittel erschöpft waren, eine Anstellung zu finden, die allerdings mit meinem früheren Beruf ganz und gar nichts zu tun hatte. Ich wurde nach einer sehr heißen Prüfung als Mitglied des damals berühmten Privatdetektiv-Corps des sehr honorablen Master Josy Taylor aufgenommen und verpflichtet. Ich war der einzige Deutsche unter den Kollegen. Der Chef hielt die Deutschen nicht für sehr brauchbar für seinen Beruf, doch gelang es mir, durch einige gute Erfolge, die ich aber mehr dem Zufall als meinem Scharfsinn zu verdanken hatte, sein besonderes Vertrauen zu erwerben, so daß er mir in einer schwachen Stunde sogar die vertrauliche Mitteilung machte, daß er eigentlich deutscher Abkunft sei. Sein Großvater hatte Schneider geheißen, diesen schönen Namen aber in das englische Taylor umgewandelt.

Das Wohlwollen, das dieser Herr mir entgegenbrachte, verleitete ihn doch nicht, zu vergessen, daß ich ein Greenhorn war. Mit recht schwierigen Sachen betraute er mich nicht, dazu war ich ihm noch lange nicht »smart« genug. Gab es aber einen Auftrag, der sicheren Erfolg und dazu eine gute Gratifikation verhieß, so teilte er mir diesen Fall zu und hatte dabei die Freundlichkeit, mir durch besondere und eingehende Instruktion sozusagen die Nase auf die Spur zu setzen.

So mochte ich vielleicht ein halbes Jahr lang für das gute Renommé seines Büros tätig gewesen sein, als er mich eines Tages nach dem Appell in sein Kabinett bat, wo ein sorgenvoll dreinschauender Herr auf uns wartete. Bei der Vorstellung wurde er mir als ein Bankier Ohlert genannt, der gekommen sei, sich in einer Privatangelegenheit unseres Beistandes zu bedienen. Der Fall war für ihn ebenso betrübend wie für sein Geschäft gefährlich.

Er besaß ein einziges Kind, einen Sohn namens William, fünfundzwanzig Jahre alt und unverheiratet, dessen geschäftliche Dispositionen dieselbe Gültigkeit hatten wie diejenigen des Vaters, der mit einer deutschen Frau verheiratet gewesen und selbst deutscher Abstammung war. Der Sohn, mehr träumerisch als tatkräftig veranlagt, hatte sich mehr mit wissenschaftlichen, schöngeistigen und Büchern metaphysischen Inhalts als mit dem Hauptbuch beschäftigt und sich nicht nur für einen bedeutenden Gelehrten, sondern sogar für einen Dichter gehalten. In dieser Überzeugung war er durch die Aufnahme einiger Gedichte in eine der deutschen Zeitungen New Yorks bestärkt worden.

Auf irgendeine Weise war er auf die Idee gekommen, eine Tragödie zu schreiben, deren Hauptheld ein wahnsinniger Dichter sein solle. Um dies zu können, hatte er gemeint, den Wahnsinn studieren zu müssen, und sich eine Menge einschlägiger Werke angeschafft. Die schreckliche Folge davon war gewesen, daß er sich nach und nach mit diesem Dichter identifizierte und nun glaubte, selbst wahnsinnig zu sein. Vor kurzem hatte der Vater einen Arzt kennengelernt, der angeblich die Absicht gehabt hatte, eine Privatheilanstalt für Geisteskranke gründen zu wollen. Der Mann war lange Zeit Assistent berühmter Nervenärzte gewesen und hatte dem Bankier ein solches Vertrauen einzuflößen gewußt, daß dieser ihn gebeten hatte, die Bekanntschaft seines Sohnes zu machen, weil er hoffte, daß dieser Umgang von guter Wirkung sei.

Von diesem Tage an hatte sich eine innige Freundschaft zwischen dem Arzt und Ohlert junior entwickelt, was allerdings die ganz unerwartete Folge hatte, daß beide ganz plötzlich – verschwanden. Nun erst hatte der Bankier sich genauer nach dem Arzt erkundigt und erfahren, daß dieser einer jener Medizinpfuscher sei, wie sie zu Tausenden in den Vereinigten Staaten ungestört ihr Wesen treiben.

Taylor fragte, wie dieser angebliche Arzt heiße, und als der Name Gibson und dessen Wohnung genannt wurde, stellte es sich heraus, daß wir es da mit einem alten Bekannten zu tun hatten, den ich bereits wegen einer anderen Angelegenheit einige Zeitlang scharf im Auge gehabt hatte. Ich besaß sogar eine Fotografie von ihm. Sie lag im Büro, und als ich sie Ohlert zeigte, erkannte er sofort den zweifelhaften Freund seines Sohnes.

Dieser Gibson war ein Schwindler ersten Ranges und hatte sich lange Zeit in verschiedenen Eigenschaften in den Staaten und Mexiko herumgetrieben. Gestern war der Bankier zum Hauswirt Gibsons gegangen und hatte erfahren, daß er seine Schuld bezahlt habe und dann abgereist sei, wohin, das wisse niemand. Der Sohn des Bankiers hatte eine bedeutende Summe an Bargeld mitgenommen, und heute war von einem befreundeten Bankhaus in Cincinnati die telegrafische Meldung eingelaufen, daß William fünftausend Dollar abgehoben habe und dann nach Louisville weitergereist sei, um sich von dort seine Braut zu holen. Das Letztere war natürlich Lüge.

Es war alle Ursache vorhanden, anzunehmen, daß der Arzt seinen Patienten entführt habe, um sich in den Besitz großer Summen zu setzen. William war den hervorragendsten Geldmännern seiner Branche persönlich bekannt und konnte von ihnen erhalten, soviel ihm nur beliebte. Infolgedessen galt es, sich des Verführers zu bemächtigen und den Kranken nach Hause zu bringen. Die Lösung dieser Aufgabe wurde mir anvertraut. Ich erhielt die nötigen Vollmachten und Anweisungen, auch eine Fotografie von William Ohlert, und dampfte zunächst nach Cincinnati ab. Da Gibson mich kannte, packte ich auch die Requisiten ein, mit Hilfe derer ich mich verkleiden und unkenntlich machen konnte.

In Cincinnati suchte ich den betreffenden Bankier auf und erfuhr von ihm, daß Gibson sich wirklich bei William befunden habe. Von da ging es nach Louisville, wo ich in Erfahrung brachte, daß die beiden sich Billets nach St. Louis genommen hatten. Natürlich reiste ich nach, fand aber erst nach längerem und angestrengtem Suchen ihre Spur. Sie waren auf einem Mississippidampfer nach New Orleans gefahren, wohin ich ihnen folgen mußte.

Nun befand ich mich bereits seit vier Tagen in New Orleans und hatte noch nicht den mindesten Erfolg zu verzeichnen. Ohlert hatte mir ein Verzeichnis derjenigen Geschäftshäuser gegeben, mit denen er in Verbindung stand. In Louisville und St. Louis war ich zu den Betreffenden gegangen und hatte erfahren, daß William bei ihnen gewesen sei und Geld erhoben habe. Dasselbe hatte er auch in New Orleans bei zwei Geschäftsfreunden getan, die übrigen warnte ich und bat sie, sofort nach mir schicken zu lassen, falls er noch kommen werde.

Das war alles, was ich erfahren hatte. Nun steckte ich mitten in der Brandung der Menschenwogen, die die Straßen von New Orleans durchfluten, und hatte das demütigende Gefühl, ein Mensch zu sein, der seiner Aufgabe nicht gewachsen ist. Wie sich ganz von selbst versteht, hatte ich mich an die Polizei gewandt und konnte nun weiter nichts tun als abzuwarten, welchen Erfolg die Hilfe dieser Leute haben werde. Um nicht ganz untätig zu bleiben, trieb ich mich suchend in dem Gewühl herum. Vielleicht kam mir ein günstiger Zufall zustatten.

Ich befand mich zum ersten Mal im Süden des Landes, und so fiel mir der Unterschied zwischen dem Treiben von New York und New Orleans doppelt auf. New Orleans hat einen ganz entschieden südlichen Charakter, besonders in seinen älteren Teilen. Da gibt es schmutzige, enge Straßen, Häuser, die mit Laubenvorbauten und Balkonen versehen sind. Dorthin zieht sich dasjenige Leben zurück, das das Licht des Tages zu scheuen hat. Da sind alle möglichen Gesichtsfarben vom krankhaft gelblichen Weiß bis zum tiefsten Negerschwarz vertreten. Leierkastenmänner, ambulante Sänger und Gitarrespieler produzieren ihre ohrenzerreißenden Leistungen. Männer schreien, Frauen kreischen, hier zerrt ein zorniger Matrose einen scheltenden Chinesen am Zopf hinter sich her, dort balgen sich zwei Neger, von einem Kreise lachender Zuschauer umgeben. An jener Ecke prallen zwei Packträger zusammen, werfen sofort ihre Lasten ab und schlagen wütend aufeinander los. Ein Dritter kommt dazu, will Frieden stiften und bekommt nun von beiden die Hiebe, die ursprünglich nicht für ihn bestimmt waren.

Einen besseren Eindruck machen die vielen kleinen Vorstädtchen, die aus netten Landhäusern bestehen, die sämtlich von sauberen Gärten umgeben sind, in denen Rosen, Stechpalmen, Oleander, Birnen, Feigen, Pfirsiche, Orangen und Zitronen stehen. Dort findet der Bewohner die ersehnte Ruhe und Beschaulichkeit, nachdem ihn der Lärm der Stadt umtobt hat.

Im Hafen geht es natürlich am regsten zu. Da wimmelt es förmlich von Schiffen und Fahrzeugen aller Arten und Größen. Da liegen riesige Wollballen und Fässer aufgestapelt, zwischen denen sich Hunderte von Arbeitern bewegen. Man könnte sich auf einen der Baumwollmärkte Ostindiens versetzt glauben.

So wanderte ich durch die Stadt und hielt die Augen offen – vergeblich. Es war Mittag und sehr heiß geworden. Ich befand mich in der schönen, breiten Common Street, in der mir das Firmenschild einer deutschen Bierstube in die Augen fiel. Ein Schluck Pilsener in dieser Hitze konnte nichts schaden. Ich ging hinein.

Der alte Scout

Welcher Beliebtheit sich schon damals dieses Bier erfreute, konnte ich aus der Menge der Gäste ersehen, die in dem Lokal saßen. Erst nach langem Suchen sah ich einen leeren Stuhl, ganz hinten in der Ecke. Es stand da ein kleines Tischchen mit nur zwei Sitzplätzen. Den einen hatte ein Mann eingenommen, dessen Äußeres wohl geeignet gewesen war, die Besucher von der Benutzung des zweiten Platzes abzuschrecken. Ich ging trotzdem hin und bat um die Erlaubnis, mein Bier bei ihm trinken zu dürfen.

Über sein Gesicht ging ein fast mitleidiges Lächeln. Er musterte mich mit prüfendem, beinahe verächtlichem Blick und fragte: »Habt Ihr Geld bei Euch, Master?«

»Natürlich!« antwortete ich, mich über diese Frage wundernd.

»So könnt Ihr das Bier und auch den Platz, den Ihr einnehmen wollt, bezahlen?«

»Ich denke es.«

»Well, warum fragt Ihr da nach meiner Erlaubnis, Euch zu mir setzen zu können? Ich kalkuliere, daß Ihr ein Dutchman*

* Dutchman: eigentlich Niederländer, wird aber gelegentlich als etwas verächtliche Bezeichnung für Deutsche verwendet.

seid, ein Greenhorn hierzulande. Der Teufel sollte jeden holen, der es wagen wollte, mich zu verhindern, da Platz zu nehmen, wo es mir gefällt! Setzt Euch also nieder, legt Eure Beine dahin, wo es Euch beliebt, und gebt demjenigen, der es Euch verbieten will, sofort eins hinter die Ohren!«

Ich gestehe aufrichtig, daß die Art und Weise dieses Mannes mir imponierte. Ich fühlte, daß meine Wangen sich gerötet hatten. Streng genommen waren seine Worte beleidigend für mich, und ich hatte das dunkle Gefühl, daß ich sie mir nicht gefallen lassen dürfe und wenigstens einen Versuch der Abwehr machen müsse. Darum antwortete ich, indem ich mich niedersetzte: »Wenn Ihr mich für einen German haltet, so habt Ihr das Richtige getroffen, Master, die Bezeichnung Dutchman aber muß ich mir verbitten, sonst sehe ich mich gezwungen, Euch zu beweisen, daß ich eben kein Greenhorn bin. Man kann höflich und doch dabei ein alter Schlaukopf sein.«

»Pshaw!« meinte er gleichmütig. »Ihr seht mir just nicht so schlau aus. Gebt Euch keine Mühe, in Zorn zu kommen, es würde zu nichts führen. Ich habe es nicht bös mit Euch gemeint und wüßte faktisch nicht, wie Ihr es anfangen wolltet, Euch mir gegenüber ein Profil zu geben. Old Death ist nicht der Mann, der sich durch eine Drohung aus seinem Gleichmut bringen läßt!«

Old Death! Ah, dieser Mann war Old Death! Ich hatte von diesem bekannten, ja berühmten Westmann oft gehört. Sein Ruf war an allen Lagerfeuern jenseits des Mississippi erklungen und auch bis in die Städte des Ostens gedrungen. Wenn nur der zehnte, der zwanzigste Teil dessen, was man von ihm erzählte, auf Wahrheit beruhte, so war er ein Jäger und Pfadfinder, vor dem man den Hut ziehen mußte. Er hatte sich ein ganzes Menschenalter lang im Westen umhergetrieben und war trotz der Gefahren, denen er sich ausgesetzt hatte, niemals verwundet worden. Darum wurde er von abergläubischen Leuten für kugelfest gehalten.

Wie er eigentlich hieß, das wußte man nicht. Old Death war sein »nom de guerre«,* er hatte ihn wegen seiner außerordentlich dürren Gestalt erhalten. Der »alte Tod«! Als ich ihn so vor mir sitzen sah, leuchtete es mir ein, weshalb man darauf gekommen war, ihn so zu nennen.

Er, Old Death nämlich, war sehr, sehr lang, und seine Gestalt schien wirklich nur aus Haut und Knochen zu bestehen. Die ledernen Hosen schwappten ihm nur so um die Beine. Das ebenfalls lederne Jagdhemd war mit der Zeit so zusammen- und eingeschrumpft, daß ihm die Ärmel nicht viel über den halben Vorderarm reichten. An diesem konnte man die beiden Knochen, Elle und Speiche, so deutlich wie bei einem Gerippe unterscheiden. Auch die Hände waren ganz die eines Skeletts.

Aus dem Jagdhemd ragte ein langer Totenhals hervor, in dessen Haut der Kehlkopf wie in einem Ledersäckchen herniederhing. Und nun erst der Kopf! Er schien nicht fünf Lot Fleisch zu enthalten. Die Augen lagen tief in ihren Höhlen, und auf dem Schädel gab es nicht ein einziges Haar. Die schrecklich eingefallenen Wangen, die scharfen Kinnladen,

* Nom de guerre: Kriegsname.

die weit hervortretenden Backenknochen, die zurückgefallene Stumpfnase mit den weiten, aufgerichteten Löchern – wahrhaftig, es war ein Totenkopf, über den man sich entsetzen konnte, wenn man ihn unerwartet zu Gesicht bekam. Der Anblick dieses Kopfes wirkte wahrhaftig auch auf meine Nase: Ich glaubte, die Dünste der Verwesung, das Odeur von Schwefelwasserstoff und Ammoniak zu riechen. Es konnte einem dabei der Appetit zum Essen und Trinken vollständig abhanden kommen.

Seine langen, dürren Füße steckten in stiefelartigen Futteralen, die aus einem einzigen Stück Pferdeleder geschnitten waren. Über diese hatte er wahrhaft riesige Sporen geschnallt, deren Räder aus silbernen mexikanischen Pesostücken geschnitten waren.

Neben ihm auf dem Boden lag ein Sattel mit vollständigem Zaumzeug. Dabei lehnte eine jener ellenlangen Kentuckybüchsen, die jetzt nur noch äußerst selten zu sehen sind, weil sie den Hinterladern weichen mußten. Seine sonstige Bewaffnung bestand aus einem Bowiemesser und zwei großen Revolvern, deren Griffe aus seinem Gürtel ragten. Dieser Gürtel bestand aus einem Lederschlauch von der Form einer sogenannten »Geldkatze«, er war rundum mit handtellergroßen Skalphäuten besetzt. Da diese Skalpe nicht auf den Köpfen von Bleichgesichtern gesessen hatten, war zu vermuten, daß sie von ihrem jetzigen Besitzer den von ihm besiegten Indianern abgenommen worden waren.

Der Boardkeeper brachte mir das bestellte Bier. Als ich das Glas an die Lippen setzen wollte, hielt der Jäger mir das seinige entgegen und sagte: »Halt! Nicht so eilig, Boy! Wollen vorher anstoßen. Ich habe gehört, daß dies drüben in Eurem Vaterland Sitte ist.«

»Ja, doch nur unter guten Bekannten«, antwortete ich, indem ich zögerte, seiner Aufforderung nachzukommen.

»Ziert Euch nicht! Jetzt sitzen wir beisammen und haben es gar nicht nötig, uns, wenn auch nur in Gedanken, die Hälse zu brechen. Also stoßt an! Ich bin kein Spion oder Bauernfänger, und Ihr könnt es getrost für eine Viertelstunde mit mir versuchen.«

Das klang anders als vorhin, ich berührte also mein Glas mit dem seinigen und sagte: »Für was ich Euch zu halten habe, das weiß ich, Sir. Wenn Ihr wirklich Old Death seid, so brauche ich nicht fürchten, mich in schlechter Gesellschaft zu befinden.«

»Ihr kennt mich also? Nun, dann brauche ich nicht von mir zu reden. Sprechen wir also von Euch? Warum seid Ihr denn eigentlich in die Staaten gekommen?«

»Aus demselben Grunde, der jeden anderen herüberführt: um mein Glück zu machen.«

»Glaube es! Da drüben im alten Europa denken die Leute eben, daß man hier nur die Tasche aufzumachen habe, um die blanken Dollars hineinfliegen zu sehen. Wenn es einmal einem glückt, so schreiben alle Zeitungen von ihm, von den Tausenden aber, die im Kampf mit den Wogen des Lebens untersinken und spurlos verschwinden, spricht kein Mensch. Habt Ihr denn das Glück gefunden, oder befindet Ihr Euch wenigstens auf seiner Fährte?«

»Ich hoffe, die Fährte gefunden zu haben.«

»So schaut nur scharf aus und laßt Euch die Spur nicht

wieder entgehen! Ich weiß am besten, wie schwer es ist, eine solche Fährte festzuhalten. Vielleicht habt Ihr gehört, daß ich ein Scout* bin, der es mit jedem anderen Westmann aufzunehmen vermag, und dennoch bin ich bisher dem Glück vergeblich nachgelaufen. Hundertmal habe ich geglaubt, nur zugreifen zu brauchen, aber sobald ich die Hand ausstreckte, verschwand es wie ein castle in the air,** das nur in der Einbildung des Menschen existiert.«

Er hatte das in trübem Ton gesprochen und blickte dann still vor sich nieder. Als ich keine Bemerkung zu seinen Worten machte, sah er nach einer Weile wieder auf und meinte: »Ihr könnt nicht wissen, wie ich zu solchen Reden komme. Die Erklärung ist sehr einfach. Es greift mich immer ein wenig an das Herz, wenn ich einen Deutschen, zumal einen jungen Deutschen, sehe, von dem ich mir sagen muß, daß er wohl auch – untergehen wird. Ihr müßt nämlich wissen, daß meine Mutter eine Deutsche war. Von ihr lernte ich ihre Muttersprache, und wenn es Euch beliebt, können wir deutsch sprechen. Sie hat mich bei ihrem Tod auf den Punkt gesetzt, von dem aus ich das Glück vor mir liegen sah. Ich aber hielt mich für klüger und lief in falscher Richtung davon. Master, seid gescheiter als ich! Es ist Euch anzusehen, daß es Euch grad so gehen kann wie mir.«

»Wirklich? Wieso?«

»Ihr seid zu fein: Ihr duftet nach Wohlgerüchen. Wenn ein Indianer Eure Frisur sähe, so würde er vor Schreck tot

---

* Scout: Späher, Kundschafter, Pfadfinder.
** Castle in the air: Luftschloß.

hinfallen. An Eurem Anzug gibt es kein Fleckchen und kein Stäubchen. Das ist nicht das Richtige, um im Westen sein Glück zu machen.«

»Ich habe keineswegs die Absicht, es grad hier zu suchen.«

»So! Wollt Ihr wohl die Güte haben, mir zu sagen, welchem Stand oder Fach Ihr angehört?«

»Ich habe studiert.«

Ich sagte das mit einem gewissen Stolz. Er aber sah mir mit leichtem Lächeln – das bei seinen Totenkopfzügen wie ein höhnisches Grinsen erschien – ins Gesicht, schüttelte den Kopf und sagte: »Studiert! O weh! Darauf bildet Ihr Euch jedenfalls viel ein? Und doch sind grad Leute Eurer Sorte am wenigsten befähigt, ihr Glück zu machen. Ich habe das oft genug erfahren. Habt Ihr eine Anstellung?«

»Ja, in New York.«

»Was für eine?«

Es war ein so eigener Ton, in dem er seine Fragen stellte, daß es fast unmöglich war, ihm die Antwort zu verweigern. Da ich ihm die Wahrheit nicht sagen durfte, erklärte ich ihm: »Ich bin engagiert von einem Bankier, in dessen Auftrag ich mich hier befinde.«

»Bankier? Ah! Dann freilich ist Euer Weg viel ebener, als ich gedacht habe. Haltet diese Stelle fest, Sir! Nicht jeder Studierte findet Stellung bei einem amerikanischen Geldmann. Und sogar in New York? Da genießt Ihr bei Eurer Jugend ein bedeutendes Vertrauen. Man sendet von New York nach dem Süden nur einen, auf den man sich verlassen kann. Freut mich sehr, daß ich mich in Euch geirrt habe, Sir! So ist's jedenfalls ein Geldgeschäft, das Ihr abzuwickeln habt?«

»Etwas Ähnliches.«

»So! Hm!«

Er ließ abermals einen seiner scharf forschenden Blicke über mich hingleiten, lächelte grinsend wie vorher und fuhr fort: »Aber ich glaube, den eigentlichen Grund Eurer Anwesenheit erraten zu können.«

»Das bezweifle ich.«

»Habe nichts dagegen, will Euch aber einen guten Rat erteilen. Wenn Ihr nicht merken lassen wollt, daß Ihr hierhergekommen seid, jemand zu suchen, so nehmt Eure Augen besser in acht. Ihr habt Euch alle hier im Lokal Anwesenden auffällig genau angesehen, und Euer Blick hängt beständig an den Fenstern, um die Vorübergehenden zu beobachten. Ihr sucht also jemand. Habe ich es erraten?«

»Ja, Master. Ich habe die Absicht, einem zu begegnen, dessen Wohnung ich nicht kenne.«

»So wendet Euch an die Hotels!«

»War vergeblich und ebenso vergeblich die Bemühung der Polizei.«

Da ging jenes freundlich sein sollende Grinsen wieder über sein Gesicht, er kicherte vor sich hin, schlug mir mit dem Finger ein Schnippchen und sagte: »Master, Ihr seid trotzdem ein Greenhorn, ein echtes, richtiges Greenhorn. Nehmt es mir nicht übel, aber es ist wirklich so.«

In diesem Augenblick sah ich freilich ein, daß ich zu viel gesagt hatte. Er bestätigte diese meine Ansicht, indem er fortfuhr: »Ihr kommt hierher in einer Angelegenheit, die ›etwas einem Geldgeschäft Ähnliches‹ ist, wie Ihr mir sagtet. Der Mann, auf den sich diese Sache bezieht, wird in Eurem Auftrag von der Polizei gesucht. Ihr selbst lauft in den Straßen und Bierhäusern herum, um ihn zu finden – ich müßte nicht Old Death sein, wenn ich nun nicht wüßte, wen ich vor mir habe.«

»Nun, wen, Sir?«

»Einen Detektiv, einen Privatpolizisten, der eine Aufgabe zu lösen hat, die weit mehr familiärer als krimineller Natur ist.«

Dieser Mann war wirklich ein Muster von Scharfsinn. Aber wie war es ihm möglich, meine Absichten zu erraten? Sollte ich zugeben, daß er ganz richtig vermutet habe? Nein. Ich war eben ein Greenhorn. Es fiel mir nicht ein anzunehmen, daß dieser Mann mir zur Erreichung meiner Pläne von großem Nutzen sein könnte. Er stand an Bildung tief, tief unter mir, es war eine Versündigung gegen meine Würde, ihn zu meinem Vertrauten zu machen. Darum gab ich mir Mühe, ein diplomatisch feines Lächeln zustande zu bringen, und antwortete: »Euern Scharfblick in Ehren, Sir, aber diesmal dürftet Ihr Euch doch verrechnet haben.«

»Glaube ich nicht!«

»O, gewiß!«

»Well! Es ist Eure Sache, ob Ihr es zugeben wollt oder nicht. Ich kann und mag Euch nicht zwingen. Aber wenn Ihr nicht wollt, daß man Euch durchschaut, dürft Ihr Euch nicht so durchsichtig verhalten. Es handelt sich um eine Geldsache. Man hat die Aufgabe einem Greenhorn anvertraut, man will also schonend verfahren, folglich ist der Betreffende ein guter Bekannter oder gar ein Mitglied der Familie des Geschädigten. Etwas Kriminelles ist doch dabei, sonst würde die hiesige Polizei Euch nicht ihre Hilfe zugesagt haben. Vermutlich hat der Betreffende einen Verführer, welcher sich bei ihm befindet und ihn ausnutzen will. Ja, ja, schaut mich nur an, Sir! Ihr wundert Euch über meine Phantasie? Nun, ein guter Westmann konstruiert sich aus zwei Fußstapfen einen ganz langen Weg von hier bis meinetwegen nach Kanada hinein, und es ist gar selten, daß er sich dabei irrt.«

»Ihr entwickelt allerdings eine außerordentliche Einbildungskraft, Master.«

»Pshaw! Leugnet meinetwegen immerfort! Mir macht es keinen Schaden. Ich bin hier leidlich bekannt und hätte Euch wohl einen guten Rat geben können. Doch wenn Ihr meint, auf eigenem Weg schneller zum Ziel zu gelangen, so ist das zwar recht lobenswert von Euch, ob aber auch klug, das möchte ich bezweifeln.«

Er stand auf und zog einen alten Lederbeutel aus der Tasche, um sein Bier zu bezahlen. Ich glaubte, ihm durch mein Mißtrauen weh getan zu haben, und sagte, um das wieder gutzumachen: »Es gibt Geschäfte, in die man keinen andern, am allerwenigsten aber einen Fremden blicken lassen darf. Ich habe keineswegs die Absicht gehabt, Euch zu beleidigen, und denke …«

»Ay, ay!« unterbrach er mich, indem er ein Geldstück auf den Tisch legte. »Von einer Beleidigung ist keine Rede. Ich habe es gut mit Euch gemeint, denn Ihr habt trotz der Bartwichse in euerm Schnurrbart etwas an euch, was mein Wohlwollen erweckte.«

»Vielleicht begegnen wir uns wieder!«

»Schwerlich. Ich gehe heut' hinüber nach Texas und will nach Mexiko hinein. Es ist wohl nicht anzunehmen, daß Euer Spaziergang dieselbe Richtung haben wird, und so – fare well, Sir! Und denkt bei Gelegenheit daran, daß ich Euch ein Greenhorn genannt habe! Von Old Death dürft Ihr das ruhig hinnehmen, denn er verbindet nicht die Absicht der Beleidigung damit, und es kann keinem Neuling Schaden bringen, wenn er ein klein wenig bescheiden von sich denkt.« Er setzte den breitkrempigen Sombrero auf, der über ihm an der Wand gehangen hatte, nahm Sattel und Zaumzeug auf den Rücken, griff nach seinem Gewehr und ging. Aber als er drei Schritte gemacht hatte, wandte er sich schnell wieder um, kam noch einmal zurück und raunte mir zu: »Nichts für ungut, Sir! Ich habe nämlich auch studiert und denke heut' noch mit großem Vergnügen daran, was für ein eingebildeter Dummkopf ich damals gewesen bin. Good bye!«

Jetzt verließ er das Lokal, ohne sich nochmals umzudrehen. Ich sah ihm nach, bis seine auffällige und von den Passanten belächelte Gestalt in der Menschenmenge verschwand. Gern hätte ich ihm gezürnt. Ich gab mir ordentlich Mühe, böse auf ihn zu sein, und brachte es doch nicht fertig. Sein Äußeres hatte eine Art von Mitleid in mir erweckt, seine Worte waren rauh, aber seine Stimme hatte dabei sanft und eindringlich wohlmeinend geklungen. Es war ihr anzuhören gewesen, daß er es ernsthaft gut mit mir meinte, und der Inhalt seiner Worte hatte, ohne daß ich es mir offen eingestand, eine Art von Beschämung, die

Ahnung der Mangelhaftigkeit meines Wertes in mir erweckt.

Ich legte den Ellbogen auf den Tisch, den Kopf in die Hand und blickte sinnend vor mir nieder. Greenhorn! Ich konnte diesen Ausdruck doch nicht ganz verwinden. Hatte ich denn etwas so Unfertiges in meinem Gesicht und in meinem Benehmen? Freilich, ich war so »durchsichtig« gewesen, wie der Yankee es niemals sein wird. Hatte ich wirklich das Zeug, einen so durchtriebenen Menschen, wie Gibson es war, einzufangen? Ich fühlte einen leisen Zweifel in mir aufsteigen und – doch nein! Ich war ganz der Mann, die mir gestellte Aufgabe zu lösen, ja, ich war es, ich fühlte eine ungeheure Energie in mir, denn ... In diesem Augenblick öffnete sich die Tür, und kein anderer als Gibson trat ein.

Er blieb am Eingang stehen und musterte die Anwesenden. Als ich annahm, daß sein Blick auf mich fallen müsse, wendete ich mich um, der Tür den Rücken zukehrend. Es gab keinen leeren Platz außer dem, auf dem Old Death gesessen hatte. Gibson mußte also zu mir kommen, um sich bei mir niederzusetzen. Ich freute mich bereits im stillen über den Schreck, den mein Anblick ihm einjagen würde.

Aber er kam nicht. Ich hörte das Geräusch der sich wieder in ihren Angeln drehenden Tür und drehte mich schnell um. Wahrhaftig, er hatte mich erkannt, er floh! Ich sah ihn hinaustreten und schnellen Schrittes davoneilen. Im Nu hatte ich den Hut auf dem Kopf, warf dem Boardkeeper eine Bezahlung zu und schoß hinaus.

Da, rechts, lief er, sichtlich bemüht, hinter einer dichten

Menschengruppe zu verschwinden. Er drehte sich um, sah mich und verdoppelte seine Schritte. Ich folgte mit gleicher Schnelligkeit. Als ich an der Gruppe vorüber war, sah ich ihn in einer Seitengasse verschwinden. Ich erreichte diese eben, als er am Ende der Gasse um die Ecke bog. Vorher aber drehte er sich abermals um, und ich fiel, ohne zu fragen, ob die Passanten über mich lachen würden, in scharfen Trab. Kein Polizist war zu sehen. Privatpersonen um Hilfe zu bitten wäre vergeblich gewesen, es hätte mir keiner beigestanden.

Als ich die Ecke erreichte, befand ich mich auf einem kleinen Platz. Rechts und links standen geschlossene Reihen kleiner Häuser, gegenüber erblickte ich Villen in prächtigen Gärten. Menschen gab es genug auf dem Platz, aber Gibson bemerkte ich nicht. Er war verschwunden.

An der Tür eines Barbierladens lehnte ein Schwarzer. Er schien schon lange da gestanden zu sein; der Flüchtige mußte ihm unbedingt aufgefallen sein. Ich trat zu ihm, zog höflich den Hut und fragte ihn, ob er nicht einen weißen Gentleman flüchtig aus der Gasse haben kommen sehen. Er fletschte mir seine langen, gelben Zähne lachend entgegen und antwortete: »Yes, Sir! Habe ihn schon. Lief sehr schnell, sehr. Ist da hinein.«

Er deutete nach einer der kleinen Villen. Ich dankte ihm und beeilte mich, das Häuschen zu erreichen. Die eiserne Pforte des Gartens, in dem es stand, war verschlossen, und ich klingelte wohl fünf Minuten lang, bevor mir ein Mann, wieder ein Neger, öffnete. Ihm trug ich mein Anliegen vor, er schlug indessen die Tür vor meiner Nase zu und meinte:

»Erst Massa fragen. Ohne Erlaubnis von Massa ich nicht aufmachen.«

Er ging, und ich stand wenigstens zehn Minuten lang wie auf Kohlen. Endlich kehrte er mit dem Bescheid zurück: »Nicht aufmachen darf. Massa verboten. Kein Mann heut' hereingekommen. Tür zugeschlossen stets. Ihr also schnell fortgehen, denn wenn etwas über Zaun springen, dann Massa sein Hausrecht brauchen und mit Revolver schießen.«

Da stand ich nun! Was sollte ich tun? Mit Gewalt eindringen durfte ich nicht, ich war überzeugt, daß in diesem Fall der Besitzer wirklich auf mich geschossen hätte, denn der Amerikaner versteht in bezug auf sein Heim keinen Spaß. Es blieb mir nichts anderes übrig, als zur Polizei zu gehen.

Als ich höchst ergrimmt über den Platz zurückschritt, kam ein Junge auf mich zugelaufen. Er hatte einen Zettel in der Hand.

»Sir, Sir«, rief er. »Wartet einmal! Ihr sollt mir zehn Cents für diesen Zettel geben.«

»Von wem ist er denn?«

»Von einem Gentleman, der eben da drüben« – er deutete nicht nach der Villa, sondern in entgegengesetzte Richtung – »aus dem Haus kam. Er zeigte auf Euch und schrieb mir die Zeilen auf. Zehn Cents, so bekommt Ihr sie.«

Ich gab ihm das Geld und erhielt den Zettel. Der Junge sprang von dannen. Auf dem verwünschten Papier, das aus einem Notizbuch gerissen war, stand in englischer Sprache:

»Mein werter Master Dutchman!

Seid Ihr etwa meinetwegen nach New Orleans gekommen? Ich vermute das, weil Ihr mir folgt. Ich habe Euch für albern gehalten, für so dumm, mich fangen zu wollen, aber doch nicht. Wer nicht mehr als nur ein halbes Lot Gehirn besitzt, der darf sich so etwas nicht unterfangen. Kehrt getrost nach New York zurück und grüßt Master Ohlert von mir. Ich habe dafür gesorgt, daß er mich nicht vergißt und hoffe, daß auch Ihr zuweilen an unsere heutige Begegnung denkt, die freilich nicht sehr ruhmvoll für Euch abgelaufen ist. Ihr werdet ein Greenhorn bleiben, solange Ihr lebt!

Gibson.«

Man kann sich denken, welches Entzücken ich empfand, als ich diese liebenswürdige Epistel las. Ich knüllte den Zettel zusammen, steckte ihn in die Tasche und ging weiter. Es war möglich, daß ich heimlich beobachtet wurde, und ich wollte dem Menschen nicht die Genugtuung bereiten, mich in Verlegenheit zu sehen.

Dabei blickte ich forschend über den Platz. Gibson war nicht zu sehen. Der Neger war vom Barbierladen verschwunden, den Jungen konnte ich ebenfalls nicht entdecken und ihn nach Gibson fragen. Er hatte jedenfalls die Weisung erhalten, sich schnell davonzumachen. Wieder war ich ein Greenhorn genannt worden! Schwarz auf Weiß sogar! Während ich mich um Einlaß in die Villa bemühte, hatte Gibson Zeit gefunden, mir in aller Gemütlichkeit einen Brief von dreiundzwanzig Zeilen zu schreiben. Der Neger hatte mich genarrt, Gibson lachte mich ohne Zweifel aus, und der Junge hatte eine Miene gemacht, aus der ich ersehen mußte, daß er wußte, ich sei einer, der geprellt werden solle.

Ich befand mich in einer geradezu katzenjämmerlichen Stimmung, denn ich war blamiert, im höchsten Grade blamiert, und durfte nicht einmal auf der Polizei erwähnen, daß ich Gibson begegnet sei. Man hätte mich eben auch – wenn auch nicht in das Gesicht – ein Greenhorn genannt und sich heimlich über mich lustig gemacht. Ich ging also sehr still davon und befand mich ungefähr in der Stimmung eines Menschen, der geprahlt hatte, ein ausgezeichneter Segler zu sein, sich aber vom ersten Luftzug das Boot hat umwerfen lassen.

Ohne den freien Platz wieder zu betreten, durchsuchte ich die angrenzenden Gassen, natürlich ohne den blassen Schimmer eines Erfolges. Ein erfahrener und pfiffigerer Mann, wie ich es war, wäre gar nicht auf den Gedanken gekommen, dies zu tun, denn es verstand sich ja ganz von selbst, daß Gibson ein für ihn so gefährliches Stadtviertel schleunigst verlassen hatte. Es war sogar zu vermuten, daß er die erste Gelegenheit, aus New Orleans zu verschwinden, benutzen würde. Auf diesen Gedanken kam ich trotz meines nur »ein halbes Lot« wiegenden Gehirns und begab mich infolgedessen zu dem Platz, an dem die an jenem Tag abgehenden Schiffe lagen. Zwei in Zivil gekleidete Polizisten unterstützten mich – auch vergeblich. Der Ärger, so übertölpelt worden zu sein, ließ mich nicht ruhen, und ich durchwanderte, in alle möglichen Restaurants und Tavernen blickend, bis in die späte Nacht hinein die Straßen. Dann, als ich mich gar zu ermüdet fühlte, ging ich nach meinem Lodging-House und legte mich nieder.

Der Traum versetzte mich in ein Irrenhaus. Hunderte von Wahnsinnigen, die sich für Dichter hielten und ausgaben, streckten mir ihre dickleibigen Manuskripte entgegen, die ich durchlesen sollte. Natürlich waren es lauter Tragödien, die einen verrückten Dichter zum Hauptthelden hatten. Ich mußte lesen und lesen, denn Gibson stand mit dem Revolver neben mir und drohte, mich sofort zu erschießen, wenn ich nur einen Augenblick pausierte. Ich las und las, daß mir der Schweiß von der Stirn lief. Um ihn abzutrocknen, zog ich mein Taschentuch, hielt eine Sekunde lang inne und – wurde von Gibson erschossen!

Das Krachen des Schusses weckte mich, denn es war nicht ein vermeintliches, sondern ein wirkliches Krachen gewesen. Ich hatte mich vor Aufregung im Bette hin und her geworfen und in der Absicht, Gibson den Revolver aus der Hand zu schmettern, die Lampe von einem kleinen, dicht neben dem Bett stehenden Tischchen geschlagen. Sie wurde mir am Morgen mit nur acht Dollars angerechnet. Das kommt davon, wenn man einen Spitzbuben fangen will und kein Geschick dazu hat!

Vollständig in Schweiß gebadet, erwachte ich. Ich trank meinen Tee und fuhr dann hinaus zu dem herrlichen Lake Pontchartrain, wo ich ein Bad nahm, das mich nicht nur erfrischte, sondern auch meine moralische Konstitution zu stärken schien. Dann begab ich mich von neuem auf die Suche.

Dabei kam ich wieder an die deutsche Bierstube, in der ich gestern Old Death getroffen hatte. Ich ging hinein, und zwar ohne alle Ahnung, hier eine Spur finden zu können. Das Lokal war in diesem Augenblick nicht so gefüllt wie am Vortag. Gestern war keine Zeitung zu bekommen gewesen, heute lagen mehrere Blätter unbenutzt auf dem Tisch, und ich ergriff als erstbeste die bereits damals in New Orleans erscheinende »Deutsche Zeitung«, die noch heute existiert, wenn sie auch inzwischen nach amerikanischem Muster den Verleger und Redakteur viele Male gewechselt haben wird.

Die erste Spur

Ohne die Absicht, das Blatt wirklich durchzustudieren, schlug ich es auf, und das erste, was mir auffiel, war ein Gedicht. Gedichte lese ich bei der Durchsicht einer Zeitung entweder zuletzt oder lieber gar nicht. Die Überschrift glich der Kapitelüberschrift eines Schauerromans. Das stieß mich ab. Sie lautete: »Die fürchterliche Nacht.« Schon wollte ich umblättern, als mein Auge auf die beiden Buchstaben fiel, mit denen das Gedicht unterzeichnet war: »W. O.« Das waren ja die Anfangsbuchstaben des Namens William Ohlert! Der Name hatte mir so lange Zeit und so unausgesetzt im Sinn gelegen, daß es nicht wunder nehmen kann, wenn ich ihn in Beziehung zu diesen Buchstaben brachte. Ohlert junior hielt sich ja für einen Dichter. Sollte er seinen Aufenthalt in New Orleans dazu benutzt haben, eine Reimerei an das Publikum zu bringen? Vielleicht war die Veröffentlichung so schnell erfolgt, weil er die Aufnahme bezahlt hatte. Bewahrheitete sich meine Vermutung, so konnte ich durch dieses Gedicht auf die Spur der Gesuchten gebracht werden. Ich las also:

Die fürchterliche Nacht

Kennst du die Nacht, die auf die Erde sinkt
Bei hohlem Wind und schwerem Regenfall,

Die Nacht, in der kein Stern vom Himmel blinkt,
Kein Aug' durchdringt des Wetters dichten Wall?
So finster diese Nacht, sie hat doch einen Morgen,
O lege dich zur Ruhe, und schlafe ohne Sorgen!

Kennst du die Nacht, die auf das Leben sinkt,
Wenn dich der Tod aufs letzte Lager streckt
Und nah der Ruf der Ewigkeit erklingt,
Daß dir der Puls in allen Adern schreckt?
So finster diese Nacht, sie hat doch einen Morgen,
O lege dich zur Ruhe, und schlafe ohne Sorgen!

Kennst du die Nacht, die auf den Geist dir sinkt,
Daß er vergebens nach Erlösung schreit,
Die schlangengleich sich um die Seele schlingt
Und tausend Teufel ins Gehirn dir speit?
O halte fern dich ihr in welchen Sorgen,
Denn diese Nacht allein hat keinen Morgen!
W. O.

Ich gestehe, daß die Lektüre des Gedichtes mich tief ergriff. Mochte man das Gedicht für literarisch wertlos erklären, es enthielt doch den Entsetzensschrei eines begabten Menschen, der vergebens gegen die finsteren Gewalten des Wahnsinns ankämpft und fühlt, daß er ihnen rettungslos verfallen müsse. Doch schnell überwand ich meine Rührung, denn ich mußte handeln. Ich hatte die Überzeugung, daß William Ohlert der Verfasser dieses Gedichtes sei, suchte im Directory nach der Adresse des Herausgebers der Zeitung und begab mich dorthin.

Verlag und Redaktion befanden sich im selben Haus. Ich kaufte mir ein Exemplar und ließ mich sodann bei der Redaktion melden, wo ich erfuhr, daß ich sehr richtig vermutet hatte. Ein gewisser William Ohlert hatte das Gedicht am Tag vorher persönlich gebracht und um schleunige Aufnahme gebeten. Da das Verhalten des Redakteurs ablehnend gewesen war, hatte der Dichter zehn Dollar deponiert und die Bedingung gestellt, daß es in der heutigen Nummer erscheine und ihm der Korrekturbogen zuzuschicken sei. Sein Benehmen sei sehr anständig gewesen, doch habe er ein wenig verstört dreingeschaut und wiederholt erklärt, daß das Gedicht mit seinem Herzblut geschrieben sei – übrigens eine Redensart, deren sich begabte und unbegabte Dichter und Schriftsteller gern zu bedienen pflegen. Wegen der Zusendung der Korrektur hatte er seine Adresse angeben müssen, und ich erfuhr diese natürlich. Er wohnte oder hatte gewohnt in einem als fein und teuer bekannten Privatkosthaus in einer Straße des neueren Stadtteiles.

Dorthin verfügte ich mich, nachdem ich mich in meiner Wohnung unkenntlich gemacht hatte, was mir nach meiner Ansicht sehr gut gelang. Dann holte ich mir zwei Polizisten, die sich vor der Tür des Privatkosthauses aufstellen sollten, während ich mich im Innern befand. Ich war so ziemlich überzeugt, daß mir die Festnahme des gesuchten Spitzbuben und seines Opfers gelingen werde. In ziemlich gehobener Stimmung zog ich die Hausglocke, über der auf einem Messingschild zu lesen war: »First class pension for Ladies and Gentlemen«. Ich befand mich also am richtigen Ort. Haus und Geschäft waren Eigentum einer Dame.

Der Portier öffnete, fragte mich nach meinem Begehr und erhielt den Auftrag, mich bei der Dame zu melden, auch übergab ich ihm eine Visitenkarte, die auf einen anderen Namen lautete. Ich wurde in das Vorzimmer geführt und hatte nicht lange auf die Lady zu warten. Sie war eine fein gekleidete, behäbig aussehende Frau von ungefähr fünfzig Jahren. Wie es schien, hatte sie einen kleinen Rest von schwarzem Blut in ihren Adern, wie ihr gekräuseltes Haar und eine leichte Färbung ihrer Nägel vermuten ließen. Sie machte den Eindruck einer Frau von Gemüt und empfing mich mit großer Höflichkeit. Zu meiner Schande muß ich gestehen, daß ich ihr einen Bären von ziemlichem Umfang aufband, denn ich stellte mich ihr als Feuilletonredakteur der »Deutschen Zeitung« vor. Ich zeigte ihr das betreffende Blatt und gab an, daß ich den Verfasser dieses Gedichtes sprechen müsse, es habe solchen Anklang gefunden, daß ich ihm Honorar und neue Aufträge brächte.

Sie hörte mir ruhig zu, betrachtete mich aufmerksam und sagte dann: »Also ein Gedicht hat der Herr bei Ihnen drucken lassen? Wie hübsch! Schade, daß ich nicht Deutsch verstehe, sonst würde ich Sie bitten, es mir vorzulesen. Ist es gut?«

»Ausgezeichnet! Ich hatte bereits die Ehre, Ihnen zu sagen, daß es sehr gefallen hat.«

»Das ist mir von größtem Interesse. Dieser Herr hat den Eindruck eines fein gebildeten Mannes, eines wahrhaftigen Gentleman auf mich gemacht. Leider sprach er nicht viel und verkehrte mit niemandem. Er ist nur ein einziges Mal ausgegangen, jedenfalls als er Ihnen das Gedicht brachte.«

»Wirklich? Ich entnahm aus der kurzen Unterhaltung mit ihm, daß er hier Gelder erhoben habe. Er muß also öfters ausgegangen sein.«

»So ist es während meiner Abwesenheit vom Haus geschehen, vielleicht auch hat sein Sekretär diese geschäftlichen Dinge abgemacht.«

»Er hat einen Sekretär? Davon sprach er nicht. Er muß also ein wohlsituierter Herr sein.«

»Gewiß! Er zahlte gut und speiste auf das feinste. Sein Sekretär, Mister Clinton, führte die Kasse.«

»Clinton! Ah, wenn dieser Sekretär Clinton heißt, so muß ich ihn im Club getroffen haben. Er stammt aus New York oder kommt wenigstens von dort und ist ein vorzüglicher Gesellschafter. Wir trafen uns gestern zur Mittagszeit ...«

»Das stimmt«, fiel sie ein. »Da war er ausgegangen.«

»Wir trafen uns also zur Mittagszeit«, setzte ich den unterbrochenen Satz fort, »und fanden ein solches Wohlgefallen aneinander, daß er mir seine Fotografie verehrte. Die meinige hatte ich nicht bei mir, mußte sie ihm aber bestimmt versprechen, da wir uns heute wieder treffen wollen. Hier ist sie.« Ich zeigte ihr Gibsons Bild, das ich immer bei mir hatte.

»Richtig, das ist der Sekretär«, sagte sie, als sie einen Blick darauf geworfen hatte. »Leider werden Sie ihn nicht so bald wiedersehen, und von Master Ohlert werden Sie kein weiteres Gedicht erhalten können, sie sind beide abgereist.«

Ich erschrak, faßte mich indessen schnell und sagte: »Das tut mir sehr leid. Der Einfall abzureisen muß ihnen ganz plötzlich gekommen sein?«

»Allerdings. Es ist das eine sehr, sehr rührende Geschichte. Master Ohlert freilich sprach nicht davon, denn niemand greift in die eigenen Wunden, aber sein Sekretär hat sie mir unter dem Siegel der Verschwiegenheit mitgeteilt. Sie müssen nämlich wissen, daß ich mich stets des besonderen Vertrauens derjenigen erfreue, die zeitweilig bei mir wohnen.«

»Das glaube ich Ihnen. Ihre feinen Manieren, Ihre zarten Umgangsformen lassen das als ganz natürlich erscheinen«, flunkerte ich mit der größten Unverfrorenheit.

»O bitte!« meinte sie, trotz der Unbeholfenheit dieses Kompliments geschmeichelt. »Die Geschichte hat mich fast zu Tränen gerührt, und ich freue mich, daß es dem unglücklichen jungen Mann gelungen ist, noch zur rechten Zeit zu entkommen.«

»Entkommen? Das klingt ja genauso, als ob er verfolgt werde!«

»Es ist auch wirklich der Fall.«

»Ah! Wie interessant! Ein so hochbegabter, genialer Dichter, und verfolgt! In meiner Eigenschaft als Redakteur, gewissermaßen also als Kollege des Unglücklichen, brenne ich vor Verlangen, etwas Näheres zu hören. Die Zeitungen repräsentieren eine bedeutende Macht. Vielleicht wäre es mir möglich, mich seiner in einem Artikel anzunehmen. Wie schade, daß Ihnen diese interessante Geschichte nur unter dem Siegel der Verschwiegenheit mitgeteilt worden ist.«

Ihre Wangen röteten sich. Sie zog ein nicht ganz reines Taschentuch, um es im Falle des Bedürfnisses sofort bei der Hand zu haben, und sagte: »Was diese Diskretion betrifft,

Sir, so fühle ich mich jetzt nicht mehr zu ihr verpflichtet, da die Herren abgereist sind. Ich weiß, daß man das Zeitungswesen eine Großmacht nennt, und würde ganz glücklich sein, wenn Sie dem armen Dichter zu seinem Recht helfen könnten.«

»Was in meinen Kräften steht, soll ganz gern geschehen, nur müßte ich von den betreffenden Verhältnissen unterrichtet sein.«

Ich muß gestehen, daß es mich Mühe kostete, meine Aufregung zu verbergen.

»Das werden Sie, denn mein Herz gebietet mir, Ihnen alles mitzuteilen. Es handelt sich nämlich um eine ebenso treue wie unglückliche Liebe.«

»Das habe ich mir gedacht, denn eine unglückliche Liebe ist das größte, herzzerreißendste, überwältigendste Leiden, welches ich kenne.«

Natürlich hatte ich von Liebe noch nicht die blasse Ahnung.

»Wie sympathisch Sie mir mit diesem Ausspruch sind, Sir! Haben auch Sie dieses Leiden empfunden?«

»Noch nicht.«

»So sind Sie ein glücklicher Mann. Ich habe es ausgekostet bis fast zum Sterben. Meine Mutter war eine Mulattin.* Ich verlobte mich mit dem Sohn eines französischen Pflanzers, also mit einem Kreolen.** Unser Glück wurde zerrissen, weil der Vater meines Bräutigams keine Coloured-Lady

* Mulattin: Nachkomme eines weißen und eines schwarzen Elternteils.
** Kreole: Nachkomme französischer oder spanischer Einwanderer.

in seine Familie aufnehmen wollte. Wie sehr muß ich also mit dem bedauernswerten Dichter sympathisieren, da er aus demselben Grund unglücklich werden soll!«

»So liebt er eine Farbige?«

»Ja, eine Mulattin. Der Vater hat ihm diese Liebe verboten und sich schlauerweise in den Besitz eines Reverses gesetzt, in dem die Dame unterschrieben hat, daß sie auf das Glück der Vereinigung mit William Ohlert verzichte.«

»Welch ein Rabenvater!« rief ich erbittert aus, was mir einen wohlwollenden Blick der Dame eintrug.

Die Dame nahm sich das, was Gibson ihr weisgemacht hatte, mächtig zu Herzen. Gewiß hatte die redselige Lady ihm von ihrer einstigen unglücklichen Liebe erzählt, und er war mit einem Märchen bereit gewesen, durch das es ihm gelang, ihr Mitgefühl zu erregen und die Plötzlichkeit seiner Abreise zu erklären. Der Mitteilung, daß er sich jetzt Clinton nenne, war mir natürlich von größter Wichtigkeit.

»Ja, ein wahrer Rabenvater!« stimmte sie bei.

»William aber hat ihr seine Treue bewahrt und ist mit ihr bis hierher entflohen, wo er sie in Pension gegeben.«

»So kann ich doch nicht ersehen, warum er New Orleans verlassen hat.«

»Weil sein Verfolger hier angekommen ist.«

»Der Vater läßt ihn verfolgen?«

»Ja, durch einen Deutschen. Oh, diese Deutschen! Ich hasse sie. Man nennt sie das Volk der Denker, aber lieben können sie nicht. Dieser erbärmliche Deutsche hat sie, mit dem Revers in der Hand, von Stadt zu Stadt bis hierher gejagt.« (Ich mußte innerlich lachen über die Entrüstung der

Dame gegen einen Herrn, mit dem sie soeben recht gemütlich plauderte.)

»Er ist nämlich Polizist«, fuhr sie fort, »er soll William ergreifen und nach New York zurückbringen.«

»Hat der Sekretär Ihnen diesen Wüterich beschrieben?« fragte ich gespannt auf weitere Mitteilungen über mich selbst.

»Sehr genau, da ja anzunehmen ist, daß dieser Barbar die Wohnung Williams entdecken und zu mir kommen wird. Aber ich werde ihn empfangen! Ich habe mir schon jedes Wort überlegt, das ich zu ihm sagen werde. Er soll nicht erfahren, wohin sich William gewendet hat. Ich werde ihn grad nach der entgegengesetzten Richtung schicken.«

Sie beschrieb nun diesen »Barbaren« und nannte auch seinen Namen – es war der meinige, und die Beschreibung stimmte sehr gut, wenn sie auch in einer für mich sehr wenig schmeichelhaften Weise vorgetragen wurde.

»Ich erwarte ihn jeden Augenblick«, fuhr sie fort. »Als Sie mir gemeldet wurden, glaubte ich, er sei es bereits. Aber ich hatte mich glücklicherweise getäuscht. Sie sind nicht dieser Verfolger der Liebenden, dieser Räuber süßesten Glückes, dieser Abgrund von Unrecht und Verrat. Ihren treuherzigen Augen sieht man es an, daß Sie in Ihrer Zeitung einen Artikel bringen werden, um den Deutschen niederzuschmettern und die von ihm Gejagten in Schutz zu nehmen.«

»Wenn ich das tun soll, was ich allerdings sehr gern möchte, so ist es freilich notwendig zu erfahren, wo William Ohlert sich befindet. Ich muß ihm jedenfalls schreiben. Hoffentlich sind Sie über seinen gegenwärtigen Aufenthalt unterrichtet?«

»Wohin er gereist ist, das weiß ich allerdings; aber ich kann nicht sagen, ob er sich noch dort befinden wird, wenn Ihr Brief ankommt. Diesen Deutschen hätte ich nach dem Nordwesten geschickt. Ihnen aber sage ich, daß er nach dem Süden ist, nach Texas. Er beabsichtigte, nach Mexiko zu gehen und in Veracruz zu landen. Aber es war kein Schiff zu haben, das sofort die Anker lichtete. Die Gefahr drängte zur größten Eile, und so fuhr er mit dem ›Delphin‹, der nach Quintana bestimmt war.«

»Wissen Sie das genau?«

»Ganz sicher. Er hatte sich zu beeilen. Es gab grad noch Zeit, das Gepäck an Bord zu bringen. Mein Portier hat das besorgt und ist an Deck gewesen. Dort sprach er mit den Matrosen und erfuhr, daß der ›Delphin‹ wirklich nur bis Quintana gehen, vorher aber noch in Galveston anlegen werde. Mit diesem Dampfer ist Master Ohlert wirklich fort, denn mein Portier hat gewartet, bis das Schiff abfuhr.«

»Und sein Sekretär und die Miß sind auch mitgereist?«

»Natürlich. Der Portier hat die Dame indessen nicht gesehen, da sie sich in die Damenkajüte zurückgezogen hatte. Er hat auch gar nicht nach ihr gefragt, denn meine Bediensteten sind gewöhnt, im höchsten Grade diskret und rücksichtsvoll zu sein; aber es versteht sich doch ganz von selbst, daß William nicht seine Braut zurücklassen und der Gefahr aussetzen wird, von dem deutschen Wüterich ergriffen zu werden. Ich freue mich eigentlich auf seine Ankunft bei mir. Es wird eine sehr interessante Szene geben. Zunächst werde ich versuchen, sein Herz zu rühren, und dann, wenn dieses mir nicht gelingt, so werde ich ihm meine Donnerworte in das Gesicht schleudern und in einer Weise mit ihm sprechen, daß er sich unter meiner Verachtung förmlich krümmen muß.«

Die gute Frau befand sich in wirklicher Aufregung. Sie hatte sich die Angelegenheit sehr zu Herzen genommen. Jetzt war sie von ihrem Sessel aufgestanden, ballte die kleinen, fleischigen Fäuste gegen die Tür und rief drohend: »Ja, komm nur, komm nur, du diabolischer Dutchman! Meine Blicke sollen dich durchbohren und meine Worte dich zerschmettern!«

Ich hatte nun genug gehört und konnte gehen. Ein anderer hätte das auch getan und die Dame einfach in ihrem Irrtum gelassen. Ich aber sagte mir, es sei meine Pflicht, sie aufzuklären. Sie sollte nicht länger einen Schurken für einen ehrlichen Menschen halten. Ein Vorteil erwuchs mir aus dieser Offenherzigkeit gar nicht. Es kam hier eben wieder das Greenhorn zur Geltung. Ich machte mir nur weis, moralisch verpflichtet zu sein, der Dame die Augen zu öffnen, denn der eigentliche Grund, mich zu demaskieren, war, daß ich mir das Vergnügen machen wollte, mit einem theatralischen Effekt abzutreten. Darum sagte ich: »Ich glaube nicht, daß Sie Gelegenheit haben werden, ihm Ihre Blicke und Worte in so zerschmetternder Weise entgegenzuwerfen.«

»Warum?«

»Weil er die Sache wohl ganz anders anfangen wird, als sie meinen. Auch wird es Ihnen nicht gelingen, ihn nach dem

Nordwesten zu schicken. Er wird vielmehr direkt nach Quintana fahren, um sich Williams und seines sogenannten Sekretärs zu bemächtigen.«

»Er kennt ja ihren Aufenthalt gar nicht!«

»O doch, Sie selbst haben ihm diesen mitgeteilt.«

»Ich? Unmöglich! Das müßte ich doch wissen! Wann sollte das geschehen sein?«

»Soeben jetzt.«

»Sir, ich begreife Sie nicht!« rief die Dame höchst erstaunt.

»Ich werde Ihnen behilflich sein, mich zu verstehen. Erlauben Sie mir nur, eine kleine Veränderung meiner Person vorzunehmen.«

Bei diesen Worten nahm ich die dunkle Perücke, den Vollbart und auch die Brille ab. Die Dame trat erschrocken zurück.

»Um Gottes willen!« rief sie aus. »Sie sind nicht ein Redakteur, sondern jener Deutsche! Sie haben mich betrogen!«

»Ich mußte das tun, weil man Sie vorher getäuscht hatte. Die Geschichte mit der Mulattin ist von Anfang bis Ende eine Lüge. Man hat mit Ihrem guten Herzen Mißbrauch und Spott getrieben. Clinton ist gar nicht der Sekretär Williams. Er heißt in Wahrheit Gibson und ist ein höchst gefährlicher Betrüger, den ich allerdings unschädlich machen soll.«

Sie sank wie ohnmächtig auf den Sessel nieder und rief: »Nein, nein! Das ist unmöglich! Dieser liebe, freundliche, prächtige Mann kann kein Betrüger sein. Ich glaube Ihnen nicht.«

»Sie werden mir glauben, sobald Sie mich angehört haben. Lassen Sie mich Ihnen erzählen!«

Ich unterrichtete sie über den wirklichen Stand der Angelegenheit und hatte den Erfolg, daß ihre bisherige Sympathie für den »lieben, freundlichen, prächtigen« Sekretär sich in den heftigsten Zorn umwandelte. Sie sah ein, daß sie in schmählichster Weise belogen worden war, und gab mir schließlich sogar ihre Genugtuung darüber zu erkennen, daß ich in Verkleidung zu ihr gekommen war.

»Hätten Sie das nicht getan«, sagte sie, »so hätten Sie nicht die Wahrheit von mir erfahren und wären meiner Weisung gemäß in Richtung Norden nach Nebraska oder Dakota gedampft. Das Verhalten dieses Gibson-Clinton erfordert die allerstrengste Ahndung. Ich hoffe, daß Sie sofort aufbrechen, um ihn zu verfolgen, und bitte Sie, mir von Quintana aus zu schreiben, ob es Ihnen gelungen ist, ihn dort festzunehmen. Auf dem Transport nach New York müssen Sie mir ihn hierher bringen, damit ich ihm sagen kann, wie sehr ich ihn verachte.«

»Das wird wohl kaum möglich sein. Es ist nicht so leicht, sich in Texas eines Menschen zu bemächtigen und ihn nach New York zu bringen. Ich würde äußerst zufrieden sein, wenn es mir gelänge, William Ohlert aus den Händen seines Verführers zu befreien und wenigstens einen Teil der Summen zu retten, die beide unterwegs einkassiert haben. Für jetzt aber würde es mich außerordentlich freuen, von Ihnen vernehmen zu können, daß Sie die Deutschen nicht länger für Barbaren halten, die nicht lieben können. Es hat mich geschmerzt, meine Landsleute gerade von Ihnen so verkannt zu sehen.«

Die Antwort war eine Entschuldigung ihrerseits und die Versicherung, daß sie sich von ihrem Irrtum bekehrt fühle.

Wir schieden in herzlichster Weise voneinander, und als ich langsam die Treppe hinabstieg, hatte ich das sehr wohltuende Gefühl, einen Geniestreich ausgeführt zu haben, der in den Annalen des ehrenwerten Master Josy Taylor wohl kaum seinesgleichen fand.

Darum klang mein Ton wohl etwas sehr von oben herab, als ich den beiden vor dem Haus wartenden Polizisten sagte, daß die Angelegenheit erledigt sei. Ich drückte ihnen ein Trinkgeld in die Hände und bewegte mich in sehr aufrechter Haltung von dannen. Es geht doch nichts über die wohltuende Erkenntnis, ein Kerl zu sein, mit dem sich andere nicht vergleichen dürfen! Natürlich mußte ich möglichst schnell nach Quintana und suchte zunächst nach einem Schiff, das dorthin ging. Die Gelegenheit war mir nicht günstig. Ein Dampfer lag bereit, nach Tampico zu gehen, legte aber während der Fahrt nirgends an. Schiffe nach Quintana gingen erst in einigen Tagen ab. Endlich fand ich einen schnellsegelnden Klipper, der Ladung für Galveston hatte und nach Mittag abgehen wollte. Mit ihm konnte ich fahren. In Galveston hoffte ich, schnelle Gelegenheit nach Quintana zu finden. Ich ordnete schnell meine Angelegenheiten und ging an Bord.

Leider sollte meine Erwartung, in Galveston ein Schiff nach Quintana zu finden, nicht zutreffen. Ich fand eine Gelegenheit über dieses Ziel hinaus, nach Matagorda, am Ausfluß des östlichen Colorado. Doch wurde mir versichert, daß es mir leicht sein werde, von dort schnell zurück nach Quintana zu kommen. Das veranlaßte mich, diese Gelegenheit zu benutzen, und die Folge zeigte, daß ich dies nicht zu bereuen hatte.

Auf dem Colorado

Der nordamerikanische Bürgerkrieg war beendet, und der Vereinigte-Staaten-Kongreß fand nun Zeit, sich wieder mit dem Ausland zu beschäftigen. Die Aufmerksamkeit des Kabinetts von Washington richtete sich nach Süden, nach Mexiko, das noch unter den blutigen Wirren des Kampfes zwischen der Republik und dem Kaisertum litt.

Benito Juarez war von den Vereinigten Staaten als Präsident der Republik von Mexiko anerkannt worden. Sie weigerten sich ganz entschieden, ihn gegen Maximilian fallen zu lassen. Sie betrachteten den Kaiser nach wie vor als Usurpator und begannen, auf Napoleon jenen Druck auszuüben, der ihn dann zu der erzwungenen Erklärung veranlaßte, seine Truppen aus Mexiko zurückzuziehen.

Texas hatte sich bei Ausbruch des Bürgerkriegs für die Sezession erklärt und sich also an die Seite der Sklavenstaaten gestellt. Deren Niederwerfung hatte keineswegs eine schnelle Beruhigung der Bevölkerung zur Folge. Man war erbittert gegen den Norden und verhielt sich infolgedessen feindselig gegen dessen Politik. Eigentlich war die Bevölkerung von Texas gut republikanisch gesinnt. Man schwärmte für Juarez, den »indianischen Helden«, der sich nicht gescheut hatte, es mit Napoleon und einem Sproß des mächtigen

Hauses Habsburg aufzunehmen. Aber weil die Regierung von Washington es mit diesem »Helden« hielt, konspirierte man im stillen gegen ihn.

So ging ein tiefer Riß durch die Bevölkerung von Texas. Die einen traten offen für Juarez ein, die anderen wandten sich ebenso offen gegen ihn, nicht aus Überzeugung, sondern nur aus reiner Widerstandslust. Infolge dieses Zwiespalts war es nicht ungefährlich, durch das Land zu reisen. Alle Vorsicht des einzelnen, seine politische Ansicht verbergen zu wollen, war vergeblich; man wurde förmlich gezwungen, Farbe zu bekennen.

Was die in Texas ansässigen Deutschen betrifft, so waren sie mit sich selbst uneins. Als Deutsche sympathisierten sie mit Maximilian, doch entsprach es nicht ihrem Patriotismus, daß er unter der Ägide Napoleons nach Mexiko gekommen war. Sie hatten genug republikanische Luft eingeatmet, um zu glauben, daß der Einfall der Franzosen ins Land Montezumas ungerecht sei und nur den Zweck verfolge, durch Auffrischung der französischen Gloire den Blick der Franzosen von den eigenen Problemen abzulenken. Aus diesem Grund verhielten sich die Deutschen schweigend und vermieden jede politische Demonstration, zumal sie es während des Sezessionskrieges mit den Nordstaaten und gegen die Sklavenbarone so gehalten hatten.

So standen die Verhältnisse, als wir die flache, langgestreckte Nehrung zu Gesicht bekamen, die die Matagorda-Bai vom Golf von Mexiko trennt. Wir segelten durch den Paso Caballo ein, mußten dann aber schnell die Anker fallen lassen, da die Bai so seicht ist, daß tiefergehende Schiffe leicht auf Grund laufen können.

Hinter der Nehrung ankerten kleinere Fahrzeuge, vor ihr in See mehrere große Schiffe, Dreimaster und auch ein Dampfer. Ich ließ mich natürlich sofort nach Matagorda rudern, um mich nach einer Gelegenheit nach Quintana zu erkundigen. Leider hörte ich, daß erst in zwei Tagen ein Schoner dorthin gehen werde. Ich saß also fest und ärgerte mich, denn Gibson erhielt nun einen Vorsprung von vier Tagen, den er benutzen konnte, spurlos zu verschwinden. Ich hatte nur den einen Trost, alles getan zu haben, was unter den bestehenden Verhältnissen möglich gewesen war. Da mir nichts anderes übrig blieb, als geduldig zu warten, suchte ich mir ein Gasthaus und ließ mein Gepäck vom Schiff holen.

Matagorda war damals ein kleinerer Ort als jetzt. Er liegt im östlichen Teil der Bai und ist ein Hafenplatz von weit geringerer Bedeutung als zum Beispiel Galveston. Wie überall in Texas, besteht auch hier die Küste aus einer sehr ungesunden Niederung, die zwar nicht gerade morastig, aber doch sehr wasserreich ist. Man kann sich da sehr leicht das Fieber holen, und so war es mir gar nicht lieb, hier lange verweilen zu müssen.

Mein »Hotel« glich einem deutschen Gasthof dritten oder vierten Ranges und mein Zimmer einer Schiffskoje. Das Bett war so kurz, daß ich beim Schlafen entweder den Kopf oben oder die Beine unten hinaushängen lassen mußte.

Nachdem meine Sachen untergebracht waren, ging ich aus, um mir den Ort anzusehen. Aus meiner Stube tretend, mußte ich, um zur Treppe zu gelangen, an einer jetzt offenstehenden Tür vorüber: Ich warf einen Blick in den Raum und sah, daß er genauso möbliert war wie der meinige. Auf dem Boden lag ein Sattel, darüber hing an der Wand ein Zaum. In der Ecke, nahe beim Fenster, lehnte eine lange Kentuckybüchse. Ich mußte unwillkürlich an Old Death denken, doch konnten diese Gegenstände auch irgendeinem andern gehören.

Ich trat aus dem Haus und schlenderte langsam die Gasse hinab. Als ich um die Ecke biegen wollte, wurde ich von einem Mann angerannt, der von der anderen Seite kam und mich nicht gesehen hatte.

»Thunderstorm!« schrie er mich an. »Paßt doch auf, Sir, bevor Ihr in dieser Weise um die Ecke stürmt!«

»Wenn Ihr meinen Schneckengang für ein Stürmen haltet, so ist die Auster ein Mississippisteamer«, antwortete ich lachend.

Er fuhr einen Schritt zurück, sah mich an und rief: »Das ist ja der deutsche Greenfish, der nicht zugeben wollte, daß er ein Detektiv ist! Was habt Ihr denn hier in Texas und gar in Matagorda zu suchen, Sir?«

»Euch nicht, Master Death!«

»Glaube es wohl! Ihr scheint zu den Leuten zu gehören, die niemals finden, was sie suchen, dafür aber mit allen Leuten zusammenrennen, mit denen sie nichts zu schaffen haben. Jedenfalls habt Ihr Hunger und Durst. Kommt, wir wollen uns irgendwo vor Anker legen, wo es ein gutes Bier zu trinken gibt. Euer deutsches Lagerbier scheint sich überall breitzumachen. In diesem elenden Nest ist es auch bereits zu finden, und ich kalkuliere, daß dieses Bier das beste ist, was man hier haben kann. Habt Ihr schon Logis?«

»Ja, da unten im ›Uncle Sam‹.«

»Sehr schön! Da habe auch ich mein Wigwam aufgeschlagen.«

»Etwa in der Stube, in der ich ein Reitzeug und die Büchse bemerkte, eine Treppe hoch?«

»Ja. Ihr müßt nämlich wissen, daß ich von diesem Zeug nicht lasse. Es ist mir lieb geworden. Ein Pferd ist überall zu bekommen, ein guter Sattel nicht. Aber kommt, Sir! Soeben war ich in einer Bude, wo es ein kühles Bier gibt, an diesem Junitag ein wahres Labsal. Bin gern bereit, noch eines oder einige zu trinken.«

Er führte mich in ein kleines Lokal, in dem Flaschenbier zu einem sehr hohen Preis ausgeschenkt wurde. Wir waren die einzigen Gäste, ich bot ihm eine Zigarre an, er lehnte sie aber ab. Dafür zog er eine Tafel Kautabak aus der Tasche und schnitt sich von derselben ein Priemchen ab, das für fünf Vollmatrosen ausgereicht hätte. Er schob es in den Mund, brachte es liebevoll in der einen Backe unter und sagte dann: »So, jetzt stehe ich Euch zu Diensten. Ich bin begierig zu hören, welcher Wind Euch so schnell hinter mir her getrieben hat. War es ein günstiger?«

»Im Gegenteil, ein sehr widriger.«

»So wolltet Ihr wohl gar nicht hierher?«

»Nein, sondern nach Quintana. Da es aber dorthin keine schnelle Gelegenheit gab, so bin ich hierher gekommen, weil man mir sagte, daß ich hier leicht ein Schiff nach Quintana finden würde. Leider muß ich nun zwei volle Tage warten.«

»Tragt das in Geduld, Master, und tröstet Euch mit der süßen Überzeugung, daß Ihr eben ein Pechvogel seid!«

»Schöner Trost! Meint Ihr, daß ich Euch dafür eine Dankesadresse überreichen lassen soll?«

»Bitte«, lachte Old Death. »Gebe meinen Rat stets unentgeltlich. Übrigens geht es mir grad so wie Euch, sitze auch so nutzlos hier, weil ich zu langsam gewesen bin. Wollte hinauf nach Austin und dann weiter, ein wenig über den Rio Grande del Norte hinüber. Die Jahreszeit ist günstig. Es hat geregnet, und so besitzt der Colorado genug Wasser, um flache Dampfboote nach Austin zu tragen. Der Fluß ist nämlich den größten Teil des Jahres über sehr wasserarm.«

»Ich habe gehört, daß eine Barre die Schiffahrt hindere.«

»Das ist keine eigentliche Barre, sondern eine Rast, eine gewaltige Anschwemmung von Treibholz, die ungefähr acht englische Meilen oberhalb von hier den Fluß zwingt, sich in mehrere Arme zu spalten. Hinter dieser Rast gibt es dann freies Wasser bis Austin und darüber hinaus. Da durch die Rast die Fahrt unterbrochen wird, tut man klug, von hier aus bis hinauf zu ihr zu gehen, und erst dann an Bord zu steigen. Das wollte ich auch, aber Euer deutsches Lagerbier hatte es mir angetan. Ich trank und trank, verweilte in Matagorda zu lange, und als ich bei der Rast ankam, pfiff das Dampfboot eben ab. Habe also meinen Sattel wieder zurücktragen müssen und muß nun warten bis morgen früh, wenn das nächste Boot abgeht.«

»So sind wir Leidensgefährten, und ich kann Euch mit demselben Trost beruhigen, den Ihr vorhin mir zugesprochen habt. Ihr seid eben auch ein Pechvogel.«

»Der bin ich nicht. Ich verfolge niemanden, und bei mir ist es sehr gleichgültig, ob ich heute oder in einer Woche in Austin eintreffe. Aber ärgerlich ist es doch, ganz besonders weil jener dumme Greenfrog* mich auslachte. Er war schneller gewesen als ich und pfiff mich vom Verdeck herüber an, als ich mit meinem Sattel am Ufer zurückbleiben mußte. Treffe ich diesen Kerl irgendwo, so erhält er noch eine ganz andere Ohrfeige, als die, die er an Bord unseres Dampfers einstecken mußte.«

»Ihr habt eine Prügelei gehabt, Sir?«

»Prügelei? Was meint Ihr damit, Sir? Old Death prügelt sich nie. Aber es war da ein Kerl vorhanden, der sich über meine Gestalt mokierte und lachte, so oft er mich sah. Da fragte ich ihn denn, was ihn so lustig mache, und als er mir antwortete, daß mein Gerippe ihn so heiter stimme, da erhielt er einen slap in the face, daß er sich niedersetzte. Nun wollte er mit dem Revolver auf mich los, doch der Capt'n kam dazu und befahl ihm, sich von dannen zu trollen, es sei ihm recht geschehen, da er mich beleidigt habe. Darum lachte mich der Schelm aus, als ich zu spät gekommen war. Schade um den Gefährten, mit dem er reiste! Schien ein ehrenwerter Gentleman zu sein, nur immer traurig und düster, starrte stets wie ein geistig Gestörter vor sich hin.«

Diese Worte erregten meine Aufmerksamkeit in höchstem Grad. »Ein geistig Gestörter?« fragte ich. »Habt Ihr vielleicht seinen Namen gehört?«

»Er wurde vom Capt'n Master Ohlert genannt.«

---

* Greenfrog: Laubfrosch.

Es war mir, als hätte ich einen Schlag ins Gesicht erhalten. Hastig fragte ich weiter: »Ah! Und sein Begleiter?«

»Hieß Clinton, wenn ich mich recht entsinne.«

»Ist's möglich, ist's möglich?« rief ich, von meinem Stuhle aufspringend. »Diese beiden sind an Bord mit Euch gewesen?«

Er sah mich staunend an und fragte: »Was habt Ihr, Sir? Ihr fahrt ja auf wie eine Rakete! Gehen Euch diese zwei Männer etwas an?«

»Viel, sehr viel! Sie sind es ja, die ich finden will!«

Wieder ging jenes freundliche Grinsen, das ich schon mehrfach bei ihm gesehen hatte, über sein Gesicht.

»Schön, schön!« nickte er. »Ihr gebt also endlich zu, daß Ihr zwei Männer sucht? Und grad diese zwei? Hm! Ihr seid wirklich ein Greenhorn, Sir! Habt Euch selber um den schönen Fang gebracht!«

»Wieso?«

»Dadurch, daß Ihr in New Orleans nicht aufrichtig mit mir wart.«

»Ich durfte ja nicht«, antwortete ich kleinlaut.

»Der Mensch darf alles, was ihn zum guten Ziel führt. Hättet Ihr mir Eure Angelegenheit offenbart, so befänden sich die beiden jetzt in euren Händen. Ich hätte sie erkannt, sobald sie an Bord des Dampfers kamen, und Euch sofort geholt oder holen lassen. Seht Ihr das nicht ein?«

»Wer konnte denn wissen, daß Ihr dort mit ihnen zusammentreffen würdet! Übrigens haben sie nicht nach Matagorda, sondern nach Quintana gewollt.«

»Das haben sie nur so gesagt. Sie sind dort gar nicht an

Land gekommen. Wollt Ihr klug sein, so erzählt mir Eure Geschichte. Vielleicht ist es mir möglich, Euch behilflich zu sein, die Kerle zu erwischen.«

Der Mann meinte es aufrichtig mit mir. Es fiel ihm gar nicht ein, mich kränken zu wollen, und doch fühlte ich mich beschämt. Gestern hatte ich ihm die Auskunft verweigert, und heute wurde ich von den Verhältnissen gezwungen, sie ihm zu geben. Mein Selbstwertgefühl flüsterte mir zu, ihm nichts zu sagen, aber der Verstand behielt doch die Oberhand. Ich zog die beiden Fotografien hervor, gab sie ihm und sagte: »Bevor ich Euch eine Mitteilung mache, betrachtet Euch bitte einmal diese Bilder. Sind das die Personen, die Ihr meint?«

»Ja, ja, sie sind es«, nickte er, als er einen Blick auf die Fotografien geworfen hatte. »Es ist gar keine Täuschung möglich.«

Ich erzählte ihm nun ausführlich den Sachverhalt. Er hörte mir aufmerksam zu, schüttelte, als ich geendet hatte, den Kopf und sagte nachdenklich: »Was ich da von Euch gehört habe, ist alles glatt und klar. Nur eines leuchtet mir nicht ein. Ist dieser William Ohlert denn vollständig wahnsinnig?«

»Nein. Ich verstehe mich zwar nicht auf Geisteskrankheiten, möchte hier aber doch nur von einer Monomanie reden, weil er, abgesehen von einem Punkt, vollständig Herr seiner geistigen Fähigkeiten ist.«

»Um so unbegreiflicher ist es mir, daß er diesem Gibson einen so unbeschränkten Einfluß auf sich einräumt. Er scheint diesem Menschen in allem zu folgen und zu gehorchen. Jedenfalls geht Gibson schlau auf die Monomanie des Kranken ein und verwendet sie zu seinen Zwecken. Nun, hoffentlich kommen wir hinter all seine Schlichen.«

»Ihr seid also überzeugt, daß sie auf dem Weg nach Austin sind? Oder haben sie die Absicht, unterwegs auszusteigen?«

»Nein, Ohlert hat dem Capt'n des Dampfers gesagt, daß er nach Austin wolle.«

»Sollte mich wundern. Er wird doch nicht sagen, wohin zu gehen er beabsichtigt.«

»Warum nicht? Ohlert weiß vielleicht gar nicht, daß er verfolgt wird, daß er sich auf Irrwegen befindet. Er ist wohl in dem guten Glauben, ganz recht zu handeln, lebt nur für seine Idee, und das andere ist Gibsons Sache. Der Irre hat es nicht für unklug gehalten, Austin als Ziel seiner Reise anzugeben. Der Capt'n sagte mir es wieder. Was wollt Ihr nun tun?«

»Natürlich muß ich ihnen nach, und zwar schleunigst.«

»Bis morgen früh müßt Ihr trotz aller Ungeduld noch warten, es geht kein Schiff eher ab.«

»Und wann kommen wir an?«

»Unter den gegenwärtigen Wasserverhältnissen erst übermorgen.«

»Welch eine lange Zeit!«

»Ihr müßt bedenken, daß die beiden wegen der Wasserarmut des Flusses eben auch spät ankommen. Es ist gar nicht zu vermeiden, daß das Schiff zuweilen auf Grund fährt, und da dauert es stets eine geraume Weile, bevor es wieder loskommt.«

»Wenn man nur wüßte, was Gibson eigentlich beabsichtigt, und wohin er Ohlert schleppen will?«

»Ja, das ist freilich ein Rätsel. Irgendeine bestimmte Absicht hat er ja. Die Gelder, die bisher erhoben worden sind, würden ausreichen, ihn zum wohlhabenden Mann zu machen. Er braucht sie nur an sich zu nehmen und Ohlert einfach sitzenzulassen. Daß er das nicht tut, ist ein sicheres Zeichen, daß er ihn noch weiter ausbeuten will. Ich interessiere mich außerordentlich für diese Angelegenheit, und da wir, wenigstens einstweilen, den gleichen Weg haben, so stelle ich mich Euch zur Verfügung. Wenn Ihr mich braucht, so könnt Ihr mich haben.«

»Euer Anerbieten wird mit großem Dank angenommen, Sir. Ihr flößt mir aufrichtiges Vertrauen ein, und Euer Wohlwollen ist mir angenehm. Ihr habt mich ein Greenhorn genannt, und ich wollte Euch deshalb zürnen, aber ich habe eingesehen, daß Ihr nicht unrecht habt, und so wird mir Eure Hilfe jedenfalls von großem Nutzen sein.«

Wir schüttelten uns die Hände und leerten unsere Gläser. Hätte ich mich diesem Manne doch bereits gestern anvertraut!

Wir bekamen eben die Gläser neu gefüllt, als von draußen ein wüster Lärm zu hören war. Johlende menschliche Stimmen und heulendes Hundegebell kamen näher. Die Tür wurde ungestüm aufgerissen, und sechs Männer traten ein, die alle schon ein beträchtliches Quantum getrunken haben mochten, keiner von ihnen war mehr nüchtern zu nennen. Rohe Gestalten und Gesichter, südlich leichte Kleidung und prächtige Waffen fielen an ihnen sofort auf. Jeder von ihnen war mit Gewehr, Messer, Revolver oder Pistole versehen, außerdem hatten alle wuchtige Niggerpeitschen an der Seite hängen. Jeder führte an starker Leine einen Hund bei sich. Alle diese Hunde waren von ungeheurer Größe und von jener sorgfältig gezüchteten Rasse, die man in den Südstaaten zum Einfangen flüchtig gewordener Neger verwendete und Bluthunde oder Menschenhunde nannte.

Die Strolche starrten uns, ohne zu grüßen, mit unverschämten Blicken an, warfen sich auf die Stühle, daß diese krachten, legten die Füße auf den Tisch und trommelten mit den Absätzen auf ihm herum. Damit richteten sie an den Wirt das höfliche Ersuchen, sich zu ihnen zu bemühen.

»Mensch, hast du Bier?« schrie ihn einer an. »Deutsches Bier?«

Der geängstigte Wirt bejahte.

»Das wollen wir trinken. Aber bist du auch selbst ein Deutscher?«

»Nein.«

»Das ist dein Glück. Das Bier der Deutschen wollen wir saufen, sie selbst aber sollen in der Hölle braten, diese Abolitionisten,* die dem Norden geholfen haben und schuld sind, daß wir unsere Stellen verloren!«

Der Wirt zog sich schleunigst zurück, um seine noblen Gäste so rasch wie möglich zu bedienen. Ich hatte mich unwillkürlich umgedreht, um den Sprecher anzusehen. Er bemerkte es. Ich bin überzeugt, daß in meinem Blick gar nichts für ihn Beleidigendes lag, aber er hatte anscheinend keine Lust, sich ansehen zu lassen, und schrie mir zu: »Was starrst du mich an! Habe ich etwa nicht recht?«

---

* Abolitionismus: Bewegung für die Abschaffung der Sklaverei.

Ich wandte mich ab und antwortete nicht.

»Nehmt Euch in acht!« flüsterte Old Death mir zu. »Das sind Rowdies der schlimmsten Sorte. Jedenfalls entlassene Sklavenaufseher, deren Herren durch die Abschaffung der Sklaverei bankrott geworden sind. Die haben sich nun zusammengetan, um allerlei Unfug zu treiben. Es ist besser, wir beachten sie gar nicht. Trinken wir rasch aus, um dann zu gehen.«

Aber gerade dieses Flüstern gefiel dem Kerl nicht. Er brüllte zu uns herüber: »Was hast du Heimliches zu reden, altes Gerippe? Wenn du von uns sprichst, so tu es laut, sonst werden wir dir den Mund öffnen!«

Old Death setzte sein Glas an den Mund und trank, sagte aber nichts. Die Leute bekamen Bier und kosteten. Das Gebräu war wirklich gut, die Gäste befanden sich aber in echter Rowdylaune und gossen es in die Stube. Der Wortführer der Bande hielt sein volles Glas noch in der Hand und rief: »Nicht auf den Boden! Dort sitzen zwei, denen dieses Zeug sehr gut zu bekommen scheint. Sie sollen es haben.«

Er holte aus und goß sein Bier über den Tisch herüber auf uns beide aus. Old Death fuhr sich ruhig mit dem Ärmel über das naßgewordene Gesicht, ich aber brachte es nicht fertig, so ruhig wie er die schändlichen Beleidigungen einzustecken. Mein Hut, mein Kragen, mein Rock, alles tropfte an mir, da mich der Hauptstrahl getroffen hatte. Ich drehte mich um und sagte: »Sir, ich bitte Euch sehr, das nicht ein zweites Mal zu tun! Treibt Euren Spaß mit Euern Kameraden, wir haben nichts dagegen, uns aber laßt gefälligst in Ruhe.«

»So! Was würdet Ihr denn tun, wenn ich Lust empfinde, Euch nochmals zu begießen?«

»Das wird sich finden.«

»Sich finden? Nun, da müssen wir doch gleich einmal sehen, was sich finden wird. Wirt, neue Gläser!«

Die andern lachten und johlten ihrem Matador Beifall zu. Es war augenscheinlich, daß er seine Unverschämtheit wiederholen werde.

»Um Gottes willen, bindet nicht mit den Kerlen an!« warnte mich Old Death.

»Fürchtet Ihr Euch?« entgegnete ich in gereiztem Ton.

»Fällt mir nicht ein! Aber sie sind mit den Waffen schnell bei der Hand, und gegen eine tückische Kugel vermag auch der Mutigste nichts. Bedenkt, daß sie Hunde haben!«

Die Strolche hatten ihre Hunde an die Tischbeine gebunden. Um nicht wieder von hinten getroffen zu werden, verließ ich meinen bisherigen Platz und setzte mich so, daß ich den Rowdies die rechte Seite zukehrte.

»Ah! Er setzt sich in Positur!« lachte der Wortführer.

»Er will sich wehren, aber sobald er nur eine Bewegung macht, laß ich Pluto auf ihn los. Der ist auf Menschen dressiert.«

Er band den Hund los und hielt ihn an der Schnur bei sich. Noch hatte der Wirt das Bier nicht gebracht, noch war es Zeit für uns, ein Geldstück auf den Tisch zu legen und zu gehen, doch glaubte ich nicht, daß die Bande erlauben werde, daß wir uns entfernten. Sodann widerstrebte es mir, vor diesem Pack die Flucht zu ergreifen. Denn solche Prahlhänse sind im Grunde ihrer Seele Feiglinge.

Ich griff in die Tasche und spannte meinen Revolver. Im Ringen stellte ich meinen Mann, das wußte ich. Doch war ich im Zweifel, ob es mir gelingen werde, die Hunde zu bewältigen. Aber ich hatte Tiere, die auf den Mann abgerichtet gewesen waren, unter den Händen gehabt, und brauchte mich wenigstens vor einem einzelnen Bluthund nicht zu fürchten. Jetzt kam der Wirt. Er stellte die Gläser auf den Tisch und sagte in bittendem Ton zu seinen streitsüchtigen Gästen: »Gentlemen, Euer Besuch ist mir sehr angenehm, aber ich bitte euch, die beiden Männer dort in Ruhe zu lassen. Sie sind ebenfalls meine Gäste.«

»Schurke!« brüllte ihn einer an. »Willst du uns gute Lehren geben? Warte, wir werden deinen Eifer gleich abkühlen.«

Und der Inhalt von zwei oder drei Gläsern ergoß sich über den armen Wirt, der es für das Klügste hielt, die Stube schnell zu verlassen. »Und nun der Großsprecher dort!« rief mein Gegner. »Er soll es haben!«

Den Hund mit der Linken haltend, schleuderte er den Inhalt seines Glases mit der Rechten nach mir. Ich sprang vom Stuhl auf und zur Seite, so daß ich nicht getroffen wurde. Dann erhob ich die Faust, um auf den Rowdy loszugehen und ihn zu züchtigen. Er aber kam mir zuvor.

»Pluto, go on!« rief er, indem er den Hund losließ und auf mich deutete.

Ich hatte gerade noch Zeit, an die Wand zu treten, da tat das gewaltige Tier einen wahrhaft tigerähnlichen Satz auf mich zu. Der Hund war ungefähr fünf Schritte von mir entfernt gewesen. Diesen Raum überwand er mit einem einzigen Sprung. Dabei war er seiner Sache so gewiß, daß er mich mit den Zähnen bei der Gurgel fassen mußte, wenn ich stehen blieb. Aber eben als er mich packen wollte, wich ich zur Seite und er flog mit der Schnauze an die Mauer. Der Sprung war so kräftig gewesen, daß der Bluthund durch den Anprall fast betäubt wurde. Er stürzte zu Boden. Blitzschnell hatte ich ihn bei den Hinterläufen, schwang seinen Körper und schleuderte ihn mit dem Kopf voran gegen die Mauer, daß der Schädel zerbrach. Nun erhob sich ein entsetzlicher Lärm. Die Hunde heulten und zerrten die Tische von der Stelle, die Männer fluchten, und der Besitzer des toten Hundes wollte sich auf mich werfen. Da aber rief Old Death, der sich erhoben hatte und dem Kerl seine beiden Revolver entgegenhielt: »Stop! Jetzt ist's nun gerade genug, Boys. Noch einen Schritt oder einen Griff nach Euern Waffen, so schieße ich. Ihr habt Euch in uns geirrt. Ich bin Old Death, der Scout. Ich hoffe, daß Ihr von mir gehört habt. Und dieser Sir, mein Freund, fürchtet sich ebensowenig vor Euch wie ich. Setzt Euch nieder, und trinkt Euer Bier in Bescheidenheit! Keine Hand nach der Tasche, oder bei meiner Seele, ich schieße!«

Diese letzte Warnung war an einen der Sklavenaufseher gerichtet, der seine Hand der Tasche genähert hatte, wohl in der Absicht, nach einem Revolver zu greifen. Auch ich hatte den meinen gezogen. Wir beide hatten achtzehn Schüsse. Ehe einer der Kerle zu seiner Waffe kam, mußte er von unserer Kugel getroffen sein. Der alte Scout schien ein ganz anderer Mensch geworden zu sein. Seine sonst gebeugte Gestalt hatte sich hoch aufgerichtet, seine Augen leuchteten, und in seinem Gesicht lag ein Ausdruck überlegener Energie, der keinen Widerstand aufkommen ließ. Spaßhaft war es zu sehen, wie kleinlaut die vorher so frech auftretenden Menschen auf einmal wurden. Sie brummten zwar einige halblaute Bemerkungen vor sich hin, doch setzten sie sich nieder, und selbst der Herr des toten Hundes wagte es nicht, zu dem Tier zu treten, da er sonst ganz in meine Nähe gekommen wäre.

Noch standen wir beide da, die Revolver drohend in den Händen, als ein weiterer Gast eintrat.

Winnetou

Es gibt Menschen, die gleich im ersten Augenblick der Begegnung, noch ehe sie ein Wort gesprochen haben, einen tiefen, unauslöschlichen Eindruck auf uns machen. Ohne daß eine solche Person sich freundlich oder feindselig verhalten hat, fühlt man deutlich, ob man sie hassen oder lieben werde. Ein solcher Mensch war dieser Indianer.

Er trug ein weißgegerbtes und mit roter indianischer Stickerei verziertes Jagdhemd. Die Leggings waren aus demselben Stoff gefertigt und an den Nähten mit dicken Fransen von Skalphaaren besetzt. Kein Fleck, keine noch so geringe Unsauberkeit war an Hemd und Hose zu bemerken. Seine kleinen Füße steckten in mit Perlen bestickten Mokassins, die mit Stachelschweinborsten geschmückt waren. Um den Hals trug er den Medizinbeutel, die kunstvoll geschnitzte Friedenspfeife und eine dreifache Kette von Krallen des grauen Bären, die er unter größter Lebensgefahr dem gefürchtetsten Raubtier der Rocky Mountains abgewonnen haben mußte. Um seine Taille schlang sich ein breiter Gürtel, aus einer kostbaren Saltillodecke bestehend. Daraus schauten die Griffe eines Messers und zweier Revolver hervor. In der Rechten hielt er ein doppelläufiges Gewehr, dessen Holzteile dicht mit silbernen Nägeln beschlagen waren. Den Kopf trug der Indianer unbedeckt. Sein langes, dichtes, blauschwarzes Haar war in einen hohen, helmartigen Schopf geordnet und mit einer Klapperschlangenhaut durchflochten. Keine Adlerfeder, kein Häuptlingszeichen schmückte diese Frisur, und dennoch sagte man sich gleich beim ersten Blick, daß dieser noch junge Mann ein Häuptling, ein berühmter Krieger sein müsse. Der Schnitt seines ernsten, männlich-schönen Gesichtes konnte römisch genannt werden, die Backenknochen standen kaum merklich vor, die Lippen des vollständig bartlosen Gesichtes waren voll und doch fein geschwungen, und die Hautfarbe zeigte ein mattes Hellbraun mit einem leisen Bronzehauch.

Er blieb einen Augenblick an der Tür stehen. Ein forschender, scharfer Blick seines dunklen Auges flog durch den Raum und über die darin befindlichen Personen, dann setzte er sich in unserer Nähe nieder, von den ihn anstarrenden Rowdies möglichst entfernt.

Man sah es ihm an, daß er die Situation sofort begriffen hatte. Seine Augen zogen sich ein ganz klein wenig und wie verächtlich zusammen, als er einen zweiten, kurzen Blick auf unsere Gegner warf, und als wir uns nun niedersetzten und die Revolver wieder einsteckten, zeigte sich ein kaum bemerkbares und, wie es schien, wohlwollendes Lächeln auf seinen Lippen.

Die Wirkung seiner Persönlichkeit war so groß, daß bei seinem Erscheinen eine wahre Kirchenstille eintrat. Diese Geräuschlosigkeit mochte den Wirt überzeugen, daß die Gefahr vorüber sei. Er steckte den Kopf zur halbgeöffneten

Tür herein und zog dann, als er sah, daß er nichts zu fürchten habe, die übrige Gestalt vorsichtig nach.

»Ich bitte um ein Glas Bier, deutsches Bier!« sagte der Indianer mit wohlklingender, sonorer Stimme und im schönsten, geläufigen Englisch.

Das war den Rowdies ebenso merkwürdig wie mir. Sie steckten die Köpfe zusammen und begannen zu flüstern. Die versteckten Blicke, mit denen sie den Indianer musterten, ließen erraten, daß sie nichts Gutes über ihn sprachen.

Er erhielt das Bier, hob das Glas gegen das Fensterlicht, prüfte es mit einem behaglichen Kennerblick und trank.

»Well!« sagte er zum Wirt, indem er mit der Zunge schnalzte. »Euer Bier ist gut. Der große Manitou der weißen Männer hat ihnen viele Künste gelehrt, und das Bierbrauen ist nicht die geringste unter ihnen.«

Er sprach so geläufig und mit so richtigem Akzent, daß ich mich leise zu Old Death wandte: »Sollte man glauben, daß dieser Mann ein Indianer sei!«

»Er ist einer, und zwar was für einer!« antwortete mir der Alte ebenso leise, aber mit Nachdruck.

»Kennt Ihr ihn? Habt Ihr ihn schon einmal getroffen oder gesehen?«

»Gesehen noch nicht. Aber ich erkenne ihn an seiner Gestalt, seiner Kleidung, seinem Alter, am meisten aber an seinem Gewehr. Es ist die berühmte Silberbüchse, deren Kugel niemals ihr Ziel verfehlt. Ihr habt Glück, den berühmtesten Indianerhäuptling Nordamerikas kennenzulernen, Winnetou, den Häuptling der Apachen. Er ist der hervorragenste unter allen Indianern. Sein Name lebt in jedem Palast, in jeder Blockhütte, an jedem Lagerfeuer. Gerecht, klug, ehrlich, treu, stolz, tapfer bis zur Verwegenheit, Meister im Gebrauch aller Waffen, ohne Falschheit, ein Freund und Beschützer aller Hilfsbedürftigen, gleichviel, ob sie rot oder weiß von Farbe sind, ist er bekannt über die ganze Länge und Breite der Vereinigten Staaten und weit über deren Grenzen hinaus als der ehrenhafteste und berühmteste Held des fernen Westens.«

»Aber wie kommt er zu diesem Englisch und zu den Manieren eines weißen Gentleman?«

»Er verkehrt sehr viel im Osten, und man erzählt sich, ein europäischer Gelehrter sei in die Gefangenschaft der Apachen geraten und von ihnen so gut behandelt worden, daß er sich entschlossen habe, bei ihnen zu bleiben, sich eine Tochter des Stammes zum Weib zu nehmen und die Indianer zum Frieden zu erziehen. Er ist der Lehrer Winnetous gewesen, wird aber mit seinen philanthropischen Ansichten nicht durchgedrungen und nach und nach verkommen sein.«

Das war sehr, sehr leise gesprochen worden, kaum hatte ich es verstehen können. Und doch wandte sich der über fünf Ellen von uns entfernte Indianer zu meinem neuen Freund: »Old Death hat sich geirrt. Der weiße Gelehrte kam zu den Apachen und wurde freundlich von ihnen aufgenommen. Er liebte die Schwester von Winnetous Vater, die die ›Taube des Westens‹ genannt wurde, und nahm sie zum Weib. Er wurde der Lehrer seines Neffen Winnetou und hat ihn unterrichtet, gut zu sein und die Sünde von der Gerechtigkeit, die Wahrheit von der Lüge zu unterscheiden. Er ist nicht verkommen, sondern er war hochgeehrt und hat sich niemals nach den weißen Männern zurückgesehnt. Als er starb, wurde ihm ein Grabstein errichtet, wie ihn gleich prächtig kein Häuptling jemals empfing, und mit Lebenseichen und schneeweiß blühenden Magnolien umpflanzt. Er ist hinübergegangen in die ewig grünenden Savannenländer, wo die Seligen sich nicht zerfleischen und vom Angesicht Manitous wonniges Entzücken trinken. Dort wird Winnetou ihn wiedersehen und allen Haß vergessen, den er hier auf Erden schaut.«

Was für ein feines Ohr mußte dieser Mann besitzen! Jetzt glaubte ich, was ich früher bezweifelt hatte, daß ein im Gras liegender Indianer im Stande sei, die an einem Halm emporkletternde Ameise zu hören. Old Death hatte keine Zeit, sich wie ich zu wundern, er war unendlich glücklich, von diesem Mann erkannt worden zu sein. Sein Gesicht strahlte vor Freude, als er ihn fragte: »Wie, Sir, Ihr kennt mich? Wirklich?«

»Ich habe Euch noch nicht gesehen, aber dennoch sofort erkannt, als ich eintrat. Ihr seid ein Scout, dessen Name bis hinüber zum Las Animas erklingt.«

Nach diesen Worten wendete er sich wieder ab. Während seiner Rede hatte sich kein Zug seines ehernen Gesichtes bewegt – jetzt saß er still und scheinbar in sich selbst versunken da.

Indessen flüsterten die Rowdies immer noch unter sich weiter, sahen sich fragend an, nickten einander zu, und schienen endlich zu einem Entschluß zu kommen. Sie kannten den Indsman nicht, hatten auch aus seiner Rede nicht geschlossen, wer er war, und wollten nun wohl die Niederlage, die sie uns gegenüber erlitten hatten, dadurch ausgleichen, daß sie ihn fühlen ließen, wie sehr sie einen rothäutigen Menschen verachteten. Dabei mochten sie der Ansicht sein, daß es mir und Old Death nicht einfallen werde, uns seiner anzunehmen, denn wenn nicht wir es waren, die beleidigt wurden, so hatten wir uns nach den herrschenden Regeln ruhig zu verhalten und zuzuschauen, wie ein harmloser Mensch moralisch mißhandelt wurde. Also stand einer von ihnen auf, derselbe, der vorher mit mir angebunden hatte, und schritt langsam und in herausfordernder Haltung auf den Indsman zu.

Ich war sofort dazu entschlossen, diesem nötigenfalls beizustehen, und zog meinen Revolver aus der Tasche, um ihn so vor mich auf den Tisch zu legen, daß ich ihn bequem erreichen konnte.

»Ist nicht notwendig«, flüsterte Old Death mir zu. »Ein Kerl wie Winnetou nimmt es mit der doppelten Anzahl dieser Burschen auf.«

Der Rowdy pflanzte sich breitspurig vor dem Apachen hin, stemmte die Arme in die Hüften und sagte: »Was hast du hier in Matagorda zu suchen, Rothaut? Wir dulden keine Wilden in unserer Gesellschaft.«

Winnetou würdigte den Mann keines Blickes, führte sein Glas an den Mund, nahm einen Schluck und setzte es dann, behaglich mit der Zunge schnalzend, wieder auf den Tisch.

»Hast du nicht gehört, was ich sagte, verwünschte Rothaut?« fragte der Rowdy. »Ich will wissen, was du hier treibst. Du schleichst umher, um uns auszuhorchen, den Spion zu spielen. Die Rothäute halten es mit dem Halunken Juarez, dessen Fell ja auch rot ist, wir aber sind auf seiten des Kaisers Max und werden jeden Indianer aufknüpfen, der uns in den Weg kommt. Wenn du nicht sofort in den Ruf einstimmst: ›Es lebe Kaiser Max‹, so legen wir dir den Strick um den Hals!«

Auch jetzt sagte der Apache kein Wort. Kein Zug seines Gesichtes bewegte sich.

»Hund, verstehst du mich? Antwort will ich haben!« schrie ihn der andere jetzt wütend an, indem er ihm die Faust auf die Achsel legte. Da richtete sich die geschmeidige Gestalt des Indianers blitzschnell in die Höhe.

»Zurück!« rief er in befehlendem Ton. »Ich dulde nicht, daß ein Kojote mich anheult.«

Kojote wird der feige Präriewolf genannt, der allgemein als verächtliches Tier angesehen wird. Die Indianer bedienen sich dieses Schimpfwortes, sobald sie jemandem ihre höchste Geringschätzung ausdrücken wollen.

»Ein Kojote?« rief der Rowdy. »Das ist eine Beleidigung, für die ich dich zur Ader lassen werde, und zwar augenblicklich!«

Er zog seinen Revolver. Da aber geschah etwas, was weder er noch ich erwartet hatten: Der Apache schlug ihm die Waffe aus der Hand, faßte ihn an den Hüften, hob ihn empor und schleuderte ihn gegen das Fenster, das natürlich in tausend Scherben ging und mit ihm hinaus auf die Straße flog.

Das war viel schneller geschehen, als man erzählen kann.

Das Klirren des Fensters, das Heulen der Hunde, das zornige Aufbrüllen der Genossen des auf diese Weise in die Luft Beförderten, das alles verursachte einen Heidenspektakel, der aber von Winnetous Stimme übertönt wurde. Er trat auf die Burschen zu, deutete mit der Hand nach dem Fenster und rief: »Will noch einer dort hinaus? Er mag es sagen!«

Er war einem der Hunde zu nahe gekommen. Dieser fuhr nach ihm, erhielt aber von dem Apachen einen Fußtritt, daß er sich winselnd unter den Tisch verkroch. Die Sklavenaufseher wichen scheu zurück und schwiegen. Winnetou hielt keine Waffe in der Hand. Seine Persönlichkeit allein war es, die allen imponierte. Keiner der Angegriffenen antwortete. Der Indianer glich einem Tierbändiger, wenn er in den Käfig tritt und die Wildheit der Raubtiere durch den Blick seines Auges niederhält.

Da wurde die Tür aufgerissen, und der durch das Fenster Geworfene, dessen Gesicht durch die Scherben leicht verletzt worden war, trat herein. Er hatte das Messer gezogen und sprang mit einem wütenden Schrei auf Winnetou los. Dieser machte nur eine kleine Bewegung zur Seite und packte mit schnellem Griff die Hand, die das Messer hielt. Dann faßte er ihn grad so wie vorhin bei den Hüften, hob ihn empor und schmetterte ihn auf den Boden, wo der Rowdy besinnungs- und bewegungslos liegen blieb. Keiner von seinen Kumpanen machte Miene, sich an dem Sieger zu vergreifen. Dieser griff so ruhig, als ob gar nichts geschehen sei, nach seinem Bier und trank es aus. Dann winkte er dem Wirt, der sich angstvoll nach der in sein Kabinett führenden Tür zurückgezogen hatte, zu sich, nahm einen Lederbeutel aus dem Gürtel und legte ihm einen kleinen gelben Gegenstand in die Hand.

»Nehmt das für das Bier und für das Fenster, Master Landlord! Ihr seht, daß der ›Wilde‹ seine Schuld bezahlt. Hoffentlich erhaltet Ihr auch von den Zivilisierten Euer Geld. Sie wollen keine ›Rothaut‹ bei sich dulden. Winnetou, der Häuptling der Apachen, aber geht nicht, weil er sich vor ihnen fürchtet, sondern weil er erkannt hat, daß nur die Haut, nicht aber die Seele dieser Bleichgesichter von heller Farbe ist. Es gefällt ihm nicht bei ihnen.«

Er verließ das Lokal, nachdem er seine Silberbüchse ergriffen hatte, ohne noch irgendwem auch nur einen Blick zuzuwerfen.

Jetzt kam wieder Leben in die Rowdies. Ihre Neugierde aber schien größer zu sein als ihr Zorn, ihre Beschämung und auch ihre Sorge um den bewußtlosen Gefährten. Sie fragten vor allen Dingen den Wirt, was er erhalten habe.

»Ein Nugget«, antwortete er, indem er ihnen das über haselnußgroße Stück gediegenen Goldes zeigte. »Ein Nugget, das wenigstens zwölf Dollar wert ist. Da ist das Fenster reichlich bezahlt, es war alt und morsch und hatte mehrere Sprünge in den Scheiben. Er schien den ganzen Beutel voll solcher Nuggets zu haben.« Die Rowdies äußerten ihren Ärger darüber, daß eine Rothaut sich im Besitz einer solchen Menge Gold befinde. Das Goldstück ging von Hand zu Hand und wurde nach seinem Wert geschätzt. Wir benutzten die Gelegenheit, um unsere Zeche zu bezahlen und uns zu entfernen.

»Nun, was sagt Ihr zu dem Apachen, Master?« fragte mich Old Death, als wir uns glücklich draußen befanden. »Kann es einen zweiten solchen Indsman geben?«

»Wohl kaum. Ich habe mir die berüchtigten Apachen freilich ganz anders vorgestellt.«

»Glaube es. Doch dürft Ihr nicht vergessen, daß er der einzige seiner Art ist, eine Ausnahme, die vergeblich ihresgleichen sucht. Die Schurken wichen vor ihm zurück wie die Sperlinge beim Anblick eines Falken. Wie schade, daß ich ihn nicht mehr sehe. Wir hätten ihm ein wenig nachgehen können, denn ich möchte gar zu gern wissen, was er hier treibt, ob er außerhalb der Stadt lagert oder in einem Gasthaus abgestiegen ist. Er muß sein Pferd irgendwo eingestellt haben, denn ein Apache ohne Roß ist undenkbar. Übrigens, Sir, habt auch Ihr Eure Sache gar nicht übel gemacht. Beinahe wäre mir Angst geworden, denn es ist immer gefährlich, mit solchen Leuten anzubinden, aber die kühne und gewandte Art, mit der Ihr die Hundebestie bedient habt, läßt vermuten, daß Ihr nicht allzu lange Zeit ein Greenhorn bleiben werdet. Aber nun sind wir in der Nähe unseres Logis angekommen. Gehen wir hinein? Ich denke nicht. Ein alter Trapper wie ich klemmt sich nicht gern zwischen Mauern ein, und ich habe am liebsten den freien Himmel über mir. Laufen wir also noch ein wenig in diesem schönen Matagorda umher. Ich wüßte nicht, wie wir die Zeit anders totschlagen wollten. Oder liebt Ihr es vielleicht, ein Spielchen zu machen?«

»Nein. Ich bin kein Spieler und habe auch nicht die Absicht, einer zu werden.«

»Recht so, junger Mann! Hier aber spielt fast jedermann, und nach Mexiko hinein wird es noch viel schlimmer, da spielt Mann und Weib, Katze und Maus, und die Messer sitzen nicht sehr fest. Erfreuen wir uns an einem Spaziergang! Dann essen wir und legen uns beizeiten auf das Ohr. In diesem gesegneten Land weiß man ja niemals, ob, wie oder wo man sich am andern Abend zur Ruhe legen kann.«

»So schlimm wird es doch wohl nicht sein!«

»Ihr dürft nicht vergessen, Sir, daß Ihr Euch bisher nur in den Oststaaten befunden habt. Jetzt aber sind wir in Texas, das bereits zum Westen gezählt werden muß, und dessen Verhältnisse noch bei weitem nicht geordnet sind. Wir haben zum Beispiel vor, nach Austin zu gehen. Es ist aber sehr fraglich, ob wir dorthin kommen. Die Ereignisse in Mexiko haben ihre Wogen auch über den Rio Grande herübergewälzt. Da geschieht manches, was sich sonst nicht zu ereignen pflegt, und überdies haben wir mit den Einfällen dieses Gibson zu rechnen. Wenn es ihm in den Sinn gekommen ist, die Fahrt nach Austin zu unterbrechen und irgendwo auszusteigen, sind wir natürlich gezwungen, dasselbe zu tun.«

»Aber wie erfahren wir, ob er von Bord gegangen ist?«

»Durch Nachfrage. Der Dampfer nimmt sich hier auf dem Colorado Zeit. Man hastet noch nicht so wie auf dem Mississippi und anderwärts. Es bleibt uns an jedem Ort ein kleines Viertelstündchen übrig, unsere Nachforschungen zu halten. Wir können uns sogar darauf gefaßt machen, irgendwo an Land gehen zu müssen, wo es weder Stadt noch irgendein Hotel gibt, in dem wir uns pflegen können.«

»Aber was geschieht in diesem Fall mit meinem Koffer?«

Er lachte laut auf bei meiner Frage.

»Koffer, Koffer!« rief er. »Einen Koffer mitzunehmen, das ist noch ein Rest längst vergangener vorsintflutlicher Verhältnisse. Welcher vernünftige Mensch schleppt ein solches Gepäckstück mit sich! Wenn ich alles, was ich jemals während meiner Reisen und Wanderungen brauche, hätte mitnehmen wollen, so wäre ich niemals weit gekommen. Nehmt mit, was für den Augenblick notwendig ist, alles übrige kauft Ihr Euch zu seiner Zeit. Was habt Ihr denn in Eurem alten Kasten für wichtige Dinge?«

»Kleider, Wäsche, Toilettengegenstände, Verkleidungsstücke und so weiter.«

»Das sind alles ganz schöne Sachen, die man aber überall haben kann. Und wo sie nicht zu haben sind, da ist eben kein Bedürfnis dafür vorhanden. Man trägt ein Hemd, bis man es nicht mehr braucht, und kauft sich dann ein neues. Toilettensachen? Nehmt es nicht übel, Sir, aber Haar- und Nagelbürsten, Pomaden, Bartwichse und dergleichen schänden bloß den Mann. Verkleidungsgegenstände? Die mögen da, wo Ihr jetzt gewesen seid, ihre Dienste leisten, hier aber nicht mehr. Hier braucht Ihr Euch nicht hinter einer Perücke zu verstecken. Solch romantischer Unsinn führt Euch nicht zum Ziel. Hier heißt es, frisch zugreifen, sobald Ihr Euern Gibson findet. Und ...«

Er blieb stehen, betrachtete mich von oben bis unten, zog eine lustige Grimasse und fuhr dann fort: »So, wie Ihr hier vor mir steht, könnt Ihr im Zimmer der anspruchsvollsten Lady oder im Parkett irgendeines Theaters erscheinen. Texas aber hat mit einem Boudoir oder einer Theaterloge nicht die mindeste Ähnlichkeit. Leicht kann es geschehen, daß bereits nach zwei oder drei Tagen Euer feiner Anzug in Fetzen um Euch hängt und Euer schöner Zylinderhut die Gestalt einer Ziehharmonika erhalten hat. Wißt Ihr denn, wohin Gibson sich wenden wird? In Texas zu bleiben, kann unmöglich seine Absicht sein, er will verschwinden und muß also die Grenze der Vereinigten Staaten hinter sich haben. Daß er die Richtung hierher eingeschlagen hat, macht es über allen Zweifel erhaben, daß er nach Mexiko will. Er kann in den Wirren dieses Landes untertauchen, und kein Mensch, auch keine Polizei, wird Euch helfen, ihn emporzuziehen.«

»Vielleicht habt Ihr recht. Ich denke aber, wenn er wirklich nach Mexiko wollte, so würde er direkt nach einem dortigen Hafen gegangen sein.«

»Unsinn! Er hat New Orleans so schnell verlassen müssen, daß er sich des ersten abfahrenden Schiffes bedienen mußte. Ferner befinden sich die mexikanischen Häfen im Besitz der Franzosen. Wißt Ihr denn, ob er von diesen etwas wissen will? Er hat keine Wahl, er muß den Landweg einschlagen und ist jedenfalls klug genug, sich an den größeren Orten nicht allzuviel sehen zu lassen. So ist es möglich, daß er auch Austin vermeidet und bereits vorher ausgestiegen ist. Er geht nach dem Rio Grande, zu Pferde natürlich, durch wenig besiedeltes Land. Wollt Ihr ihm dorthin mit Eurem Koffer, Eurem Zylinderhut und in diesem eleganten Anzug folgen? Wenn das Eure Absicht wäre, so müßte ich Euch auslachen.«

Ich sah freilich ein, daß er nicht Unrecht hatte. Vielleicht war der Blick, mit dem ich an mir niedersah, ein wenig kläglich, denn er lachte abermals laut auf, klopfte mir auf die Achsel und sagte: »Laßt es Euch nicht leid tun, trennt Euch getrost von diesem unpraktischen Anzug. Geht hier zu einem Händler, um all Euern unnützen Krimskrams zu verkaufen, und schafft Euch dafür andere Kleider an. Ihr müßt unbedingt einen festen, dauerhaften Trapperanzug haben. Ich kalkuliere, daß man Euch mit genug Geld versehen hat?« Ich nickte. »Nun, so ist ja alles recht. Weg also mit dem Schwindel! Ihr könnt doch reiten und schießen?« Ich bejahte mit viel Nachdruck.

»Ein Pferd müßt Ihr auch haben, aber hier an der Küste kauft man sich keines. Hier sind die Tiere teuer und schlecht. Drin im Land aber läßt Euch jeder Farmer eins ab, doch nicht auch einen Sattel dazu. Den müßt Ihr hier kaufen.«

»O weh! Soll ich etwa so laufen wie Ihr, mit dem Sattel auf dem Rücken?«

»Ja. Warum nicht? Geniert Ihr Euch etwa vor den Leuten? Wen geht es etwas an, daß ich einen Sattel trage? Keinen Menschen! Wenn es mir beliebt, so schleppe ich ein Sofa mit mir herum, um mich in der Prärie oder im Urwald gelegentlich darauf ausruhen zu können. Wer da über mich lacht, dem gebe ich einen Nasenstüber, daß ihm alle möglichen Fixsterne vor den Augen funkeln. Man hat sich nur dann zu schämen, wenn man ein Unrecht oder eine Albernheit begeht. Gesetzt, Gibson ist mit William irgendwo ausgestiegen, hat Pferde gekauft und ist davongeritten, so sollt Ihr sehen, wie vorteilhaft es für Euch ist, sofort einen Sattel zur Hand zu haben. Tut, was Ihr wollt. Wenn Ihr aber wirklich wünscht, daß ich bei Euch bleibe, so folgt meinem Rat. Entscheidet Euch also schnell!«

Er sagte das, ohne aber meine Entscheidung abzuwarten, faßte mich vielmehr am Arm, drehte mich um, deutete auf ein Haus mit einem großen Laden, über dem in ellenhohen Buchstaben zu lesen war: »Store For All Things«, und zog mich fort nach dem Eingang, gab mir einen Stoß, daß ich in den Laden und an ein offenstehendes Heringsfaß schoß, und schob sich dann schmunzelnd hinterdrein.

Die Firmenaufschrift enthielt keine Lüge. Der Laden war sehr groß und enthielt wirklich alles, was man unter den hiesigen Verhältnissen nötig haben konnte, sogar Sattel und Gewehre.

Die nun folgende Szene war einzig in ihrer Art. Ich glich geradezu einem Schulbuben, der mit seinem Vater vor der Jahrmarktsbude steht, seine Wünsche nur unter Zagen äußern darf und vielmehr das nehmen muß, was der erfahrene Vater für ihn aussucht. Old Death stellte gleich anfangs die Bedingung, daß der Besitzer des Ladens meinen gegenwärtigen Anzug und auch den ganzen Inhalt meines Koffers mit in Zahlung zu nehmen habe. Der Mann ging gern darauf ein und schickte sofort seinen Storekeeper fort, den Koffer zu holen. Als der Gehilfe zurückkam, wurden meine Sachen taxiert, und nun begann Old Death, für mich auszusuchen. Ich erhielt: eine schwarze Lederhose, ein Paar hohe Stiefel, natürlich mit Sporen, ein rotwollenes Leibhemd, eine Weste von derselben Farbe mit unzähligen Taschen, ein schwarzwollenes Halstuch, einen hirschledernen Jagdrock, ungefärbt, einen ledernen Gürtel, zwei Hände breit und innen natürlich hohl, Kugelbeutel, Tabaksblase, Tabakspfeife, Kompaß und zwanzig andere notwendige Kleinigkeiten, Fußlappen anstatt der Strümpfe, einen riesigen Sombrero, eine wollene Decke mit einem Schlitz in der Mitte, um den Kopf hindurchzustecken, ein Lasso, Pulverhorn, Feuerzeug, Bowiemesser, Sattel mit Taschen und Zaumzeug. Dann ging es zu den Gewehren. Old Death war kein Freund von Neuerungen. Er schob alles, was neueren Datums war, beiseite und griff nach der alten Rifle, die ich jedenfalls gar nicht beachtet hätte. Nachdem er sie mit der Miene eines Kenners untersucht hatte, lud er sie, trat vor den Laden hinaus und schoß nach der Giebelverzierung eines sehr entfernten Hauses. Die Kugel saß. »Well!« nickte er befriedigt. »Die wird's tun. Dieses Schießeisen hat sich in famosen Händen befunden und ist mehr wert als aller Krimskrams, den man jetzt mit dem Namen Büchse beehrt. Ich kalkuliere, daß dieses Gewehr von einem sehr tüchtigen Meister angefertigt worden ist, und will hoffen, daß Ihr ihm Ehre macht. Nun noch eine Kugelform dazu. Dann sind wir fertig. Blei können wir hier auch haben, so gehen wir nach Hause und gießen einen Kugelvorrat, vor dem sie da drüben in Mexiko erschrecken sollen.«

Nachdem ich mir noch einige Kleinigkeiten, wie Taschentücher usw., die Old Death natürlich für ganz überflüssig hielt, ausgesucht hatte, mußte ich in einem kleinen Nebenraum treten, um mich umzuziehen. Als ich in den Laden zurückkehrte, betrachtete der Alte mich wohlgefällig.

Im stillen hatte ich mich der Hoffnung hingegeben, daß er den Sattel tragen werde, aber das fiel ihm gar nicht ein, er packte mir die Geschichte auf und schob mich hinaus.

»So!« schmunzelte er draußen. »Jetzt seht einmal, ob Ihr Euch wirklich zu schämen habt! Jeder verständige Mensch wird Euch für einen sehr vernünftigen Gentleman halten, und was die unverständige Welt sagt, das geht Euch den Teufel an.«

Jetzt hatte ich Old Death nichts mehr voraus und mußte mein Joch geduldig nach dem Gasthof schleppen, während er stolz nebenher schritt und es ihm jedenfalls heimlichen Spaß machte, mich als meinen eigenen Packträger in Tätigkeit zu sehen.

Die Banditen werden überlistet

Am anderen Morgen mieteten wir zwei Maultiere, auf denen wir hinaus nach der Anlegestelle ritten, wo der Dampfer auf die Passagiere wartete. Die Tiere erhielten unsere Sättel aufgelegt, wodurch es glücklicherweise vermieden wurde, daß wir diese tragen mußten.

Der Steamer war ein sehr flachgehendes Boot und ganz nach amerikanischer Manier gebaut. Es befanden sich bereits zahlreiche Passagiere darauf. Als wir, nun allerdings die Sättel tragend, über die Planke schritten und an Deck kamen, rief eine laute Stimme: »By Jove! Da kommen ein paar zweibeinige, gesattelte Maulesel! Hat man schon so etwas gesehen? Macht Platz, Leute! Laßt sie hinab in den Raum! Solch Viehzeug darf doch nicht unter Gentlemen verweilen!«

Wir kannten diese Stimme. Die besten Plätze des mit einem Glasdach versehenen ersten Platzes waren von den Rowdies eingenommen, die wir gestern kennengelernt hatte. Der laute Schreier von gestern, der überhaupt ihr Anführer zu sein schien, hatte uns mit dieser neuen Beleidigung empfangen. Ich richtete mich nach Old Death. Da er die Worte ruhig über sich ergehen ließ, tat auch ich so, als ob ich sie gar nicht vernommen hätte. Wir nahmen den

Kerlen gegenüber Platz und schoben die Sättel unter unsere Sitze.

Der Alte machte es sich bequem, zog seinen Revolver hervor, spannte ihn und legte ihn neben sich hin, ich folgte seinem Beispiel und legte meinen Revolver auch bereit. Die Kerle steckten die Köpfe zusammen und zischelten unter sich, wagten es aber nicht, wieder eine laute Beleidigung hören zu lassen. Ihre Hunde, von denen nun freilich einer fehlte, hatten sie auch heute bei sich. Der Sprecher betrachtete uns mit ganz besonders feindseligen Blicken. Seine Haltung war gebeugt, jedenfalls infolge des Fluges durch das Fenster und der nachfolgenden nicht eben sanften Behandlung durch Winnetou. Sein Gesicht zeigte die noch frischen Spuren der Fensterscheiben.

Als der Conductor kam, uns zu fragen, wie weit wir mitfahren wollten, gab Old Death den Ort Columbus an, bis wohin wir bezahlten. Wir konnten ja dort weitere Passage nehmen. Er war der Ansicht, daß Gibson nicht ganz bis Austin gefahren sei.

Die Glocke hatte bereits das zweite Zeichen gegeben, als ein neuer Passagier kam – Winnetou. Er ritt einen auf indianische Weise gezäumten Rapphengst, ein prachtvolles Tier, stieg erst an Bord aus dem Sattel und führte sein Pferd nach dem Vorderteil des Decks, wo für etwa mitzunehmende Pferde ein schulterhoher Bretterverschlag angebracht worden war. Dann setzte er sich, scheinbar ohne jemand zu beachten, daneben auf die Brüstung des Schiffsgeländers. Die Rowdies nahmen ihn scharf in die Augen. Sie räusperten sich und husteten laut, um seine Blicke auf sich zu lenken, doch vergebens. Er saß, sich auf die Mündung seiner Silberbüchse stützend, halb abgewendet von ihnen und schien kein Ohr für sie zu haben.

Jetzt läutete es zum letzten Mal, noch einige Augenblicke des Wartens, ob vielleicht noch ein Reisender kommen werde, dann drehten sich die Räder, und das Schiff begann die Fahrt.

Unsere Reise schien ganz ruhig verlaufen zu wollen. Es herrschte vollständige Ruhe an Bord bis Wharton, wo ein einziger Mann ausstieg, dafür aber zahlreiche Passagiere an Bord kamen.

Old Death ging für einige Minuten an das Ufer, wo der Commissioner stand, um sich bei diesem nach Gibson zu erkundigen. Er erfuhr, daß zwei Männer, auf die seine Beschreibung paßte, hier nicht ausgestiegen seien.

Dasselbe negative Resultat hatte seine Erkundigung auch in Columbus, weshalb wir dort bis La Grange weiter bezahlten. Von Matagorda bis Columbus hat das Schiff einen Weg von vielleicht fünfzig Gehstunden zurückzulegen. Es würde also schon spät am Nachmittag sein, wenn wir in Columbus ankämen. Während der ganzen Fahrt hatte Winnetou seinen Platz nur ein einziges Mal verlassen, um seinem Pferd Wasser zu schöpfen und ihm Maiskörner zu geben.

Die Rowdies schienen ihren gegen ihn und uns gerichteten Ärger vergessen zu haben. Sie hatten sich, sobald neue Passagiere anlangten, mit diesen beschäftigt, waren aber meist abweisend behandelt worden. Sie brüsteten sich mit ihrer antiabolitionistischen* Gesinnung, fragten jeden nach der seinen und schimpften auf alle, die nicht ihrer Meinung waren.

Ausdrücke wie »verdammter Republikaner«, »Niggeronkel«, »Yankeediener« und andere noch schlimmere flossen nur so von ihren Lippen, und so kam es, daß man sich von ihnen zurückzog und nichts von ihnen wissen wollte. Das war jedenfalls auch der Grund, daß sie es unterließen, mit uns anzubinden. Sie durften nicht hoffen, von anderen gegen uns unterstützt zu werden. Hätten sie jedoch mehr Sezessionisten an Bord gefunden, so wäre es ganz gewiß um den Schiffsfrieden geschehen gewesen.

In Columbus waren viele von den friedlich gesinnten Leuten ausgestiegen und dafür andere an Bord gekommen, die das gerade Gegenteil zu denken schienen. Unter anderem taumelte eine Bande von vielleicht fünfzehn bis zwanzig Betrunkenen über die Planke, die nichts Gutes ahnen ließen und von den Rowdies mit stürmischer Freude begrüßt wurden. Andere der neu Eingestiegenen schlossen sich ihnen an, und bald konnte man sehen, daß das Gesindel sich jetzt in der Übermacht befand. Die Unholde flegelten sich auf die Sitze, ohne zu fragen, ob sie anderen unbequem wurden oder nicht, stießen sich zwischen den ruhigen Passagieren hin und her und taten alles, um zu zeigen, daß sie sich als Herren des Platzes fühlten. Der Kapitän ließ sie ruhig rumoren, er mochte meinen, daß es das Beste sei, sie nicht zu beachten. Solange sie ihn nicht in der Leitung des Schiffes

* Antiabolitionistisch: gegen die Bewegung zur Abschaffung der Sklaverei.

störten, überließ er es den Reisenden, sich gegen Übergriffe selbst zu schützen. Er hatte keinen einzigen Yankeezug im Gesicht. Seine Gestalt war voll, wie man es beim Amerikaner selten sieht, und über sein rotwangiges Gesicht breitete sich ein immerwährendes gutmütiges Lächeln, das, ich hätte darauf wetten wollen, echt deutscher Herkunft sein mußte.

Die meisten der Sezessionisten waren nach der Schiffsrestauration gegangen. Von dort her erscholl wüstes Gejohle. Flaschen wurden in Scherben geschlagen, und dann kam ein Neger schreiend gerannt, der unschwer als der Kellner ausgemacht werden konnte. Er kletterte zum Kapitän hinauf und jammerte ihm seine uns fast unverständlichen Klagen vor. Nur so viel hörte ich, daß er mit der Peitsche geschlagen worden sei und später am Rauchschlot gehenkt werden solle.

Jetzt machte der Kapitän ein bedenkliches Gesicht. Er schaute aus, ob das Schiff den richtigen Kurs habe, und stieg dann herab, um sich zur Restauration zu begeben. Da kam ihm der Conductor entgegen. Ganz in unserer Nähe trafen die beiden zusammen. Wir hörten, was sie sprachen.

»Capt'n«, meldete der Conductor, »wir dürfen nicht länger ruhig zusehen. Diese Leute planen Arges. Laßt den Indianer dort an das Land! Sie wollen ihn aufhängen. Er hat sich gestern an einem von ihnen vergriffen. Außerdem sind zwei Weiße hier, ich weiß nur nicht welche, die auch gelyncht werden sollen, weil sie gestern dabei waren. Sie sollen Spione von Juarez sein.«

»Alle Teufel! Das wird Ernst. Welche beiden Männer werden das sein?« Sein Auge schweifte forschend umher.

»Wir sind es, Sir«, antwortete ich, indem ich aufstand und zu ihnen trat. »Ihr? Na, wenn Ihr Spione von Juarez seid, so will ich mein Steamboot als Frühstück verzehren!« meinte er, indem er mich musterte.

»Fällt mir nicht ein! Ich bin Deutscher und bekümmere mich nicht im mindesten um Eure Politik.«

»Ein Deutscher? Da sind wir ja Landsleute! Ich habe mein erstes fließendes Wasser im Neckar gesehen. Euch darf nichts geschehen. Ich werde sofort am Ufer anlegen, damit Ihr Euch in Sicherheit bringen könnt.«

»Da mache ich nicht mit. Ich muß unbedingt mit diesem Boot weiter und habe keine Zeit zu verlieren.«

»Wirklich! Das ist unangenehm. Wartet einmal!«

Er ging zu Winnetou und sagte ihm etwas. Der Apache hörte ihn an, schüttelte verächtlich den Kopf und wandte sich ab. Der Kapitän kehrte zu uns zurück und meldete mit verdrießlicher Miene: »Dachte es mir! Die Roten haben eiserne Köpfe. Er will auch nicht ans Land gesetzt werden.«

»Dann ist er mit diesen beiden Herren verloren, denn die Kerle werden Ernst machen. Und wir paar Mann vom Steamer können gegen eine solche Übermacht nichts tun.«

Der Kapitän blickte sinnend vor sich nieder. Dann zuckte es lustig über sein gutmütiges Gesicht, wie wenn er einen vortrefflichen Einfall habe.

»Ich werde diesen Sezessionisten einen Streich spielen, an den sie noch lange denken sollen. Ihr müßt Euch aber genau so verhalten, wie ich es von Euch verlange. Macht vor allen Dingen keinen Gebrauch von der Waffe. Steckt Eure Büchsen da unter die Bank zu den Sätteln. Gegenwehr würde die Sache verschlimmern.«

»All devils! Sollen wir uns ruhig lynchen lassen, Master?« rief Old Death verdrießlich.

»Nein. Haltet Euch an passive Gegenwehr! Im richtigen Augenblick wird mein Mittel wirken. Wir wollen diese Halunken durch ein Bad abkühlen. Verlaßt Euch auf mich! Habe keine Zeit für Erklärungen. Die Kerle kommen schon.«

Wirklich kam jetzt die Rotte aus der Restauration gestiegen. Der Kapitän wandte sich schnell von uns ab und erteilte dem Conductor einige leise Befehle. Dieser eilte zum Steuermann, bei dem die zwei zum Boot gehörigen Deckhands standen. Kurze Zeit später sah ich ihn beschäftigt, den ruhigeren Passagieren heimliche Weisungen zuzuflüstern, konnte aber nicht weiter auf ihn achten, da ich mit Old Death von den Sezessionisten in Anspruch genommen wurde. Nur so viel bemerkte ich im Verlauf der nächsten zehn Minuten, daß die erwähnten friedlichen Reisenden sich möglichst eng am Vorderdeck zusammenzogen.

Kaum hatten die betrunkenen Sezessionisten die Restauration verlassen, waren wir beide von ihnen umringt. Wir hatten nach der Weisung des Kapitäns die Gewehre weggelegt.

»Das ist er!« rief der Sprecher von gestern, indem er auf mich deutete. »Ein Spion der Nordstaaten, die es mit Juarez halten. Gestern noch ging er als feiner Gentleman gekleidet, heute hat er einen Trapperanzug angelegt. Warum verkleidet er sich? Meinen Hund hat er mir getötet, und beide haben uns mit ihren Revolvern bedroht.«

»Ein Spion ist er, ja ein Spion!« riefen die andern wirr durcheinander. »Das beweist die Verkleidung. Und er ist ein Deutscher. Bildet eine Jury! Er muß baumeln! Nieder mit den Nordstaaten, mit den Yankees und ihren Geschöpfen!«

»Was treibt Ihr da unten, Gentlemen?« rief in diesem Augenblick der Kapitän von oben herab. »Ich will Ruhe und auch Ordnung an Bord. Laßt die Passagiere ungeschoren!«

»Schweigt, Sir!« brüllte einer aus der Rotte hinauf. »Auch wir wollen Ordnung, und wir werden sie uns jetzt verschaffen. Gehört es zu Euren Obliegenheiten, Spione an Bord zu nehmen?«

»Es gehört zu meinen Obliegenheiten, Leute zu befördern, die die Passage bezahlen. Kommen Führer der Sezessionisten zu mir, so sollen sie mitfahren dürfen, vorausgesetzt, daß sie zahlen und anständig sind. Das ist meine Loyalität. Und wenn Ihr mir mit den Eurigen das Geschäft verderbt, so setz ich Euch ans Ufer, und Ihr mögt zu Land nach Austin schwimmen.«

Ein höhnisches, wieherndes Gelächter antwortete ihm. Man drängte Old Death und mich so eng zusammen, daß wir uns nicht rühren konnten. Wir protestierten natürlich, doch wurden unsere Worte durch das fast tierische Geschrei dieser rohen Bande verschlungen. Man stieß uns vom ersten Platz fort, hinaus bis an die rauchende Esse, an der wir aufgeknüpft werden sollten. Diese war oben mit eisernen Ösen versehen, durch die Taue liefen, also eine wunderbar schöne und praktische Vorrichtung, um jemanden aufzuhängen. Man brauchte die Taue nur schlaff zu lassen und uns mit der empfindlichen Gegend des Halses daran zu befestigen, um uns dann gemächlich emporzuhissen. Hier also wurde ein Kreis um und ein Gerichtshof über uns gebildet. Letzteres war eine reine Lächerlichkeit. Ich glaube, die Schufte sind gar nicht dazu gekommen, sich zu fragen, warum wir gar nicht Miene machten, uns zur Wehr zu setzen; sie sahen doch, daß wir im Besitz von Messern und Revolvern waren, uns ihrer aber nicht bedienten. Das mußte doch einen Grund haben.

Old Death mußte sich gewaltige Mühe geben, ruhig zu erscheinen. Seine Hand zuckte öfters nach dem Gürtel; aber sobald dann sein Blick nach dem Kapitän flog, winkte dieser verstohlen ab.

»Na«, meinte er zu mir, und zwar deutsch, um nicht verstanden zu werden, »ich will mich noch fügen. Aber wenn sie mir es zu toll treiben, so haben sie in einer einzigen Minute unsere vierundzwanzig Kugeln im Leibe. Schießt nur gleich, wenn ich anfange!«

»Hört nur!« rief der oft erwähnte Rowdy. »Sie reden deutsch. Es ist also erwiesen, daß sie verdammte Dutchmen sind und zu den Schuften gehören, die den Südstaaten am meisten zusetzten. Was wollen sie hier in Texas? Sie sind Spione und Verräter. Machen wir es kurz mit ihnen!«

Seinem Vorschlag wurde brüllend beigestimmt. Der Kapitän rief ihnen eine strenge Mahnung zu, wurde aber wieder ausgelacht. Dann warf man die Frage auf, ob man erst gegen den Indianer prozessieren oder uns vorher hängen solle. Man entschied sich für das erstere. Der Vorsitzende schickte zwei Männer ab, den Roten herbeizuholen.

Da wir rundum von Menschen umgeben waren, konnten wir Winnetou nicht sehen. Wir hörten einen lauten Schrei. Winnetou hatte den einen der Abgesandten niedergeschlagen und den anderen über Bord geschleudert. Dann war er in die aus Eisenblech gefertigte Kabine des Conductors geschlüpft, die sich am Radkasten befand. Diese hatte ein Fensterchen, durch das jetzt die Mündung seiner Doppelbüchse schaute. Natürlich erregte der Vorfall einen fürchterlichen Lärm. Alles rannte an die Schiffsbrüstung, und man schrie dem Kapitän zu, einen Mann ins Boot zu senden, um den in das Wasser Expedierten aufzufischen. Er kam diesem Ruf nach und gab einem der Deckhands einen Wink. Der Mann sprang in das am Hinterteil befestigte Boot, löste das Tau, an dem es gehalten wurde, und ruderte nach dem Rowdy, der glücklicherweise ein wenig schwimmen konnte und sich alle Mühe gab, über Wasser zu bleiben.

Ich stand mit Old Death allein. Vom Hängen war einstweilen keine Rede mehr. Wir sahen die Augen des Steuermannes und der übrigen Schiffsleute auf den Kapitän gerichtet, der uns näher winkte und mit unterdrückter Stimme sagte: »Paßt auf, Mesch'schurs! Jetzt geb' ich ihnen das Bad. Bleibt nur ruhig an Bord, es mag geschehen, was da wolle. Macht aber so viel Lärm wie möglich!«

Er hatte stoppen lassen, und das Schiff wurde langsam abwärtsgetrieben, dem rechten Ufer zu. Dort gab es eine Stelle, über der sich das Wasser brach, eine seichte Bank. Der Fluß war von da bis zum Ufer überhaupt nicht tief. Ein

Wink vom Kapitän – der Steuermann nickte lächelnd und ließ das Boot gerade gegen die Bank treiben. Ein kurzes Knirschen unter uns, ein Stoß, daß alle taumelten, viele aber niederstürzten – wir saßen fest. Das lenkte die allgemeine Aufmerksamkeit vom Kahn auf das Schiff. Die ruhigen Passagiere waren alle vom Conductor unterrichtet worden, schrien aber laut Verabredung, als ob sie höchste Todesangst auszustehen hätten. Die anderen, die an einen wirklichen Unfall glaubten, stimmten natürlich mit ein.

Da tauchte einer der Deckhands hinten auf, kam scheinbar voller Entsetzen zum Kapitän gerannt und schrie: »Wasser im Raum, Capt'n! Das Riff hat den Kiel mitten entzwei geschnitten. In zwei Minuten sinkt das Schiff.«

»Dann sind wir verloren!« rief der Kapitän. »Rette sich, wer kann! Das Wasser ist seicht bis zum Ufer. Schnell hinein!«

Er eilte von seinem Platz herab, warf den Rock, die Weste und die Mütze von sich, zog in höchster Eile die Stiefel aus und sprang über Bord. Das Wasser ging ihm nur bis an den Hals.

»Herunter, herunter!« schrie er. »Jetzt ist es noch Zeit. Wenn das Schiff sinkt, begräbt es in seinem Strudel alle, die sich noch an Bord befinden!«

Er hatte die Kleider von sich geworfen, um sie nicht naß zu machen. Daß der Kapitän der erste war, der sich rettete, daß er sich vorher halb entkleidete, darüber dachte keiner der Sezessionisten nach. Das Entsetzen hatte sie ergriffen. Sie sprangen über Bord und arbeiteten sich schleunigst nach dem Ufer, ohne darauf zu achten, daß der Kapitän nach der anderen, dem Ufer abgekehrten Seite des Schiffes schwamm und dort am schnell niedergelassenen Fallreep an Bord stieg. Das Schiff war nun gesäubert, und wo eine Minute vorher der bleiche Schrecken geherrscht hatte, ertönte jetzt ein lautes, lustiges Lachen.

Eben als die ersten der sich Rettenden an das Land stiegen, gab der Kapitän den Befehl, vorwärts zu dampfen. Das seicht gehende, unten breit und sehr stark gebaute Fahrzeug hatte nicht den mindesten Schaden gelitten, und es gehorchte willig dem Druck der Räder. Seinen Rock wie eine Flagge schwenkend, rief der Kapitän zum Ufer hinüber: »Farewell, Gentlemen! Habt ihr wieder einmal Lust, eine Jury zu bilden, so hängt euch selber auf. Eure Sachen, die sich noch an Bord befinden, werde ich in La Grange abgeben. Holt sie euch dort ab.«

Es läßt sich denken, welchen Eindruck diese höhnischen Worte auf die Gefoppten machten. Sie erhoben ein wütendes Geheul, forderten den Kapitän auf, sie augenblicklich wieder aufzunehmen, drohten mit Anzeige, Tod und anderen Schreckmitteln, ja schossen ihre Gewehre, so weit diese nicht naß geworden waren, auf den Steamer ab, doch ohne irgendwelchen Schaden anzurichten. Endlich brüllte einer in ohnmächtiger Wut zu dem Kapitän herüber: »Hund! Wir warten hier auf deine Rückkehr und hängen dich an deiner eigenen Esse auf!«

»Well, Sir! Komm dann gefälligst an Bord! Bis dahin aber laßt mir die Generale Mejia und Marquez grüßen!«

Jetzt hatten wir volle Kraft und dampften in beschleunigtem Tempo weiter, um die versäumte Zeit einzuholen.

Ein Bravourstück des Scouts

Als unser Steamboot in La Grange anlangte, war es Abend geworden, und der Kapitän erklärte uns, daß er wegen der im Flußbett drohenden Gefahren für heute nicht weiter dampfen könne. Wir waren also gezwungen, in La Grange auszusteigen. Winnetou ritt vor uns über die Planke und verschwand zwischen den Häusern im Dunkel der Nacht. Wir erwarteten, ihn morgen früh wieder an Bord zu sehen, und kümmerten uns also nicht um ihn, zumal auch er uns nicht zu beachten schien und nur einmal, nachdem die Sezessionisten vom Schiff entfernt worden waren, uns einen längeren Blick geschenkt hatte. Dieser Blick aber war nicht sehr wohlwollend, sondern im Gegenteil ziemlich verächtlich gewesen, wohl deshalb, weil wir uns von den sezessionistischen Schuften so in Schach hatten halten lassen. Er wußte vielleicht nicht, daß wir von dem Kapitän darum gebeten worden waren, und ich gestehe aufrichtig, daß dieser geringschätzige Blick mich noch für lange Zeit gewaltig irritierte.

Auch in La Grange stand der Commissioner bereit, die Interessen des Schiffseigners zu versehen. Old Death wandte sich sofort an ihn: »Sir, wann ist das letzte Schiff aus Matagorda hier angekommen, und stiegen alle Passagiere aus?«

»Das letzte Schiff kam vorgestern um dieselbe Zeit an und alle Passagiere gingen an Land, denn der Steamer ging erst am anderen Morgen weiter.«

»Und Ihr wart hier, als früh wieder eingestiegen wurde?«

»Aber natürlich, Sir.«

»So könnt Ihr mir vielleicht Auskunft erteilen. Wir suchen zwei Freunde, die mit dem betreffenden Steamer gefahren und also auch hier geblieben sind. Wir möchten gern wissen, ob sie dann früh die Fahrt fortgesetzt haben.«

»Hm, das ist nicht leicht zu sagen. Es war dunkel, und die Passagiere drängten so an Bord, daß man dem einzelnen gar keine besondere Aufmerksamkeit schenken konnte. Wahrscheinlich sind die Leute frühmorgens alle wieder mitgefahren, einen gewissen Master Clinton ausgenommen.«

»Clinton? Ah, den meine ich. Bitte, kommt einmal her zu Eurem Licht! Mein Freund wird Euch eine Fotografie zeigen, um zu erfahren, ob es die Master Clintons ist.«

Wirklich erklärte der Commissioner mit aller Entschiedenheit, daß es die des Mannes sei, den er meine.

»Wißt Ihr, wo er geblieben ist?« fragte Old Death.

»Genau nicht, aber sehr wahrscheinlich bei Señor Cortesio, denn dessen Leute holten die Koffer. Er ist Agent für alles, ein Spanier von Geburt. Ich glaube, er beschäftigt sich jetzt mit heimlichen Waffenlieferungen nach Mexiko hinein.«

»Hoffentlich lernt man in ihm einen Gentleman kennen?«

»Sir, heutzutage will jeder ein Gentleman sein, selbst wenn er seinen Sattel auf dem Rücken trägt.«

Das galt natürlich uns beiden, die wir mit unseren Sätteln

vor ihm standen, doch war die Stichelei nicht böse gemeint. Darum fragte Old Death in ungeminderter Freundlichkeit weiter: »Gibt es hier in diesem Ort, wo außer Eurer Laterne kein Licht zu brennen scheint, ein Gasthaus, in dem man schlafen kann, ohne von Menschen und anderen Insekten belästigt zu werden?«

»Es ist nur ein einziges da. Und da Ihr so lange hier bei mir stehen geblieben seid, werden die andern Passagiere Euch zuvorgekommen sein und die wenigen vorhandenen Räume in Beschlag genommen haben.«

»Das ist freilich nicht sehr angenehm«, antwortete Old Death, der auch diese Stichelei überhörte. »In Privathäusern darf man wohl keine Gastfreundschaft erwarten?«

»Hm. Ich kenne Euch nicht. Bei mir selbst könnte ich Euch nicht aufnehmen, da meine Wohnung sehr klein ist. Aber ich habe einen Bekannten, der Euch wohl nicht fortweisen würde, falls Ihr ehrliche Leute seid. Er ist ein Deutscher, von Beruf Schmied, aus Missouri hergezogen.«

»Nun«, entgegnete mein Freund, »mein Begleiter hier ist ein Deutscher, und auch mir ist die deutsche Sprache geläufig. Spitzbuben sind wir nicht, bezahlen wollen und können wir auch, und so kalkuliere ich, daß Euer Bekannter es einmal mit uns versuchen könnte. Wollt Ihr uns nicht seine Wohnung beschreiben?«

»Das ist nicht nötig. Ich würde Euch hinführen, aber ich habe noch auf dem Schiff zu tun. Master Lange, so heißt der Mann, ist jetzt nicht zu Hause. Um diese Zeit sitzt er gewöhnlich im Wirtshaus. Das ist so Sitte hier. Ihr braucht also nur nach ihm zu fragen, Master Lange aus Missouri.

Sagt ihm, daß der Commissioner Euch geschickt habe! Geht geradeaus und dann links um das zweite Haus, da werdet Ihr die Schenke an den brennenden Lichtern erkennen. Die Läden sind wohl noch offen.« Ich gab dem Mann ein Trinkgeld für die erteilte Auskunft, und dann wanderten wir mit unseren Pferdegeschirren weiter. Das Wirtshaus war nicht nur an den Lichtern, sondern noch weit mehr an dem Lärm zu erkennen, der aus den geöffneten Fenstern drang. Über der Tür war eine Tierfigur angebracht, die einer Riesenschildkröte glich, aber Flügel und nur zwei Beine hatte. Darunter stand zu lesen: »Hawk's Inn.« Die Schildkröte sollte also einen Raubvogel vorstellen, und das Haus war der »Gasthof zum Falken«.

Als wir die Stubentür öffneten, kam uns eine dicke Wolke übelriechenden Tabakqualms entgegen. Die Gäste mußten mit vortrefflichen Lungen ausgerüstet sein, da sie in dieser Atmosphäre nicht nur nicht erstickten, sondern sich augenscheinlich ganz wohl zu befinden schienen. Übrigens erwies sich der ausgezeichnete Zustand ihrer Lungen bereits aus der ungemein kräftigen Tätigkeit ihrer Sprachwerkzeuge, denn keiner sprach, aber jeder schrie, so daß es schien, als ob niemand auch nur eine Sekunde schweige, um zu hören, was ein anderer ihm vorbrüllte. Angesichts dieser angenehmen Gesellschaft blieben wir einige Minuten an der Tür stehen, um unsere Augen an den Qualm zu gewöhnen und die einzelnen Personen und Gegenstände unterscheiden zu können. Dann bemerkten wir, daß es zwei Stuben gab, eine größere für gewöhnliche und eine kleinere für feinere Gäste, für Amerika eine sonderbare und sogar gefährliche Einrichtung, da kein Bewohner der freien Staaten einen gesellschaftlichen oder gar moralischen Unterschied zwischen sich und den anderen anerkennen wird.

Da vorn kein einziger Platz mehr zu finden war, gingen wir nach der hinteren Stube, die wir ganz unbeachtet erreichten. Dort standen noch zwei Stühle leer, die wir für uns in Anspruch nahmen, nachdem wir die Sättel in eine Ecke gelegt hatten. An dem Tisch saßen mehrere Männer, die Bier tranken und sich in deutscher Sprache unterhielten. Sie hatten uns nur einen kurzen, forschenden Blick zugeworfen, und es schien mir, daß sie bei unserem Nahen schnell auf ein anderes Thema übergegangen waren, wie ihre unsichere, suchende Sprechweise vermuten ließ.

Zwei von ihnen waren einander ähnlich. Man mußte sie auf den ersten Blick für Vater und Sohn halten, hohe, kräftige Gestalten mit scharfen Zügen und schweren Fäusten, ein Beweis fleißigen und anstrengenden Schaffens. Ihre Gesichter machten den Eindruck der Biederkeit, waren aber jetzt von lebhafter Aufregung gerötet, wie wenn man sich über ein unliebsames Thema unterhalten hätte. Als wir uns niedersetzten, rückten sie zusammen, so daß zwischen ihnen und uns ein freier Raum entstand, ein leiser Wink, daß sie nichts von uns wissen wollten.

»Bleibt immerhin sitzen, Mesch'schurs!« sagte Old Death. »Wir werden Euch nicht gefährlich, wenn wir auch seit heut' früh fast gar nichts gegessen haben. Vielleicht könnt Ihr uns sagen, ob man hier etwas Genießbares bekommen kann, was einem die liebe Verdauung nicht allzu sehr malträtiert?«

Der eine, den ich für den Vater des anderen hielt, kniff das rechte Auge zusammen und antwortete lachend: »Was das Verspeisen unserer werten Personen betrifft, Sir, so würden wir uns wohl ein wenig dagegen wehren. Übrigens seid Ihr ja der reine Old Death, und ich glaube nicht, daß Ihr den Vergleich mit ihm zu scheuen brauchtet.«

»Old Death? Wer ist denn das?« fragte mein Freund mit möglichst dummem Gesicht.

»Jedenfalls ein berühmteres Haus als Ihr, ein Westmann und Pfadfinder, der in jedem Monat seines Herumstreichens mehr durchgemacht hat, als tausend andere ihr ganzes Leben lang. Mein Junge, der Will, hat ihn gesehen.«

Dieser »Junge« war vielleicht sechsundzwanzig Jahre alt und machte den Eindruck, als ob er es gern und gut mit einem halben Dutzend anderer aufnehmen würde. Old Death betrachtete ihn von der Seite her und fragte: »Der hat ihn gesehen? Wo denn?«

»Im Jahre zweiundsechzig, droben in Arkansas, kurz vor der Schlacht bei Pea Ridge. Doch werdet Ihr von diesen Ereignissen wohl kaum etwas wissen.«

»Warum nicht? Bin oft im alten Arkansas gewandert und glaube, um die angegeben Zeit nicht weit von dort gewesen zu sein.«

»So? Zu wem habt Ihr Euch denn damals gehalten, wenn man fragen darf? Die Verhältnisse liegen jetzt und in unserer Gegend so, daß man die politische Farbe eines Mannes, mit dem man an einem Tisch sitzt, genau kennen muß.«

»Habt keine Sorge, Master! Ich vermute, daß Ihr es nicht mit den besiegten Sklavenzüchtern haltet, und bin vollständig Eurer Meinung. Daß ich übrigens nicht zu dieser Menschensorte gehöre, konntet Ihr daraus ersehen, daß ich deutsch spreche!«

»Seid uns willkommen. Aber irrt Euch nicht, Sir! Die deutsche Sprache ist ein trügerisches Erkennungszeichen. Es gibt im anderen Lager auch Leute, die mit unserer Muttersprache ganz leidlich umzugehen wissen und dies benutzen, um sich in unser Vertrauen einzuschleichen. Das habe ich zur Genüge erfahren. Doch wir sprachen von Arkansas und Old Death. Ihr wißt vielleicht, daß dieser Staat sich beim Ausbruch des Bürgerkrieges für die Union erklären wollte. Es kam aber unerwartet ganz anders. Viele tüchtige Männer, denen das Sklaventum und ganz besonders das Gebaren der Südbarone ein Greuel war, taten sich zusammen und erklärten sich gegen die Sezession. Aber der Mob, zu dem ich natürlich auch diese Barone rechne, bemächtigte sich schleunigst der öffentlichen Gewalt, die Verständigen wurden eingeschüchtert, und so fiel Arkansas dem Süden zu. Es verstand sich ganz von selbst, daß dies besonders unter den Einwohnern deutscher Abstammung große Erbitterung erweckte. Sie konnten aber vorderhand nichts dagegen tun und mußten dulden, daß namentlich die nördliche Hälfte des schönen Landes unter den Folgen des Krieges außerordentlich zu leiden hatte. Ich wohnte in Missouri, in Poplar Bluff, nahe der Grenze Arkansas'. Mein Junge, der da vor Euch sitzt, war, wie sich ganz von selbst versteht, in eines der deutschen Regimenter getreten. Man wollte den Unionisten in Arkansas zu Hilfe kommen und schickte eine Abteilung zum Kundschaften über die Grenze. Will war bei diesen Leuten. Sie trafen unversehens auf eine erdrückende Übermacht und wurden nach verteufelter Gegenwehr überwältigt.«

»Also kriegsgefangen? Das war damals freilich schlimm. Man weiß, wie die Südstaaten es mit ihren Gefangenen trieben, denn von hundert starben mindestens achtzig an schlechter Behandlung. Aber direkt ging es doch nicht ans Leben?«

»Oho! Da seid Ihr gewaltig auf dem Holzweg. Die braven Kerle hatten sich wacker gehalten, alle ihre Munition verschossen und dann noch mit Kolben und Messer gearbeitet. Das ergab für die Sezessionisten gewaltige Verluste, und darüber erbost, entschlossen sie sich, die Gefangenen über die Klinge springen zu lassen. Will ist mein einziger Sohn, und ich stand also ganz nahe daran, ein verwaister Vater zu werden, und daß ich es nicht wurde, habe ich nur Old Death zu verdanken.«

»Wieso, Master? Ihr macht mich außerordentlich neugierig. Hat dieser Pfadfinder etwa ein Streifcorps herbeigeführt, um die Gefangenen zu befreien?«

»Da wäre er zu spät gekommen, denn bevor solche Hilfe erscheinen konnte, wäre der Mord geschehen gewesen. Nein, er fing es als echter, richtiger und verwegener Westmann an. Er holte die Gefangenen ganz allein heraus.«

»Alle Wetter! Das wäre ein Streich!«

»Und was für einer! Er schlich sich in das Lager, auf dem Bauch, wie man Indianer beschleicht, eine List, die ihm durch einen Regen, der an jenem Abend in Strömen niederfiel und die Feuer auslöschte, erleichtert wurde. Daß dabei einige Vorposten sein Messer gefühlt haben, versteht sich ganz von selbst. Die Sezessionisten lagen in einer Farm, ein ganzes Bataillon. Die Offiziere hatten natürlich das Wohnhaus für sich behalten, und die Truppen waren untergebracht worden, wie es eben ging, die Gefangenen aber, über zwanzig an der Zahl, hatte man in die Zuckerpresse eingeschlossen. Dort wurden sie von vier Posten bewacht, je einer an jeder Seite des Gebäudes. Am nächsten Morgen sollten die armen Teufel füsiliert werden.

Des Nachts, kurz nach der Ablösung der Posten, hörten sie ein außergewöhnliches Geräusch über sich, auf dem Dach, das nicht vom prasselnden Regen herrührte. Sie lauschten. Da krachte es plötzlich. Das aus langen Schindeln bestehende Dach war aufgesprengt worden. Irgend jemand arbeitete das so entstandene Loch weiter, bis der Regen in die Presse fiel. Dann blieb es wohl über zehn Minuten lang still. Nach dieser Zeit aber wurde ein junger Baumstamm, an dem sich noch die Aststummel befanden, und der stark genug war, einen Menschen zu tragen, herabgelassen. An ihm kletterten die Gefangenen auf das Dach des niedrigen Gebäudes und von dort zur Erde herab. Dort sahen sie die vier Posten regungslos liegen und nahmen ihnen augenblicklich die Waffen. Der Retter brachte die Befreiten mit großer Schlauheit aus dem Bereich des Lagers und auf den nach der Grenze führenden Weg, den sie alle kannten. Erst hier erfuhren sie, daß es Old Death, der Scout war, der sein Leben gewagt hatte, um ihnen das ihrige zu erhalten.«

»Ist er mit ihnen gegangen?« fragte Old Death.

»Nein. Er sagte, er habe noch Wichtiges zu tun, und eilte

fort in die finstere, regnerische Nacht hinein, ohne ihnen Zeit zu lassen, sich zu bedanken oder ihn sich anzusehen. Die Nacht war so dunkel, daß man das Gesicht eines Menschen nicht erkennen konnte. Will hat nichts bemerken können als nur die lange, hagere Gestalt. Aber gesprochen hat er mit ihm und weiß noch heut jedes Wort, das der wackere Mann zu ihm sagte. Käme Old Death uns einmal in die Hände, so sollte er erfahren, daß wir Deutsche dankbare Menschen sind.«

»Das wird er wohl auch ohnedies wissen. Ich kalkuliere, daß Euer Sohn nicht der erste Deutsche ist, den dieser Mann getroffen hat. Aber, Sir, kennt Ihr vielleicht hier einen Master Lange aus Missouri?«

Der andere horchte auf.

»Lange?« fragte er. »Warum fragt Ihr nach ihm?«

»Ich fürchtete, daß wir hier im ›Falken‹ keinen Platz mehr finden, und erkundigte mich bei dem Commissioner am Flusse nach einem Mann, der uns vielleicht ein Nachtlager geben werde. Er nannte uns Master Lange und riet uns, diesem zu sagen, daß der Commissioner uns zu ihm schicke. Dabei meinte er, daß wir den Gesuchten hier finden würden.«

Ein Deutscher namens Lange

Der ältere Mann richtete nochmals einen prüfenden Blick auf uns und sagte dann: »Da hat er sehr recht gehabt, Sir, denn ich selbst bin Master Lange. Da der Commissioner Euch sendet und ich Euch für ehrliche Leute halte, so seid Ihr mir willkommen, und ich will hoffen, daß ich mich nicht etwa in Euch täusche. Wer ist denn der Gefährte, der noch gar kein Wort gesprochen hat?«

»Ein Landsmann von Euch, ein Sachse, gar ein studierter, der herübergekommen ist, um hier sein Glück zu machen.«

»Oh weh! Die guten Leute da drüben denken, die gebratenen Tauben fliegen ihnen nur so in den Mund. Ich sage Euch, Sir, daß man hier viel, viel härter arbeiten und bedeutend mehr Enttäuschungen erfahren muß, um es zu etwas zu bringen, als drüben. Doch nichts für ungut! Ich wünsche Euch Erfolg und heiße Euch willkommen.«

Er gab nun auch mir die Hand. Old Death drückte sie ihm noch einmal und sagte: »Und wenn Ihr nun noch im Zweifel seid, ob wir Euer Vertrauen verdienen oder nicht, so will ich mich an Euern Sohn wenden, der mir bezeugen wird, daß ich kein Mißtrauen verdiene.«

»Mein Sohn, der Will?« fragte Lange erstaunt.

»Ja, er und kein anderer. Ihr sagtet, daß er sich mit Old

Death unterhalten habe und noch jedes Worte genau wisse. Wollt Ihr mir wohl mitteilen, junger Mann, was da gesprochen worden ist? Ich interessiere mich sehr dafür.«

Jetzt antwortete Will, an den die Frage gerichtet war, in lebhaftem Ton: »Als Old Death uns auf den Weg brachte, schritt er voran. Ich hatte einen Streifschuß in den Arm bekommen, der mich sehr schmerzte, denn ich war nicht verbunden worden und der Ärmel war an der Wunde festgeklebt. Wir gingen durch ein Gebüsch. Old Death ließ einen starken Ast hinter sich schnellen, welcher meine Wunde traf. Das tat so weh, daß ich einen Schmerzensruf ausstieß, und ...«

»Und da nannte der Pfadfinder Euch einen Esel!« fiel Old Death ein.

»Woher wißt Ihr das?« fragte Will erstaunt.

Der Alte fuhr, ohne zu antworten, fort: »Darauf sagtet Ihr ihm, daß Ihr einen Schuß erhalten hättet, dessen Wunde entzündet sei, und er riet Euch, den Ärmel mit Wasser aufzuweichen und dann fleißig die Wunde mit dem Saft von Way-bread* zu kühlen, wodurch der Brand verhütet werde.«

»Ja, so ist es! Wie könnt Ihr das wissen, Sir?« rief der junge Lange überrascht.

»Das fragt Ihr noch? Weil ich es selbst bin, der Euch diesen guten Rat gegeben hat. Euer Vater sagte vorhin, ich könne mich recht gut mit Old Death vergleichen. Nun, er hat sehr recht, denn ich gleiche dem alten Kerl freilich so genau, wie eine Ehefrau der Gattin gleicht.«

---

* Way-bread: Wegerich.

»So – so – so seid Ihr es selbst?« rief Will erfreut, indem er von seinem Stuhl aufsprang und mit ausgebreiteten Armen auf Old Death zueilte, aber sein Vater hielt ihn zurück, zog ihn mit kräftiger Hand auf den Stuhl nieder und sagte: »Halt, Junge! Wenn es sich um eine Umarmung handelt, so hat der Vater das erste Recht und zunächst die Pflicht, deinem Retter die Vorderpranken um den Hals zu legen. Das wollen wir aber unterlassen, denn du weißt, wo wir uns befinden, und wie man auf uns achtet. Bleib also ruhig sitzen!« Und sich zu Old Death wendend, fuhr er fort: »Nehmt mir diesen Einspruch nicht übel, Sir! Ich habe meine guten Gründe dafür. Hier ist nämlich der Teufel los. Daß ich Euch dankbar bin, dürft Ihr mir glauben, aber gerade darum bin ich verpflichtet, alles zu vermeiden, was Euch in Gefahr bringen kann. Ihr seid, wie ich weiß und oft gehörte habe, als Parteigänger der Abolitionisten bekannt. Ihr habt während des Krieges Coups ausgeführt, die Euch berühmt gemacht, den Südländern aber großen Schaden gebracht haben. Ihr seid Heeresteilen des Nordens als Scout beigegeben gewesen und habt sie auf Wegen, auf die sich kein anderer gewagt hätte, in den Rücken der Feinde geführt. Wir haben Euch deshalb hoch geehrt, die Südländer aber nannten Euch und nennen Euch heute noch einen Spion. Ihr wißt wohl, wie jetzt die Sachen stehen. Geratet Ihr in eine Gesellschaft von Sezessionisten, so lauft Ihr Gefahr, aufgeknüpft zu werden.«

»Das weiß ich sehr wohl, Master Lange, ich mache mir aber nichts daraus«, entgegnete Old Death äußerst kühl. »Ich habe zwar keine Leidenschaft dafür, aufgehängt zu werden, aber man hat mir schon oft damit gedroht, ohne es wirklich fertigzubringen. Erst heute wollte eine Bande von Rowdies uns beide an den Schornstein des Dampfers hängen, auch sie sind nicht dazu gekommen.« Und Old Death erzählte den Vorfall auf dem Dampfer.

Als er geendet hatte, meinte Lange sehr nachdenklich: »Das war sehr brav von dem Capt'n, aber auch gefährlich für ihn. Er bleibt bis morgen früh hier in La Grange, die Rowdies aber kommen vielleicht noch während der Nacht hierher, dann kann er sich auf ihre Rache gefaßt machen. Und Euch ergeht es dann vielleicht noch schlimmer.«

»Pah! Ich fürchte diese paar Menschen nicht. Habe bereits mit anderen Kerlen zu tun gehabt.«

»Seid nicht allzu sicher, Sir! Die Rowdies werden hier ganz bedeutende Hilfe bekommen. Es ist in La Grange seit einigen Tagen nicht ganz geheuer. Von allen Seiten kommen Fremde, die man nicht kennt und heimlich tun. Geschäftlich haben sie nichts hier zu suchen, denn sie lungern müßig herum und tun gar nichts, was auf ein Geschäft schließen läßt. Jetzt sitzen sie da drinnen in der Stube und reißen das Mundwerk auf, daß ein Grizzlybär es sich zum Lager wählen könnte. Sie haben schon entdeckt, daß wir Deutsche sind, und uns zu reizen versucht. Wenn wir ihnen antworteten, würde es sicher Mord und Totschlag geben. Ich habe heute übrigens keine Lust, lange zu bleiben, und Ihr werdet Euch auch nach Ruhe sehnen. Aber mit dem Abendessen sieht es nicht allzu gut aus. Wir führen nämlich, da ich Witwer bin, einen Junggesellentisch und gehen mittags in den Gasthof essen. Auch habe ich vor einigen Tagen mein Haus verkauft, da mir hier der Boden zu heiß wird. Damit will ich nicht sagen, daß die Menschen mir hier nicht gefallen. Sie sind eigentlich nicht schlimmer als überall, aber in den Staaten ist der mörderische Krieg kaum beendet, und die Folgen liegen noch schwer auf dem Land. Drüben in Mexiko schlachtet man sich noch immer ab. Texas liegt so recht zwischen diesen beiden Gebieten, es gärt, wohin man blickt, aus allen Gegenden zieht das Gesindel hierher, und das verleidet mir den Aufenthalt. Darum beschloß ich zu verkaufen und dann zu meiner Tochter zu gehen, die sehr glücklich verheiratet ist und bei deren Mann ich eine Stelle finde, wie ich sie mir nicht besser wünschen kann. Dazu kommt, daß ich hier im Ort einen Käufer gefunden habe, dem die Liegenschaft paßt und der mich sofort bar bezahlen konnte. Vorgestern hat er mir das Geld gegeben, ich kann also fort, sobald es mir beliebt. Ich gehe nach Mexiko.«

»Seid Ihr des Teufels, Sir?« rief Old Death.

»Ich? Weshalb denn?«

»Weil Ihr vorhin über Mexiko geklagt habt. Ihr gabt zu, daß man sich da drüben abschlachte. Und nun wollt Ihr selbst hin!«

»Geht nicht anders, Sir. Übrigens ist es nicht in der einen Gegend Mexikos wie in der anderen. Da, wohin ich will, nämlich ein wenig hinter Chihuahua, ist es einigermaßen ruhig. Dort wohnt mein Schwiegersohn, zu dem ich mit dem Will gehen werde. Dort erwartet uns alles, was wir nur hoffen können, denn, Sir, der wackere Kerl ist als Silberminenbesitzer sehr wohlhabend. Er befindet sich jetzt über anderthalb Jahre in Mexiko und schreibt in seinem letzten Brief, daß ein kleiner Silberminenkönig angekommen sei, der ganz gewaltig nach dem Großvater schreie. Alle Teufel, kann ich da hierbleiben? Ich soll an der Mine eine gute Anstellung erhalten, mein Junge, der Will hier, ebenso. Dazu kann ich dem kleinen Minenkönig das erste Abendgebet und dann das deutsche Alphabet und Einmaleins beibringen. Ihr seht, Mesch'schurs, daß es für mich kein Halten gibt. Ein Großvater muß unbedingt bei seinen Enkeln sein, sonst ist er nicht am richtigen Platz. Also will ich nach Mexiko, und wenn es Euch beliebt, mit mir zu reiten, so soll es mir lieb sein.«

»Hm!« brummte Old Death. »Macht keinen Scherz, Sir! Es könnte kommen, daß wir Euch beim Wort nähmen.«

»Was, Ihr wollt mit hinüber? Das wäre freilich prächtig. Schlagt ein, Sir! Wir reiten zusammen.«

Er hielt ihm seine Hand hin.

»Langsam, langsam!« lachte Old Death. »Ich meine allerdings, daß wir wahrscheinlich nach Mexiko gehen werden, aber ganz gewiß ist es doch nicht, und wenn der Fall eintreten sollte, so wissen wir jetzt noch nicht, welche Richtung wir einschlagen werden.«

»Wenn es nur das ist, Sir, so reite ich mit Euch, wohin Ihr wollt. Von hier aus führen alle Wege nach Chihuahua, und es ist mir ganz gleich, ob ich heute dort ankomme oder morgen. Ich bin ein eigennütziger Kerl und sehe gern auf meinen Vorteil. Ihr seid ein gewandter Westmann und berühmter Fährtensucher. Wenn ich mit Euch reiten darf, komme ich sicher hinüber, und das ist in der jetzigen unruhigen Zeit von großem Wert. Wo werdet Ihr denn das Nähere erfahren?«

»Bei einem gewissen Señor Cortesio. Kennt Ihr den Mann vielleicht?«

»Ob ich den kenne! La Grange ist so klein, daß sich alle Katzen mit du anreden, und dieser Señor hat mir ja das Haus abgekauft.«

»Vor allen Dingen möchte ich wissen, ob er ein Schuft oder ein Ehrenmann ist.«

»Ein Ehrenmann! Seine politische Färbung geht mich natürlich nichts an. Ob einer kaiserlich oder republikanisch regiert sein will, das ist mir ganz gleich, wenn er nur sonst seine Pflicht erfüllt. Er steht mit der jenseitigen Grenze in reger Verbindung. Ich habe beobachtet, daß nachts Maultiere mit vollen, schweren Kisten beladen werden und daß sich heimlich Leute bei ihm versammeln, die dann in Richtung Rio Grande del Norte gehen. Darum, meine ich, man habe mit der Vermutung recht, daß er den Anhängern des Juarez Waffen und Munition liefert und ihnen auch Leute hinüberschickt, die gegen die Franzosen kämpfen wollen. Das ist bei den hiesigen Verhältnissen ein Wagnis, das man nur dann unternimmt, wenn man der Überzeugung ist, selbst bei einem jeweiligen Verlust dabei gute Geschäfte zu machen.«

»Wo wohnt er? Ich muß noch heute mit ihm reden.«

»Um zehn Uhr werdet Ihr ihn sprechen können. Ich hatte heute noch eine Unterredung mit ihm, deren Gegenstand sich aber indessen erledigt hat, so daß sie nicht mehr nötig ist. Er sagte, daß ich um zehn Uhr zu ihm kommen könne, er werde kurz vorher ankommen.«

»Hatte er Besuch, als Ihr bei ihm wart?«

»Den hatte er. Es saßen Männer bei ihm, ein junger und ein älterer.«

»Wurden Ihre Namen genannt?« warf ich gespannt ein.

»Ja. Wir saßen fast eine Stunde lang beisammen, und während einer solchen Zeit bekommt man schon die Namen derjenigen, mit denen man redet, zu hören. Der jüngere hieß Ohlert, und der Ältere wurde Señor Gavilano genannt. Dieser letztere schien ein Bekannter von Cortesio zu sein, denn sie sprachen davon, daß sie sich vor mehreren Jahren in der Hauptstadt Mexiko getroffen hätten.«

»Gavilano? Kenne den Mann nicht. Sollte Gibson sich jetzt so nennen?« Diese Frage war an mich gerichtet. Ich zog die Fotografien hervor und zeigte sie ihm.

Er erkannte die beiden sofort und bestätigte: »Das sind sie, Sir. Dieser hier mit dem hageren, gelben Kreolengesicht ist Señor Gavilano, der andere ist Master Ohlert, der mich in eine nicht geringe Verlegenheit brachte. Er fragte mich immerfort nach Gentlemen, die ich in meinem Leben noch nicht gesehen hatte, so zum Beispiel nach einem Nigger namens Othello, nach einer jungen Miß aus Orleans, Johanna mit Namen, die erst Schafe weidete und dann mit dem König in den Krieg zog, nach einem gewissen Master Fridolin, der einen Gang nach dem Eisenhammer gemacht haben soll, nach einer unglücklichen Lady Maria Stuart, der sie in England den Kopf abgeschlagen haben, nach einer Glocke, die ein Lied von Schiller gesungen haben soll, auch nach einem sehr poetischen Sir namens Ludwig Uhland, der zwei Sänger verflucht hat, wofür ihm irgendeine Königin die

Rose von ihrer Brust herunterwarf. Er freute sich, einen Deutschen in mir zu finden, und brachte eine Menge Namen, Gedichte und Theaterhistorien zum Vorschein, von denen ich mir nur das gemerkt habe, was ich soeben sagte. Das ging mir alles wie ein Mühlenrad im Kopf herum.

Dieser Master Ohlert schien ein ganz braver und ungefährlicher Mensch zu sein, aber ich möchte wetten, daß er einen kleinen Klaps hat. Und endlich zog er ein Blatt mit einer Reimerei hervor, die er mir vorlas. Es war die Rede von einer schrecklichen Nacht, die zweimal hintereinander einen Morgen, aber das drittemal keinen Morgen hatte. Es kamen da vor das Regenwetter, die Sterne, der Nebel, die Ewigkeit, das Blut in den Adern, ein Geist, der nach Erlösung brüllt, ein Teufel im Gehirn und einige Dutzend Schlangen in der Seele, kurz, lauter konfuses Zeug, was gar nicht möglich ist und auch gar nicht zusammenpaßt. Ich wußte wirklich nicht, ob ich lachen oder ob ich weinen sollte.«

Es war kein Zweifel vorhanden: Er hatte mit William Ohlert gesprochen. Sein Begleiter Gibson hatte jetzt zum zweiten Mal seinen Namen geändert. Wahrscheinlich war der Name Gibson auch nur ein angenommener. Daß der Ver- und Entführer einen gelben Kreolen-Teint hatte, wußte ich auch, denn ich hatte ihn ja gesehen. Vielleicht stammte er wirklich aus Mexiko und hieß ursprünglich Gavilano, unter welchem Namen ihn Señor Cortesio kennengelernt hatte.

Gavilano heißt zu Deutsch Sperber, eine Bezeichnung, die dem Mann freilich alle Ehre machte. Vor allen Dingen lag mir daran zu erfahren, welches Vorwandes er sich bediente, William so mit sich herumzuführen. Dieser Vorwand mußte für den Geisteskranken sehr verlockend sein und mit dessen fixer Idee, eine Tragödie über einen wahnsinnigen Dichter schreiben zu müssen, in naher Verbindung stehen. Vielleicht hatte Ohlert sich auch darüber ausgesprochen. Darum fragte ich: »Welcher Sprache bediente sich dieser junge Mann während des Gespräches mit Euch?«

»Er redete Deutsch und sprach sehr viel von einem Trauerspiel, das er schreiben wollte, es sei aber nötig, daß er alles das, was darin enthalten sein solle, auch selbst vorher erlebe.«

»Das ist ja gar nicht zu glauben!«

»Nicht? Da bin ich ganz anderer Meinung, Sir! Die Verrücktheit besteht ja gerade darin, Dinge zu unternehmen, die einen vernünftigen Menschen gar nicht in den Sinn kommen. Jedes dritte Wort war eine Señorita Felisa Perilla, die er mit Hilfe seines Freundes entführen müsse.«

»Das ist ja wirklich Wahnsinn, der reine Wahnsinn! Wenn dieser Mann die Gestalten und Begebenheiten seines Trauerspieles in die Wirklichkeit überträgt, so muß man das unbedingt zu verhindern suchen. Hoffentlich ist er noch hier in La Grange?«

»Nein. Er ist fort, gestern abgereist. Er ist eben mit Señor Cortesio zu Hopkins Farm, um von da nach dem Rio Grande zu gehen.«

»Das ist unangenehm, höchst unangenehm! Wir müssen schleunigst nach, womöglich noch heute. Wißt Ihr vielleicht, ob man hier zwei gute Pferde zu kaufen bekommen kann?«

»Ja, eben bei Señor Cortesio. Er hat immer Tiere, jedenfalls, um sie den Leuten abzulassen, die er für Juarez anwirbt. Aber von einem nächtlichen Ritt möchte ich Euch doch abraten. Ihr kennt den Weg nicht und bedürftet also eines Führers, den ihr für heute wahrscheinlich nicht mehr bekommen werdet.«

»Vielleicht doch. Wir werden alles versuchen, heute noch fortkommen zu können. Vor allen Dingen müssen wir mit Cortesio sprechen. Es ist zehn Uhr vorüber, und da er um diese Zeit zu Hause sein wollte, so möchte ich Euch bitten, uns jetzt seine Wohnung zu zeigen.«

»Gern. Brechen wir also auf, wenn es Euch beliebt, Sir!«

Als wir aufstanden, um zu gehen, hörten wir Hufschlag vor dem Haus, und einige Augenblicke später traten neue Gäste in die vordere Stube. Zu meinem Erstaunen und nicht gerade mit dem Gefühl der Beruhigung erkannte ich diese Leute, neun oder zehn der Sezessionisten, denen der Kapitän heute so schöne Gelegenheit gegeben hatte, sich an das Ufer zu retten. Sie schienen mehreren der anwesenden Gäste bekannt zu sein, denn sie wurden von diesen lebhaft begrüßt. Wir hörten aus den hin und her fliegenden Fragen und Antworten, daß sie erwartet worden waren. Sie wurden zunächst so in Beschlag genommen, daß sie keine Zeit fanden, auf uns zu achten. Das war uns auch sehr lieb, denn es konnte keineswegs unser Wunsch sein, ihre Aufmerksamkeit zu erregen. Darum setzten wir uns einstweilen wieder nieder. Wären wir jetzt gegangen, so hätten wir an ihnen vorüber gemußt, und diese Gelegenheit hätten sie ganz sicher benutzt, mit uns anzubinden. Als Lange hörte, wer sie waren, stieß er die Verbindungstür so weit zu, daß sie uns nicht sehen, wir aber alles hören konnten, was gesprochen wurde. Außerdem tauschten er und die anderen mit uns die Plätze, so daß wir mit dem Rücken nach der vorderen Stube saßen und die Gesichter von derselben abgewendet hatten.

»Es ist nicht notwendig, daß sie Euch sehen«, meinte er, »Denn schon früher herrschte eine für uns nicht eben günstige Stimmung da draußen. Bemerkten sie Euch, die sie für Spione halten und heute schon aufknüpfen wollten, so wäre der Krawall sofort fertig.«

»Das ist ganz gut«, antwortete Old Death. »Aber meint Ihr etwa, daß wir Lust haben, hier sitzenzubleiben, bis sie sich entfernt haben? Dazu ist keine Zeit vorhanden, da wir unbedingt zu Cortesio müssen.«

»Das könnt Ihr, Sir! Wir gehen einen Weg, auf dem sie uns nicht sehen.«

Old Death schaute sich in dem Zimmer um und sagte dann. »Wo wäre das? Wir können ja nur durch die Vorderstube.«

»Nein. Da hinaus haben wir es viel bequemer.«

Er deutete nach dem Fenster.

»Ist das Euer Ernst?« fragte der Alte. »Ich glaube gar, Ihr fürchtet Euch! Sollen wir uns französisch empfehlen wie Mäuse, die aus Angst vor der Katze in alle Löcher kriechen? Man würde uns schön auslachen.«

»Furcht kenne ich nicht. Aber es ist ein gutes altes deutsches Sprichwort, daß der Klügere nachgibt. Es genügt mir vollständig, mir selbst sagen zu können, daß ich es nicht aus Furcht, sondern nur aus Vorsicht tue. Ich will gar nicht erwähnen, daß da draußen eine zehnfach größere Zahl, als wir sind, sitzt. Die Vagabunden sind übermütig und ergrimmt. Sie werden uns nicht vorüberlassen, ohne uns zu belästigen, und da ich nicht der Mann bin, der dies duldet und Euch auch nicht für Leute halte, die so etwas ruhig hinnehmen, so wird es eine bedeutende Keilerei geben. In einem Kampf mit der Faust, mit Stößen oder mit abgebrochenen Stuhlbeinen scheue ich eine solche Übermacht nicht, denn ich bin ein Schmied und verstehe es, Köpfe breitzuhämmern. Aber ein Revolver ist eine verteufelt dumme Waffe. Der feigste Knirps kann mit einer erbsengroßen Kugel den mutigsten Riesen niederstrecken. Darum rät uns die einfachste Klugheit, diesen Kerlen ein Schnippchen zu schlagen, indem wir uns heimlich durch das Fenster aus dem Staub machen. Sie werden sich mehr darüber ärgern, als wenn wir uns stellen und einigen von ihnen die Schädel einschlagen, uns aber selbst dabei blutige Nasen oder gar etwas noch Schlimmeres holen.«

Ich gab dem verständigen Mann im stillen Recht, und auch Old Death sagte nach einer Pause: »So ganz unklug ist Eure Meinung freilich nicht. Ich will auf Euern Vorschlag eingehen und meine Beine mit allem, was daran hängt, zum Fenster hinausschieben. Hört doch einmal, wie sie brüllen. Ich glaube, sie sprechen von dem Abenteuer auf dem Steamer.«

Er hatte recht. Die Neuangekommenen erzählten, wie es ihnen auf dem Dampfer ergangen war, dann von Old

Death, dem Indianer und mir sowie von der Hinterlist des Kapitäns. Über die Ausübung ihrer Rache waren sie sich nicht einig gewesen. Die sechs Rowdies und deren Anhang hatten den Dampfer erwarten wollen, die anderen aber nicht Lust oder Zeit dazu gehabt.

»Wir konnten uns natürlich nicht eine ganze Ewigkeit lang wartend an das Ufer setzen«, sagte der Erzähler, »denn wir mußten hierher, wo wir erwartet wurden. Darum war es ein Glück, daß wir eine naheliegende Farm fanden, auf der wir uns Pferde borgten.«

»Borgten?« fragte einer lachend.

»Ja, borgten, aber freilich auf unsere Weise. Sie reichten indessen nicht für uns, und wir mußten zu zweit auf einem Tier sitzen. Später machte sich die Sache besser. Wir fanden noch andere Farmen, so daß schließlich auf jeden Mann ein Pferd kam.« Ein unbändiges Gelächter folgte dieser Diebstahlsgeschichte. Dann fuhr der Erzähler fort. »Ist hier alles in Ordnung? Und sind die Betreffenden gefunden?«

»Ja, wir haben sie.«

»Und die Anzüge?«

»Haben zwei Kisten mitgebracht; das wird ausreichen.«

»So gibt es Vergnügen. Aber auch die Spione und der Kapitän sollen ihren Teil haben. Der Steamer hält ja heute Nacht hier in La Grange, und so wird der Kapitän zu finden sein, und den Indianer und die beiden Spione werden wir auch nicht lange vergeblich zu suchen brauchen. Sie sind sehr leicht zu erkennen. Der eine trug einen neuen Trapperanzug, und beide hatten Sättel mit, ohne aber Pferde bei sich zu haben.«

»Sättel?« ertönte es jetzt in fast freudigem Ton. »Hatten nicht die zwei, die vorhin kamen und da draußen sitzen, ihre...«

Er sagte das übrige leiser, das galt natürlich uns.

»Mesch'schurs«, meinte Lange, »es ist Zeit, daß wir uns von dannen machen, denn in einigen Minuten kommen sie heraus. Steigt ihr schnell voran! Eure Sättel reichen wir euch hinaus.«

Er hatte sehr recht, drum fuhr ich, ohne mich zu genieren, schleunigst zum Fenster hinaus; Old Death folgte, worauf die beiden, Vater und Sohn, uns unsere Sachen, auch die Gewehre, nachreichten und dann auch hinaussprangen.

Wir befanden uns an der Giebelseite des Hauses auf einem kleinen, eingezäunten Platz, der wohl ein Grasgärtchen sein sollte. Als wir über den Zaun sprangen, bemerkten wir, daß auch die anderen Gäste, die sich mit uns in der kleinen Stube befunden hatten, durch das Fenster gestiegen kamen. Auch sie durften nicht hoffen, von den Sezessionisten freundlich behandelt zu werden, und hielten es für das beste, unserem Beispiel zu folgen.

»Nun«, lachte Lange, »sie werden Augen machen, die Kerle, wenn sie die Vögel ausgeflogen finden. Ist aber wirklich am besten so.«

»Aber eine verteufelte Blamage für den Augenblick!« schimpfte Old Death. »Es ist mir ganz so, als ob ich ihr höhnisches Gelächter hörte.«

»Laßt sie lachen! Wir lachen später, und das ist bekanntlich besser. Ich werde Euch schon beweisen, daß ich mich nicht vor ihnen fürchte, aber auf eine Wirtshausbalgerei lasse ich mich nicht ein.«

Die beiden nahmen uns unsere Sättel ab und versicherten, sie könnten es nicht zugeben, daß ihre Gäste eine solche Last selbst schleppen müßten. Bald standen wir zwischen zwei Gebäuden. Das eine, links von uns, lag in tiefes Dunkel gehüllt, in dem anderen schimmerte ein Licht durch die Ladenritze.

»Señor Cortesio ist zu Hause«, sagte Lange. »Dort, wo der Lichtstreifen durchdringt, wohnt er. Ihr braucht nur an die Tür zu klopfen, so wird er Euch öffnen. Seid Ihr mit ihm fertig, so kommt da links herüber, wo wir wohnen. Klopft an den Laden neben der Tür! Wir werden indessen einen Imbiß fertig machen.«

Sie begaben sich zu ihrem Haus, und wir beide wendeten uns nach rechts. Auf unser Klopfen wurde die Tür um eine schmale Lücke geöffnet, und eine Stimme fragte: »Wer sein da?«

»Zwei Freunde«, antwortete Old Death. »Ist Señor Cortesio daheim?«

»Was wollen von Señor?«

Der Ausdrucksweise nach war es ein Neger, der diese Fragen stellte.

»Ein Geschäft wollen wir mit ihm machen.«

»Was, ein Geschäft? Es sagen, sonst nicht herein dürfen.«

»Sage nur, daß Master Lange uns schickt!«

»Massa Lange? Der sein gut. Dann wohl herein dürfen. Ein Augenblick warten!«

Er machte die Tür zu, öffnete sie aber bereits nach kurzer

Zeit wieder und brachte den Bescheid: »Kommen herein! Señor haben sagen, daß mit Fremden reden wollen.«

Wir traten durch einen engen Hausflur in eine kleine Stube, die als Comptoir benutzt zu werden schien, denn ein Schreibpult, ein Tisch und einige Holzstühle waren die ganze Einrichtung. An dem Pult stand ein langer, hagerer Mann, das Gesicht nach der Tür gekehrt. Der erste Blick in sein Gesicht brachte das Ergebnis, daß er Spanier sei.

»Buenas tardes!« beantwortete er unseren höflichen Gruß. »Señor Lange sendet Euch? Darf ich erfahren, was Euch zu mir führt, Señores?«

Ich war neugierig, was Old Death antworten werde. Er hatte mir draußen gesagt, daß ich ihn sprechen lassen solle.

»Vielleicht ist's ein Geschäft, vielleicht auch nur eine Erkundigung, Señor. Wir wissen es selbst noch nicht genau«, sagte der Alte.

»Wir werden ja sehen. Setzt Euch, und nehmt einen Cigarillo.« Er hielt uns das Zigarettenetui und Feuerzeug entgegen, was wir nicht abschlagen durften. Der Mexikaner kann sich nichts, am allerwenigsten aber ein Gespräch, eine Unterhandlung ohne Zigaretten denken. Old Death, dem ein Primchen zehnmal lieber war als die feinste Zigarre, nahm sich sei ein kleines dünnes Ding, brannte es an, tat einige gewaltige Züge, und – die Zigarette hatte ausgeraucht. Ich verfuhr mit der meinigen sparsamer.

»Was uns zu Euch führt«, begann Old Death, »ist nicht von großer Bedeutung. Wir kommen nur deshalb so spät, weil Ihr nicht früher zu treffen wart. Und wir wollen mit diesem Besuch nicht bis morgen warten, weil uns die hiesigen Zustände gar nicht zu einem langen Bleiben einladen. Wir haben die Absicht, nach Mexiko zu gehen und Juarez unsere Dienste anzubieten. So etwas tut man natürlich nicht gern aufs Geratewohl. Man möchte eine gewisse Sicherheit haben, willkommen zu sein und angenommen zu werden. Darum haben wir uns unter der Hand erkundigt und dabei in Erfahrung gebracht, daß man hier in La Grange angeworben werden kann. Euer Name wurde uns dabei genannt, Señor, und so sind wir zu Euch gekommen. Nun habt Ihr vielleicht die Gewogenheit, uns zu sagen, ob wir uns bei dem richtigen Mann befinden.«

Der Mexikaner antwortete nicht sogleich, sondern betrachtete uns mit forschenden Blicken. Sein Auge schien mit Befriedigung auf mir zu haften; ich war jung und sah rüstig aus. Old Death gefiel ihm wohl weniger. Die hagere, nach vorn gebeugte Gestalt des Alten schien nicht geeignet zu sein, große Strapazen auszuhalten. Dann fragte er: »Wer war es, der Euch meinen Namen nannte, Señor?«

»Ein Mann, den wir auf dem Steamer trafen«, log Old Death.

»Zufällig begegneten wir dann auch Master Lange und erfuhren von ihm, daß Ihr vor zehn Uhr nicht zu Hause sein würdet. Wir sind Nordländer deutscher Abstammung und haben gegen die Südstaaten gekämpft. Wir besitzen also militärische Erfahrung, so daß wir dem Präsidenten von Mexiko wohl nicht ganz ohne Nutzen dienen würden.«

»Hm! Das klingt recht gut, Señor; aber ich will Euch aufrichtig sagen, daß Ihr nicht den Eindruck macht, den Anstrengungen und Entbehrungen, die man von Euch fordern würde, gewachsen zu sein.«

»Das ist freilich sehr aufrichtig, Señor«, lächelte der Alte. »Doch brauche ich Euch wohl nur meinen Namen zu nennen, um Euch zu überzeugen, daß ich sehr wohl zu gebrauchen bin. Ich werde gewöhnlich Old Death genannt.«

»Old Death!« rief Cortesio erstaunt. »Ist es möglich! Ihr seid der berühmte Pfadfinder, der dem Süden so großen Schaden zugefügt hat?«

»Ich bin es. Meine Gestalt wird mich legitimieren.«

»Allerdings, Señor, allerdings. Ich muß sehr vorsichtig sein. Es darf keineswegs an die Öffentlichkeit gelangen, daß ich für Juarez werbe; besonders jetzt bin ich gezwungen, mich in acht zu nehmen. Aber da Ihr Old Death seid, so ist für mich kein Grund zur Zurückhaltung vorhanden. Ich kann Euch also ganz offen eingestehen, daß Ihr Euch an die richtige Adresse gewendet habt. Ich bin sofort und sehr gern bereit, Euch anzuwerben, kann Euch sogar eine Charge in sicherste Aussicht stellen, denn einen Mann wie Old Death steckt man natürlich nicht unter die gemeinen Soldaten.«

»Das hoffe ich allerdings, Señor. Und was meinen Gefährten betrifft, so wird auch er, selbst wenn er als Soldat eintreten müßte, es sehr bald zu etwas Besserem bringen. Er hat es unter den Abolitionisten trotz seiner Jugend bis zum Kapitän gebracht. Sein Name ist allerdings bloß Müller; aber vielleicht, ja höchstwahrscheinlich habt Ihr dennoch von ihm gehört. Er diente unter Sheridan und hat als Lieutenant bei dem berühmten Flankenmarsch über die

Missionary-Ridge die Spitze der Avantgarde befehligt. Ihr wißt sicher, welch kühne Raids* damals ausgeführt worden sind. Müller war der besondere Liebling Sheridans und hatte infolgedessen den Vorzug, stets zu diesen gewagten Unternehmungen kommandiert zu werden. Er war auch der vielfach gefeierte Kavallerieoffizier, der in der blutigen und in ihren Folgen so entscheidenden Schlacht bei Five-Forks den bereits gefangenen General Sheridan wieder heraushieb. Darum meine ich, daß er keine schlechte Akquisition für Euch ist, Señor.«

Der Alte log ja das Blaue vom Himmel herunter! Aber durfte ich ihn Lügen strafen? Ich fühlte, daß mir das Blut in die Wangen stieg, aber der gute Cortesio hielt mein Erröten für Bescheidenheit, denn er reichte mir die Hand und sagte, ebenfalls lügend wie ein Zeitungsschreiber: »Dieses wohlverdiente Lob braucht Euch nicht peinlich zu berühren, Señor Müller. Ich habe allerdings von Euch und Euren Taten gehört und heiße Euch herzlich willkommen. Auch Ihr werdet natürlich sofort als Offizier eintreten, und ich bin bereit, Euch gleich jetzt eine Summe in bar zur Verfügung zu stellen zur Anschaffung alles Nötigen.«

Old Death wollte beistimmen. Ich sah ihm das an; darum fiel ich schnell ein: »Das ist nicht nötig, Señor. Wir haben nicht die Absicht, uns von Euch ausstatten zu lassen. Zunächst haben wir nichts nötig als zwei Pferde, die wir vielleicht hier bekommen können. Sättel haben wir.«

»Das trifft sich gut. Ich kann Euch zwei tüchtige Tiere ab-

---

* Raids: Reiterstückchen.

lassen, und wenn Ihr sie wirklich bezahlen wollt, so werde ich sie Euch zum Einkaufspreis geben. Wir können morgen früh in den Stall gehen, wo ich Euch die Pferde zeigen werde. Es sind die besten, die ich habe. Habt Ihr schon ein Unterkommen für die Nacht?«

»Ja. Master Lange hat uns eingeladen.«

»Das trifft sich ausgezeichnet. Wäre dies nicht der Fall, so hätte ich Euch eingeladen, bei mir zu bleiben, obgleich meine Wohnung sehr beengt ist. Wie meint Ihr, wollen wir das übrige gleich jetzt oder morgen früh abmachen?«

»Gleich jetzt«, antwortete Old Death. »Welche Formalitäten sind denn zu erledigen?«

»Für jetzt gar keine. Ihr werdet, da Ihr alles selbst zahlt, erst nach Eurem Eintreffen beim Corps in Pflicht und Eid genommen. Das einzige, was zu tun ist, besteht darin, daß ich Euch mit Legitimationen versehe und außerdem mit einem Empfehlungsschreiben, das Euch die Chargen sichert, die Ihr nach Euern Eigenschaften zu beanspruchen habt. Es ist freilich besser, diese Schriftstücke sofort anzufertigen. Man kann hier nie wissen, was im nächsten Augenblick geschieht. Habt also eine Viertelstunde Geduld. Ich werde mich beeilen. Da liegen Cigarillos, und hier will ich Euch auch einen guten Schluck vorsetzen, von dem ich sonst niemandem gebe. Darum ist leider nur ein einziges Glas vorhanden.«

Er schob uns die Zigaretten hin und holte ein Flasche Wein herbei. Dann trat er an das Pult, um zu schreiben. Old Death zog mir hinter dem Rücken des Mexikaners eine Grimasse, aus der ich sah, daß er sich höchst befriedigt fühlte. Dann goß er sich ein Glas voll, erhob es auf die Gesundheit Cortesios und leerte es in einem Zug. Ich war bei weitem nicht so zufrieden wie er, denn die beiden Männer, auf die ich es abgesehen hatte, waren noch gar nicht erwähnt worden. Das flüsterte ich dem Alten zu. Er antwortete mit einer Gebärde, die mir sagen sollte, daß er das schon auch noch besorgen werde.

Nach Verlauf einer Viertelstunde hatte Old Death die vorher volle Flasche ganz allein ausgetrunken. Cortesio war fertig und las uns vor dem Versiegeln das Empfehlungsschreiben vor, mit dessen Inhalt wir sehr zufrieden sein konnten. Dann füllte er nicht zwei, sondern vier Formulare aus, von denen jeder von uns zwei erhielt. Zu meinem Erstaunen sah ich, daß es Pässe waren, der eine in französischer, der andere in spanischer Sprache gedruckt. Ersterer war von Bazaine, letzterer von Juarez unterschrieben. Cortesio mochte mein Erstaunen bemerken, denn er sagte unter einem Lächeln schlauer Befriedigung: »Ihr seht, Señor, daß wir im Stande sind, Euch gegen alle möglichen Vorkommnisse in Schutz zu nehmen. Wie ich zu den französischen Legitimationen komme, das ist meine Sache. Ihr wißt nicht, was Euch begegnen kann; und es ist also gut, dafür zu sorgen, daß Ihr für alle Fälle gesichert seid. Anderen diese Doppelpässe zu geben, würde ich mich wohl hüten, denn sie werden nur ganz ausnahmsweise ausgestellt, und die Mannschaften, die unter Bedeckung von hier abgehen, erhalten überhaupt keine Legitimationen.«

Dies benutzte Old Death endlich zu der von mir so heiß

ersehnten Frage: »Wann sind die letzten dieser Leute hinüber?«

»Gestern. Ich hatte einen Transport von über dreißig Rekruten, den ich bis Hopkins Farm selbst begleitet habe. Es befanden sich dieses Mal auch zwei Señores privat dabei.«

»Oh, so befördert Ihr auch Privatleute?« fragte Old Death in verwundertem Ton.

»Nein. Das würde zu Unzuträglichkeiten führen. Nur gestern machte ich eine Ausnahme, weil der eine dieser Herren ein guter Bekannter von mir war. Übrigens werdet Ihr ausgezeichnet beritten sein und könnt, wenn Ihr morgen zeitig von hier fort reitet, das Detachement einholen, bevor es den Rio Grande erreicht.«

»An welchem Punkt wollen die Leute über den Fluß gehen?«

»Sie nehmen die Richtung auf den Eagle-Paß. Da sie sich aber dort nicht sehen lassen dürfen, halten sie sich ein wenig nördlicher. Zwischen dem Rio Nueces und dem Rio Grande durchschneiden sie den von San Antonio kommenden Maultierweg, kommen an Fort Inge vorüber, das sie aber auch vermeiden müssen, und gehen zwischen den beiden Nebenflüßchen Las Moras und Moral über den Rio Grande. Es gibt dort eine leicht passierbare Furt, die nur unsere Führer kennen. Von dort an halten sie sich westlich, um über Baya, Cruces, San Vinzente, Tabal und San Carlos die Stadt Chihuahua zu erreichen.«

Alle diese Orte waren mir böhmische Dörfer. Old Death aber nickte mit dem Kopf und wiederholte jeden Namen laut, als ob er die Gegend sehr genau kenne.

»Wir werden sie sicher einholen, wenn unsere Pferde wirklich nicht schlecht und die ihrigen nicht allzu gut sind«, sagte er. »Aber werden sie es erlauben, daß wir uns anschließen?« Cortesio bejahte lebhaft. Aber mein Freund fragte weiter: »Werden indessen die beiden Masters, die Ihr Privatleute nanntet, auch damit einverstanden sein?«

»Auf jeden Fall. Sie haben gar nichts zu befehlen, ja, müssen sich freuen, unter dem Schutz des Detachements reisen zu dürfen. Da Ihr mit ihnen zusammentreffen werdet, kann ich Euch sagen, daß Ihr sie als Gentlemen behandeln dürft. Der eine, ein geborener Mexikaner namens Gavilano, ist ein Bekannter von mir. Ich habe schöne Stunden in der Hauptstadt mit ihm verlebt. Er hatte eine jüngere Schwester, die allen Señores die Köpfe verdrehte.«

»So ist wohl auch er ein schöner Mann?«

»Nein. Sie sehen einander nicht ähnlich, da sie Stiefgeschwister sind. Sie heißt Felisa Perillo und war als reizende Cantora* und entzückende Ballerina** in der guten Gesellschaft eingeführt. Später verschwand sie, und erst jetzt habe ich von ihrem Bruder gehört, daß sie noch in der Gegend von Chihuahua lebt. Genaue Auskunft konnte er mir nicht geben, da auch er sich erst nach ihr erkundigen muß, wenn er dorthin kommt.«

»Darf ich fragen, was dieser Señor eigentlich war oder ist?«

»Dichter.« Old Death machte ein sehr verblüfftes und geringschätziges Gesicht, so daß der brave Cortesio hinzusetz-

---

* Cantora: Sängerin.
** Ballerina: Tänzerin.

te: »Señor Gavilano dichtet umsonst, denn er besitzt ein bedeutendes Vermögen und braucht sich seine Gedichte nicht bezahlen zu lassen.«

»So ist er freilich zu beneiden!«

»Ja, man beneidete ihn, und in Folge der Intrigen, die man deshalb gegen ihn schmiedete, hat er die Stadt und sogar das Land verlassen müssen. Jetzt kehrt er mit einem Yankee zurück, der Mexiko kennenlernen will und ihn gebeten hat, ihn in das Reich der Dichtkunst einzuführen. Sie wollen in der Hauptstadt ein Theater bauen.«

»Wünsche ihnen sehr viel Glück dazu! Also hat Gavilano gewußt, daß Ihr Euch jetzt in La Grange befindet?«

»O nein. Ich befand mich zufällig am Fluß, als der Dampfer anlangte, damit die Passagiere hier die Nacht zubringen könnten. Ich erkannte den Señor sofort und lud ihn natürlich ein, mit seinem Begleiter bei mir zu bleiben. Es stellte sich heraus, daß die beiden nach Austin wollten, um von da aus über die Grenze zu gehen, und ich bot ihnen die passende Gelegenheit an, schneller und sicherer hinüberzukommen. Denn für einen Fremden, zumal wenn er nicht sezessionistisch gesinnt ist, ist es nicht geraten, hier zu verweilen. In Texas treiben jetzt Leute ihr Wesen, die gern im Trüben fischen, allerhand nutzloses oder gar gefährliches Gesindel, dessen Herkommen und Lebenszweck man nicht kennt. Man hört allerorts von Gewalttaten, von Überfällen und Grausamkeiten, deren Veranlassung niemand kennt. Die Täter verschwinden spurlos, wie sie gekommen sind, und die Polizei steht dann den Tatsachen völlig ratlos gegenüber.«

Die Bande der Maskierten

Solche Kerle waren auch auf dem Schiff, mit dem wir ankamen!« unterbrach ich Old Death.

»Das glaube ich gern. In den letzten Tagen sind Entdeckungen gemacht worden, die es wahrscheinlich machen, daß man es mit einer regelrechten Geheimbande ehemaliger Sklavenaufseher zu tun hat. Vorgestern hob man unten in Halletsville zwei Leichen auf, denen Zettel mit der Inschrift ›Yankee-Hounds‹ angeheftet waren. Drüben in Shelby wurde eine Familie fast tot gepeitscht, weil der Vater unter General Grant gedient hat. Und heute habe ich erfahren, daß drunten bei Lyons eine schwarze Maske gefunden worden ist, auf welche zwei weiße, eidechsenartig geschnittene Zeugstücke aufgenäht waren.«

»Alle Wetter! Sie vermummen sich?«

»Ja, sie hängen sich schwarze Masken über das Gesicht.«

»So steht allerdings zu vermuten, daß die Bande anfängt, ihr Wesen auch hier zu treiben. Nehmt Euch in acht, Don Cortesio, Sie kommen sicher hierher. Zuerst waren sie in Halletsville, die Maske hat man in Lyons gefunden. Dieser Ort liegt doch wohl bedeutend näher als der erstere?«

»Allerdings, Señor, Ihr habt recht. Ich werde von heute

an Türen und Fenster doppelt sorgfältig verschließen und meine geladenen Gewehre bereit halten.«

»Daran tut Ihr sehr recht. Diese Kerle dürfen nicht geschont werden, denn sie schonen auch nicht. Das haben wir auf dem Schiff gemerkt, als sie uns hängen wollten. Wer sich ihnen ohne Gegenwehr ergibt, weil er auf ihre Milde rechnet, der hat sich getäuscht. Ich würde nur mit Pulver und Blei zu ihnen sprechen. Übrigens scheint es drüben im Wirtshaus nicht ganz geheuer zu sein, denn wir sahen da Gentlemen, denen nichts Gutes zuzutrauen ist. Ihr werdet klug tun, alles sorgfältig zu verstecken, womit man Euch beweisen kann, daß Ihr zu Juarez haltet. Tut das heute schon! Es ist besser, einmal unnötigerweise vorsichtig zu sein, als sich wegen einer kleinen Unterlassung durchpeitschen oder gar erschießen zu lassen. Jetzt denke ich, daß wir fertig sind. Morgen früh sehen wir uns wieder. Oder hättet Ihr uns heute noch etwas sagen wollen?«

»Nein Señores. Für heute sind wir fertig. Ich freue mich sehr, Euch kennengelernt zu haben, und hoffe, später recht viel Gutes von Euch zu hören. Ich bin überzeugt, daß Ihr bei Juarez Euer Glück machen und schnell avancieren werdet.«

Damit waren wir entlassen. Cortesio reichte uns freundlich die Hand, und wir gingen. Als sich die Haustür hinter uns geschlossen hatte und wir nach Langes Wohnung hinübergingen, konnte ich mich doch nicht halten, dem Alten einen gelinden Rippenstoß zu versetzen und dabei zu sagen: »Aber, Master, was fiel Euch ein, den Señor in dieser Weise anzuflunkern! Eure Lügen waren ja häuserhoch!«

»So! Hm! Das versteht Ihr nicht, Sir! Es war immerhin möglich, daß wir abgewiesen wurden. Darum erweckte ich bei dem Señor möglichst großen Appetit nach uns.«

»Und sogar Geld wolltet Ihr nehmen! Das wäre der offenbare Betrug gewesen!«

»Nun, offenbar gerade nicht, denn er wußte nichts davon. Warum sollte ich nicht nehmen, was er uns freiwillig anbot?«

»Weil wir nicht die Absicht haben, dieses Geld zu verdienen.«

»So! Nun, in diesem Augenblick haben wir diese Absicht freilich nicht. Aber woher wißt Ihr denn so ganz genau, daß wir nicht Gelegenheit finden werden, der Sache Juarez' zu dienen? Wir können sogar um unserer Selbst willen dazu gezwungen sein. Doch kann ich Euch nicht unrecht geben. Es ist sehr gut, daß wir kein Geld nahmen, denn nur dadurch sind wir zu den Pässen und zu dem Empfehlungsschreiben gekommen. Das allerbeste aber ist, daß wir nun wissen, wohin Gibson sich gewendet hat. Ich kenne den Weg sehr genau. Wir brechen zeitig auf, und ich bin überzeugt, daß wir ihn einholen werden. Auf Grund unserer Papiere wird der Kommandeur des Detachements sich nicht eine Sekunde lang weigern, uns die beiden auszuliefern.«

Wir brauchten bei Lange nicht zu klopfen. Er lehnte unter der geöffneten Tür und führte uns in die Stube. Diese hatte drei Fenster, die mit dicken Decken verhangen waren.

»Wundert Euch nicht über diese Vorhänge, Mesch'schurs!« sagte er. »Ich habe sie mit Absicht angebracht. Wollen überhaupt möglichst leise sprechen. Die

Bande vom Schiff braucht nicht zu wissen, daß Ihr bei uns seid.«

»Habt Ihr die Halunken gesehen?«

»Ihre Kundschafter wenigstens. Ich hatte, während Ihr so lange drüben bei Señor Cortesio wart, Langeweile und ging hinaus, auf Euch zu warten, damit Ihr nicht erst zu klopfen bräuchtet. Da hörte ich jemand heranschleichen von der Seite, wo das Wirtshaus liegt. Ich schob die Tür bis zu einer schmalen Spalte zu und lugte hinaus. Drei Männer kamen und blieben nahe bei der Tür stehen. Trotz der Dunkelheit sah ich, daß sie vermummt waren.«

»Ah, sie gehören also auch zu der Bande, von der uns Cortesio erzählte!«

»Zwei von den dreien blieben bei der Tür stehen. Der dritte schlich sich an das Fenster und versuchte, durch den Laden zu blicken. Als er zurückkehrte, meldete er, daß nur ein junger Mann in der Stube sei, vermutlich der junge Lange; der Alte sei nicht da, aber es stehe Essen auf dem Tisch. Da meinte einer der beiden anderen, daß wir jetzt zu Abend essen und dann schlafen gehen würden. Sie wollten rund um das Haus gehen, um zu sehen, wie man am besten hineinkommen könne. Dann verschwanden sie um die Ecke, und Ihr kamt, nachdem wir soeben die Fenster verhängt hatten. Aber über diesen Schuften darf ich nicht vergessen, daß Ihr meine Gäste seid. Setzt Euch nieder; eßt und trinkt! Ihr findet heute nur die Kost eines Hinterwäldlers bei mir; doch was ich habe, gebe ich herzlich gern. Wir können auch während des Essens über die Gefahr sprechen, die mir droht.«

»Eine Gefahr, in der wir Euch nicht verlassen werden,

wie sich ganz von selbst versteht«, sagte Old Death. »Wo habt Ihr denn Euern Sohn?«

»Als Ihr drüben herauskamt, schlich er sich davon. Ich habe einige gute Freunde, Deutsche, auf die ich rechnen kann. Die soll er heimlich holen. zwei von ihnen kennt Ihr schon. Sie saßen im Wirtshaus mit an unserem Tisch.«

»Sie werden doch versuchen, unbemerkt ins Haus zu kommen? Es ist Euer Vorteil, wenn sie glauben, daß sie es nur mit Euch und Eurem Sohn zu tun haben.«

»Habt keine Sorge! Diese Leute wissen schon, was sie tun, und übrigens habe ich meinem Will gesagt, wie er sich verhalten soll.«

Das Essen bestand aus Schinken, Brot und Bier. Wir hatten kaum begonnen, als wir einige Häuser weiter das Winseln eines Hundes hörten.

»Das ist das Zeichen«, sagte Lange, indem er aufstand. »Die Leute sind da.«

Er ging hinaus, um zu öffnen, und kehrte mit seinem Sohn und fünf Männern zurück, die mit Gewehren, Revolvern und Messern bewaffnet waren. Sie nahmen schweigend Platz, wo sie irgendeinen Gegenstand zum Sitzen fanden. Keiner sprach ein Wort, aber alle musterten die Fenster, ob diese auch gut verhangen seien. Das waren die richtigen Leute. Nicht sprechen und viele Worte machen, aber bereit zur Tat. Unter ihnen war ein alter, grauhaariger und graubärtiger Mann, der kein Auge von Old Death wendete. Er war der erste, der das Wort ergriff und sich an meinen Begleiter wandte: »Verzeiht, Master! Will hat mir gesagt, wen ich hier treffen werde, und ich habe mich sehr darüber gefreut, denn ich meine, daß wir uns schon einmal gesehen haben.«

»Möglich!« antwortete der Fährtensucher. »Habe schon vieler Leute Kinder gesehen.«

»Könnt Ihr Euch nicht auf mich besinnen?«

Old Death betrachtete den Sprecher genau und sagte dann: »Ich kalkuliere allerdings, daß wir uns bereits einmal begegnet sein müssen, kann mich aber nicht besinnen, wo das geschehen ist.«

»Drüben in Kalifornien vor etwa zwanzig Jahren, und zwar im Chinesenviertel. Besinnt Euch einmal! Es wurde scharf gespielt und nebenbei Opium gebraucht. Ich hatte all mein Geld verspielt, beinahe tausend Dollar. Eine einzige Münze hatte ich noch; die wollte ich nicht auf die Karte setzen, sondern verrauchen und mir dann eine Kugel durch den Kopf jagen. Ich war ein leidenschaftlicher Spieler gewesen und stand am Ende meines Könnens. Da ...«

»Schon gut! Besinne mich!« unterbrach ihn Old Death. »Ist nicht notwendig, daß Ihr das erzählt.«

»O doch, Sir, denn Ihr habt mich gerettet. Ihr hattet die Hälfte meines Verlustes gewonnen. Ihr nahmt mich beiseite, gabt mir das Geld wieder und nahmt mir dafür das heilige Versprechen ab, nie wieder zu spielen und vor allen Dingen auf die Bekanntschaft mit dem Opiumteufel ein für allemal zu verzichten. Ich gab Euch dieses Versprechen und habe es gehalten, wenn es mir auch sauer genug geworden ist. Ihr seid mein Retter. Ich bin inzwischen ein wohlhabender Mann geworden, und wenn Ihr mir eine große Freude machen wollt, so erlaubt Ihr mir, Euch das Geld zurückzugeben.«

»So dumm bin ich nicht!« lachte Old Death. »Bin lange Zeit stolz darauf gewesen, auch einmal etwas Gutes verbrochen zu haben, und werde mich hüten, dieses Bewußtsein gegen Euer Geld zu verkaufen. Wenn ich einmal sterbe, so habe ich nichts, gar nichts Gutes vorzubringen als nur dieses eine, und das gebe ich also niemals her! Reden wir von anderen Dingen, die jetzt viel notwendiger sind. Ich habe Euch damals vor zwei Teufeln gewarnt, die ich leider genau kannte. Aber Eurer Willenskraft habt Ihr allein Eure Rettung zu verdanken. Reden wir nicht mehr davon!«

Bei diesen Worten des Scouts ging mir eine Ahnung auf. Er hatte mir in New Orleans gesagt, seine Mutter habe ihn auf den Weg gesetzt, der zum Glück führe, er aber habe seine eigene Richtung eingeschlagen. Jetzt bezeichnete er sich als einen genauen Kenner der beiden fürchterlichen Laster des Spieles und des Opiumrauchens. Konnte er diese Kenntnis allein durch die Beobachtung anderer erlangt haben? Wohl schwerlich. Ich vermutete, er sei selbst leidenschaftlicher Spieler gewesen, sei es vielleicht noch. Und was das Opium betrifft, so wies seine dürre, skelettartige Gestalt auf den zerstörenden Genuß des Rauschgiftes hin. Sollte er jetzt noch heimlicher Opiumraucher sein? Vielleicht doch nicht, denn das Rauchen dieses Giftes setzt einen gewissen Überfluß an Zeit voraus, den ein Scout nur selten hat. Vielleicht aber war er Opiumesser. Auf alle Fälle war er dem Genuß dieser gefährlichen Substanz noch jetzt ergeben. Hätte er dem Gift entsagt, so wäre es seinem Körper wohl schon gelungen, sich nach und nach von den Folgen zu erholen. Ich begann, den Alten mit anderen Augen zu betrachten. Zu der Achtung, die er mir bisher eingeflößt hatte, trat ein gewisses Mitleid. Wie mochte er gegen die beiden Teufel gekämpft haben! Welch einen gesunden Körper, welch einen hochbegabten Geist mußte er besessen haben, da das Gift es bis heute noch nicht fertig gebracht hatte, beide völlig zu zerstören. Was waren alle Abenteuer, die er erlebt hatte, alle Anstrengungen und Entbehrungen des Lebens in der Wildnis gegen die Szenen, die sich in seinem Innern abgespielt haben mußten. Er rang vielleicht ebenso wild gegen die unerbittlichen, übermächtigen Leidenschaften, wie der dem Aussterben geweihte Indianer gegen das überlegene Bleichgesicht. Er hatte erfahren, daß jede Phase dieses Kampfes mit seiner Niederwerfung ende, und dennoch wehrte er sich weiter, selbst am Boden liegend noch immer widerstrebend. Old Death, dieser Name hatte von jetzt an einen grauenhaften Beiklang für mich. Der berühmte Scout war einem Untergang geweiht, gegen den das rein körperliche Sterben eine unbeschreibliche Wohltat ist!

Old Deaths letzte Worte: »Reden wir nicht mehr davon«, waren in solchen Ton gesprochen, daß der alte Deutsche auf Widerspruch verzichtete.

Er antwortete: »Well, Sir! Wir haben es jetzt mit einem Feind zu tun, der ebenso grimmig und unerbittlich ist wie das Spiel und das Opium. Glücklicherweise aber ist er leichter zu packen als diese beiden, und packen wollen wir ihn. Jede Nachsicht wäre ein Fehler, der sich unbedingt rächen würde. Wir müssen gleich beim ersten Angriff zeigen, daß wir unerbittlich sind. Gelingt es den Verbrechern, sich hier festzusetzen, so sind wir verloren; sie werden sich über uns hermachen und einen nach dem anderen erwürgen. Darum bin ich der Meinung, daß wir ihnen heute einen Empfang bereiten, der ihnen einen solchen Schreck einjagt, daß sie es nicht wagen wiederzukommen. Ich hoffe, daß dies auch Eure Meinung ist.«

Die anderen stimmten ihm alle bei.

»Schön!« fuhr der Alte fort, da man ihm als dem Ältesten das Wort ließ. »So haben wir unsere Vorbereitungen so zu treffen, daß nicht nur ihre Absicht mißlingt, sondern daß sie selbst es sind, gegen die der Spieß gerichtet wird. Will einer von Euch einen Vorschlag machen? Wer eine gute Idee hat, der mag sie hören lassen.« Seine Augen und diejenigen der anderen richteten sich auf Old Death. Dieser wußte als erfahrener Westmann jedenfalls besser als sie alle, wie man sich gegen solche Feinde zu verhalten habe. Er sah die erwartungsvollen Blicke und die darin liegende stille Aufforderung, zog eine seiner Grimassen, nickte leise vor sich hin und sagte: »Wenn die anderen schweigen, so will ich einige Worte sagen, Mesch'schurs. Wir haben nur mit dem Umstand zu rechnen, daß sie erst dann kommen werden, wenn Master Lange sich niedergelegt hat. Wie ist Eure Hintertür verschlossen? Durch einen Riegel?«

»Nein, durch ein Schloß, wie alle meine Türen.«

»Well! Auch das werden sie wissen, und ich kalkuliere, daß sie sich mit falschen Schlüsseln versehen haben. Wenigstens wäre es unverzeihlich von ihnen, wenn sie das nicht getan hätten. Dic Gesellschaft wird jedenfalls auch Mitglieder haben, die Schlosser sind oder mit einem Dietrich umzugehen wissen. Sie kommen also ganz gewiß herein, und es liegt nun an uns zu beraten, wie wir sie empfangen werden.«

»Natürlich mit den Gewehren. Wir schießen sofort auf sie!«

»Und sie schießen auf Euch, Sir! Das Aufblitzen Eurer Gewehre verrät ihnen, wo Ihr euch befindet, wo Ihr steht.

»Nein, nicht schießen. Ich kalkuliere, daß es eine wahre Wonne wäre, sie gefangen zu nehmen, ohne uns der Gefahr auszusetzen, mit ihren Waffen in Berührung zu kommen.«

»Haltet Ihr das für möglich?«

»Sogar für verhältnismäßig leicht. Wir verstecken uns im Haus und lassen sie herein. Sobald sie sich in Eurer Kammer befinden, werfen wir die Türen zu und verschließen sie. Einige von uns halten vor den Türen Wache, einige draußen vor dem Fenster. So können sie nicht heraus und müssen sich einfach ergeben.« Der alte Deutsche schüttelte bedächtig den Kopf und stimmte energisch dafür, die Einbrecher niederzuschießen. Old Death kniff bei der Entgegnung des Alten das eine Auge zu und zog ein Gesicht, das sicher ein allgemeines Gelächter hervorgerufen hätte, wenn die Situation nicht so ernst gewesen wäre.

»Was macht Ihr da für ein Gesicht, Sir?« fragte Lange.

»Seid Ihr nicht einverstanden?«

»Gar nicht, Master. Der Vorschlag unseres Freundes scheint sehr praktisch und leicht ausführbar zu sein; aber ich kalkuliere, daß es ganz anders kommen wird, als er denkt. Die Bandenmitglieder wären ja geradezu Prügel wert, wenn sie es so machten, wie er es ihnen zutraut. Er meint, daß sie alle zugleich hereinkommen und sich wie auf einen Präsentierteller vor unsere Gewehre stellen werden. Wenn sie das täten, so hätten sie kein Hirn in ihren Köpfen. Ich bin der Überzeugung, daß sie die Hintertür leise öffnen und dann aber erst einen oder zwei hereinschicken werden, um die Lage auszukundschaften. Diesen einen oder diese zwei Kerle können wir freilich niederschießen; die anderen aber machen sich schleunigst aus dem Staub, um bald wieder zu kommen und das Versäumte nachzuholen. Nein, Sir, mit diesem Plan ist es nichts. Wir müssen sie alle, alle hereinlassen, um sie zu fangen. Dafür habe ich auch noch einen anderen und sehr triftigen Grund. Selbst wenn Euer Plan ausgeführt würde, so widerstrebt es mir, eine solche Menge von Menschen mit einem einzigen Pulverkrach und ohne daß ihnen ein Augenblick bleibt, an ihre Sünden zu denken, in den Tod zu befördern. Wir sind Menschen und Christen, Mesch'schurs. Wir wollen uns zwar gegen diese Leute wehren und ihnen das Wiederkommen verleiden, aber das können wir auf eine weniger blutige Art und Weise erreichen. Bleibt Ihr dabei, sie wie ein Rudel wilder Tiere niederzuschießen, so tut es meinetwegen; ich aber und mein Gefährte haben keinen Teil daran. Wir gehen und suchen uns einen anderen Ort, wo wir diese Nacht zubringen können, ohne später mit Schaudern und Selbstvorwürfen an sie denken zu müssen!«

Er hatte mir ganz aus der Seele gesprochen, und seine Worte machten den beabsichtigten Eindruck. Die Männer nickten einander zu, und der Alte meinte: »Was Ihr da zuletzt gesagt habt, Sir, das ist freilich sehr begründet. Ich habe geglaubt, daß ein solcher Empfang sie ein für allemal aus La Grange vertreiben werde, aber ich dachte nicht an die Verantwortung, die wir auf uns laden; darum möchte ich mich wohl zu Eurem Plan bequemen, wenn es sicher wäre, daß er gelingt.«

»Jeder, auch der allerbeste Plan kann mißlingen, Sir. Es ist nicht nur menschlich, sondern auch klug, die Leute hereinzulassen und einzuschließen, so daß wir sie lebend in unsere Hände bekommen. Glaubt mir, daß dies besser, viel besser ist, als wenn wir sie erschießen. Denkt daran, daß Ihr die Rache der ganzen Bande auf Euch ladet, wenn Ihr eine solche Anzahl ihrer Mitglieder tötet. Ihr würdet sie nicht von La Grange fernhalten, sondern sie im Gegenteil herbeiziehen, um den Tod der Ihren grausam zu rächen. Ich bitte Euch also, meinen Plan anzunehmen. Es ist das Beste, was Ihr tun könnt. Um ja nichts zu versäumen, was das Gelingen beeinträchtigen könnte, werde ich jetzt einmal um das Haus schleichen. Vielleicht ist da etwas für uns Günstiges zu entdecken.«

»Wollt Ihr das nicht lieber unterlassen, Sir?« fragte Lange. »Ihr sagt ja selbst, daß man einen Posten aufgestellt haben werde. Dieser Mann könnte Euch sehen.«

»Mich sehen?« lachte Old Death. »So etwas hat mir noch niemand gesagt! Old Death soll so dumm sein, sich sehen zu lassen, wenn er ein Haus oder einen Menschen beschleicht! Master, das ist lächerlich! Wenn Ihr ein Stück Kreide habt, so zeichnet mir jetzt einmal den Grundriß Eures Hauses und Hofes da auf den Tisch, damit ich mich danach richten kann! Laßt mich zur Hintertür hinaus und wartet dort auf meine Rückkehr. Ich werde nicht klopfen, sondern mit den Fingerspitzen an die Tür kratzen. Wenn also jemand klopft, so ist es ein anderer, den Ihr nicht einlassen dürft.«

Lange nahm ein Stückchen Kreide vom Sims und zeichnete den verlangten Riß auf den Tisch. Old Death betrachtete denselben genau und gab seine Befriedigung durch ein wohlgefälliges Grinsen zu erkennen. Die beiden Männer wollten nun gehen. Sie befanden sich schon unter der Tür; da drehte sich Old Death noch einmal um und fragte mich: »Habt Ihr schon einmal irgendein Menschenkind heimlich angeschlichen, Sir?«

»Nein«, antwortete ich der Wahrheit gemäß.

»So habt Ihr jetzt eine vortreffliche Gelegenheit zu sehen, wie man das macht. Wenn Ihr mitgehen wollt, so kommt!«

»Halt, Sir!« fiel Lange ein. »Das wäre ein allzu großes Wagnis, da Euer Gefährte selbst gesteht, daß er in diesen Dingen unerfahren ist. Wenn der geringste Fehler gemacht wird, bemerkt der Posten Euch, und alles ist verdorben.«

»Unsinn! Ich kenne diesen jungen Master zwar erst seit kurzer Zeit; aber ich weiß, daß er darauf brennt, die Eigenschaften eines guten Westmannes zu erwerben. Er wird sich die Mühle geben, jeden Fehler zu vermeiden. Ja, wenn es sich darum handelte, uns an einen indianischen Häuptling zu schleichen, da würde ich mich sehr hüten, ihn mitzunehmen. Aber ich versichere Euch, daß kein braver Präriеläufer sich herbeilassen wird, mit den Sklaventreibern gemeinsam Sache zu machen. Darum steht gar nicht zu erwarten, daß der Posten so viel Übung und Gewandtheit besitzt, uns erwischen zu können. Und selbst, wenn er uns bemerkte, so wäre Old Death sofort da, den Fehler auszugleichen.

Ich will den jungen Mann mitnehmen, folglich geht er mit! Also kommt, Sir! Aber laßt Euern Sombrero hier wie ich den meinigen. Das helle Geflecht leuchtet zu sehr und könnte uns verraten. Schiebt Euer Haar auf die Stirn herunter und schlagt den Kragen über das Kinn hoch, damit das Gesicht möglichst bedeckt wird. Ihr habt Euch immer hinter mir zu halten und genau das zu tun, was ich tue. Dann will ich den sehen, der uns bemerkt!«

Es wagte keiner eine weitere Widerrede, und so begaben wir uns in den Flur und an die Hintertür, um von Lange hinausgelassen zu werden. Dieser öffnete leise und schloß hinter uns wieder zu. Sobald wir draußen standen, kauerte sich Old Death nieder. Ich tat dasselbe. Er schien die Finsternis mit seinen Augen durchdringen zu wollen, und ich hörte, daß er die Luft in langen Zügen durch die Nase einzog. Glaubte er etwa, die Feinde zu riechen? Dieser Gedanke nötigte mir ein Lächeln ab, das er allerdings nicht sah. Später freilich brachte ich es selbst so weit, im Dunkel einen Weißen von einem Indianer durch den Geruch zu unterscheiden.

»Ich kalkuliere, daß sich da vor uns kein Mensch befindet«, flüsterte mir der Alte zu, indem er über den Hof nach dem Stallgebäude zeigte. »Dennoch will ich mich überzeugen. Man muß vorsichtig sein. Habt Ihr es vielleicht als Knabe gelernt, mit einem Grashalm zwischen den beiden Daumen das Zirpen einer Grille nachzuahmen?«

Ich bejahte die Frage leise.

»Da vor der Tür steht Gras. Nehmt Euch einen Halm

und wartet, bis ich zurückkehre. Regt Euch nicht von der Stelle. Sollte aber etwas geschehen, so zirpt. Ich komme sofort herbei.«

Er legte sich auf den Boden und verschwand, auf allen vieren kriechend, in der Finsternis. Es vergingen wohl zehn Minuten, bevor er zurückkehrte. Und wahrhaftig, ich hatte ihn nicht kommen sehen, aber der Geruch sagte mir, daß er sich nähere. Ich bemerkte da zum ersten Mal, was ein Sinn leisten kann, wenn seine Organe auf das Äußerste angespannt sind.

»Es ist so, wie ich dachte«, flüsterte er. »Im Hof niemand und auch da um die Ecke an der einen Giebelseite kein Mensch. Aber hinter der anderen Ecke, wo sich das Fenster der Schlafstube befindet, wird einer stehen. Legt Euch auch zur Erde und schleicht hinter mir her! Aber nicht etwa auf dem Bauch wie eine Schlange, sondern wie eine Eidechse auf den Fingern und Zehen. Tretet nicht mit den ganzen Fußsohlen, sondern nur mit den Fußspitzen auf. Untersucht den Boden mit den Händen, damit Ihr nicht ein Ästchen knickt, und knöpft Euern Jagdrock ganz zu, damit nicht etwa ein Zipfel auf der Erde hinstreift! Nun vorwärts!«

Ja, er hatte gut befehlen; er war geübt, ich aber nicht! Einige Ellen weit ging es ganz gut; aber es erfordert eine bedeutende Kraftanstrengung, mit den Spitzen der Finger und Füße die Schwere des lang ausgestreckten Körpers zu tragen.

Bald begannen meine Arme und Beine zu zittern, und ich mußte mich von Zeit zu Zeit niederlegen, um sie für einige Augenblicke zu entlasten. Aber alles will gelernt sein, und wenn man so hübsch von einem Indianer oder Trapper liest, der stundenlang im Gras schleicht, um den Feind zu überfallen, so hat man keine Ahnung von der Anstrengung, die das kostet. So erreichten wir die Ecke. Old Death hielt dort inne, ich also auch. Nach einer Weile wendete er den Kopf zu mir zurück und raunte mir zu: »Es sind zwei. Seid ja vorsichtig!«

Ich hatte die Augen, die Nase und das Gehör sehr angestrengt, aber nicht das mindeste bemerkt. Ich sah nur das eine, daß dichte Dunkelheit vor uns lag, in der ich grad noch den Kopf des Pfadfinders sehen konnte, wenn ich die Augen sehr anstrengte. Er schob sich weiter fort, und ich folgte abermals. Er kroch von der Hausmauer fort bis zu einem Zaun, an dem wilder Wein oder etwas Ähnliches emporrankte. Dann bewegten wir uns entlang des Zaunes parallel zur Giebelseite des Hauses, die vielleicht zehn Schritte entfernt war. Auf dem dadurch entstehenden Zwischenraum sah ich bald einen dunklen Haufen vor uns auftauchen, der fast wie ein Zelt geformt war. Wie ich später erfuhr, waren es zusammengestellte Bohnen- und Hopfenstangen.

Dort wurde leise gesprochen. Old Death griff nach mir zurück, faßte mich beim Kragen, zog mich zu sich heran, so daß mein Kopf neben den seinigen kam, und raunte mir zu: »Da sitzen sie. Wir müssen hören, was sie reden. Eigentlich sollte ich allein hin, denn Ihr seid ein Greenhorn, das mir den ganzen Spaß verderben kann. Aber zwei hören mehr als einer. Getraut Ihr Euch, unbemerkt so nahe an sie heranzuschleichen, daß Ihr sie hört?«

»Ja«, antwortete ich, vor Aufregung zitternd.

Das belauschte Gespräch

»So wollen wir es versuchen. Ihr geht von dieser Seite an sie und ich von der anderen. Wenn Ihr nahe seid, legt Ihr das Gesicht auf den Boden, damit sie nicht etwa Eure Augen funkeln sehen. Sollten sie Euch dennoch bemerken, vielleicht weil Ihr zu laut atmet, so müssen wir sie sofort unschädlich machen.«

»Töten?« flüsterte ich ängstlich, denn der Gedanke, einen Menschen in die Ewigkeit zu senden, war mir gar nicht behaglich.

»Nein. Das müßte still geschehen, also mit dem Messer, und dazu habt Ihr kein Geschick. Ein Revolverschuß darf nicht gewagt werden. Sobald sie Euch oder mich entdecken, werfe ich mich auf den einen, ihr Euch auf den anderen, legt ihm beide Hände um den Hals und drückt ihm die Gurgel zu, daß er keinen Laut von sich geben kann. Dabei müßt Ihr ihn zur Erde niederreißen. Was dann geschehen soll, werde ich Euch sagen. Aber nur ja keinen Lärm! Ich habe gesehen, daß Ihr ein starker Kerl seid, aber seid Ihr auch überzeugt, so einen Strolch still niederlegen zu können?«

»Unbedingt«, antwortete ich, obgleich es mir nicht ganz so zumute war, wie er nach dieser Antwort annehmen mußte.

»Also vorwärts, Sir!«

Er kroch um die Stangen herum, und ich schob mich auf dieser Seite zu ihnen hin. Ich wagte kaum zu atmen, aber gerade deshalb ging mein Atem so, daß ich ihn hörte. Ich legte mich deshalb still nieder, um mich zu beruhigen, und kroch erst dann weiter, als ich die Überzeugung gewonnen hatte, daß die Lunge mir gehorchen werde. Jetzt hatte ich die Stangenpyramide erreicht. Die beiden Strolche saßen dicht nebeneinander, mit den Gesichtern in Richtung Haus. Es gelang mir, ganz lautlos so nahe an sie heranzukommen, daß mein Kopf sich kaum eine Elle weit von dem Körper des mir Nächstsitzenden befand. Nun legte ich mich auf den Bauch und das Gesicht nach unten in die Hände. Das hatte zweierlei Vorteil, wie ich bald bemerkte. Erstens konnte meine helle Gesichtsseite mich nicht verraten, und dann konnte ich in dieser Lage viel besser hören als mit erhobenem Kopf. Sie sprachen in jenem hastigen Flüsterton, der die Worte auf einige Schritte hin verständlich macht.

»Den Kapitän lassen wir ungeschoren«, sagte eben derjenige, in dessen Nähe ich lag. »Er hat Euch zwar auf das Trockene gesetzt, streng genommen aber seine Pflicht getan. Weißt du, Locksmith, er ist zwar auch ein verdammter Deutscher, aber es kann uns nichts nutzen, sondern nur schaden, wenn wir ihm an den Kragen gehen. Wenn wir uns hier in Texas festsetzen und auch halten wollen, so dürfen wir es mit den Steamleuten nicht verderben.«

»Gut! Ganz wie Ihr wollt, Capt'n. Der Indsman ist uns entgangen, wie ich vermute. Kein Indianer setzt sich nach

La Grange, um eine ganze Nacht lang auf die Abfahrt des Bootes zu warten. Aber die beiden anderen sind noch da, die deutschen Hunde, die wir aufknüpfen wollten. Sie sind Spione und müssen gelyncht werden. Könnte man nur erfahren, wo sie sind. Sie sind wie Luft aus ihrer Gaststube verschwunden, zum Fenster hinaus, diese Feiglinge!«

»Wir werden es erfahren. ›Schnecke‹ ist ja deshalb im Wirtshaus sitzen geblieben, und er wird nicht ruhen, als bis er erfährt, wo sie stecken. Er ist ein schlauer Patron. Ihm haben wir es zu danken, daß wir wissen, daß dieser Lange hier von dem Mexikaner das Geld für sein Haus erhalten hat. Wir werden also ein sehr gutes Geschäft machen und viel Spaß haben. Der Junge hat als Offizier gegen uns gekämpft und soll dafür aufgeknüpft werden. Der Alte hat ihn in die Uniform gesteckt und muß dafür bestraft werden; aber hängen wollen wir ihn nicht. Er wird so viel Prügel bekommen, daß ihm das Fleisch vom Rücken springt. Dann werfen wir ihn heraus und stecken die Bude an.«

»Ihm bringt das keinen Schaden, denn sie gehört ihm nicht mehr«, entgegnete der andere.

»Desto mehr wird es den Mexikaner ärgern, der sicherlich niemand mehr über den Rio Grande hinüberschickt, um Juarez zu dienen. Wir räumen auf und geben ihm einen Denkzettel, den er sicher nicht hinter den Spiegel steckt. Die Leute sind instruiert. Aber bist du wirklich überzeugt, Locksmith, daß deine Schlüssel passen werden?«

»Beleidigt mich nicht, Capt'n! Ich verstehe mein Geschäft. Die Türen, um die es sich in diesem Hause handelt, können meinem Dietrich nicht widerstehen.«

»So mag es gehen. Wenn die Kerle sich nur bald zur Ruhe legten. Unsere Leute werden ungeduldig sein, denn es sitzt sich verteufelt schlecht in den alten Holunderbüschen dort hinter dem Stall. Langes haben all ihren Unrat dort hingeworfen. Ich wollte, Ihr könntet bald gehen und unseren Kameraden ein Zeichen geben. Will doch noch einmal an dem Laden horchen, ob sie wirklich noch nicht im Bett sind, diese deutschen Nachteulen.«

Der Capt'n stand auf und ging leise zu dem einen Fensterladen der Wohnstube. Er wurde von seinem Gefährten Capt'n genannt; diese Bezeichnung und auch die Unterredung, welche ich eben gehört hatte, gaben Grund zu der Vermutung, daß er der Anführer sei. Der andere war mit dem Worte »Locksmith« bezeichnet worden. Das heißt Schlosser. Vielleicht hieß er so; wahrscheinlich aber war er Schlosser, da er gesagt hatte, daß er sich auf den Gebrauch des Dietrichs verstehe. Und eben jetzt machte er eine Bewegung, bei der ich ein leises Klirren hörte. Er hatte Schlüssel bei sich. Aus diesen Gedanken wurde ich aufgestört durch ein leises Zupfen an meinem Bein. Ich kroch zurück. Old Death lag hinter den Stangen. Ich schob mein Gesicht an das seine, und er fragte mich leise, ob ich alles gehört und verstanden hätte. Ich bejahte.

»So wissen wir, woran wir sind. Werde diesen Burschen einen Streich spielen, über den sie noch lange die Köpfe schütteln sollen! Wenn ich mich nur auf Euch verlassen könnte!«

»Versucht es einmal mit mir! Was soll ich denn tun?« antwortete ich, ungehalten über Old Deaths beständige Zweifel.

»Den einen Kerl bei der Gurgel nehmen.«

»Well, Sir, das werde ich!«

»Gut! Um aber ganz sicher zu gehen, will ich Euch erklären, wie Ihr es anzufangen habt. Horcht! Er wird doch nicht hierher hinter die Stangen kommen!«

Der Capt'n kehrte vom Laden zurück. Glücklicherweise setzte er sich gleich wieder nieder.

Old Death hielt es nicht für notwendig, sie weiter zu belauschen. Er raunte mir zu: »Also, ich will Euch sagen, wie Ihr den Kerl zu fassen habt. Ihr kriecht zu ihm hin, bis Ihr direkt hinter ihm seid. Sobald ich einen halblauten Ruf ausstoße, legt Ihr ihm die Hände um den Hals, aber richtig, versteht Ihr? Die beiden Daumen kommen ihm in den Nacken, so daß sie mit den Spitzen zusammenstoßen, und die anderen acht Finger je vier von jeder Seite an die Gurgel.«

»Da muß er doch ersticken!«

»Unsinn! Das Ersticken geht nicht so schnell. Schufte, Schurken und ähnliches Gelichter gehören in eine Raubtierklasse, die ein ungeheuer zähes Leben besitzt. Wenn Ihr ihn fest habt, drückt Ihr ihn nieder, weil Ihr dann weit mehr Kraft anwenden könnt, aber ja nicht falsch! Ihr befindet Euch, wie gesagt, hinter ihm und dürft ihn nicht etwa zu Euch hin niederziehen, sondern Ihr müßt ihn seitwärts nach links niederdrücken, so daß er erst auf die Seite und dann auf den Bauch und Ihr auf ihn zu liegen kommt. So habt Ihr ihn am sichersten. Da Ihr an solche Kunstgriffe nicht gewöhnt seid, ist es möglich, daß es ihm doch gelingt, einen Laut auszustoßen. Das wird aber höchstens ein kurzes, verzweifeltes ›Bäh‹ sein. Dann ist er still, und Ihr haltet ihn so lange fest, bis ich bei Euch bin. Werdet Ihr das fertigbringen?«

»Gewiß. Ich habe früher viel gerauft.«

»Gerauft!« höhnte der Alte. »Das will ganz und gar nichts sagen! Und Ihr müßt auch noch bedenken, daß der Capt'n länger ist als der andere. Macht Eurem Lehrer Ehre, Sir, und laßt Euch von denen da drin nicht auslachen! Also vorwärts! Wartet aber auf meinen Ruf!«

Er schob sich wieder fort von mir, und ich kroch dahin zurück, wo ich vorhin gelegen hatte, ja, ich näherte mich dem Capt'n noch weiter und zog die Knie an den Leib, um mich augenblicklich aufrichten zu können. Ich gestehe, daß das Gefühl, das ich jetzt hatte, nicht gerade als selig bezeichnet werden könnte. Zum ersten Mal in meinem Leben sollte ich einen Menschen wirklich feindlich überfallen, sollte ihn »bei der Gurgel« nehmen, was sehr leicht seinen Tod zur Folge haben konnte. Und gelang der Überfall nicht, so war es sehr wahrscheinlich, daß eine sehr kleine Revolverkugel von sehr großen Folgen für mich werden würde. Ich befand mich ungefähr in der Stimmung eines Schulknabens, der eine Gedächtnisaufgabe hersagen soll und nicht genau weiß, ob er stocken wird oder nicht. Aber ich dachte an die sieben Männer, die Old Death abgeraten hatten, mich mitzunehmen, und beschloß, mich keinesfalls von ihnen auslachen zu lassen. Die beiden Gauner setzten ihre Unterhaltung fort, die für uns nichts Wichtiges mehr enthielt. Sie sprachen ihren Ärger darüber aus, daß sie und ihre Gefährten so lange zu warten hatten. Dann erwähnten sie uns beide und sprachen die Hoffnung aus, daß ›Schnecke‹ unseren Aufenthaltsort ausspähen werde. Da hörte ich Old Deaths halblaute Stimme: »Da sind wir ja, Mesch'schurs! Paßt doch auf!«

Schnell richtete ich mich hinter dem Capt'n auf und schlang ihm die Hände in der Weise, wie der Scout es mir gesagt hatte, um den Hals. Mit den Fingerspitzen fest auf seinem Kehlkopf, drückte ich ihn seitwärts zu Boden nieder, stieß ihn mit dem Knie noch weiter um, so daß er auf das Gesicht zu liegen kam, und kniete dann auf seinen Rücken. Er hatte keinen Laut ausgestoßen, zuckte krampfhaft mit den Armen und Beinen und lag dann still. Da kauerte sich Old Deaths Gestalt vor uns hin. Der Alte versetzte dem Capt'n einen Schlag mit dem Revolverknauf auf den Kopf und sagte dann: »Laßt los, Sir, sonst erstickt er wirklich! Ihr habt es für den Anfang gar nicht übel gemacht. Anlagen scheint Ihr zu besitzen, und ich kalkuliere, daß einmal ein famoser Bösewicht oder aber ein tüchtiger Westmann aus Euch wird. Nehmt den Kerl auf die Achsel und kommt!«

Er nahm den einen, ich den anderen auf die Schulter. Dann kehrten wir nach der Hintertür zurück, wo Old Death, wie es besprochen worden war, zu kratzen begann. Lange ließ uns ein.

»Was bringt Ihr denn da?« fragte er leise, als er trotz der Dunkelheit bemerkte, daß wir etwas trugen.

»Werdet es sehen«, antwortete Old Death lustig, »schließt zu, und kommt mit herein!«

Wie staunten die Männer, als wir unsere Beute auf die Diele legten. »Alle Wetter!« fuhr der alte Deutsche auf. »Das sind ja zwei von der Bande! Tot?«

»Hoffentlich nicht«, sagte der Scout. »Ihr seht, wie recht ich tat, daß ich diesen jungen Master mit mir nahm. Er hat sich brav gehalten, hat sogar den Anführer der Bande überwältigt.«

»Den Anführer? Ah, das ist prächtig! Aber wo stecken seine Leute, und warum bringt Ihr diese beiden herein?«

»Muß ich Euch das erst sagen? Es ist doch sehr leicht zu erraten. Ich und der junge Sir da, wir werden die Kleider der beiden Banditen anlegen und die Bande, die sich bei den Holunderbüschen versteckt hält, hereinholen.«

»Seid Ihr des Teufels! Ihr riskiert das Leben. Wenn man nun entdeckt, daß Ihr verkleidet seid?«

»Das wird man eben nicht entdecken«, entgegnete der Alte in überlegenem Ton. »Old Death ist ein pfiffiger Kerl, und dieser junge Master ist auch nicht ganz so dumm, wie er aussieht.«

Dieses höchst zweideutige Lob beleidigte mich nicht, denn ich fühlte eine ungeheure Genugtuung über das, was ich geleistet hatte. Wenn ich als Knabe den alten Vater Homer übersetzen mußte, so hatte ich es wohl manchmal beklagt, nicht in jener Zeit gelebt, nicht Troja mit belagert und es mit Hilfe des bekannten hohlen Schimmels oder Rappens erobert zu haben. Wie herrlich mußte es gewesen sein, in stolzer Rede den feindlichen Helden herauszufordern, um ihm den Speer durch den leuchtenden Panzer zu rennen! Jetzt hatte ich zwar bloß einen gewöhnlichen Rowdy beim Hals genommen, aber ich »kalkulierte«, daß doch eine kleine Spur einer gewissen Art altgriechischen Heldentums dabei vorhanden sei, und das ließ mir das Herz höher schlagen. Daß es sehr traurig ist, über seinen Nebenmenschen herfallen zu müssen, daran dachte ich nicht. Old Death erzählte, was wir belauscht und getan hatten, und erklärte ihnen dann seinen Plan. Ich sollte in der Verkleidung des Locksmith hinter den Stall gehen, um die Wartenden hereinzuholen. Er wollte die Kleider des Capt'ns, die gerade für seine Länge paßten, anlegen und den Anführer spielen. »Es versteht sich von selbst«, fügte der Scout hinzu, »daß nur leise gesprochen wird, und beim Flüstern sind alle Stimmen gleich.«

»Nun, wenn Ihr es wagen wollt, so tut es!« sagte Lange. »Ihr tragt nicht unsere Haut zu Markte, sondern Eure eigene. Was aber sollen wir inzwischen tun?«

»Zunächst leise hinausgehen und einige starke Pfähle oder Stangen hereinholen, die wir gegen die Stubentür stemmen, damit sie nicht von innen geöffnet werden kann. Sodann löscht Ihr die Lichter und versteckt Euch im Haus. Das ist alles, was Ihr zu tun habt. Was dann noch geschehen muß, läßt sich jetzt noch nicht bestimmen.«

Vater und Sohn gingen in den Hof, um die Pfähle zu holen. Inzwischen nahmen wir den beiden Gefangenen ihre Verkleidung ab. Eben als wir dem Capt'n seine Hose, die den Schnitt der Schweizer Wildheuerhosen hatte und über dem eigentlichen Beinkleid befestigt war, vom Leib zogen, erwachte er. Er blickte wirr und erstaunt umher und machte dann eine Bewegung aufzuspringen, wobei er nach der Leibesgegend griff, in der sich vorher die Tasche mit dem

Revolver befunden hatte. Old Death aber drückte ihn schnell wieder nieder, hielt ihm die Spitze des Bowiemessers auf die Brust und drohte: »Ruhig, mein Junge! Nur einen unerlaubten Laut oder eine Bewegung, so fährt dir dieser schöne Stahl in den Leib!«

Der Capt'n war ein Mann anfang Dreißig mit militärisch geschnittenem Bart. Sein scharf geschnittenes, dunkel angehauchtes und ziemlich verlebtes Gesicht ließ einen Südländer in ihm vermuten. Er griff sich mit den beiden Händen an den schmerzenden Kopf, wo ihn der Hieb getroffen hatte und frage: »Wo bin ich? Wer seid Ihr?«

»Hier wohnt Lange, den Ihr überfallen wolltet, Boy. Und ich und dieser junge Mann sind die Deutschen, deren Aufenthalt ›Schnecke‹ erkunden sollte. Du siehst, daß du dich da befindest, wohin deine Sehnsucht dich trieb.«

Der Mann kniff die Lippen zusammen und ließ einen wilden, aber erschrockenen Blick umherschweifen. In diesem Augenblick kam Lange mit seinem Sohn zurück. Sie brachten einige Stangen und eine Säge mit. »Material zum Binden ist da, ausreichend für zwanzig Mann«, meinte der alte Lange.

»So gebt her, einstweilen nur für diese beiden.«

»Nein, binden lasse ich mich nicht!« rief der Capt'n, indem er abermals versuchte, sich aufzurichten. Aber da hielt ihn Old Death wieder das Messer vor und sagte: »Wage es ja nicht, dich zu rühren! Jedenfalls hat man vergessen, dir zu sagen, wer ich bin. Man nennt mich Old Death, und du wirst wissen, was das zu bedeuten hat. Oder meinst du gar, daß ich ein Freund der Sklavenzüchter sei?«

»Old – Old Death seid Ihr!« stammelte der Capt'n aufs höchste erschrocken.

»Ja, mein Junge, der bin ich. Und nun wirst du dir keine unnützen Einbildungen machen. Ich weiß, daß du den jungen Lange aufknüpfen und seinen Vater bis auf die Knochen peitschen lassen wolltest, um dann dieses Haus in Brand zu stecken. Wenn du noch irgendwelche Nachsicht erwartest, so kannst du sie nur dann haben, wenn du dich in dein Schicksal ergibst.«

»Old Death, Old Death!« wiederholte der leichenblaß gewordene Mann. »Dann bin ich verloren!«

»Noch nicht. Wir sind nicht ruchlose Mörder wie Ihr. Wir werden Euer Leben schonen, wenn Ihr Euch uns ohne Kampf ergebt. Tut Ihr das nicht, so wird man morgen Eure Leichen in den Fluß werfen können. Ich teile dir jetzt mit, was ich dir zu sagen habe. Handelst du danach, so mögt Ihr das County und meinetwegen Texas verlassen, um nicht wiederzukommen. Verachtest du meinen Rat, so ist es aus. Ich hole jetzt deine Leute herein. Sie werden ebenso unsere Gefangenen sein, wie du es bist. Befiel ihnen, sich zu ergeben. Tust du das nicht, so schießen wir euch zusammen, wie einen Baum voll wilder Tauben!«

Der Capt'n wurde gebunden und erhielt ein Taschentuch in den Mund. Der andere war auch zu sich gekommen, zog aber vor, kein Wort zusagen. Ich erkannte in ihm einen der Rowdies, die uns auf dem Schiff hatten hängen wollen. Auch er wurde gefesselt und geknebelt. Dann trug man die beiden hinaus in die Betten, in denen Lange und sein Sohn zu schlafen pflegten, band sie noch besonders fest, so daß sie sich nicht regen konnten, und deckte sie bis an den Hals zu.

»So!« lachte Old Death. »Nun kann die Komödie beginnen. Wie werden sich die Kerle wundern, wenn sie in diesen sanften Schläfern ihre eigenen Genossen erkennen! Es wird ihnen ein ungeheures Vergnügen machen! Aber sagt, Master Lange, wie könnte man denn, wenn wir sie haben, mit den Leuten reden, so daß es möglich ist, sie dabei zu beobachten?«

»Hm!« meinte der Schmied, indem er nach der Decke deutete, »von da oben. Die Decke besteht nur aus einer Bretterlage. Wir könnten eins der Bretter lossprengen.«

»So kommt alle heraus, und nehmt Eure Waffen mit. Ihr steigt die Treppe hinauf und bleibt oben, bis es Zeit ist. Vorher aber wollen wir für passende Stemmhölzer sorgen.«

Es wurden einige der Stangen mit der Säge so verkürzt, daß sie genau für den beabsichtigten Zweck paßten, und dann bereit gelegt. Ich zog die Hose und Bluse des Locksmith an, während Old Death die andere Verkleidung anlegte. In der weiten Tasche meine Hose steckte ein eiserner Ring mit einer Menge falscher Schlüssel.

»Ihr werdet sie gar nicht gebrauchen«, sagte Old Death. »Ihr seid kein Schlosser und auch kein Einbrecher und würdet Euch durch Eure Ungeschicklichkeit verraten. Ihr müßt also die echten Schlüssel hier abziehen und mitnehmen. Dann tut Ihr so, als ob Ihr mit dem Dietrich öffnetet. Unsere Messer und Revolver stecken wir ein, unsere Büchsen aber nehmen hier die Masters zu sich. Während wir draußen unsere Aufgabe erledigen, werden sie droben ein Brett lossprengen. Dann aber müssen alle Lichter gelöscht werden.«

Die Bande geht in die Falle

Dieser Weisung wurde gefolgt. Man ließ uns hinaus, und draußen verschloß ich die Türen. Ich hatte nun die drei Schlüssel zur Haus-, Stuben- und Kammertür bei mir. Old Death instruierte mich jetzt genauer, als es vorher geschehen war. Als wir den Knall hörten, der durch das Lossprengen des Brettes verursacht worden war, trennten wir uns. Er ging nach der Giebelseite des Hauses, wo die Stangen standen, und ich begab mich über den Hof hinüber, um meine »lieben Kameraden« zu holen. In diesem Augenblick war mir ungefähr zumute, wie einem Menschen, der in der Überzeugung in Richtung Fluß geht, daß man ihn dort ins tiefe Wasser werfen werde, damit er schwimmen lerne. Wenn die Banditen entdeckten, daß ich sie täuschte, so konnte ich mein Heil nur in schleunigster Flucht suchen. Ich wandte mich zum Stall. Ich trat dabei nicht allzu leise auf, denn ich wollte gehört und angesprochen sein, um nicht etwa mit meiner Anrede einen Fehler zu machen. Eben als ich um die Ecke treten wollte, erhob sich eine Gestalt, über die ich beinahe hinweggestolpert wäre, vom Boden.

»Stop!« sagte er. »Bist du es, Locksmith?«

»Yes. Ich sollt kommen; aber sehr leise.«

»Will es dem Lieutenant sagen. Warte hier!«

Er huschte fort. Also auch einen Lieutenant gab es! Die Bande schien eine militärische Organisation zu besitzen. Ich hatte noch keine Minute gewartet, so kam ein anderer. In leisem Ton sagte er: »Das hat lange gedauert. Schlafen denn die verwünschten Deutschen endlich?«

»Endlich! Aber nun auch um so fester. Sie haben miteinander einen ganzen Krug Brandy ausgestochen.«

»So werden wir leichtes Spiel haben. Wie steht es mit den Türen?«

»Klappt alles aufs trefflichste.«

»So wollen wir gehen. Mitternacht ist schon vorüber, und da wird es auch drüben bei Cortesio losgehen, wofür die erste Stunde nach Mitternacht festgesetzt war. Führe uns!«

Hinter ihm tauchte eine Menge vermummter Gestalten auf, die mir folgten. Als wir an das Haus kamen, trat Old Death leise zu uns, dessen Gestalt in der Dunkelheit nicht von derjenigen des Capt'n zu unterscheiden war.

»Habt Ihr besondere Befehle, Capt'n?« fragte der zweite Offizier.

»Nein«, antwortete der Alte in seiner sicheren, selbstverständlichen Weise. »Wird sich alles danach richten, wie wir es drinnen finden. Nun, Locksmith, wollen wir es mit der Haustür versuchen.«

Ich trat zur Tür und hielt den richtigen Schlüssel in der Hand. Doch tat ich, als ob ich erst einige andere versuchen müsse.

Als ich dann geöffnet hatte, blieb ich mit Old Death stehen, um die anderen an uns vorüber zu lassen. Auch der Lieutenant blieb bei uns. Als alle leise eingetreten waren, fragte der Lieutenant: »Laternen heraus?«

»Nur die Eurige einstweilen.«

Wir traten ebenfalls ein; ich machte die Tür wieder zu, doch ohne sie zu verschließen, und der Lieutenant zog eine brennende Blendlaterne aus der Tasche seiner weiten Hose. Wir hatten fünfzehn Personen gezählt. Der Lieutenant schien gern zu kommandieren. Er leuchtete umher, während die anderen regungslos standen, und fragte dann. »Einen Posten hier an die Tür?«

»Wozu?« antwortete Old Death. »Ist gar nicht nötig. Locksmith mag zuschließen; da kann niemand herein.«

Ich schloß augenblicklich zu, um dem Lieutenant keine Veranlassung zu Bedenken zu geben. Ließ aber den Schlüssel stecken.

»Wir müssen alle hinein«, sagte Old Death jetzt. »Die Schmiede sind baumstarke Leute.«

»So seid Ihr heute ganz anders als sonst, Capt'n!«

»Weil die Verhältnisse anders sind. Vorwärts!«

Er schob mich nach der Stubentür, wo sich dieselbe Prozedur wiederholte. Ich tat wieder, als ob ich nicht sofort den passenden Schlüssel fände. Dann traten wir alle ein. Old Death nahm dem Lieutenant die Laterne aus der Hand und leuchtete nach der Kammertür.

»Dort hinaus!« sagte er. »Aber leise, leise!«

»Sollen wir nun auch die anderen Laternen herausnehmen?«

»Nein, erst in der Kammer.«

Old Death wollte mit dieser Weisung verhüten, daß die »sanften Schläger« zu zeitig erkannt würden. Die fünfzehn Personen fanden Raum in der Kammer, es kam nur darauf an, sie alle hineinzubringen, damit die Belagerung sich nicht auch mit auf die Stube erstrecken mußte. Jetzt verfuhr ich beim Öffnen noch langsamer und scheinbar sorgfältiger. Endlich ging die Tür auf. Old Death ließ den Schein der Laterne in den Schlafraum fallen, sah hinein und flüsterte: »Sie schlafen. Schnell hinein! Leise, aber leise! Der Lieutenant voran!«

Er ließ ihm gar keine Zeit zur Widerrede und zum Nachdenken und schob ihn vorwärts. Die anderen folgten auf den Fußspitzen. Kaum aber war der letzte drin, so schob ich die Tür zu und drehte den Schlüssel um.

»Schnell die Stangen!« sagte Old Death.

Sie lagen da, gerade so lang, daß man sie zwischen den Fensterstock und der Türkante schräg einklemmen konnte. Das taten wir, und nun wäre die Kraft eines Elefanten erforderlich gewesen, um die Tür aufzusprengen. Jetzt eilte ich hinaus an die Treppe.

»Seid ihr da?« fragte ich »Sie sind in der Falle. Kommt herab!«

Sie kamen eilends herabgesprungen.

»Sie befinden sich alle in der Schlafstube. Drei von Euch hinaus vor das Fenster, um Stangen dagegenzustemmen. Wer aussteigen will, bekommt eine Kugel!«

Ich öffnete die Hintertür wieder. Drei eilten hinaus, die anderen folgten mir in die Wohnstube. Inzwischen hatte sich in der Schlafstube ein entsetzlicher Lärm erhoben. Die gefoppten Halunken hatten bemerkt, daß sie eingeschlossen waren, ihre Laternen herausgenommen und nun bemerkt, wer in den Betten lag. Jetzt fluchten und brüllten sie wild durcheinander und schlugen mit den Fäusten gegen die Tür.

»Auf, auf, sonst demolieren wir alles!« ertönte es. Als ihre Drohungen nichts fruchteten, versuchten sie die Tür aufzusprengen, aber sie gab nicht nach, die Stützen hielten fest. Dann hörten wir, daß sie das Fenster öffneten und den Laden aufzustoßen versuchten.

»Es geht nicht!« schrie eine zornige Stimme. »Man hat draußen etwas dagegen gestemmt.«

Da hörten wir es draußen drohend erschallen: »Weg vom Laden! Ihr seid gefangen. Wer den Laden aufstößt, bekommt eine Kugel!«

»Ja«, fügte in der Stube Old Death laut hinzu. »Auch die Tür ist besetzt. Hier stehen genug Leute, Euch alle ins Jenseits zu befördern. Fragt Euern Capt'n, was Ihr tun sollt.«

Und leiser sagte er zu mir: »Kommt mit hinauf auf den Boden. Nehmt die Laterne und Eure Büchse mit! Die anderen mögen die Lampe hier anbrennen.«

Wir gingen hinauf, wo sich eine über dem Schlafraum liegende offene Bodenkammer befand. Wir fanden sehr leicht das losgesprengte Brett. Nachdem wir die Laterne verdeckt und die Masken abgelegt hatten, hoben wir das Brett ab und konnten nun hinunter in die von mehreren Laternen erleuchtete Schlafstube sehen.

Da standen sie eng aneinander. Man hatte den beiden Gefangenen die Fesseln und Knebel abgenommen, und der

Capt'n sprach leise, und, wie es schien, sehr eindringlich zu den Leuten.

»Oho!« sagte der Lieutenant lauter. »Ergeben sollen wir uns! Mit wie vielen Gegnern haben wir es denn zu tun?«

»Mit mehr als hinreichend, Euch in fünf Sekunden niederzuschießen?« rief Old Death hinab.

Aller Augen richteten sich empor. In demselben Augenblick hörten wir draußen einen Schuß fallen, dann noch einen. Old Death begriff sogleich, was das zu bedeuten habe und wie er es benützen könne.

»Hört Ihr's!« fuhr er fort. »Eure Kumpane werden auch drüben bei Cortesio mit Kugeln abgewiesen. Ganz La Grange ist gegen Euch. Man hat sehr wohl gewußt, daß Ihr da seid, und Euch ein Willkommen bereitet, wie Ihr es Euch nicht dachtet. In der Stube neben Euch stehen zwölf, draußen vor dem Laden sechs, und wir hier oben sind auch sechs. Ich heiße Old Death, verstanden! Zehn Minuten Zeit gebe ich Euch. Legt Ihr dann die Waffen ab, so werden wir glimpflich mit Euch verfahren. Tut Ihr es aber nicht, so schießen wir Euch zusammen. Weiter habe ich Euch nichts zu sagen, es ist mein letztes Wort. Überlegt es Euch!«

Er warf das Brett wieder zu und sagte leise zu mir: »Nun schnell hinab, um Cortesio Hilfe zu bringen!«

Wir holten zwei Mann aus der Stube, wo Lange mit seinem Sohn zurückblieb, und zwei draußen vom Laden weg, wo eine Wache einstweilen genug war. So waren wir fünf. Eben fiel wieder ein Schuß. Wir huschten hinüber und sahen dort vier oder fünf vermummte Gestalten stehen. Ebenso viele kamen gerade hinter Cortesios Haus hervorgerannt, und einer derselben rief lauter, als er wohl beabsichtigte: »Hinten schießen sie auch. Wir kommen nicht hinein!«

Ich hatte mich auf den Boden gelegt, war näher gekrochen und hörte, daß einer von denen, die vorn gestanden hatten, antwortete: »Verteufelte Geschichte! Wer konnte das ahnen! Der Mexikaner hat Lunte gerochen und weckt mit seinen Schüssen die Leute auf. Überall werden die Lichter angebrannt. Da hinten hört man schon Schritte. In einigen Minuten ist man auf unseren Fersen; eilen wir uns. Schlagen wir mit den Kolben die Tür ein! Wollt Ihr?«

Ich wartete die Antwort nicht ab, sondern huschte eiligst zu den Gefährten zurück und bat: »Mesch'schurs, schnell, schlagen wir mit den Kolben auf die Bande! Sie wollen Cortesios Tür stürmen.«

»Well, well! Tüchtig drauf!« lautete die Antwort, und da fielen auch schon die Hiebe auf die verzweifelten Burschen wie aus den Wolken herab. Sie rissen schreiend aus und ließen vier ihrer Spießgesellen zurück, die so getroffen waren, daß sie nicht fliehen konnten. Sie wurden entwaffnet, und dann trat Old Death an die Tür von Cortesios Haus, um zu klopfen.

»Wer da?« fragte es von drinnen.

»Old Death, Señor. Wir haben Euch die Halunken vom Hals geschafft. Sie sind fort. Macht einmal auf!«

Die Tür wurde vorsichtig geöffnet. Der Mexikaner erkannte den Scout, obgleich dieser noch mit der Hose und Bluse des Capt'n bekleidet war, und sagte: »Sind sie wirklich fort?«

»Über alle Berge. Vier haben wir hier gefangen. Ihr habt geschossen?«

»Ja. Es war ein Glück, daß Ihr mich warntet, sonst wäre es mir schlecht ergangen. Ich schoß vorn und mein Neger hinten aus dem Haus, so daß sie nicht herein konnten. Dann sah ich freilich, daß Ihr über sie herfielt.«

»Ja, wir haben Euch erlöst. Nun kommt aber auch uns zu Hilfe! Zu Euch kehren sie nicht zurück, wir jedoch haben noch fünfzehn dieser Kerle drüben, die wir nicht entwischen lassen wollen. Euer Neger mag indessen von Haus zu Haus laufen und Lärm machen. Ganz La Grange muß auf die Beine gebracht werden, damit den Buben gehörig heimgeleuchtet werde.«

»So mag er vor allen Dingen zum Sheriff laufen. Horcht, da kommen Leute! Auch ich werde gleich drüben sein, Señor.«

Er trat in das Haus zurück. Von rechts her kamen zwei Männer mit Gewehren in der Hand und fragten, was die Schüsse zu bedeuten hätten. Als wir ihnen Auskunft erteilt hatten, waren sie sofort bereit, uns beizustehen. Selbst diejenigen Bewohner von La Grange, die sezessionistisch gesinnt waren, hielten es deshalb noch lange nicht mit den Banditen, deren Treiben den Anhängern jeden politischen Bekenntnisses ein Greuel sein mußte. Wir nahmen die vier Blessierten beim Kragen und schafften sie hinüber in Langes Stube.

Der Schmied meldete uns, daß die Gefangenen sich bis jetzt ruhig verhalten hatten. Señor Cortesio kam nach, und bald folgten so viele andere Einwohner von La Grange, daß die Stube nicht für sie ausreichte und manche draußen bleiben mußten. Das gab ein Gewirr von Stimmen und ein Geräusch von hin- und hereilenden Schritten, aus dem die Banditen entnehmen konnten, wie die Sache stand. Old Death nahm mich wieder mit hinauf in die Bodenkammer. Als wir das Brett entfernt hatten, bot sich uns ein Bild völliger Verzweiflung. Die Gefangenen lehnten an den Wänden, saßen auf den Betten oder lagen auf der Diele und ließen in des Wortes eigentlichster Bedeutung die vermummten Köpfe hängen.

»Nun«, sagte Old Death, »die zehn Minuten sind längst vorüber. Was habt Ihr beschlossen?«

Er bekam keine Antwort. Nur einer stieß einen Fluch aus.

»Ihr schweigt? Nun, so nehme ich an, daß Ihr Euch nicht ergeben wollt; das Schießen mag beginnen.«

Er legte sein Gewehr an und ich das meine. Sonderbarerweise fiel es keinem von ihnen ein, den Revolver auf uns zu richten. Die Schurken waren eben feig, und ihr Mut bestand nur in Gewalttätigkeiten gegen Wehrlose.

»Also antwortet oder ich schieße!« drohte der Alte. »Es ist mein letztes Wort.«

Keine antwortete. Da flüsterte mir Old Death zu: »Schießt auch Ihr. Treffen müssen wir, sonst flößen wir ihnen keinen Respekt ein. Zielt dem Lieutenant nach der Hand, ich dem Capt'n.«

Unsere zwei Schüsse krachten zu gleicher Zeit. Die Kugeln trafen genau. Die beiden Offiziere schrien laut auf, und bald schrien und heulten alle in einem widerlichen

Konzert. Unsere Schüsse waren draußen gehört worden. Man glaubte uns im Kampf mit den Banditen; darum krachte es in der Stube und draußen vor dem Fenster. Kugeln flogen durch die Tür und durch den Laden in die Schlafkammer. Mehrere Schurken wurden getroffen. Alle warfen sich zu Boden, wo sie sich sicherer fühlten. Der Capt'n kniete vor dem Bett, hatte seine blutende Hand in das Leintuch gewickelt und rief zu uns empor: »Haltet ein! Wir ergeben uns!«

»Gut!« antwortete Old Death. »Tretet alle vom Bett weg! Werft Eure Waffen auf das Bett, dann wird man Euch herauslassen. Aber der, bei dem dann noch eine Waffe gefunden wird, hat unerbittlich eine Kugel im Leib! Ihr hört, daß draußen Hunderte von Leuten stehen. Nur völlige Ergebung kann Euch retten.«

Die Situation, in der sich die Banditen befanden, war hoffnungslos, denn an Flucht konnten sie nicht denken. Das wußten sie. Ergaben sie sich, was konnte ihnen da geschehen? Ihre Absichten waren nicht ausgeführt worden; man konnte sie also nicht der Ausführung eines Verbrechens beschuldigen. Jedenfalls war es besser, sich dem Verlangen Old Deaths zu fügen, als einen nutzlosen Fluchtversuch zu machen, der schwere Folgen nach sich ziehen mußte. Also flogen ihre Messer und Revolver aufs Bett.

»Gut, Mesch'schurs!« rief der Alte ihnen zu. »Und nun will ich Euch nur sagen, daß ich auch jeden niederschießen werde, der eine Bewegung macht, seine Waffe wieder wegzunehmen, wenn die Tür geöffnet wird. Nun wartet noch einen Augenblick!«

Er schickte mich hinunter in die Wohnstube, um Lange die Weisung zu überbringen, die Banditen herauszulassen und gefangenzunehmen. Aber die Ausführung dieses Auftrages war nicht so leicht, wie wir dachten. Der ganze von mehreren Laternen erleuchtete Hausflur war dicht mit Menschen gefüllt. Ich trug noch die Verkleidung, so daß man mich für ein Mitglied der Geheimbande hielt und sich sofort meiner Person bemächtigte. Auf meinen Widerspruch wurde gar nicht gehört; ich erhielt Püffe und Stöße in Mengen, so daß mich die getroffenen Stellen noch nach einigen Tagen schmerzten. Ich sollte augenblicklich vor das Haus geschafft und dort gelyncht werden. Ich war nicht wenig in der Klemme, da meine Angreifer mich nicht kannten. Besonders war es ein langer, starkknochiger Kerl, der mir seine Faust unausgesetzt in die Seite stieß und dabei brüllte: »Hinaus mit ihm, hinaus! Die Bäume haben Äste, schöne Äste, prächtige Äste, starke Äste, die sicherlich nicht knicken, wenn ein solches Prachtstück daran aufgeknüpft wird.«

Dabei drängte er mich nach der Hintertür zu.

»Aber, Sir«, schrie ich ihn an, »ich gehöre nicht dazu! Fragt doch Master Lange!«

»Schöne Äste, herrliche Äste!« antwortete er mit einem neuen Stoß nach meiner Hüfte.

»Ich verlange, zu Master Lange in die Stube geschafft zu werden! Ich habe dieser Verkleidung nur angelegt, um ...«

»Wirklich prächtige Äste! Und einen Strick findet man in La Grange auch, einen feinen, wirklich eleganten Strick aus gutem Hanf!«

Er schob mich weiter und stieß mir die Faust abermals und zwar so in die Seite, daß mir nun endlich die Geduld ausging. Der Kerl war imstande, die Leute so aufzuregen, daß sie mich lynchten. Hatte man mich einmal draußen, so war nichts Gutes zu erwarten.

»Herr«, brüllte ich ihn jetzt an, »ich verbitte mir Eure Roheit! Ich will zu Master Lange, verstanden?«

»Herrliche Äste! Unvergleichliche Stricke!« brüllte er noch lauter als ich und bedachte mich dabei mit einem gewaltigen Boxer in die Rippen. Jetzt kochte der Topf über. Ich stieß ihm die Faust mit aller Kraft unter die Nase, daß er sicherlich hintenüber und zu Boden geflogen wäre, wenn es den dazu nötigen Raum gegeben hätte. Die Leute standen zu eng. Aber ein wenig Raum bekam ich doch. Ich benützte diese Gelegenheit sofort, indem ich mit Gewalt vordrang, aus Leibeskräften brüllte und wie blind um mich schlagend, Püffe, Stöße und Hiebe austeilte. Nun wich man wenigstens so weit zurück, daß ich mir eine enge Gasse erkämpfte, durch die ich in die Stube gelangte. Aber während ich auf diesem Weg nach vorn so kräftig meine Fäuste gebrauchte, schloß sich die Gasse sofort hinter mir. Alle Arme, die mich erreichen konnten, kamen in Bewegung, so daß es Fäuste buchstäblich auf mich hagelte.

Der Starkknochige war mir möglichst schnell gefolgt. Er schrie wie ein angestochener Eber und gelangte fast zugleich mit mir in die Stube. Als Lange ihn erblickte, fragte er: »Um des Himmels willen, was ist denn los, Sir! Warum schreit Ihr so? Warum blutet Ihr?«

»An den Baum mit diesem Schurken!« schrie der Wütende. »Er hat mir die Nase zerschlagen, die Zähne eingestoßen, zwei Zähne oder drei oder vier! Herrliche Zähne! Die einzigen, die ich vorn noch hatte! Hängt ihn!«

Jetzt war sein Zorn wenigstens begründeter als vorher, denn er blutete wirklich ganz gehörig.

»Der da?« fragte Lange, auf mich deutend. »Aber Sir, werter Sir, das ist unser Freund, und grad ihm verdanken wir es am meisten, daß wir die Kerle erwischt haben. Ohne ihn lebten wir und Señor Cortesio nicht mehr, und unsere Häuser ständen in Flammen!«

Der Starkknochige riß die Augen und den blutenden Mund möglichst weit auf, deutete auf mich und fragte: »Ohne – ohne – diesen da?«

Alle Umstehenden lachten. Er stand verdutzt da, trocknete sich mit dem hervorgezogenen Taschentuch den Schweiß von der Stirn und das Blut von Mund und Nase. Ich rieb mir die verschiedenen Stellen, an denen noch später die Augenblicksfotografien seiner Knochenfinger zu sehen waren.

»Da hört Ihr es, Sir!« donnerte ich ihn dabei an. »Ihr wart ja geradezu rasend darauf, mich baumeln zu lassen! Und von Euren verteufelten Püffen fühle ich jedes Knöchelchen meines Leibes. Ich bin der geschundene Raubritter, Sir!«

Der Mann wußte sich nicht anders zu helfen, als daß er den Mund abermals aufriß und uns stumm die linke Hand geöffnet hinhielt. Darauf lagen die zwei »einzigen« Vorderzähne, die bis vorhin im Mund ihr sicheres und friedliches Domizil gehabt hatten. Jetzt mußte auch ich lachen, denn der sah gar zu kläglich aus. Und nun brachte ich endlich meinen Auftrag an den Mann.

Man hatte vorsorglich alle vorhandenen Stricke zusammengetragen. Sie lagen mit Schnüren, Leinen und Riemen in der Ecke zum Gebrauch bereit.

»Also, laßt sie heraus!« sagte ich. »Aber einzeln. Und jeder wird gebunden, sobald er heraustritt. Old Death wird gar nicht wissen, weshalb so lange gezögert wurde. Eigentlich sollte der Sheriff da sein. Cortesios Neger wollte ihn doch sofort holen!«

»Der Sheriff?« fragte Lange erstaunt. »Der ist doch da! Am Ende wißt Ihr gar nicht, wem Ihr die Püffe zu verdanken habt? Hier steht er ja!«

Er deutete auf den Knochigen.

»Alle Wetter, Sir!« fuhr ich diesen an. »Ihr selbst seid der Sheriff? Ihr seid der oberste Exekutivbeamte dieses schönen County? Ihr habt auf Ordnung und gehörige Befolgung der Gesetze zu sehen und macht dabei in höchst eigener Person den Richter Lynch? Das ist stark! Da ist es kein Wunder, daß die Banditen sich in Eurem County so breit zu machen wagen!«

Das brachte ihn in unbeschreibliche Verlegenheit. Er wußte sich nicht anders zu helfen, als daß er mir die beiden Zähne abermals vor die Augen hielt und dabei stotterte: »Pardon, Sir! Ich irrte mich, weil Ihr ein gar so kriminelles Gesicht habt!«

»Danke ergebenst! Dafür sieht das Eurige um so kläglicher aus. Nun tut wenigstens von jetzt an Eure Pflicht, wenn Ihr nicht in den Verdacht kommen wollt, nur deshalb brave Leute lynchen zu wollen, weil Ihr es heimlich mit den Gaunern haltet!«

Das gab ihm das volle Bewußtsein seiner amtlichen Würde zurück.

»Oho!« rief er, sich in die Brust werfend. »Ich, der Sheriff des sehr ehrenwerten County Fayetta soll ein heimlich Verbündeter der Banditen sein? Ich werde Euch sofort das Gegenteil beweisen. Gegen die Halunken soll noch in der Nacht verhandelt werden. Tretet zurück, Mesch'schurs, damit wir Raum für sie bekommen. Tretet hinaus auf den Flur, aber laßt Eure Gewehre zur Tür herein blicken, damit sie sehen, wer jetzt Herr im Haus ist. Nehmt Stricke zur Hand, und öffnet die Tür!«

Der Befehl wurde ausgeführt, und ein halbes Dutzend Doppelläufe drohten zur Tür herein. In der Stube befanden sich jetzt der Sheriff, die beiden Langes, Cortesio, zwei der gleich anfangs mit uns verbündeten Deutschen und ich. Draußen schrie die Menge nach Beschleunigung der Aktion. Darum stießen wir die Läden auf, damit die Leute hereinblicken und sehen konnten, daß wir nicht müßig waren. Und nun wurden die Stützen entfernt; ich schloß die Kammertür auf. Keiner der Gefangenen wollte zuerst heraus. Ich forderte den Capt'n und dann den Lieutenant auf zu kommen. Beide hatten ihre Hände mit Taschentüchern umwickelt. Außer ihnen waren noch drei oder vier Mitglieder der Bande verwundet worden. Droben an der durch das aufgerissene Brett entstandenen Deckenlücke saß Old Death, der den Lauf seiner Büchse herabgerichtet hielt. Den von ihm so erfolgreich Überlisteten wurden die Hände auf den Rücken gebunden; dann mußten sie zu den ebenfalls gebundenen vier Genossen treten, die wir von Cortesio herübergebracht hatten. Die Draußenstehenden sahen, was vorging, und riefen laut Hallo und Hurra. Wir ließen den Gefangenen ihre Masken noch, nur die Gesichter des Capt'ns und des Lieutenants wurden entlarvt. Auf meine Fragen und Bemühungen wurde ein Mann herbeigeschafft, den man mir als Wundarzt bezeichnete und der behauptete, alle möglichen Schäden in kürzester Zeit verbinden, operieren und heilen zu können. Er mußte die Verwundeten untersuchen und trieb dann ein halbes Schock Leute im Haus umher, um nach Watte, Werg, Lappen, Pflaster, Fett, Seife und anderen Dingen zu suchen, deren er zur Ausübung seines menschenfreundlichen Berufes bedurfte.

Als wir endlich alle Banditen sicher hatten, wurde die Frage aufgeworfen, wohin sie zu schaffen seien, denn ein Gefängnis für neunzehn Männer gab es in La Grange nicht.

»Schafft sie in den Salon des Wirtshauses!« gebot der Sheriff. »Am besten ist's, die Angelegenheit so rasch wie möglich zu erledigen. Wir bilden eine Jury mit Geschworenen und vollziehen das Urteil sofort. Wir haben es mit einem Ausnahmefall zu tun, der auch mit Ausnahmemaßregeln zu behandeln ist.«

Die Kunde von diesem Beschluß pflanzte sich schnell nach außen fort. Die Menge kam in Fluß und eilte zu dem Wirtshaus, um einen guten Platz im Salon zu erwischen. Viele, denen das nicht gelungen war, standen auf der Treppe, im Flur und im Freien vor dem Gasthof. Sie begrüßten die Bande mit argen Drohungen, so daß die Eskorte sich sehr stramm zu halten hatte, um Tätlichkeiten abzuwehren. Nur mit großer Mühe gelangten wir in den sogenannten Salon, einen größeren, aber sehr niedrigen Raum, der zur Abhaltung von Tanzvergnügungen bestimmt war. Das Orchester war besetzt, wurde aber sofort geräumt, um die Gefangenen dort unterzubringen. Als man diesen nun die Masken abnahm, stellte es sich heraus, daß sich kein einziger Bewohner der Umgegend unter ihnen befand. Ich erkannte etliche unserer alten »Freunde« vom Dampfschiff wieder.

Gerichtsverhandlung im Tanzsalon

Nun wurde die Jury gebildet, in der der Sheriff den Vorsitz hatte. Sie bestand aus einem öffentlichen Ankläger, einem Anwalt zur Verteidigung, einem Schriftführer und den Geschworenen. Der Gerichtshof war in einer Weise zusammengesetzt, die mich gruseln machte, doch war das durch die gegenwärtigen Verhältnisse des Kreises und die Natur des vorliegenden Falles leidlich zu entschuldigen.

Als Zeugen waren vorhanden die beiden Langes, Cortesio, die fünf Deutschen, Old Death und ich. Als Beweismaterial lagen die Waffen der Angeklagten auf den Tischen, auch ihre Gewehre. Old Death hatte dafür gesorgt, daß diese aus ihrem Versteck hinter dem Pferdestall herbeigebracht worden waren. Es stellte sich heraus, daß in jedem Lauf die Ladung steckte. Der Sheriff erklärte die Sitzung für eröffnet mit der Bemerkung, daß von einer Vereidigung der Zeugen abzusehen sei, da die »sittliche Beschaffenheit der Angeklagten nicht ausreiche, so moralische und ehrenwerte Gentlemen wie uns mit den Beschwerden eines Eides zu belästigen.« Außer den Angeklagten seien überhaupt nur Männer im Salon vorhanden, deren »rechtliche und gesetzliche Gesinnung über allen Zweifeln erhaben stehe, was er hiermit zu seiner großen Freude und Genugtuung feststellen wolle«.

Ein vielstimmiges Bravo lohnte ihm diese Schmeichelei, und er dankte mit einer sehr würdigen Verbeugung. Ich aber erblickte verschiedene Gesichter, die nicht so unfehlbar auf die gelobte »rechtliche und gesetzliche« Gesinnung der Betreffenden schließen ließ.

Zunächst wurden die Zeugen vernommen, von denen Old Death das Ereignis ausführlich erzählte. Wir anderen konnten uns darauf beschränken, ihm beizustimmen.

Dann trat der »District-Attorney«, der Staatsanwalt, auf. Er wiederholte unsere Aussagen und stellte fest, daß die Angeklagten einer Bande angehörten, die den verderblichen Zweck verfolge, jene verdammungswürdigen Verbrechen zu verüben, die mit langjährigem oder lebenslangem Zuchthaus oder gar mit dem Tod zu bestrafen seien. Außerdem habe sich erwiesen, daß die Angeklagten die Tötung eines früheren Offiziers der Republik, die grausame Durchpeitschung zweier sehr angesehener Gentlemen und die Einäscherung eines Hauses dieser gesegneten Stadt beabsichtigten.

Und schließlich habe man die Absicht gehabt, zwei fremde, außerordentlich friedliche und ehrenhafte Männer – bei diesen Worten machte er Old Death und mir zwei Verbeugungen, aufzuknüpfen, was höchstwahrscheinlich unseren Tod zur Folge gehabt hätte und also sehr streng zu bestrafen sei, besonders da man es gerade uns beiden zu verdanken habe, daß das über La Grange heraufbeschworene Unheil glücklich abgewendet worden sei. Er müsse also auf die unnachsichtlichste Ahndung dringen und beantrage, einige der Banditen, die der Scharfblick des sehr ehrwürdigen

Gerichtes wohl auszuwählen wissen werde, am Halse aufzuhängen, die anderen aber zu ihrer eigenen moralischen Beherzigung tüchtig auszupeitschen und dann lebenslänglich zwischen dicke Mauern zu tun, damit es ihnen fernerhin unmöglich sei, ehrenwerte Bürger in Gefahr zu bringen.

Auch dem Staatsanwalt wurden Bravos zugerufen, und auch er bedankte sich mit einer sehr würdigen Verneigung. Nach ihm ließ sich der Anwalt hören, der zunächst bemerkte, daß der Vorsitzende eine unverzeihliche Unterlassungssünde begangen habe, indem die Angeklagten nicht einmal nach ihren Namen und sonstigen Umständen befragt worden seien, was nachzuholen er hiermit ergebenst anrate, da man doch wohl wissen müsse, wen man aufknüpfen oder einsperren wolle, schon des Totenscheines und anderer Schreibereien wegen – eine geistreiche Bemerkung, die meine volle, wenn auch stille Zustimmung hatte.

Er gab die besagten Absichten der Bandenmitglieder vollständig zu, denn er müsse die Wahrheit anerkennen; aber es sei keine dieser Absichten wirklich ausgeführt worden, sondern sie alle hätten im Stadium des Versuches stehenbleiben müssen. Darum könne von Aufknüpfen oder lebenslänglichem Einsperren keine Rede sein. Er frage hiermit jedermann, ob der bloße Versuch einer Tat irgend jemand in Schaden gebracht habe oder überhaupt in Schaden bringen könne. Er beantwortete die Frage gleich selbst: »Gewiß niemals und auch hier nicht!«

Da also keinem Menschen ein Schaden erwachsen sei, so müsse er unbedingt auf vollständige Freisprechung dringen, wodurch die Mitglieder des hohen Gerichtshofes und alle weiteren respektablen Anwesenden sich das Zeugnis menschenfreundlicher Gentlemen und friedfertiger Christen ausstellen würden. Auch ihm gaben einige wenige Stimmen Beifall. Er machte eine tiefe, halbkreisförmige Verbeugung, als ob alle Welt ihm zugejubelt hätte.

Darauf erhob sich der Vorsitzende zum zweiten Mal. Zunächst bemerkte er, daß er es in voller Absicht unterlassen habe, nach den Namen und »sonstigen Angewohnheiten« der Angeklagten zu fragen, da er vollständig überzeugt sei, daß sie ihn doch belogen hätten. Im Falle des Aufknüpfens schlage er also vor, der Kürze wegen einen einzigen und summarischen Totenschein auszustellen, der ungefähr lauten werde: »Neunzehn Verbrecher aufgehängt, weil sie selbst daran schuld waren.« Er gebe ferner zu, daß man es nur mit Versuchen zu tun habe, und wolle danach die Schuldfrage stellen. Aber nur den beiden fremden Gentlemen habe man es zu verdanken, daß aus dem Versuch nicht die Tat geworden sei. Der Versuch sei gefährlich, und diese Gefahr müsse bestraft werden. Er habe weder Lust noch Zeit, stundenlang dem Staatsanwalt und dem Verteidiger zuzuhören, auch könne es ihm nicht einfallen, sich übermäßig lange mit dieser Bande zu beschäftigen, die neunzehn Mann stark und sehr gut bewaffnet, sich von zwei Männern habe gefangennehmen lassen; solche Helden seien nicht einmal der Aufmerksamkeit eines Kanarienvogels oder Sperlings wert. Er habe sich schon sagen lassen müssen, daß er wohl gar ein Freund der Banditen sei; das könne er nicht auf sich sitzenlassen, vielmehr werde er dafür sorgen, daß diese Leute wenigstens beschämt abziehen und das Wiederkommen für immer vergessen müßten. Er stelle also hiermit an die Herren Geschworenen die Frage, ob die Angeklagten des versuchten Mordes und Raubes, der Körperverletzung und der Brandstiftung schuldig seien, und bitte, die Antwort ja nicht bis zum letzten Dezember des nächsten Jahres hinauszuschieben, denn es seien da vor der Jury eine ganze Menge sehr hochachtbarer Zuhörer versammelt, denen man die Entscheidung nicht lange vorenthalten dürfe.

Seine sarkastische Ausführung wurde mit lautem Beifall belohnt. Die Herren Geschworenen traten in eine Ecke zusammen, besprachen sich nicht zwei Minuten lang, und dann teilte ihr Obmann dem Vorsitzenden das Resultat mit, das dieser verkündigte. Es lautete auf schuldig. Nun begann eine leise Beratung des Sheriffs mit seinen Beisitzern. Auffällig war es, daß der Sheriff während dieser Beratung den Befehl erteilte, den Gefangenen alles abzunehmen, was sie in ihren Taschen mit sich führten, besonders aber nach Geld zu suchen. Als dieser Befehl ausgeführt worden war, wurde das vorhandene Geld gezählt. Der Sheriff nickte befriedigt vor sich hin und erhob sich dann, um das Urteil zu verkündigen.

»Mesch'schurs«, sagte er ungefähr. »Die Angeklagten sind als schuldig erkannt. Ich glaube, es entspricht Eurem Wunsch, wenn ich Euch, ohne dabei viele Worte zu machen, sage, worin die Strafe besteht, zu deren Verhängung und sehr energischen Durchführung wir uns geeinigt haben. Die in Rede stehenden Verbrechen sind nicht ausgeführt worden; daher haben wir, dem Herrn Verteidiger gemäß, der an unsere Humanität und christliche Gesinnung appellierte, beschlossen, von einer direkten Bestrafung abzusehen ...«

Die Angeklagten atmeten auf; das sah man ihnen an. Unter den Zuhörern wurden einzelne Rufe der Unzufriedenheit laut. Der Sheriff fuhr fort: »Ich sagte bereits, daß der Versuch eines Verbrechens eine Gefahr mit sich bringe. Wenn wir die Angeklagten nicht bestrafen, so müssen wir wenigsten dafür sorgen, daß sie uns fernerhin nicht mehr gefährlich werden können. Daher haben wir beschlossen, sie aus dem Staat Texas zu entfernen, und zwar in so beschämender Weise, daß es ihnen wohl nicht einfallen wird, sich hier jemals wieder sehen zu lassen. Darum wird zunächst bestimmt, daß ihnen allen jetzt sofort das Haar und die Bärte bis ganz kurz auf die Haut abzuscheren sind. Einige der anwesenden Gentlemen werden sich wohl gern den Spaß machen, dies zu tun. Wer nicht weit zu laufen hat, mag nach Hause gehen, um eine Schere zu holen; solchen Werkzeugen, die nicht gut schneiden, wird die sehr ehrwürdige Jury den Vorzug geben.«

Allgemeines Gelächter erscholl. Einer riß das Fenster auf und schrie hinab: »Scheren herbei! Die Gauner sollen geschoren werden. Wer eine Schere bringt, wird eingelassen.«

Ich war sehr überzeugt, daß im nächsten Augenblick alle Untenstehenden nach Scheren rannten. Und wirklich hörte ich sogleich, daß ich ganz richtig vermutet hatte. Man hörte ein allgemeines Laufen und lautes Rufen nach »shears« und »scissors«. Eine Stimme brüllte sogar nach

»shears for clipping trees« und »shears for clipping sheeps«, also nach Baum- und Schafscheren.

»Ferner wird beschlossen«, fuhr der Sheriff fort, »die Verurteilten auf den Steamer zu schaffen, der noch nach elf Uhr von Austin gekommen ist und mit Anbruch des Tages nach Matagorda gehen wird. Dort angekommen, werden sie auf das erstbeste Schiff gebracht, das abgeht, ohne wieder in Texas zu landen. Sie werden an Deck dieses Fahrzeugs gebracht, gleichviel, wer sie sind, woher sie kommen und wohin dieses Schiff geht. Von jetzt an bis zur Einschiffung dürfen sie ihre Verkleidungen nicht ablegen, damit jeder Passagier das Recht habe, zu sehen, wie wir Texaner mit solchem Gelichter verfahren. Auch werden ihnen die Fesseln nicht abgenommen. Wasser und Brot erhalten sie erst in Matagorda. Die auflaufenden Kosten werden von ihrem eigenen Geld bezahlt, das die schöne Summe von über dreitausend Dollar ausmacht, die sie wohl zusammengeraubt haben. Außerdem wird all ihr Eigentum, besonders die Waffen, beschlagnahmt und sofort versteigert. Die Jury hat bestimmt, daß der Ertrag der Auktion zum Ankauf von Bier und Brandy verwendet werde, damit die ehrenwerten Zeugen dieser Verhandlung mit ihren Ladies einen Schluck zu dem Reel* haben, den wir nach Beendigung dieses Gerichts hier tanzen werden, um dann bei Tagesanbruch die Verurteilten mit einer würdigen Musik und dem Gesang eines tragischen Liedes zum Steamer zu begleiten. Sie werden diesem Ball zusehen und zu diesem Zweck da stehenbleiben,

* Reel: Ein schottischer Paartanz.

wo sie sich befinden. Wenn der Verteidiger etwas gegen dieses Urteil einzuwenden hat, so sind wir gerne bereit, ihn anzuhören, falls er die Gewogenheit haben will, es kurz zu machen. Wir haben die Verurteilten zu scheren und ihre Sachen zu versteigern, also sehr viel zu tun, bevor der Ball beginnen kann.«

Das Beifallsrufen, das sich jetzt erhob, war eher ein Brüllen zu nennen. Vorsitzender und Verteidiger mußten sich sehr anstrengen, Ruhe zu schaffen, damit letzterer zu Wort kommen könne.

»Was ich noch zum Nutzen meiner Klienten zu sagen habe«, meinte er, »ist folgendes. Ich finde das Urteil des hochachtbaren Gerichtshofes einigermaßen hart, doch ist diese Härte durch den letzten Teil der richterlichen Entscheidung, der Bier, Brandy, Tanz, Musik und Gesang betrifft, mehr als zur Genüge ausgeglichen. Darum erkläre ich mich im Namen derer, deren Interessen ich zu vertreten habe, mit dem Urteil völlig einverstanden und hoffe, daß sie sich dieses als Aufforderung zum Beginn eines besseren und nützlicheren Lebenswandels dienen lassen. Ich warne sie auch, jemals wieder zu uns zu kommen, da ich mich in diesem Fall weigern würde, ihre Verteidigung nochmals zu übernehmen, und sie also nicht wieder einen so ausgezeichneten juridischen Beistand finden würden. Geschäftlich bemerke ich noch, daß ich für meine Verteidigung pro Klient zwei Dollar zu fordern habe, macht für neunzehn Mann achtunddreißig Dollar, wofür ich nicht schriftlich zu quittieren brauche, wenn sie mir gleich jetzt vor so vielen Zeugen ausgehändigt werden. In diesem Fall nehme ich nur achtzehn für mich und gebe die übrigen zwanzig für Licht und Miete des Saales. Die Musikanten können durch ein Eintrittsgeld entschädigt werden, das ich auf fünfzehn Cents pro Gentleman anzusetzen vorschlage. Die Ladies haben natürlich nichts zu zahlen.«

Er setzte sich, und der Sheriff erklärte sich völlig mit ihm einverstanden.

Ich saß da, als wenn ein Traum mich befangen hielte. War das alles Wirklichkeit? Ich konnte nicht daran zweifeln, denn der Verteidiger erhielt sein Geld, und viele rannten fort, um ihre Frauen zum Ball zu holen; viele andere kamen und brachten alle möglichen Arten von Scheren mit. Ich wollte mich gern ärgern, brachte es aber nicht fertig und stimmte in Old Deaths Gelächter ein, dem dieser Ausgang des Abenteuers außerordentlichen Spaß bereitete. Die Gauner wurden wirklich kahl geschoren. Dann begann die Versteigerung. Die Gewehre gingen schnell weg und wurden sehr gut bezahlt. Auch von den übrigen Gegenständen war bald nichts mehr vorhanden. Der dabei verursachte Lärm, das Kommen und Gehen, das Drängen und Stoßen war unbeschreiblich. Jeder wollte im Salon sein, obgleich dieser nicht ein Zehntel der Anwesenden faßte. Dann stellten sich die Musikanten ein, ein Klarinettist, ein Fiedler, ein Trompeter und jemand mit einem alten Fagott. Diese wunderbare Kapelle postierte sich in eine Ecke und begann, ihre vorsintflutlichen Instrumente zu stimmen, was mir einen nicht eben angenehmen Vorgeschmack der eigentlichen Leistungen gab. Ich wollte gehen, besonders da jetzt auch die Ladies auf dem Schauplatz erschienen, aber da kam ich bei Old Death schön an.

Er erklärte, wir beiden, die wir doch eigentlich die Hauptpersonen seien, müßten nach all den Mühen und Gefahren nun auch das Vergnügen genießen. Der Sheriff hörte das und stimmte ihm bei, ja, behauptete mit aller Energie, daß es eine Beleidigung der ganzen Bürgerschaft von La Grange wäre, wenn wir beide uns weigerten, den ersten Rundtanz anzuführen. Er stelle dazu Old Death seine Gemahlin und mir seine Tochter zur Verfügung, die beide ausgezeichnete Tänzerinnen seien. Da ich ihm zwei Zähne ausgeschlagen habe und er mir einige Male in die Rippen geraten sei, müßten wir uns selbstverständlich als wahlverwandt betrachten, und so würde ich seine Seele auf das tiefste kränken, wenn ich ihm seine dringende Bitte, hierzubleiben, nicht erfüllte. Er werde dafür sorgen, daß ein Extratisch für uns reserviert werde. Was konnte ich machen? Unglücklicherweise stellten sich in diesem Augenblick seine beiden Ladies ein, denen wir vorgestellt wurden. Mitgegangen, mitgefangen, mitgehangen! Ich sah ein, daß ich den berühmten Rundtanz riskieren müsse und vielleicht noch einige Rutscher und Hopser dazu, ich, einer der Helden des heutigen Tages und – Privatdetektiv inkognito.

Der gute Sheriff freute sich vielleicht außerordentlich, uns den Göttinnen seiner Häuslichkeit geweiht zu haben. Er besorgte uns einen Tisch, der den großen Fehler hatte, nur für vier Personen auszureichen, so daß wir ohne Gnade und Barmherzigkeit den beiden Ladies verfallen waren. Die Damen waren kostbar. Die amtliche Stellung ihres Gatten und Vaters erforderte, daß sie sich mit möglichster Würde gaben. Die Mama war über fünfzig, strickte an einer wollenen Leibjacke und sprach einmal vom Code Napoleon; dann aber schloß sich ihr Mund.

Das Töchterlein, über Dreißig alt, hatte einen Band Gedichte mitgebracht, in dem sie trotz des uns umtobenden Höllenspektakels unausgesetzt zu lesen schien, beehrte Old Death mit einer geistreich sein sollenden Bemerkung über Pierre Jean de Beranger, und als der alte Scout ihr aufrichtig versicherte, daß er mit diesem Sir noch niemals gesprochen habe, versank sie in ein ewiges Stillschweigen. Als Bier herumgereicht wurde, tranken unsere Damen nicht; als aber der Sheriff ihnen zwei Gläser Brandy brachte, belebten sich ihre scharfen, menschenfeindlichen Züge.

Bei dieser Gelegenheit gab mir der würdige Beamte einen seiner bekannten Rippenstöße und flüsterte mir zu: »Jetzt kommt der Rundtanz. Greift nur rasch zu!«

»Werden wir nicht abgewiesen?« fragte ich in einem Ton, dem viel Vergnügen jedenfalls nicht anzumerken war.

»Nein. Die Ladies sind gut informiert.«

Ich erhob und verbeugte mich vor der Tochter, murmelte etwas von Ehre, Vergnügen und Vorzug und erhielt – das Buch mit den Gedichten, an welchem die Miß festhing.

Old Death fing die Sache praktischer an. Er rief der Mama zu: »Na, kommt also, Missi! Rechts herum oder links herum, ganz wie es Euch recht ist. Ich springe mit allen Beinen.«

Wie wir beide tanzten, welches Unheil mein alter Freund anrichtete, indem er mit seiner Tänzerin zu Boden stürzte, wie die Gentlemen zu trinken begannen – davon schweige ich. Genug, als es Tag wurde, waren die Vorräte des Wirtes ziemlich zur Neige gegangen, und der Sheriff versicherte, daß doch das aus der Versteigerung gewonnene Geld noch nicht verbraucht sei; man könne morgen oder vielleicht heute abend noch einen kleinen Reel tanzen. In den beiden Parterrestuben, im Garten und vor dem Haus saßen oder lagen die Angeheiterten, teilweise wohl mit schweren Köpfen. Sobald aber die Kunde erschallte, daß der Zug nach dem Landungsplatz geordnet werde, waren alle auf den Beinen. Der Zug war folgendermaßen geordnet: Voran die Musikanten, dann die Mitglieder des Gerichtshofes, die verurteilten Banditen in ihrer seltsamen Bekleidung, ferner wir Zeugen und hinter uns die Masters, Sirs und Gentlemen nach Gefallen und Belieben.

Der Amerikaner ist ein wunderbarer Kerl. Was er braucht, ist stets da. Woher die Leute alles so schnell bekommen oder geholt hatten, das wußten wir nicht, aber so viele ihrer sich dem Zuge anschlossen, und das waren wohl alle, die würdigen Prediger und die »Ladies« ausgenommen, jeder hatte irgendein zur Katzenmusik geeignetes Instrument in der Hand. Als alle in Reih und Glied standen, gab der Sheriff das Zeichen; der Zug setzte sich in Bewegung, und die voranschreitenden Virtuosen begannen den Yankee-doodle zu malträtieren. Zum Schluß fiel die Katzenmusik ein. Was alles dazu gepfiffen, gebrüllt, gesungen wurde, das ist nicht zu sagen. Es war, als ob ich mich unter lauter Verrückten befände. So ging es im langsamen Trauerschritt zum Fluß, wo die Gefangenen dem Kapitän abgeliefert wurden, der sie, wie wir uns überzeugten, im sicheren Gewahrsam nahm. An Flucht war nicht zu denken, dafür verbürgte sich der Kapitän. Übrigens wurden sie von dem mitfahrenden Deutschen aufs strengste bewacht.

Als sich das Schiff in Bewegung setzte, bliesen die Musikanten ihren schönsten Tusch, und die Katzenmusik begann von neuem.

Während aller Augen dem Schiff folgten, nahm ich Old Death beim Arm und trollte mich mit Lange und Sohn heim. Dort angelangt, beschlossen wir, einen kurzen Schlaf zu halten; aber er dauerte länger, als wir uns vorgenommen hatten. Als ich erwachte, war Old Death schon munter. Er hatte vor Schmerzen in der Hüfte nicht schlafen können und erklärte mir zu meinem Schock, daß es ihm unmöglich sei, heute weiterzureiten. Das waren die schlimmen Folgen seines Rundtanzes. Wir schickten nach dem Wundarzt.

Dieser kam, untersuchte den Patienten und erklärte, das Bein sei aus dem Leibe geschnappt und müsse also wieder hineingeschnappt werden. Ich hätte ihm am liebsten eine Ohrfeige gegeben. Er zerrte eine halbe Ewigkeit an dem Bein herum und versicherte uns, daß wir es schnappen hören würden. Wir lauschten aber natürlich vergebens. Dieses Zerren verursachte dem Scout fast gar keine Schmerzen; darum schob ich den Pflastermann zur Seite und sah die Hüfte an. Es gab da einen blauen Fleck, der in einen gelben Rand auslief, und ich war darum überzeugt, daß es sich um eine Quetschung handelte.

»Wir müssen für eine Einreibung mit Send- oder einem anderen Spiritus sorgen, das wird Euch aufhelfen«, sagte ich. »Freilich, wenigstens heute müßt Ihr Euch ruhig verhalten. Schade, daß Gibson indessen entkommt!«

»Der?« antwortete der Alte. »Habt keine Sorge, Sir! Wenn man die Nase so eines alten Jagdhundes, wie ich einer bin, auf eine Fährte richtet, so läßt er sicher nicht nach, bis das Wild gepackt ist. Darauf könnt Ihr Euch getrost verlassen.«

»Das tue ich auch; aber er gewinnt mit William Ohlert einen zu großen Vorsprung!«

»Den holen wir schon noch ein. Ich kalkuliere, daß es ganz gleich ist, ob wir sie einen Tag früher oder später finden, wenn wir sie eben nur finden. Haltet den Kopf empor! Dieser sehr ehrenwerte Sheriff hat uns mit seinem Reel und seinen beiden Ladies einen kleinen Strich durch die Rechnung gemacht; aber Ihr könnt Euch darauf verlassen, daß ich die Scharte gewiß auswetzen werde. Man nennt mich Old Death. Verstanden!«

Das klang freilich tröstlich, und da ich dem Alten zutraute, daß er Wort halten werde, gab ich mir Mühe, unbesorgt zu sein. Allein konnte ich doch nicht fort. Ich begann, immer mehr einzusehen, daß ich wirklich ein Greenhorn war und mich ganz auf Old Death verlassen mußte. Darum war es mir auch sehr willkommen, als Master Lange beim Mittagessen sagte, er wolle mit uns reisen, da sein Weg vorläufig derselbe sei.

»Schlechte Kameraden erhaltet Ihr an mir und meinem Sohn nicht«, versicherte er. »Ich weiß ein Pferd zu lenken und mit einer Büchse umzugehen. Und sollten wir unterwegs auf irgendwelches weißes oder rotes Gesindel stoßen, so wird es uns nicht einfallen davonzulaufen. Also, wollt Ihr uns mitnehmen? Schlagt ein!«

Natürlich schlugen wir ein. Später kam Cortesio, der

noch länger geschlafen hatte als wir, und wollte uns die beiden Pferde zeigen. Old Death hinkte trotz seiner Schmerzen in den Hof. Er wollte die Pferde selbst sehen.

»Dieser junge Master behauptet zwar, reiten zu können«, sagte er, »aber unsereins weiß, was davon zu halten ist. Und einen Pferdeverstand traue ich ihm nicht zu. Wenn ich ein Pferd kaufe, so suche ich mir vielleicht dasjenige aus, welches das schlechteste zu sein scheint. Natürlich aber weiß ich, daß es das beste ist. Das ist mir nicht nur einmal passiert.«

Ich mußte ihm alle im Stall stehenden Pferde vorreiten, und er beobachtete jede ihrer Bewegungen mit Kennermiene, nachdem er vorsichtigerweise nach dem Preis gefragt hatte. Wirklich kam es so, wie er gesagt hatte: Er nahm die beiden, die für uns bestimmt gewesen waren, nicht.

»Sehen besser aus, als sie sind«, sagte er. »Würden aber nach einigen Tagen schon marod sein. Nein, wir nehmen die beiden alten Füchse, die wunderbarerweise so billig sind.«

»Aber das sind ja die reinen Karrengäule!« meinte Cortesio.

»Weil Ihr es nicht versteht, Señor, mit Eurer Erlaubnis zu sagen. Die Füchse sind Präriepferde, haben sich aber in schlechter Hand befunden. Ihnen geht die Luft nicht aus, und ich kalkuliere, daß sie wegen einer kleinen Strapaze nicht in Ohnmacht fallen. Wir behalten sie. Basta, abgemacht!«

Über die Grenze

Einige Wochen später befanden sich fünf Reiter, vier Weiße und ein Neger, ungefähr an dem Punkt, an dem die südlichen Ecken der jetzigen texanischen Countys Medina und Uvalde zusammenstoßen. Die Weißen ritten zu zwei Paaren hintereinander, der Neger machte den Beschluß. Die voranreitenden zwei Weißen waren fast ganz gleich gekleidet, nur daß der Anzug des Jüngeren neuer war als der des älteren, sehr hageren Mannes. Ihre Pferde waren Füchse; sie trabten munter und ließen von Zeit zu Zeit ein lustiges Schnauben hören, so daß anzunehmen war, sie seien einem anstrengenden Ritt in dieser abgelegenen Gegend wohl gewachsen. Dem folgenden Paar sah man es sofort an, daß sie Vater und Sohn waren. Auch sie waren gleich gekleidet, aber nicht in Leder, wie die Voranreitenden, sondern in Wolle. Ihre Köpfe waren von breitkrempigen Filzhüten geschützt; ihre Waffen bestanden aus Doppelbüchse, Messer und Revolver. Der Neger, eine überaus sehnige Gestalt, war ganz in leichten, dunklen Kaliko* gekleidet und trug einen glänzenden, fast neuen Zylinderhut auf dem wolligen Schädel. In der Hand hielt er eine lange, zweiläufige Rifle, und

* Kaliko: dicker Baumwollstoff.

im Gürtel steckte eine Machete, eines jener langen, gebogenen, säbelartigen Messer, wie sie vorzugsweise in Mexiko gebraucht werden.

Die Namen der vier Weißen sind bekannt. Sie waren Old Death, Lange, dessen Sohn und ich. Der Schwarze war Cortesios Neger aus La Grange, derselbe, der uns an jenem ereignisreichen Abend bei dem Mexikaner eingelassen hatte.

Old Death hatte drei volle Tage gebraucht, um sich von der Verletzung zu erholen, die er auf eine so lächerliche Weise erlitten hatte. Ich vermutete, daß er sich dieser Veranlassung schämte. Im Kampf verwundet zu werden, ist eine Ehre; aber beim Tanz zu stürzen und sich dabei das Fleisch vom Knochen treten zu lassen, das ist höchst ärgerlich für einen braven Westmann, und das ging dem alten Scout nahe. Die Quetschung war ganz gewiß weit schmerzhafter, als er sich merken ließ, sonst hätte er mich nicht drei Tage auf den Aufbruch warten lassen. An dem oftmals plötzlichen Zusammenzucken seines Gesichtes erkannte ich, daß er selbst jetzt noch nicht von Schmerzen frei sei.

Cortesio hatte natürlich erfahren, daß die beiden Langes sich uns anschließen würden. Am letzten Tage war er zu uns herüber gekommen und hatte uns gefragt, ob wir ihm nicht den Gefallen tun wollten, seinen Neger Sam mitzunehmen. Natürlich waren wir über diese Forderung sehr erstaunt gewesen, ohne es uns anmerken zu lassen. Es ist nicht jedermanns Sache, wochenlang mit einem Gefährten zu reiten, der einen ganz und gar nichts angeht. Cortesio erklärte uns die Sache. Er habe nämlich aus Washington eine wichtige Depesche erhalten, die ihn veranlaßte, sofort einen ebenso wichtigen Brief nach Chihuahua zu senden. Er hätte uns diesen mitgeben können, aber er mußte Antwort haben, die wir ihm nicht zurückbringen konnten. Darum sah er sich gezwungen, einen Boten zu schicken. Dafür gab es keine geeignetere Person als den Neger Sam. Dieser Sam diente Cortesio seit langen Jahren, war ihm treu ergeben und hatte den gefährlichen Ritt über die mexikanische Grenze schon mehrere Male gemacht und sich in allen Gefahren höchst wacker gehalten. Cortesio versicherte uns, daß Sam uns nicht im mindesten lästig fallen, sondern im Gegenteil ein aufmerksamer und gutwilliger Diener sein werde. Daraufhin hatten wir unsere Einwilligung erteilt, die wir bis jetzt nicht zu bereuen gehabt hatten.

Sam war nicht nur ein guter, sondern sogar ein ausgezeichneter Reiter. Er hatte diese Kunst geübt, als er mit seinem Herrn noch drüben in Mexiko lebte und zu Pferd die Rinderherde hüten mußte. Er war flink und sehr gefällig, hielt sich immer respektvoll hinter uns und schien von uns vieren besonders mich in sein Herz geschlossen zu haben, denn er erwies mir unausgesetzt eine Menge Aufmerksamkeiten, die nur ein Ausfluß besonderer persönlicher Zuneigung sein konnten. Old Death hatte es nicht nur für überflüssig, sondern auch für zeitraubend gehalten, die Spur Gibsons aufzusuchen und von Ort zu Ort zu verfolgen. Wir wußten genau, welche Richtung das Detachement, bei dem er sich befand, nehmen und welche Örtlichkeiten es berühren wolle. So hielt der Scout es für geraten, direkt nach dem Rio Nueces und dann nach dem Eagle-Paß zu reiten. Es war sehr wahrscheinlich, daß wir zwischen diesem

Fluß und diesem Paß, vielleicht aber schon eher, auf die Fährte des Detachements treffen würden. Freilich mußten wir uns sehr beeilen, da dieses einen so großen Vorsprung vor uns hatte.

Ich wollte nicht glauben, daß es möglich sei, es einzuholen, aber Old Death erklärte mir, daß die mexikanische Eskorte der Angeworbenen sich nicht sehen lassen dürfe und also gezwungen sei, bald rechts, bald links abzuweichen und ganz bedeutende Umwege zu machen. Wir aber konnten in fast schnurgerader Linie reiten, ein Umstand, der einen Vorsprung von einigen Tagen wohl auszugleichen vermochte.

Nun hatten wir in sechs Tagen fast zweihundert englische Meilen zurückgelegt, eine Leistung, die außer Old Death niemand unseren Füchsen zugetraut hätte. Die alten Pferde aber schienen hier im Westen neu aufzuleben. Das Futter des freien Feldes, die stets frische Luft, die schnelle Bewegung bekam ihnen ausgezeichnet; sie wurden von Tag zu Tag mutiger, lebendiger und jünger, worüber der Scout sich außerordentlich freute, denn dadurch wurde ja bewiesen, daß er einen ausgezeichneten »Pferdeverstand« besaß.

Wir hatten jetzt San Antonio und Castroville hinter uns, waren durch das wasserreiche County Medina geritten und näherten uns nun der Gegend, in der das Wasser immer seltener wird und die triste texanische Sandwüste beginnt, die zwischen dem Nueces und Rio Grande ihre größte Trostlosigkeit erreicht. Wir wollten zunächst zum Rio Leona, einem Hauptarm des Rio Frio, und dann zu der Stelle des Rio Nueces, an welcher der Turkey Creek in diesen fließt. Im

Nordwesten von uns lag der hohe Leonaberg mit Fort Inge in der Nähe. Dort hatte das Detachement vorbeigemußt, ohne es jedoch wagen zu dürfen, sich von der Besatzung des Forts sehen zu lassen. Wir konnten also hoffen, bald ein Lebenszeichen von Gibson und seinen Begleitern zu bemerken.

Der Boden unter uns war außerordentlich geeignet zu einem schnellen Ritt. Wir befanden uns auf einer ebenen, kurzgrasigen Prärie, über die unsere Pferde mit großer Leichtigkeit dahinflogen. Die Luft war sehr rein, so daß der Horizont in großer Klarheit und Deutlichkeit vor uns lag. Da wir nach Südwest ritten, hatten wir vorzugsweise die dort liegende Gegend im Auge und schenkten den anderen Richtungen weniger Aufmerksamkeit. Aus diesem Grund war es kein Wunder, daß wir einige Reiter erst spät bemerkten. Old Death sah sie als erster und machte uns auf sie aufmerksam. Er deutete nach rechts hinunter und sagte: »Schaut einmal dorthin, Mesch'schurs! Wofür haltet Ihr das, was da zu sehen ist?«

Wir sahen einen dunklen Punkt, der sich sehr, sehr langsam zu nähern schien.

»Hm!« meinte Lange, indem er seine Augen mit der Hand beschattete, »das wird ein Tier sein, das dort grast.«

»So!« lächelte Old Death. »Ein Tier! Noch dazu eines, das dort grast! Wunderschön! Eure Augen scheinen sich noch nicht an die Perspektive gewöhnen zu wollen. Dieser Punkt ist wohl gegen zwei englische Meilen entfernt von uns. Auf eine so bedeutende Strecke ist ein Gegenstand von der Größe dieses Punktes nicht ein einzelnes Tier. Müßte ein Büffel sein, fünfmal so groß wie ein ausgewachsener Elefant, und Büffel gibt es hier nicht. Mag sich wohl einmal so ein verlaufener Kerl hier herumtreiben, aber sicherlich in dieser Jahreszeit nicht, sondern nur im Frühjahr oder Herbst. Ferner täuscht sich der, der nicht geübt ist, sehr leicht über die Bewegung eines Gegenstandes, der sich in solcher Entfernung von ihm befindet. Ein Büffel oder Pferd geht beim Grasen höchst langsam Schritt um Schritt vorwärts. Ich wette aber um alles, daß der Punkt da drüben sich in sehr schnellem Galopp bewegt.«

»Nicht möglich«, sagte Lange.

Auch ich war seiner irrigen Meinung, denn der besagte Punkt, der die scheinbare Größe eines kleinen, vierfüßigen Tieres, vielleicht eines Hasen oder Fuchses hatte, schien gar nicht von der Stelle zu kommen.

»Nun, wenn die Weißen so falsch denken«, sagte Old Death, »so wollen wir einmal hören, was der Schwarze sagt. Sam, was hältst du von dem Ding da draußen?«

Der Neger hatte bis jetzt aus Bescheidenheit geschwiegen. Jetzt aber, da er direkt aufgefordert wurde, sagte er: »Reiter sein. Vier, fünf oder sechs.«

»Das denke ich auch. Vielleicht Indianer?«

»O nein, Massa! Indian nicht so direkt kommen zu Weißen. Indian sich verstecken, um Weißen erst heimlich anzusehen, ehe mit ihm reden. Reiter kommen gerade zu auf uns, also es Weiße sein.«

»Das ist sehr richtig, mein guter Sam. Ich höre da zu meiner Befriedigung, daß dein Verstand heller ist als deine Hautfarbe.«

»Oh, Massa, oh!« schmunzelte der gute Kerl, wobei er alle seine Zähne zeigte. Von Old Death gelobt zu werden, war eine außerordentliche Auszeichnung für ihn.

»Wenn diese Leute wirklich die Absicht haben, zu uns zu kommen«, sagte Lange, »so müssen wir hier auf sie warten.«

»Fällt uns nicht ein!« antwortete der Scout. »Ihr müßt doch sehen, daß sie nicht auf uns zuhalten, sondern mehr südlicher trachten. Sie sehen, daß wir uns fortbewegen und reiten also, um auf uns zu treffen, die Diagonale. Also vorwärts! Wir haben gar keine Zeit, hier stillzuhalten. Vielleicht sind es Soldaten vom Fort Inge, die sich auf Erkundigung befinden. Ist dies der Fall, so haben wir uns über das Zusammentreffen nicht zu freuen.«

»Warum nicht?«

»Weil wir Unangenehmes erfahren werden, Master. Fort Inge liegt ziemlich weit von hier entfernt im Nordwesten. Wenn der Kommandant des Forts solche Streifenpatrouillen so weit entsendet, muß irgend etwas Unerfreuliches in der Luft liegen. Werdet es sicher hören.«

Wir ritten in unverminderter Schnelligkeit weiter. Der Punkt näherte sich jetzt zusehends und löste sich endlich in sechs kleinere Punkte auf, die sich schnell vergrößerten. Bald sahen wir deutlich, daß es Reiter waren. Fünf Minuten später erkannten wir schon die militärischen Uniformen. Und dann waren sie bald so nahe, daß wir den Ruf hörten, den sie zu uns herüberschickten. Wir sollten anhalten. Es war ein Dragonersergeant mit fünf Leuten.

»Warum reitet Ihr in solcher Eile?« fragte er, indem er sein Pferd parierte. »Habt Ihr uns nicht kommen sehen?«

»Doch«, antwortete der Scout kaltblütig, »aber wir sehen nicht ein, weshalb wir auf Euch warten sollen.«

»Weil wir unbedingt wissen müssen, wer Ihr seid.«

»Nun, wir sind Weiße, die in südlicher Richtung reiten. Das wird für Eure Zwecke wohl genügen.«

»Zum Teufel!« fuhr der Sergeant auf. »Denkt ja nicht, daß ich Euch erlauben werde, Euren Spaß mit uns zu machen!«

»Pshaw!« lächelte Old Death überlegen. »Bin selbst gar nicht zum Scherzen geneigt. Wir befinden uns hier auf offener Prärie, aber nicht im Schulzimmer, wo Ihr den Lehrer spielen dürft und wir Eure Fragen gehorsam und ergebenst beantworten müssen, wenn wir nicht Gefahr laufen wollen, den Stock zu bekommen.«

»Ich habe nur meiner Instruktion zu folgen. Ich fordere Euch auf, Eure Namen zu nennen!«

»Und wenn es uns nun nicht beliebt, zu gehorchen?«

»So seht Ihr, daß wir bewaffnet sind und uns Gehorsam verschaffen können.«

»Ah! Könnt Ihr das wirklich? Freut mich um Euretwillen ungemein. Nun rate ich Euch nicht, es zu versuchen. Wir sind freie Männer, Master Sergeant! Wir möchten den Mann sehen, der es wagen wollte, uns im Ernst zu sagen, daß wir ihm gehorchen müßten, hört Ihr es, müßten! Ich würde den Halunken einfach niederreiten!«

Seine Augen blitzten, und er nahm sein Pferd in die Zügel, daß es aufstieg und, seinem Schenkeldruck gehorchend, einen drohenden Sprung gegen den Sergeant machte.

Dieser riß sein Tier schnell zurück und wollte aufbrausen. Old Death aber ließ ihn gar nicht dazu kommen, sondern fuhr schnell fort: »Ich will gar nicht rechnen, daß ich zweimal so viele Jahre zähle wie Ihr und also wohl mehr erfahren und erlebt habe, als Ihr jemals zu sehen bekommen werdet. Ich will Euch nur darauf antworten, daß Ihr von Euern Waffen gesprochen habt. Denkt Ihr denn etwa, unsere Messer seien aus Marzipan, unsere Gewehrläufe aus Zucker und unsere Kugeln aus Schokolade? Diese Süßigkeiten sollten Euch wohl schlecht bekommen! Ihr sagt, daß Ihr Eurer Instruktion gehorchen müßt. Well, das gehört sich so, und ich habe also gar nichts dagegen. Aber hat man Euch auch anbefohlen, erfahrene Westmänner anzuschnauzen und mit ihnen in dem Ton zu sprechen, dessen sich ein General einem Rekruten gegenüber bedient? Wir sind bereit, mit Euch zu sprechen; aber wir haben Euch nicht gerufen und verlangen vor allen Dingen Höflichkeit!«

Der Unteroffizier wurde verlegen. Old Death schien ein ganz anderer geworden zu sein, und sein Auftreten blieb nicht ohne Wirkung.

»Redet Euch doch nicht in solchen Zorn hinein!« sagte der Sergeant. »Es ist ja gar nicht meine Absicht, grob zu sein.«

»Nun, ich habe weder Eurem Ton noch Eurer Ausdrucksweise große Feinheit angehört.«

»Das macht, daß wir uns eben hier und nicht im Salon einer vornehmen Lady befinden. Es treibt sich hier allerlei Gesindel herum, und wir müssen die Augen offen halten, da wir uns auf einem vorgeschobenen Posten befinden.«

»Gesindel? Zählt Ihr etwa auch uns zu diesen zweifelhaften Gentlemen?« brauste der Alte auf.

»Ich kann weder ja noch nein sagen. Ein Mann aber, der ein gutes Gewissen hat, wird sich nicht weigern, seinen Namen zu sagen. Es gibt jetzt besonders viele von diesen verdammten Kerlen, die hinüber zu Juarez wollen, in dieser Gegend. Diesen Halunken ist nicht zu trauen.«

»So haltet Ihr es mit den Sezessionisten, mit den Südstaaten?«

»Ja, Ihr doch hoffentlich auch?«

»Ich halte es mit jedem braven Mann gegen jeden Schurken. Was unsere Namen und Herkunft betrifft, so gibt es keinen Grund, sie zu verschweigen. Wir kommen aus La Grange.«

»So seid Ihr also Texaner. Nun, Texas hat es mit dem Süden gehalten. Ich habe es also mit Gesinnungsgenossen zu tun.«

»Gesinnungsgenossen! All devils! Ihr drückt Euch da sehr hoch aus, wie ich es einem Sergeanten kaum zugetraut hätte, aber anstatt Euch unsere fünf Namen zu sagen, die Ihr doch bald vergessen würdet, will ich Euch zu Eurer Erleichterung nur den meinigen sagen. Ich bin ein alter Prärieläufer und werde von denen, die mich kennen, gewöhnlich Old Death genannt.«

Dieser Name wirkte augenblicklich. Der Sergeant fuhr im Sattel empor und sah den Alten starr an. Die anderen Soldaten warfen auch überraschte, aber dabei freundliche Blicke auf ihn. Der Unteroffizier aber zog seine Brauen zusammen und sagte: »Old Death! Der, der seid Ihr? Der Spion der Nordstaaten!«

»Herr!« rief der Alte drohend. »Nehmt Euch in acht!

Wenn Ihr von mir gehört habt, so werdet Ihr wohl auch die Ansicht haben, daß ich nicht der Mann bin, eine Beleidigung auf mir sitzenzulassen. Ich habe für die Union mein Hab und Gut, mein Blut und Leben gewagt, weil es mir so beliebte und weil ich die Absichten des Nordens für richtig hielt und heute noch für richtig halte. Unter Spion verstehe ich etwas anderes, als ich gewesen bin, und wenn mir so ein Kindskopf, wie Ihr es zu sein scheint, ein solches Wort entgegenwirft, so schlage ich ihn nur deshalb nicht sogleich mit der Faust nieder, weil ich ihn bemitleide. Old Death fürchtet sich vor sechs Dragonern nicht, auch nicht vor zehn und noch mehr. Glücklicherweise scheint es, daß Eure Begleiter verständiger sind als Ihr. Sie mögen dem Kommandanten von Fort Inge sagen, daß Ihr Old Death getroffen und wie einen Knaben angepustet habt. Ich bin der Überzeugung, daß er Euch dann eine Nase ins junge Gesicht steckt, die so lang ist, daß Ihr die Spitze nicht mit dem Fernrohr erkennen könnt!«

Diese Worte erreichten ihren Zweck. Der Kommandant war wohl ein verständigerer Mann als sein Untergebener. Der Sergeant mußte in seinem Bericht selbstverständlich unser Zusammentreffen erwähnen. Wenn ein Postenführer auf einen so berühmten Jäger trifft, so ist das von großem Vorteil für ihn, weil dann Gedanken und Meinungen ausgetauscht, Beobachtungen mitgeteilt und Ratschläge gegeben werden, die oft von großem Nutzen sein können. Westmänner von der Art Old Deaths werden von den Offizieren ganz wie ihresgleichen und mit größter Rücksicht und Hochachtung behandelt. Was konnte nun dieser Sergeant von uns berichten, wenn er in dieser Weise mit dem bewährten Pfadfinder verfuhr? Das sagte er sich jetzt wohl im stillen, denn die Röte der Verlegenheit war ihm bis an die Stirn getreten. Um diese Wirkung zu verstärken, fuhr Old Death fort: »Euren Rock in Ehren, aber der meinige ist wenigstens ebenso viel wert. Es könnte Euch bei Eurer Jugend gar nichts schaden, von Old Death einige Ratschläge zu vernehmen. Wer ist denn jetzt Kommandant auf Fort Inge?«

»Major Webster.«

»Der noch vor zwei Jahren in Fort Ripley als Capt'n stand?« fragte Old Death weiter.

»Genau der.«

»Nun, so grüßt ihn von mir. Er kennt mich sehr wohl. Habe oft mit ihm nach der Scheibe geschossen und den Nagel mit einer Kugel durch das Schwarze getrieben. Könnt mir Euer Notizbuch geben, damit ich Euch einige Zeilen hineinschreibe, die Ihr ihm vorzeigen mögt! Ich kalkuliere, daß er sich ungemein darüber freuen wird, daß einer seiner Untergebenen Old Death einen Spion nannte.«

Der Sergeant wußte in seiner Verlegenheit keinen Rat. Er schluckte und stieß endlich mit sichtlicher Mühe hervor: »Aber, Sir, ich kann Euch versichern, daß es wahrlich nicht so gemeint war! Bei unsereinem ist nicht alle Tage Feiertag. Man hat seinen Ärger, und da ist es kein Wunder, wenn einem einmal ein Ton ankommt, den man gar nicht beabsichtigt hat!«

»So, so! Nun, das klingt höflicher als vorher. Ich will also annehmen, daß unser Gespräch erst jetzt beginnt. Seid Ihr auf Fort Inge mit Zigarren versehen?«

»Nicht mehr. Der Tabak ist zu unserem Bedauern ausgegangen.«

»Das ist sehr schlimm. Ein Soldat ohne Tabak ist ein halber Mensch. Mein Gefährte hat sich eine ganze Satteltasche voll Zigarren mitgenommen. Vielleicht gibt er Euch von seinem Vorrat mit.«

Die Augen des Sergeant und seiner Begleiter richteten sich verlangend auf mich. Ich zog eine Hand voll Zigarren hervor und verteilte sie, gab ihnen auch Feuer. Als der Unteroffizier die ersten Züge getan hatte, breitete sich der Ausdruck hellen Entzückens über sein Gesicht. Er nickte mir dankend zu und sagte: »So eine Zigarre ist die reine Friedenspfeife. Ich glaube, ich könnte dem ärgsten Feind nicht mehr gram sein, wenn er mir hier in der Prärie und nachdem wir wochenlang nicht rauchen konnten, so ein Ding präsentierte.«

»Wenn bei Euch eine Zigarre mehr Kraft hat als die größte Feindschaft, so seid Ihr wenigstens kein ausgesprochener Bösewicht«, lachte Old Death.

»Nein, das bin ich freilich nicht. Aber, Sir, wir müssen weiter, und so wird es sich empfehlen, das zu fragen und zu sagen, was nötig ist. Habt Ihr vielleicht Indianer oder andere Fährten gesehen?«

Old Death verneinte und fügte hinzu, ob er denn der Meinung sei, daß es hier Indianer geben könne?

»Sehr! Und wir haben alle Ursache dazu, denn diese Schufte haben wieder einmal das Kriegsbeil ausgegraben.«

»Alle Wetter! Das wäre böse!! Welche Stämme sind es?«

»Die Comanchen und Apachen.«

»Also die beiden gefährlichsten Völker! Und wir befinden uns so richtig zwischen ihren Gebieten. Wenn eine Schere zuklappt, so pflegt dasjenige, was sich dazwischen befindet, am schlechtesten wegzukommen.«

»Ja, nehmt Euch in acht. Wir haben schon alle Vorbereitungen getroffen und mehrere Boten nach Verstärkung und schleuniger Verproviantierung geschickt. Fast Tag und Nacht durchstreifen wir die Gegend in weitem Umkreis. Jeder, der uns begegnet, muß uns verdächtig sein, bis wir uns überzeugt haben, daß er kein Lump ist. Deshalb entschuldigt bitte mein voriges Verfahren!«

»Das ist vergessen. Aber welchen Grund haben denn die Roten, gegeneinander loszuziehen?«

»Daran ist eben dieser verteufelte – Pardon, Sir! Vielleicht denkt Ihr anders von ihm als ich – dieser Präsident Juarez schuld. Ihr habt gewiß gehört, daß er ausreißen mußte. Alles war gegen Juarez, alle hatten sich von ihm losgesagt. Sogar die Indianer, zu denen er als eine geborene Rothaut doch gehört, mochten nichts von ihm wissen.«

»Auch die Apachen nicht?«

»Nein. Das heißt, sie waren weder gegen noch für ihn. Sie nahmen überhaupt keine Partei und blieben ruhig in ihren Schlupfwinkeln. Desto besser aber gelang es den Agenten Bazaines, die Comanchen gegen ihn zu stimmen. Sie kamen in hellen Scharen, aber natürlich heimlich, wie das so ihre Art und Weise ist, über die Grenze nach Mexiko, um den Anhängern des Juarez den Garaus zu machen.«

»Hm! Um zu rauben, zu morden, zu sengen und zu brennen, wollt Ihr sagen! Mexiko geht die Comanchen nichts an. Sie haben ihre Wohnplätze und Jagdgebiete nicht jenseits, sondern diesseits des Rio Grande. Ihnen ist es sehr gleichgültig, wer in Mexiko regiert, ob Juarez, ob Maximilian, ob Napoleon. Aber, wenn die Herren Franzosen sie rufen, um sie gegen friedliche Leute loszulassen, nun, so ist es ihnen nicht zu verdenken, wenn sie diese gute Gelegenheit, sich zu bereichern, schleunigst ergreifen. Wer die Verantwortung hat, will ich nicht untersuchen.«

»Nun, mich geht es auch nichts an. Kurz und gut, sie sind hinüber und haben natürlich getan, was man von ihnen verlangte, und dabei sind sie mit den Apachen zusammengestoßen. Die Comanchen sind immer die geschworenen Feinde der Apachen gewesen. Darum überfielen sie deren Lager, schossen tot, was sich nicht ergab, und nahmen die übrigen als Gefangene mitsamt ihren Zelten und Pferden.«

»Und dann?«

»Was dann, Sir? Die männlichen Gefangenen sind, wie das die Gepflogenheit der Indianer ist, an den Marterpfahl gebunden worden.«

»Ich kalkuliere, daß so eine Gepflogenheit nicht sehr angenehm für diejenigen sein kann, die sich bei lebendigem Leib rösten und mit Messern spicken lassen müssen. Das haben die Herren Franzosen auf dem Gewissen! Natürlich sind die Apachen sofort losgebrochen, um sich zu rächen?«

»Nein. Sie sind ja Feiglinge!«

»Das wäre das erste Mal, daß ich das behaupten hörte. Jedenfalls haben sie diesen Schimpf nicht ruhig hingenommen.«

»Sie haben einige Krieger abgesandt, um mit den ältesten

Häuptlingen der Comanchen über diese Angelegenheit zu verhandeln. Diese Unterhandlung hat bei uns stattgefunden.«

»In Fort Inge? Warum da?«

»Weil das neutraler Boden war.«

»Schön! Das begreife ich. Also die Häuptlinge der Comanchen sind gekommen?«

»Fünf Häuptlinge mit zwanzig Kriegern.«

»Und wie viele Apachen waren erschienen?«

»Drei.«

»Mit wieviel Mann Begleitung?«

»Ohne jede Begleitung.«

»Hm! Und da sagt Ihr, daß sie Feiglinge seien? Drei Mann wagen sich mitten durch feindliches Land, um dann mit fünfundzwanzig Gegnern zusammenzutreffen! Herr, wenn Ihr die Indianer nur einigermaßen kennt, so müßt Ihr zugeben, daß diese ein Heldenstück ist. Welchen Ausgang nahm die Unterredung?«

»Keinen friedlichen! Der Wortwechsel wurde immer heftiger. Endlich fielen die Comanchen über die Apachen her. Zwei wurden niedergestochen, der dritte aber gelangte, wenn auch verwundet, zu seinem Pferd und setzte über die drei Ellen hohe Umplankung weg. Die Comanchen verfolgten ihn zwar, haben ihn aber nicht bekommen können.«

»Und das geschah auf neutralem Boden, unter dem Schutz eines Forts und der Aufsicht eines Majors der Unionstruppen? Welch eine Treulosigkeit von den Comanchen! Ist es da ein Wunder, wenn die Apachen nun auch ihrerseits das Kriegsbeil ausgraben? Der entkommene Krieger wird ihnen die Nachricht bringen, und nun brechen sie natürlich in hellen Haufen auf, um sich zu rächen. Und da der Mord an den Abgesandten in einem Fort der Weißen geschehen ist, so werden sie ihre Waffen auch gegen die Bleichgesichter kehren. Wie werden sich denn die Comanchen gegen uns verhalten?«

»Freundlich. Die Häuptlinge haben es uns versichert, ehe sie das Fort verließen. Sie sagten, daß sie nur gegen die Apachen kämpfen und deshalb sofort aufbrechen würden; die Bleichgesichter aber seien ihre Freunde.«

»Wann war diese unglückselige Verhandlung?«

»Am Montag.«

»Und heute ist Freitag, also vor vier Tagen. Wie lange haben sich die Comanchen nach der Flucht des Apachen noch im Fort aufgehalten?«

»Ganz kurze Zeit. Nach einer Stunde ritten sie fort.«

»Und Ihr habt sie fortgelassen? Sie hatten das Völkerrecht verletzt und mußten zurückgehalten werden, um die Tat zu büßen. Sie haben gegen die Vereinigten Staaten gesündigt, auf deren Gebiet der Verrat, der Doppelmord geschah. Der Major mußte sie gefangennehmen und über den Fall nach Washington berichten. Ich begreife ihn nicht.«

»Er war an diesem Tag auf die Jagd geritten und kehrte erst abends heim.«

»Um nicht Zeuge der Verhandlung und des Verrates sein zu müssen! Ich kenne das! Wenn die Apachen erfahren, daß es den Comanchen erlaubt worden ist, das Fort zu verlassen, dann wehe jedem Weißen, der in ihre Hände fällt. Sie werden keinen verschonen.«

»Sir, ereifert Euch nicht allzu sehr. Es ist auch für die Apachen gut gewesen, daß die Comanchen sich entfernen durften. Eine Stunde später hätten sie noch einen ihrer Häuptlinge verloren, wenn die Comanchen nicht fort gewesen wären.«

Old Death machte eine Bewegung der Überraschung: »Noch einen Häuptling, meint Ihr? Ah, ich errate! Vier Tage ist's her. Er hatte ein ausgezeichnetes Pferd und ist schneller geritten als wir. Er ist es gewesen, ganz gewiß er!«

»Wen meint Ihr denn?« fragte der Sergeant überrascht.

»Winnetou.«

»Ja, der war es. Kaum waren die Comanchen nach Westen hin verschwunden, so sahen wir von Osten, vom Rio Frio her, einen Reiter auftauchen. Er kam in das Fort, um sich Pulver, Blei und Revolverpatronen zu kaufen. Er war nicht mit den Abzeichen eines Stammes versehen, und wir kannten ihn nicht. Während des Einkaufs erfuhr er, was geschehen war. Zufälligerweise befand sich der wachhabende Offizier dabei. An diesen wendete sich der Indianer.«

»Das ist höchst interessant«, rief Old Death gespannt. »Ich hätte dabei sein mögen. Was sagte er zu dem Offizier?«

»Nichts als die Worte: ›Viele Weiße werden es büßen müssen, daß eine solche Tat bei Euch geschah, ohne daß Ihr sie verhütet oder wenigstens bestraft habt.‹« Dann trat er heraus aus dem Magazin und stieg in den Sattel. Der Offizier war ihm gefolgt, um den herrlichen Rappen zu bewundern, den der Rote ritt. Dieser sagte nun zu ihm: »Ich will ehrlicher sein, als Ihr es seid. Ich sage Euch hiermit, daß vom heutigen Tag Kampf sein wird zwischen den Kriegern der

Apachen und den Bleichgesichtern. Die Krieger der Apachen saßen in Frieden in ihren Zelten; da fielen die Comanchen heimtückisch über sie her, nahmen ihnen ihre Frauen, Kinder, Pferde und Zelte, töteten viele und führten die übrigen fort, um sie am Marterpfahl sterben zu lassen. Da hörten die weisen Väter der Apachen noch immer auf die mahnende Stimme des großen Geistes. Sie gruben nicht sofort das Kriegsbeil aus, sondern sandten ihre Boten zu Euch, um hier bei Euch mit den Comanchen zu verhandeln. Diese Boten aber wurden in Eurer Gegenwart ebenfalls überfallen und getötet. Ihr habt den Mördern die Freiheit gegeben und damit bewiesen, daß Ihr die Feinde der Apachen seid. Alles Blut, das von heute an fließt, soll über Euch kommen, aber nicht über uns!«

»Ja, ja, so ist er! Es ist, als ob ich ihn reden hörte!« meinte Old Death. »Was antwortete der Offizier?«

»Er fragte ihn, wer er sei, und nun erst sagte der Rote, daß er Winnetou, der Häuptling der Apachen, sei. Sofort rief der Offizier, man solle das Tor zuwerfen und den Roten gefangennehmen. Er hatte das Recht dazu, denn die Kriegserklärung war ausgesprochen, und Winnetou befand sich nicht in der Eigenschaft eines Parlamentärs bei uns. Aber dieser lachte laut auf und ritt einige von uns über den Haufen, den Offizier dazu, und wandte sich gar nicht nach dem Tor, sondern setzte, genau wie der andere Apache vorher, über die Umplankung. Sofort wurde ihm ein Trupp Leute nachgesandt, aber sie bekamen ihn nicht wieder zu sehen.«

»Da habt Ihr es! Nun ist der Teufel los! Wehe dem Fort und seiner Besatzung, wenn die Comanchen nicht siegen!

Die Apachen werden keinen von Euch leben lassen. Besuch habt Ihr nicht gehabt?«

»Nur ein einziges Mal, vorgestern gegen Abend, ein einzelner Reiter, der nach Sabinal wollte. Er nannte sich Clinton, das weiß ich ganz genau, denn ich hatte gerade die Torwache, als er kam.«

»Clinton! Hm! Ich will Euch einmal diesen Mann beschreiben. Schaut zu, ob er es ist!«

Er beschrieb Gibson, der sich ja bereits vorher den falschen Namen Clinton beigelegt hatte, und der Sergeant sagte, daß die Beschreibung ganz genau stimmte. Zur Sicherheit zeigte ich ihm auch die Fotografie, in der er das Bild Gibsons zweifelsfrei erkannte.

»Der Mann hat Euch belogen«, meinte Old Death. »Er hat keineswegs nach Sabinal gewollt, sondern er kam zu Euch, um zu erfahren, wie es bei Euch steht. Er gehört zu dem Gesindel, von dem Ihr vorhin gesprochen habt. Er ist also wieder zu seiner Gesellschaft gestoßen, die auf ihn wartete. Sonst ist wohl nichts Wichtiges geschehen?«

»Ich weiß weiter nichts.«

»Dann sind wir fertig. Sagt also dem Major, daß Ihr mich getroffen habt. Ihr seid sein Untergebener und dürft ihm also nicht mitteilen, was ich von den letzten Ereignissen denke, aber Ihr hättet großes Unheil und viel Blutvergießen verhütet, wenn Ihr nicht so lax in der Erfüllung Eurer Pflicht gewesen wäret. Good bye, Boys!«

Die Kunst des Spurenlesens

Er wandte sein Pferd zur Seite und ritt davon. Wir folgten ihm nach kurzem Gruß gegen die Dragoner, die sich nun direkt nach Norden wendeten. Wir legten im Galopp eine große Strecke schweigend zurück. Old Death ließ den Kopf hängen und gab sich seinen Gedanken hin. Im Westen neigte sich die Sonne zum Untergang; es war höchstens noch eine Stunde Tag, und doch sahen wir den südlichen Horizont noch immer wie eine messerscharfe Linie vor uns liegen. Wir hatten heute den Rio Leona erreichen wollen. Dort gab es Baumwuchs, der den Horizont als eine viel dickere Linie hätte erscheinen lassen müssen. Darum stand zu vermuten, daß wir dem Ziel unseres heutigen Rittes noch nicht nahe seien. Dies mochte sich auch Old Death im stillen sagen, denn er trieb sein Pferd immer von neuem an, wenn es in langsameren Gang fallen wollte. Und diese Eile hatte endlich auch Erfolg, denn eben, als der sich vergrößernde Sonnenball den westlichen Horizont berührte, sahen wir im Süden einen dunklen Strich, der um so deutlicher wurde, je näher wir ihm kamen. Der Boden, der zuletzt aus kahlem Sand bestanden hatte, trug wieder Gras; nun bemerkten wir auch, daß der erwähnte Strich aus Bäumen bestand, deren Wipfel uns nach dem scharfen Ritt einladend entgegenwinkten. Old Death deutete darauf hin, erlaubte seinem Pferd, im Schritt zu gehen, und sagte: »Wo in diesem Himmelsstrich Bäume stehen, muß Wasser in der Nähe sein. Wir haben den Leona-Fluß vor uns, an dessen Ufer wir lagern werden.«

Bald hatte wir die Bäume erreicht. Sie bildeten einen schmalen, sich an den beiden Flußufern hinstreckenden Hain, unter dessen Kronendach dichtes Buschwerk stand. Das Bett des Flusses war breit, um so geringer aber die Wassermasse, die er mit sich führte. Doch zeigte sich der Punkt, an dem wir auf ihn trafen, nicht zum Übergang geeignet, weshalb wir langsam am Ufer aufwärts ritten. Nach kurzem Suchen fanden wir eine Stelle, wo das Wasser seicht über blinkende Kiesel glitt.

Da hinein lenkten wir die Pferde, um hindurchzureiten. Old Death war voran. Eben als sein Pferd die Hufe in das Wasser setzen wollte, hielt er es an, stieg ab und bückte sich nieder, um den Grund des Flusses aufmerksam zu betrachten.

»Well!« nickte er. »Dachte es doch. Hier stoßen wir auf eine Fährte, die wir nicht eher bemerken konnten, weil das trockene Ufer aus starkem Kies besteht, der keine Spur aufnimmt. Betrachtet Euch einmal den Boden des Flusses!«

Auch wir stiegen ab und bemerkten runde, etwas mehr als handgroße Vertiefungen, die in den Fluß hineinführten.

»Das ist eine Fährte?« fragte Lange. »Ihr habt jedenfalls recht, Sir. Vielleicht ist's ein Pferd gewesen, also ein Reiter.«

»Nun, Sam mag sich die Spur betrachten. Will sehen, was der von ihr meint.«

Der Neger hatte bescheiden hinter uns gestanden. Jetzt trat er vor, sah in das Wasser und meinte dazu: »Da sein gewesen zwei Reiter, die hinüber über den Fluß.«

»Warum meinst du, daß es Reiter und nicht herrenlose Pferde gewesen?«

»Weil Pferd, das Eisen haben, nicht wilder Mustang sein, sondern zahmes Pferd, und darauf doch allemal sitzen Reiter. Auch sein Spuren tief. Pferde haben tragen müssen Last, und diese Last sein Reiter. Pferde nicht gehen nebeneinander in Wasser, sondern hintereinander. Auch bleiben stehen am Ufer, um zu saufen, bevor laufen hinüber. Hier aber nicht sind stehengeblieben, sondern stracks hinüber. Sind auch laufen nebeneinander. Das nur tun, wenn so müssen, wenn gehorchen dem Zügel. Und wo ein Zügel sein, da auch ein Sattel, worauf sitzen Reiter.«

»Das hast du gut gemacht!« lobte der Alte. »Ich selbst hätte es nicht besser erklären können. Ihr seht, Mesch'schurs, daß es Fälle gibt, in denen ein Weißer noch genug von einem Schwarzen lernen kann. Aber die beiden Reiter haben Eile gehabt, sie haben ihren Pferden nicht einmal Zeit zum Saufen gelassen. Da diese aber jedenfalls Durst fühlten und jeder Westmann vor allen Dingen auf sein Pferd sieht, so kalkuliere ich, daß sie erst drüben am anderen Ufer trinken durften. Für diese zwei Männer muß es also einen Grund gegeben haben, vor allen Dingen zunächst hinüberzukommen. Hoffentlich erfahren wir diesen Grund.«

Während dieser Untersuchung der Spuren hatten die Pferde das Wasser in langen Zügen geschlürft. Wir stiegen wieder auf und gelangten trocken hinüber, denn der Fluß war an dieser Stelle so seicht, daß nicht einmal die Steigbügel die Oberfläche berührten.

Kaum waren wir wieder auf dem Trockenen, sagte Old Death, dessen scharfem Auge nicht so leicht etwas entgehen konnte: »Da haben wir den Grund. Seht Euch diese Linde an, deren Rinde von unten, so hoch wie ein Mann reichen kann, abgeschält ist! Und hier, was steckt da in der Erde?«

Er deutete auf den Boden nieder, wo zwei Reihen dünner Pflöcke steckten, die nicht stärker als ein Bleistift waren und auch dessen Länge hatten.

»Was sollen diese Pflöcke?« fuhr Old Death fort. »In welcher Beziehung stehen sie zu der abgeschälten Rinde? Seht Ihr nicht die kleinen vertrockneten Bastschnitzel, die zerstreut da herumliegen? Diese im Boden steckenden Pflöcke sind als Maschenhalter gebraucht worden. Habt Ihr vielleicht einmal ein Knüpfbrett gesehen, mit dessen Hilfe man Netze, Tücher und dergleichen knüpft? Nicht? Nun, so ein Knüpfbrett haben wir vor uns, nur daß es nicht aus Holz und eisernen Stiften besteht. Diese beiden Reiter haben aus Bast ein langes, breites Band geknüpft. Es ist zwei Ellen lang und sechs Zoll breit gewesen, wie man aus der Anordnung der Pflöcke ersehen kann, also schon mehr ein Gurt. Solche Bänder oder Gurte aus frischem Bast aber nehmen, wie ich weiß, die Indianer gern zum Verbinden von Wunden. Der saftige Bast legt sich kühlend auf die Wunde und zieht sich, wenn er trocken wird, so fest zusammen, daß er selbst einen verletzten Knochen leidlichen Halt gibt. Ich kalkuliere, daß wenigstens einer der beiden Reiter verwundet war. Und nun schaut her ins Wasser. Seht Ihr die beiden muschelförmigen

Vertiefungen des Grundsandes? Da haben sich die zwei Pferde im Wasser gewälzt. Das tun nur indianische Pferde. Man hatte ihnen die Sättel abgenommen, damit sie sich wälzen und erfrischen könnten, was man den Tieren nur dann erlaubt, wenn sie noch einen anstrengenden Weg vor sich haben. Wir dürfen also mit Sicherheit annehmen, daß die beiden Reiter sich hier nicht länger aufgehalten haben, als zur Anfertigung des Bastgurtes notwendig war, und dann weitergeritten sind. Das Resultat unserer Untersuchung ist also folgendes: Zwei Reiter auf indianischen Pferden, von denen wenigstens einer verwundet war, und die es so eilig hatten, daß sie drüben die Pferde nicht trinken ließen, weil sie hier die Linde stehen sahen, deren Bast sie als Verband benutzen wollten. Nach Anlegung dieses Verbandes sind sie schnell wieder fortgeritten. Was folgt daraus, Mesch'schurs? Strengt Ihr einmal Euer Gehirn an!« forderte der Alte mich auf.

»Will es versuchen«, antwortete ich. »Aber Ihr dürft mich nicht auslachen, wenn ich nicht das Richtige treffe!«

»Fällt mir gar nicht ein! Ich betrachte Euch als meinen Schüler, und von einem Lehrling kann man doch kein ausgewachsenes Urteil verlangen.«

»Da die beiden Pferde indianische Mustangs waren, so vermute ich, daß ihre Besitzer Indianer sind. Ich muß dabei an die Ereignisse in Fort Inge denken. Der eine der Apachen entkam, wurde aber verwundet. Winnetou ritt schleunigst nach und hat ihn, da er ein ausgezeichnetes Pferd besitzt, wohl bald eingeholt.«

»Nicht übel!« nickte Old Death. »Wißt Ihr noch etwas?«

»Ja. Es kam den beiden Apachen vor allen Dingen darauf

an, so schnell wie möglich ihre Stammesgenossen zu erreichen, um ihnen die im Fort erlittene Schmach mitzuteilen und sie darauf aufmerksam zu machen, daß die Ankunft der feindlichen Comanchen baldigst zu erwarten sei. Daher ihre große Eile. Also haben sie sich erst hier Zeit genommen, die Wunde zu verbinden, zumal sie sich vorher gesagt hatten, daß am Fluß wohl Bast zu finden sei. Und daher haben sie ihren Pferden erst hier die notwendige Erfrischung gegönnt und sind dann sofort weitergeritten.«

»So ist es. Ich bin zufrieden mit Euch. Ich halte es für gar nicht zweifelhaft, daß es Winnetou mit dem entkommenen Friedensunterhändler war. Wir kommen freilich zu spät, um draußen im Gras ihre Fährte zu finden; aber ich kann mir denken, welche Richtung sie eingeschlagen haben. Sie mußten über den Rio Grande, gerade wie wir, haben den kürzesten Weg eingeschlagen, was auch wir tun werden. So kalkuliere ich, daß wir wohl noch auf irgendein Zeichen von ihnen stoßen werden. Nun wollen wir uns nach einem Platz umsehen, an dem wir lagern können, denn morgen müssen wir möglichst zeitig aufbrechen.«

Sein geübtes Auge fand sehr bald eine passende Stelle, ein rund von Büschen umgebenes offenes Plätzchen, dicht mit saftigem Gras bestanden, an dem unsere Pferde sich gütlich tun konnten. Wir sattelten sie ab und pflockten sie an den Lassos an. Dann lagerten wir und hielten von dem Rest unseres Speisevorrats ein bescheidenes Abendmahl.

Auf meine Erkundigung, ob wir nicht ein Lagerfeuer anbrennen wollten, antwortete Old Death, indem er eine spöttisch pfiffige Miene zog: »Habe diese Frage von Euch erwartet, Sir. Habt wohl früher manche schöne Indianergeschichte von Cooper und anderen gelesen? Haben Euch sehr gefallen, diese hübschen Sachen?«

»Ziemlich.«

»Hm, ja! Das liest sich so gut; das geht alles so glatt und reinlich. Man brennt sich die Pfeife oder die Zigarre an, setzt sich auf das Sofa, legt die Beine hoch und vertieft sich in das schöne Buch, das der Leihbibliothekar geschickt hat. Aber lauft nur einmal selbst hinaus in den Urwald, in den fernen Westen! Da geht es wohl ein wenig anders zu als es in solchen Büchern zu lesen ist. Cooper ist ein ganz tüchtiger Romanschreiber gewesen, und auch ich habe seine Lederstrumpferzählungen genossen; aber im Westen war er nicht. Er hat ausgezeichnet verstanden, die Poesie mit der Wirklichkeit zu verbinden; aber im Westen hat man es eben nur mit der letzteren zu tun, und von der Poesie habe wenigstens ich noch keine Spur entdecken können. Da liest man von einem hübsch brennenden Lagerfeuer, an dem eine saftige Büffellende gebraten wird. Aber ich sage Euch, wenn wir jetzt ein Feuerchen anzündeten, so würde der Brandgeruch jeden Indsman im Umkreis von zwei englischen Meilen herbeilocken.«

»Ist das möglich?«

»Werdet wohl noch erfahren, was für Nasen die Roten haben. Und wenn sie es nicht riechen sollten, so witterten es ihre Pferde, die es ihnen durch jenes fatale Schnauben verraten, das den Tieren anerzogen ist und schon manchen Weißen das Leben gekostet hat. Darum meine ich, wir sehen heute von der Poesie eines Lagerfeuers ab.«

»Aber es steht doch wohl nicht zu befürchten, daß sich Indianer in unserer Nähe befinden, weil die Comanchen sich noch nicht unterwegs befinden können. Bevor die Unterhändler heimgekommen sind und die dann ausgesendeten Boten die Krieger der verschiedenen Stämme zusammengeholt haben, muß doch eine leidliche Zeit vergehen.«

»Hm! Was so ein Greenhorn doch für kluge Reden halten kann! Leider habt Ihr dreierlei vergessen. Erstens nämlich befinden wir uns eben im Comanchengebiet. Zweitens sind ihre Krieger bereits bis hinüber nach Mexiko geschwärmt. Und drittens sind auch die Zurückgebliebenen nicht erst langsam zusammenzutrommeln, sondern längst versammelt und zum Kriegszug gerüstet. Oder haltet Ihr die Comanchen für so dumm, die Abgesandten der Apachen zu töten, ohne zum sofortigen Losschlagen gerüstet zu sein?

Ich sage Euch, der Verrat gegen diese Abgesandten war keineswegs eine Folge augenblicklichen Zornes; er war vorher überlegt und beschlossen. Ich kalkuliere, daß es am Rio Grande bereits Comanchen gibt, und befürchte, daß es Winnetou sehr schwer sein wird, unbemerkt an ihnen vorüberzukommen.«

»So haltet Ihr es mit den Apachen?«

»Im stillen, ja. Ihnen ist Unrecht geschehen. Sie sind schändlich überfallen worden. Zudem habe ich gerade für diesen Winnetou eine außerordentliche Sympathie. Aber die Klugheit verbietet uns, Partei zu ergreifen. Wollen uns gratulieren, wenn wir mit heiler Haut unser Ziel erreichen, und es uns ja nicht einfallen lassen, entweder mit der einen oder der anderen Seite zu liebäugeln. Übrigens habe ich keine allzu große Veranlassung, mich vor den Comanchen zu fürchten. Sie kennen mich. Ich habe ihnen wissentlich niemals ein Leid getan, und ich bin oft bei ihnen gewesen und ganz freundlich aufgenommen worden. Einer ihrer bekanntesten Häuptlinge, Oyokoltsa, zu deutsch ›der Weiße Biber‹, ist sogar mein besonderer Freund, dem ich einen Dienst geleistet habe, den nie zu vergessen er mir versprochen hat. Das geschah droben am Red River, wo er von einer Truppe Chickasaw überfallen wurde und sicher Skalp und Leben hätte lassen müssen, wenn ich nicht dazu gekommen wäre. Diese Freundschaft ist jetzt für uns von großer Wichtigkeit. Ich werde mich darauf berufen, wenn wir auf Comanchen stoßen und von ihnen feindselig behandelt werden sollten. Übrigens sind wir fünf Männer, und ich hoffe, daß jeder von uns mit seinem Gewehr umzugehen versteht. Ehe ein Roter meine Kopfhaut samt der Frisur bekommt, müßten vorher ein Dutzend seiner Gefährten sich Billetts nach den ewigen Jagdgründen lösen. Wir müssen auf alle Fälle vorbereitet sein und uns so verhalten, als ob wir uns in feindlichem Land befänden. Darum werden wir nicht alle fünf zugleich schlafen, sondern einer muß wachen, und die Wache wird von Stunde zu Stunde abgelöst. Wir losen mit Grashalmen von verschiedener Länge, um die Reihenfolge der Wache zu bestimmen. Das gibt fünf Stunden Schlaf, was ausreichen muß.«

Er schnitt fünf Halme ab. Ich bekam die letzte Wache. Indessen war es Nacht und ganz dunkel geworden. Solange wir noch nicht schliefen, brauchten wir keine Wache, und zum Schlafen war noch keiner von uns aufgelegt. Wir erfreuten uns einer anregenden Unterhaltung, die dadurch sehr interessant wurde, daß Old Death uns verschiedene seiner Erlebnisse erzählte. Ich bemerkte, daß er sie so auswählte, daß wir beim Zuhören lernen konnten. So verging die Zeit. Ich ließ die Uhr repetieren. Sie gab halb elf an. Plötzlich hielt Old Death inne und lauschte aufmerksam. Eins unserer Pferde hatte geschnaubt, und zwar auf eine so ganz eigenartige Weise, wie vor Aufregung und Angst, daß es auch mir aufgefallen war.

»Hm!« brummte er. »Was war denn das? Habe ich nicht recht gehabt, als ich zu Cortesio sagte, daß unsere beiden Klepper bereits in der Prärie gewesen seien? So schnaubt nur ein Tier, das einen Westmann getragen hat. In der Nähe muß sich irgend etwas Verdächtiges befinden. Aber seht Euch ja nicht um, Mesch'schurs! Zwischen dem Gebüsch ist es stockdunkel, und wenn man die Augen anstrengt, in solcher Finsternis etwas zusehen, so erhalten sie, ohne daß man es ahnt, einen Glanz, den der Feind bemerken kann. Schaut also ruhig vor Euch nieder! Ich werde selbst umherlugen und dabei den Hut ins Gesicht ziehen, damit meine Augen nicht leicht zu bemerken sind. Horcht! Abermals! Rührt Euch nicht!«

Das Schnauben hatte sich wiederholt. Eines der Pferde – es war wohl das meine – stampfte mit den Hufen, als ob es sich vom Lasso reißen wolle. Wir schwiegen, was ich für ganz natürlich hielt. Aber Old Death flüsterte: »Was fällt Euch denn ein, jetzt so plötzlich still zu sein! Wenn wirklich jemand in der Nähe ist und uns belauscht, so hat er uns sprechen gehört und bemerkt nun aus dem Schweigen, daß uns das Schnauben des Pferdes aufgefallen ist und unseren Verdacht erregt hat. Also redet, redet weiter! Erzählt Euch etwas, gleichgültig, was es ist.«

Da aber sagte der Neger leise: »Sam wissen, wo Mann sein. Sam haben sehen zwei Augen.«

»Gut! Aber schau nicht mehr hin, sonst sieht er auch deine Augen. Wo ist es denn?«

»Wo Sam haben anhängen sein Pferd, rechts bei den wilden Pflaumensträuchern. Ganz tief unten am Boden ganz schwach funkeln sehen zwei Punkte.«

»Gut! Ich werde mich in den Rücken des Mannes schleichen und ihn ein wenig beim Genick nehmen. Daß mehrere da sind, ist nicht zu befürchten, denn in diesem Fall würden sich unsere Pferde wohl ganz anders verhalten. Sprecht also laut fort! Das hat doppelten Nutzen, denn erstens denkt da der Mann, daß wir keinen Verdacht mehr haben, und zweitens verdeckt Euer Sprechen das Geräusch, das ich bei dieser Finsternis nur sehr schwer vermeiden kann.«

Lange warf mir eine laute Frage hin, die ich ebenso laut beantwortete. Daraus entspann sich ein Wortwechsel, dem eine lustige Färbung zu geben ich mich bemühte, damit wir Grund zum Lachen bekamen. Lautes Lachen war wohl am geeignetsten, den Lauscher von unserer Sorglosigkeit zu überzeugen und ihn nichts von Old Deaths Annäherungen hören zu lassen. Will und auch der Neger stimmten ein, und so waren wir wohl über zehn Minuten lang ziemlich laut, bis sich dann Old Deaths Stimme hören ließ: »Hollah! Schreit nicht länger wie die Löwen! Es ist nicht mehr nötig, denn ich habe ihn. Werde ihn bringen.«

Wir hörten es dort, wo des Negers Pferd angepflockt stand, rascheln. Dann kam der Alte schweren Schrittes herbei, um die Last, die er trug, vor uns niederzulegen.

Ein Späher

»So!« sagte er. »Das war ein sehr leichter Kampf, denn der Lärm, den Ihr machtet, war so bedeutend, daß dieser Indsman sogar ein Erdbeben mit allem, was dazu gehört, nicht hätte bemerken können.«

»Ein Indianer? So sind noch mehrere in der Nähe?«

»Möglich, aber nicht wahrscheinlich. Aber nun möchten wir doch ein wenig Licht haben, um uns den Mann ansehen zu können. Habe da vorn trockenes Laub und auch ein kleines verdorrtes Bäumchen gesehen. Werde es holen. Achtet einstweilen auf den Mann!«

»Er bewegt sich nicht. Ist er tot?«

»Nein, aber sein Bewußtsein ist ein wenig spazieren gegangen. Habe ihm mit seinem eigenen Gürtel die Hände auf den Rücken gebunden. Ehe ihm die Besinnung wiederkommt, werde auch ich zurück sein.«

Er ging, um das erwähnte Bäumchen abzuschneiden, das wir, als er es gebracht hatte, mit den Messern zerkleinerten. Bald brannte ein kleines Feuer, dessen Schein hinreichte, den Gefangenen genau betrachten zu können. Das Holz war so trocken, daß es fast gar keinen Rauch verbreitete.

Jetzt sahen wir uns den Roten an. Er trug eine indianische Hose mit Lederfransen, ein ebensolches Jagdhemd und einfache Mokassins ohne alle Verzierung. Sein Kopf war glatt geschoren, so daß man auf der Mitte des Scheitels nur die Skalplocke stehen gelassen hatte. Sein Gesicht war mit Farbe bemalt, schwarze Querstriche auf gelbem Grund. Seine Waffen und alles, was an seinem Ledergürtel gehangen hatte, hatte ihm Old Death abgenommen. Diese Waffen bestanden in einem Messer und Bogen mit ledernem Pfeilköcher, die mit einem Riemen zusammengebunden waren. Er lag bewegungslos und mit geschlossenen Augen da, als ob er tot sei.

»Ein einfacher Krieger«, sagte Old Death, »der nicht einmal den Beweis, daß er einen Feind erlegt hat, bei sich trägt. Er hat weder den Skalp eines von ihm Besiegten am Gürtel hängen noch sind seine Leggins mit Menschenhaarfransen versehen. Nicht einmal einen Medizinbeutel trägt er bei sich. Er besitzt also entweder noch keinen Namen oder er hat ihn verloren, weil ihm seine Medizin abhanden gekommen ist. Nun ist er als Kundschafter verwendet worden, weil das eine gefährliche Sache ist, bei der er sich auszeichnen, einen Feind erlegen und sich also wieder einen Namen holen kann. Schaut, er bewegt sich. Er wird gleich zu sich kommen. Seid still!«

Der Gefangenen streckte die Glieder und holte tief Atem. Als er fühlte, daß ihm die Hände gebunden waren, ging es wie ein Schreck durch seinen Körper. Er öffnete die Augen, machte einen Versuch, emporzuspringen, fiel aber wieder nieder. Nun starrte er uns mit glühenden Augen an. Als sein Blick dabei auf Old Death fiel, entfuhr es seinem Mund: »Koscha-pehve!«

Das ist ein Comanchenwort und heißt genau so viel wie Old Death – der »alte Tod«. »Ja, ich bin es«, nickte der Scout. »Kennt mich der rote Krieger?«

»Die Söhne der Comanchen kennen den Mann, der diesen Namen führt, sehr genau, denn er ist bei ihnen gewesen.«

»Du bist ein Comanche. Ich sah es an den Farben des Krieges, die du im Gesicht trägst. Wie lautet dein Name?«

»Der Sohn der Comanchen hat seinen Namen verloren und wird nie wieder einen tragen. Er zog aus, ihn sich zu holen; aber er ist in die Hände der Bleichgesichter gefallen und hat Schimpf und Schande auf sich geladen. Er bittet die weißen Krieger, ihn zu töten. Er wird den Kriegsgesang anstimmen, und sie sollen keinen Laut der Klage hören, wenn sie seinen Leib am Marterpfahl rösten.«

»Wir können deine Bitte nicht erfüllen, denn wir sind Christen und deine Freunde. Ich habe dich gefangengenommen, weil es so dunkel war, daß ich nicht sehen konnte, daß du ein Sohn der mit uns in Frieden lebenden Comanchen bist. Du wirst am Leben bleiben und noch viele große Taten verrichten, so daß du dir einen Namen holst, vor dem die Feinde erzittern. Du bist frei.«

Er band ihm die Hände los. Ich hatte erwartet, daß der Comanche nun erfreut aufspringen werde; aber er tat es nicht, er blieb liegen, als ob er noch gefesselt sei, und sagte: »Der Sohn der Comanchen ist doch nicht frei. Er will sterben. Stoß ihm dein Messer in das Herz!«

»Dazu habe ich keinen Anlaß und nicht die mindeste Lust. Warum soll ich dich töten?«

»Weil du mich überlistet und gefangengenommen hast. Wenn die Krieger der Comanchen es erfahren, werden sie mich von sich jagen und sagen: Erst hatte er die Medizin und den Namen verloren, und dann lief er in die Hände des Bleichgesichts. Sein Auge ist blind und sein Ohr taub, und er wird niemals würdig sein, das Zeichen des Kriegers zu tragen.«

Er sagte das in so traurigem Ton, daß er mir wirklich leid tat. Ich konnte zwar nicht alle seine Worte verstehen, denn er sprach ein sehr mit indianischen Ausdrücken gespicktes Englisch; aber was ich nicht verstand, das suchte ich zu erraten.

»Unser roter Bruder trägt keine Schande auf seinem Haupt«, sagte ich schnell, ehe Old Death antworten konnte. »Von einem berühmten Bleichgesicht, wie Koscha-pehve ist, überlistet zu werden, ist keine Schande. Übrigens werden die Krieger der Comanchen es nie erfahren, daß du unser Gefangener gewesen bist. Unser Mund wird darüber schweigen.«

»Und wird Koscha-pehve dies bestätigen?« fragte der Indianer.

»Sehr gern«, stimmte der Alte bei. »Wir werden tun, als ob wir uns ganz friedlich getroffen hätten. Ich bin Euer Freund, und es ist kein Fehler von dir, wenn du offen zu mir trittst, sobald du erkannt hast, daß ich es bin.«

»Mein weißer, berühmter Bruder spricht Worte der Freude für mich. Ich traue seiner Rede und kann mich erheben, denn ich werde nicht mit Schimpf zu den Kriegern der Comanchen zurückkehren. Den Bleichgesichtern aber werde ich für ihre Verschwiegenheit dankbar sein, solange meine Augen die Sonne sehen.«

Er erhob sich in sitzende Stellung und tat einen tiefen Atemzug. Seinem dick beschmierten Gesicht war keine Gemütsbewegung anzusehen, aber wir bemerkten doch sofort, daß wir ihm das Herz sehr erleichtert hatten. Natürlich überließen wir es dem erfahrenen Scout, die Unterhaltung mit ihm fortzusetzen. Der Alte zögerte auch gar nicht, dies zu tun. Er sagte: »Unser roter Freund hat gesehen, daß wir es gut mit ihm meinen. Wir hoffen, daß er uns auch als seine Freunde betrachten und also meine Fragen aufrichtig beantworten werde.«

»Koscha-pehve mag fragen. Ich sage nur die Wahrheit.«

»Ist mein indianischer Bruder allein ausgezogen, vielleicht nur, um einen Feind oder ein gefährliches wildes Tier zu erlegen, damit er mit einem neuen Namen in sein Wigwam zurückkehre? Oder sind noch andere Krieger bei ihm?«

»So viele, wie Tropfen da im Fluß laufen.«

»Will mein roter Bruder damit sagen, daß sämtliche Krieger der Comanchen ihre Zelte verlassen haben?«

»Sie sind ausgezogen, um sich die Skalpe ihrer Feinde zu holen.«

»Welcher Feinde?«

»Der Hunde der Apachen. Es ist von den Apachen ein Gestank ausgegangen, der bis zu den Zelten der Comanchen gedrungen ist. Darum haben sie sich auf ihre Pferde gesetzt, um die Koyoten von der Erde zu vertilgen.«

»Haben sie vorher den Rat der alten, weisen Häuptlinge gehört?«

»Die betagten Krieger sind zusammengetreten und haben den Krieg beschlossen. Dann mußten die Medizinmänner den großen Geist befragen, und die Antwort Manitus ist befriedigend ausgefallen. Von den Lagerstätten der Comanchen bis zum großen Fluß, den die Bleichgesichter Rio Grande del Norte nennen, wimmelt es bereits von unseren Kriegern. Die Sonne ist viermal untergegangen, seit das Kriegsbeil von Zelt zu Zelt getragen wurde.«

»Und mein roter Bruder gehört zu einer solchen Kriegerschar?«

»Ja. Wir lagern oberhalb dieser Stelle am Fluß. Es wurden Kundschafter ausgesandt, um zu untersuchen, ob die Gegend sicher sei. Ich ging abwärts und kam hierher, wo ich die Pferde der Bleichgesichter roch. Ich kroch zwischen die Büsche, um ihre Zahl zu erfahren; da aber kam Koscha-pehve über mich und tötete mich für kurze Zeit.«

»Das ist vergessen, und niemand soll davon sprechen. Wie viele Krieger der Comanchen lagern da oben?«

»Es sind zehn mal zehn.«

»Und wer ist ihr Anführer?«

»Avat-vila*, der junge Häuptling.«

»Den kenne ich nicht und habe seinen Namen noch nie gehört.«

»Er hat diesen Namen erst vor wenigen Monaten erhalten, weil er in den Bergen den grauen Bär getötet hat und dessen Fell und Klauen mitbrachte. Er ist der Sohn von Oyo-koltsa, den die Bleichgesichter den ›Weißen Biber‹ nennen.«

---

* Avat-vila: der »Große Bär«.

»Oh, den kenne ich. Er ist mein Freund.«

»Ich weiß es, denn ich habe dich bei ihm gesehen, als du der Gast seines Zeltes warst. Sein Sohn, der ›Große Bär‹, wird dich freundlich empfangen.«

»Wie weit ist der Ort von hier entfernt, an dem er mit seinen Kriegern lagert?«

»Mein weißer Bruder wird nicht die Hälfte der Zeit reiten, die er eine Stunde nennt.«

»So werden wir ihn bitten, seine Gäste sein zu dürfen. Mein roter Freund mag uns führen.«

Nach kaum fünf Minuten saßen wir auf und ritten fort; der Indianer schritt uns voran. Er führte uns erst unter den Bäumen hinaus bis dahin, wo das Gelände offen war. Dann wandte er sich flußaufwärts.

Ein indianisches Kriegslager

Ich sollte zum ersten Mal in meinem Leben ein indianisches Lager betreten, und zwar ein Kriegslager. Ich fühlte Neugierde und zugleich eine gewisse Bangigkeit. Das war wohl nicht zu verwundern. Mir schien es, als ob Old Death ein wenig unvorsichtig gehandelt habe, denn wir hatten gar nicht die Gewißheit, daß die Comanchen uns freundlich aufnehmen würden. Als ich darüber eine Bemerkung machte, fertigte er mich sehr kurz ab.

Während des kurzen Rittes fand ich bestätigt, was ich früher gehört hatte, daß nämlich die Indianer sehr gute Läufer sind. Unsere Pferde hatten einen scharfen Schritt zu nehmen, um mit dem Roten fortzukommen. Plötzlich tauchten mehrere dunkle Gestalten vor uns auf. Es waren die Lagerposten. Der Führer wechselte einige Worte mit ihnen und entfernte sich dann. Wir aber mußten stehenbleiben. Nach einiger Zeit kehrte er zurück, um uns zu holen. Es war stockdunkel. Der Himmel hatte sich getrübt, kein Stern war mehr zu erkennen. Ich schaute fleißig nach rechts und nach links, konnte aber nichts erkennen. Nun mußten wir wieder anhalten. Der Führer sagte: »Meine weißen Brüder mögen sich nicht mehr vorwärts bewegen. Die Söhne der Comanchen brennen während eines Kriegszuges kein

Feuer an, aber jetzt sind sie überzeugt, daß sich kein Feind in der Nähe befindet, und so werden sie Feuer machen.«

Er huschte fort. Nach wenigen Augenblicken sah ich ein glimmendes Pünktchen, so groß wie eine Stecknadelkuppe.

»Das ist Punks«, erklärte Old Death.

»Was ist Punks?« erkundigte ich mich.

»Das Präriefeuerzeug. Zwei Hölzer, ein breites und ein dünnes, rundes. Das breite hat eine kleine Vertiefung, die mit Punks, also mit trockenem Moder aus hohlen, ausgefaulten Bäumen, gefüllt wird. Das ist der beste Zunder, den es gibt. Das dünne Stäbchen wird dann auch in die Vertiefung auf den Moder gesetzt und mit beiden Händen schnell wie ein Quirl bewegt. Durch diese Reibung erhitzt und entzündet sich der Zunder. Seht!«

Ein Flämmchen flackerte auf und wurde zur großen, von einem trockenen Laubhaufen genährten Flamme. Doch bald sank sie wieder nieder, denn der Indianer duldet keinen weit leuchtenden Feuerschein. Es wurden Aststücke angelegt, und zwar im Kreis, so daß sie mit dem einen Ende zum Mittelpunkt zeigten. Dort brannte das Feuer, das auf diese Weise leicht zu regeln war, denn je nachdem man das Holz näher heran oder zurückschob, wurde das Feuer größer oder kleiner. Als das Laub hoch aufflammte, sah ich, wo wir uns befanden. Wir hielten unter Bäumen und waren rings von Indianern umgeben, die ihre Waffen in den Händen hielten. Nur einige wenige hatten Gewehre, die anderen waren mit Lanzen, Pfeilen und Bogen bewaffnet. Alle aber trugen Tomahawks, jenes fürchterliche Kriegsbeil der Indianer, das in der Hand eines geübten Kriegers eine weit gefährlichere Waffe ist, als man gewöhnlich annimmt. Als das Feuer geregelt war, erhielten wir die Weisung abzusteigen. Man führte unsere Pferde fort. Wir befanden uns nun in der Gewalt der Roten, denn ohne Pferde war in dieser Gegend nichts zu machen. Zwar hatte man uns die Waffen nicht abverlangt, aber fünf gegen hundert ist kein sehr erquickliches Verhältnis.

Wir durften zum Feuer treten, an dem ein einzelner Krieger saß. Man konnte ihm nicht ansehen, ob er jung oder alt war, denn auch sein Gesicht war über und über gefärbt, und zwar ganz in denselben Farben und derselben Weise wie das des Kundschafters. Sein Haar hatte er in einen hohen Schopf geflochten, in dem die Feder des weißen Kriegsadlers steckte. An seinem Gürtel hingen zwei Skalpe, und an einer um seinen Hals gehenden Schnur waren der Medizinbeutel und das Kalumet, die Friedenspfeife, befestigt. Quer über seinen Knien lag die Flinte, ein altes Ding von anno Zwanzig oder Dreißig. Er blickte uns nacheinander aufmerksam an. Den Schwarzen schien er nicht zu sehen. Das waren unerquickliche Augenblicke, denn wenn wir ihm nicht gefielen, so war es um uns geschehen. Wenigstens dachte ich so und äußerte meine Meinung unserem alten Freund.

»Unsinn!« sagte Old Death in deutscher Sprache, um von dem Roten nicht verstanden zu werden. »Wir wollen ihm zeigen, daß auch wir Häuptlinge sind. Setzt Euch also auch und laßt mich reden!«

Er setzte sich dem Häuptling gegenüber, und wir taten dasselbe. Nur Sam blieb stehen, denn er wußte, daß er als

Schwarzer sein Leben wagte, wenn er den Vorzug der Häuptlinge, am Feuer zu sitzen, auch für sich in Anspruch nahm.

»Uff!« rief der Indianer zornig, und stieß noch mehrere Worte hervor, die ich nicht verstand.

»Verstehst du die Sprache der Bleichgesichter?« fragte Old Death.

»Avat-vila versteht sie; aber er spricht sie nicht, weil es ihm nicht beliebt«, antwortete der Häuptling, wie Old Death uns augenblicklich übersetzte.

»Ich bitte dich aber, sie jetzt zu sprechen!«

»Warum?«

»Weil meine Gefährten die Sprache der Comanchen nicht verstehen und doch auch wissen müssen, was gesprochen wird.«

»Sie befinden sich bei den Comanchen und haben sich dieser Sprache zu bedienen. Das fordert die Höflichkeit.«

»Du irrst. Sie können sich keiner Sprache bedienen, die sie nicht kennen. Das siehst du wohl ein. Und sie befinden sich hier als Gäste der Comanchen. Also haben sie die Höflichkeit zu fordern, die du von ihnen verlangst. Du kannst englisch sprechen. Wenn du es nicht sprichst, so glauben sie nicht, daß du es kannst.«

»Uff!« rief er. Dann fuhr er in gebrochenem Englisch fort: »Ich habe gesagt, daß ich es kann, und ich lüge nicht. Wenn sie es nicht glauben, so beleidigen sie mich, und ich lasse sie töten! Warum habt Ihr es gewagt, Euch zu mir zu setzen?«

»Weil wir als Häuptlinge das Recht dazu haben.«

»Wessen Häuptling bist du?«

»Der Häuptling der Scouts.«

»Und dieser?« Dabei deutete er auf Lange.

»Der Häuptling der Schmiede, die Waffen verfertigen.«

»Und dieser?« Er meinte Will.

»Dieser ist sein Sohn und macht Schwerter, mit denen man die Köpfe spaltet, auch Tomahawks.«

Das schien zu imponieren, denn der Rote sagte: »Wenn er das kann, so ist er ein sehr geschickter Häuptling. Und dieser da?« Er nickte gegen mich hin.

»Dieser berühmte Mann ist aus einem fernen Land weit über das Meer herübergekommen, um die Krieger der Comanchen kennenzulernen. Er ist ein Häuptling der Weisheit und Kenntnis aller Dinge und wird nach seiner Rückkehr Tausenden erzählen, was für Männer die Comanchen sind.«

Das schien über das Begriffsvermögen des Roten zu gehen. Er betrachtete mich sehr sorgsam und sagte dann: »So gehört er unter die klugen und erfahrenen Männer? Aber sein Haar ist nicht weiß.«

»In jenem Land werden die Söhne gleich so klug geboren wie hier die Alten.«

»So muß der große Geist dieses Land sehr lieb haben. Aber die Söhne der Comanchen bedürfen seiner Weisheit nicht, denn sie sind selbst klug genug, um zu wissen, was zu ihrem Glück erforderlich ist. Die Weisheit scheint nicht mit ihm in dieses Land gekommen zu sein, weil er es wagt, unseren Kriegspfad zu kreuzen. Wenn die Krieger der Comanchen den Tomahawk ausgegraben haben, dulden sie keine weißen Männer bei sich.«

»So scheinst du nicht zu wissen, was eure Abgesandten in Fort Inge gesagt haben. Sie haben versichert, daß sie nur mit den Apachen Krieg führen wollen, aber den Bleichgesichtern freundlich gesinnt bleiben werden.«

»Sie mögen halten, was sie gesagt haben, ich aber war nicht dabei.«

Er hatte bisher in einem sehr feindseligen Ton gesprochen, so daß sich meine Sorgen keineswegs verkleinerten. Old Death hatte seine Antworten in freundlicher Weise gegeben. Jetzt hielt er es für geraten, seinen Ton zu ändern, denn er fuhr zornig auf: »So sprichst du? Wer bist du denn eigentlich, daß du es wagst, zu Koscha-pehve solche Worte zu sagen? Warum hast du mir deinen Namen nicht genannt? Hast du einen? Wenn nicht, so nenne mir denjenigen deines Vaters!«

Der Häuptling schein vor Erstaunen über diese Kühnheit ganz starr zu sein, sah dem Sprecher sekundenlang unverwandt ins Gesicht und antwortete dann: »Mann! Soll ich dich zu Tode martern lassen?«

»Das wirst du bleiben lassen!«

»Ich bin Avat-vila, der Häuptling der Comanchen!«

»Avat-vila? Der ›Große Bär‹? Als ich den ersten Bären erlegte, war ich ein Knabe und seit jener Zeit habe ich so viele Grizzlys getötet, daß ich meinen ganzen Körper mit ihren Klauen behängen könnte. Wer einen Bären erlegt hat, der ist in meinen Augen noch kein großer Held.«

»So sieh die Skalpe an meinem Gürtel!«

»Pshaw! Hätte ich allen denen, die ich besiegte, die Skalplocken genommen, so könnte ich Deine ganze Kriegerschar damit schmücken. Auch das ist nichts!«

»Ich bin der Sohn von Oyo-koltsa, dem großen Häuptling!«

»Das will ich eher als eine Empfehlung gelten lassen. Ich habe mit dem ›Weißen Biber‹ die Pfeife des Friedens geraucht. Wir schworen einander, daß seine Freunde auch die meinen und meine Freunde auch die seinen sein sollten, und wir haben stets Wort gehalten. Hoffentlich ist sein Sohn ebenso gesinnt wie der Vater!«

»Du redest eine sehr kühne Sprache. Hältst du die Krieger der Comanchen für Mäuse, die der Hund anzubellen wagt, wie es ihm beliebt?«

»Wie sagst du? Hund? Hältst du Old Death für einen Hund, den man nach Belieben prügeln darf? Dann würde ich dich augenblicklich nach den ewigen Jagdgründen senden!«

»Uff! Hier stehen hundert Männer!«

Er zeigte mit der Hand ringsum.

»Gut!« erwiderte der Alte. »Aber hier sitzen wir, und wir zählen ebensoviel wie deine hundert Comanchen. Sie alle können nicht verhüten, daß ich dir eine Kugel in den Leib jage. Und dann würden wir auch mit ihnen ein Wort reden. Sieh her! Hier habe ich zwei Revolver. In jedem stecken sechs Kugeln. Meine vier Gefährten sind ebenso bewaffnet, das gibt sechzig Kugeln, und sodann haben wir noch die Büchsen und Messer. Bevor wir überwunden würden, müßte die Hälfte deiner Krieger sterben.«

So hatte mit dem Häuptling noch niemand gesprochen. Fünf Männer gegen hundert! Und doch trat der Alte in dieser Weise auf! Das schien dem Roten unbegreiflich.

Darum sagte er: »Du mußt eine sehr starke Medizin besitzen!«

»Ja, ich habe eine Medizin, ein Amulett, das bisher jeden meiner Feinde in den Tod geschickt hat, und so wird es auch bleiben. Ich frage dich, ob du uns als Freunde anerkennen willst oder nicht!«

»Ich werde mich mit meinen Kriegern beraten.«

»Ein Häuptling der Comanchen muß seine Leute um Rat fragen? Das habe ich bisher nicht geglaubt. Weil du es aber sagst, so muß ich es glauben. Wir sind Häuptlinge, die tun, was ihnen beliebt. Wir haben also mehr Ansehen und Macht als du und können folglich nicht mir dir an einem Feuer sitzen. Wir werden unserer Pferde besteigen und davonreiten.«

Er stand auf, noch immer die beiden Revolver in der Hand.

Auch wir erhoben uns.

Der »Große Bär« fuhr von seinem Sitz auf, als ob er von einer Natter gestochen worden wäre. Seine Augen flammten, und seine Lippen öffneten sich, so daß man die weißen Zähne sehen konnte. Er kämpfte sicherlich einen harten Kampf mit sich selbst. Im Fall eines Kampfes hätten wir die Kühnheit des Alten mit dem Leben bezahlen müssen; aber ebenso sicher war es, daß mehrere oder gar viele der Comanchen von uns getötet oder verwundet wurden. Der junge Häuptling wußte, welch eine furchtbare Waffe so eine Drehpistole ist, und daß er der erste sein würde, den die Kugel treffen mußte. Er war seinem Vater verantwortlich für alles, was geschah, und wenn auch bei den Indianern niemals ein Mann zur Heeresfolge gezwungen wird – folgt er einmal, so ist er einer eisernen Disziplin und unerbittlichen Gesetzen unterworfen. Der Vater stößt seine eigenen Söhne in den Tod. Hat sich einer als feig im Kampf oder als unfähig erwiesen, als zu wenig kraftvoll, sich selbst zu beherrschen und die Rücksicht für das Allgemeine über seinen persönlichen Regungen stehen zu lassen, so verfällt er der allgemeinen Verachtung; kein anderer Stamm, selbst kein feindlicher, nimmt ihn auf; er irrt ausgestoßen in der Wildnis umher und kann sich nur dadurch einigermaßen wieder einen guten Namen machen, daß er in die Nähe seines Stammes zurückkehrt und sich selbst den langsamsten, qualvollsten Tod gibt, um wenigstens zu beweisen, daß er Schmerzen zu ertragen weiß. Das ist das einzige Mittel, sich den Weg in die ewigen Jagdgründe offenzuhalten. Der Gedanke an diese Jagdgründe ist es, der den Indianer zu allem treibt, dessen ein anderer unfähig wäre. Diese Erwägungen mochten jetzt durch die Seele des Roten gehen. Sollte er uns ermorden lassen, um dann seinem Vater sagen oder, falls er fiel, durch die Überlebenden wissen lassen zu müssen, daß er unfähig gewesen sei, sich zu beherrschen, daß er, um den Häuptling zu spielen, dem Freund seines Vaters das Gastrecht verweigert und ihn und dessen Genossen wie Koyoten angeschnauzt habe? Auf solche Erwägungen hatte Old Death sicher gerechnet. Sein Gesicht zeigte nicht die mindeste Sorge, als er jetzt vor dem Roten stand, die Finger am Drücker der beiden Revolver und ihm fest in die zornblitzenden Augen schauend.

»Fort wollt Ihr!« rief der Indianer. »Wo sind Eure Pferde? Ihr werdet sie nicht bekommen! Ihr seid umzingelt!«

»Und du mit uns! Denk an das Angesicht des ›Weißen Bibers‹! Wenn meine Kugel dich trifft, so wird er nicht sein Haupt verhüllen und die Totenklage über dich anstimmen, sondern er wird sagen: ›Ich habe keinen Sohn gehabt. Der von Old Death erschossen wurde, war ein unerfahrener Knabe, der meine Freunde nicht achtete und nur der Stimme seines Unverstandes gehorchte.‹ Der Schatten derer, die wir mit dir töten, werden dir den Eintritt in die ewigen Jagdgründe verwehren, und die alten Weiber werden ihren zahnlosen Mund öffnen, um den Anführer zu verspotten, der das Leben der ihm anvertrauten Krieger nicht schonte, weil er sich nicht selbst regieren konnte. Sieh, wie ich hier stehe! Sehe ich aus, als ob ich mich fürchte? Ich spreche nicht aus Angst so zu dir, sondern weil du der Sohn meines roten Bruders bist, von dem ich wünsche, daß er seine Freude an dir haben möge. Nun entscheide! Ein falsches Wort an die deinen, eine falsche Bewegung von dir, und ich schieße; der Kampf beginnt!«

Der Häuptling stand wohl noch eine volle Minute völlig bewegungslos. Man sah ihm nicht an, was in seinem Innern vorging, denn die Farbe lag ihm dick wie Kleister auf dem Gesicht. Plötzlich aber ließ er sich langsam nieder, nestelte das Kalumet von der Schnur und sagte: »Der ›Große Bär‹ wird mit den Bleichgesichtern die Pfeife des Friedens rauchen.«

»Daran tust du wohl. Wer mit den Scharen der Apachen kämpfen will, darf sich nicht auch die Weißen zu Feinden machen.«

Auch wir setzten uns nieder.

Die Pfeife des Friedens

Der »Große Bär« zog seinen Beutel aus dem Gürtel und stopfte die Pfeife mit Kinnikinnik, das ist mit wilden Hanfblättern vermischter Tabak. Er brannte ihn an, erhob sich wieder, hielt eine kurze Rede, die ich vergessen habe, in der aber die Ausdrücke Friede, Freundschaft, weiße Brüder sehr häufig vorkamen, tat sechs einzelne Züge, stieß den Rauch gegen den Himmel, die Erde und die vier Windrichtungen und reichte die Pfeife dann Old Death. Dieser hielt ebenfalls eine sehr freundschaftliche Rede, machte dieselben Züge und gab die Pfeife mir mit dem Bemerken, daß er für uns alle gesprochen habe und wir nur die sechs Züge nachzuahmen hatten. Dann ging das Kalumet zu Lange und dessen Sohn. Sam wurde übergangen, den die Pfeife wäre nie wieder an den Mund eines Indianers gekommen, wenn ein Schwarzer daraus geraucht hätte. Doch war der Neger natürlich in unseren Friedensbund mit einbegriffen.

Als diese Zeremonie vorüber war, setzten sich die Comanchen, die bisher gestanden hatte, in einem weiten Kreis um uns nieder, und der Kundschafter mußte heran, um zu erzählen, wie er uns getroffen habe. Er stattete seinen Bericht ab und ließ dabei unerwähnt, daß er von Old Death gefangengenommen worden war.

Als er wieder abgetreten war, ließ sich Sam zu den Pferden führen, um mir Zigarren zu holen. Natürlich bekam von den Comanchen nur der Häuptling eine, denn es hätte meiner »Häuptlingsehre« geschadet, wenn ich mich gegen gewöhnliche Krieger so brüderlich verhalten hätte. Der »Große Bär« schien zu wissen, was eine Zigarre für ein Ding ist. Sein Gesicht zog sich ganz entzückt in die Breite. Und als er sie ansteckte, stieß er bei den ersten Zügen ein Grunzen aus, wie ich es ähnlich immer dann gehört hatte, wenn sich eines jener bekannten lieblichen Tiere, von denen die Prager und westfälischen Schinken stammen, einmal recht urbehaglich an der Ecke des Stalles rieb. Dann fragte er uns in außerordentlich freundlicher Weise nach dem eigentlichen Zweck unseres Rittes.

Old Death hielt es nicht für notwendig, ihm die Wahrheit zu sagen, sondern erklärte ihm bloß, daß wir einige weiße Männer ereilen wollten, welche nach dem Rio Grande seien, um nach Mexiko zu gehen.

»Da können meine weißen Brüder mit uns reiten«, meinte der Rote. »Wir brechen auf, sobald wir die Fährte eines Apachen gefunden haben, die wir suchen.«

»Und aus welcher Richtung soll dieser Mann gekommen sein?«

»Er war da, wo die Krieger der Comanchen mit den Aasgeiern der Apachen sprachen. Die Weißen nennen den Ort Fort Inge. Er sollte getötet werden, aber er entkam. Doch hat er dabei einige Kugeln erhalten, so daß er nicht lange im Sattel hat bleiben können. Er muß hier in dieser Gegend stecken. Haben vielleicht meine weißen Brüder eine Fährte bemerkt?« Es war klar, daß er den Apachen meinte, den Winnetou über den Fluß geführt und dort verbunden hatte. Von Winnetou wußte er gar nichts.

»Nein«, antwortete Old Death, und er sagte damit auch eigentlich keine Lüge, denn wir hatten keine Fährte, sondern nur einige Tapfen im Fluß gesehen. Es wäre der größte Fehler gewesen, wenn wir Winnetou verraten hätten.

»So muß dieser Hund tiefer abwärts im Fluß stecken. Weiter hat er nicht reiten können, wegen seiner Wunden, und weil die Krieger der Comanchen bereit standen, die Apachen diesseits des Flusses zu empfangen, falls sie vom Fort Inge entkommen sollten.«

Das klang ziemlich gefährlich für Winnetou. Ich war freilich der Überzeugung, daß die Comanchen die Spur im Fluß nicht finden würden, da unsere Pferde sie ausgetreten hatten, aber wenn die Comanchen bereits vor vier Tagen in dieser Gegend hielten, so war leicht zu vermuten, daß die beiden Apachen ihnen in die Hände gefallen waren. Daß der »Große Bär« nichts davon wußte, war noch kein Beweis, daß es nicht geschehen war. Der schlaue Scout, der an alles dachte, machte die Bemerkung: »Wenn meine roten Brüder suchen, werden sie die Stelle finden, wo wir über den Fluß gekommen sind und einen Baum abgeschält haben. Ich habe eine alte Wunde, die aufgebrochen ist, und mußte sie mit Bast verbinden. Das ist ein vortreffliches Mittel, das sich mein roter Bruder merken mag.«

»Die Krieger der Comanchen kennen dieses Mittel, und sie wenden es stets an, wenn sie sich in der Nähe eines Waldes befinden. Mein weißer Bruder hat mir nichts Neues gesagt.«

»So will ich wünschen, daß die tapferen Krieger der Comanchen keine Veranlassung finden, dieses Mittel viel in Anwendung zu bringen. Ich wünsche ihnen Sieg und Ruhm, denn ich bin ihr Freund, und darum tut es mir leid, daß ich nicht bei ihnen bleiben kann. Sie haben hier nach der Fährte zu suchen, wir aber müssen schnell reiten, um die weißen Männer zu ereilen.«

»So werden meine weißen Brüder auf den ›Weißen Biber‹ treffen, der sich freuen wird, sie zu sehen. Ich werde ihnen einen Krieger mitgeben, der sie zu ihm führen mag.«

»Wo befindet sich dein Vater, der berühmte Häuptling?«

»Wenn ich Old Death diese Frage beantworten will, so muß ich die Orte so benennen, wie die Bleichgesichter es tun. Wenn meine Brüder von hier aus nach Sonnenuntergang reiten, so kommen sie an den Nebenfluß des Nueces, der Turkey-Creek, der Bach des Truthahns, genannt wird. Sodann müssen sie über den Chico-Creek, von wo an sich eine große Wüste bis zum Elm-Creek erstreckt. In dieser Wüste schweifen die Krieger des ›Weißen Bibers‹, um niemand über die Furt zu lassen, die oberhalb des Eagle-Passes über den Rio Grande del Norte geht.«

»Teufel!« entfuhr es dem Scout, doch setzte er schnell hinzu: »Das ist genau der Weg, den wir einschlagen müssen! Mein roter Bruder hat uns durch seine Mitteilung außerordentlich erfreut, und ich bin ganz glücklich, den ›Weißen Biber‹ wiedersehen zu können. Jetzt aber werden wir uns zur Ruhe begeben, um zeitig munter zu sein.«

»So werde ich meinen Brüdern selbst den Platz anweisen, an dem sie sich niederlegen sollen.«

Er stand auf und führte uns zu einem starken, dicht belaubten Baum, unter dem wir schlafen sollten. Dann ließ er unsere Sättel herbeiholen und die Decken dazu. Er war ein ganz anderer geworden, seit er das Kalumet mit uns geraucht hatte. Als er wieder fort war, untersuchten wir die Satteltaschen. Es fehlte uns nicht der geringste Gegenstand, was ich sehr anerkennenswert fand. Wir machten die Sättel zu Kopfkissen und legten uns nebeneinander, uns in die Decken hüllend. Bald kamen die Comanchen auch, und wir bemerkten trotz der Dunkelheit, daß sie, sich zur Ruhe legend, einen Kreis um uns bildeten.

»Das darf keinen Verdacht bei uns erwecken«, meinte Old Death. »Sie tun das, um uns in ihren Schutz zu nehmen, nicht aber, um uns etwa an der Flucht zu hindern. Hat man einmal mit einem Roten eine Friedenspfeife geraucht, so kann man sich auf ihn verlassen. Wollen indessen sehen, daß wir von ihnen fortkommen. Habe ihnen einen tüchtigen Bären aufgebunden wegen Winnetou, denn ich mußte sie von seiner Fährte wegbringen. Aber ich kalkuliere, daß es ihm sehr, sehr schwer geworden sein wird, über den Rio Grande zu kommen. Ein anderer brächte es nicht fertig. Ihm allein traue ich es zu. Aber doppelt bedenklich ist die Sache, da er einen Verwundeten mit hat. Zu solchen Beratungen werden gewöhnlich die erfahrensten Leute gesandt. Darum kalkuliere ich, daß der Mann alt ist. Rechnen wir das Wundfieber dazu, das er, besonders bei so einem Parforceritt bekommen muß, so ist es mir um ihn und Winnetou himmelangst. Na, wollen wir schlafen. Gute Nacht!«

Er wünschte gute Nacht! Ich fand sie aber nicht, denn

von Schlaf war bei mir keine Rede. Wer sich einmal die Schenkel bis an das Knie aufgeritten hat, so daß die Lederhose am wunden Fleisch anklebt und noch dazu die schöne Aussicht hat, am nächsten Tag einen Ritt von fünfzig Meilen durch glühendes, wüstes Land machen zu müssen, der dürfte wohl nicht geträumt haben, daß er sich bei einem Glas Sekt und mit einer Nummer des »Deutschen Hausschatzes« in der Hand im Schaukelstuhl wiege.

Infolgedessen war ich schon munter oder vielmehr noch immer munter, als sich der Osten zu lichten begann. Ich weckte die Gefährten, wobei meinerseits wohl ein wenig Bosheit mit im Spiel war. Hatte ich nicht schlafen können, sollten auch sie wach werden. Sie erhoben sich völlig geräuschlos, aber sofort standen auch sämtliche Indianer um uns.

Jetzt am Tag waren die Rothäute besser zu betrachten als am Abend beim Schein des spärlichen Feuers. Es überkam mich eine Art von Gruseln, als ich die abscheulich bemalten Gesichter und die abenteuerlich gekleideten Gestalten erblickte. Nur wenige von ihnen hatten ihre Blöße vollständig bedeckt. Viele von ihnen waren mit armseligen Lumpen behangen, die von Ungeziefer zu strotzen schienen, aber alle waren starke, kräftige Gestalten, wie ja gerade der Stamm der Comanchen als derjenige bekannt ist, der die schönsten Männer hat.

Von den Frauen darf man in dieser Beziehung freilich nicht reden. Die Squaw ist die verachtete Sklavin des Roten. Sie darf nicht einmal mit ihm essen, sondern muß sich mit dem begnügen, was er übrig läßt, und alle Arbeit, selbst die schwerste, ruht auf ihr. Der Mann lebt nur für die Jagd und für den Krieg.

Der Häuptling fragte uns, ob wir »speisen« wollten, und brachte uns wirklich einige Stücke sehniges Fleisch, das vom Pferd stammte und »zugeritten« war.

Wir dankten unter dem Vorgeben, daß wir noch mit Vorrat versehen seien, obgleich dieser nur noch aus einem ziemlich kleinen Stück Schinken bestand. Auch den Mann, der uns begleiten sollte, stellte er uns vor, und es bedurfte keiner geringen diplomatischen Kunst des Scout, ihn davon abzubringen. Er verzichtete endlich darauf, als der Alte ihm erklärte, daß es eine Beleidigung für solche weißen Krieger sei, ihnen einen Führer mitzugeben. Das tue man Knaben oder unerfahrenen und ungeschickten Männern. Wir würden die Schar des »Weißen Bibers« schon zu finden wissen. Nachdem wir noch unsere Ziegenschläuche mit Wasser gefüllt und einige Bündel Gras für unsere Pferde aufgeschnallt hatten, brachen wir nach einigen kurzen Abschiedsworten auf. Auf meiner Uhr war es vier.

Ritt durch die Wüste

Erst ritten wir langsam, um die Pferde in den Gang kommen zu lassen. Wir hatten noch grasigen Boden, doch wurde der Rasen immer dünner und unansehnlicher und hörte endlich ganz auf. Sand trat an seine Stelle.

Als wir die Bäume des Flußufers sehen konnten, war es, als ob wir uns in der Sahara befänden: eine weiße Ebene ohne die geringste Bodenerhebung, Sand, nichts als Sand, und über uns die Sonne, die trotz der frühen Morgenstunden schon stechend herniederschien.

»Nun können wir bald einen schnelleren Trab anschlagen«, meinte Old Death. »Wir müssen uns besonders am Vormittag sputen, weil wir da die Sonne hinter uns haben. Unser Weg geht genau nach Westen. Nachmittags scheint sie uns ins Gesicht; das strengt mehr an.«

»Kann man in dieser eintönigen Ebene, die gar kein Merkzeichen bietet, nicht die Richtung verlieren?« fragte ich als echtes Greenhorn.

Old Death ließ ein mitleidiges Lachen hören und antwortete: »Das ist schon wieder eine Eurer berühmten Fragen, Sir. Die Sonne da oben ist der sicherste Wegweiser, den es gibt. Unser nächstes Ziel ist der Rio Nueces, ungefähr sechzehn Meilen von hier. Wenn es Euch recht ist, werden wir ihn in etwas mehr als zwei Stunden erreichen.«

Es war mit nicht eben sehr recht, sechzehn Meilen in zwei Stunden zu machen, doch konnte ich nichts dagegen tun. Der Scout ließ sein Pferd erst in Trab und dann in Galopp fallen, und wir taten dasselbe. Von jetzt an wurde nicht mehr gesprochen. Jeder war darauf bedacht, seinem Pferd die Last zu erleichtern und es nicht durch unnötige Bewegungen anzustrengen. Eine Stunde verging, noch eine, während der wir die Tiere zuweilen eine Strecke weit Schritt gehen ließen, damit sie verschnaufen konnten.

Da deutete Old Death vor sich hin und sagte zu mir: »Seht nach Eurer Uhr, Sir! Zwei Stunden und fünf Minuten sind wir geritten, und da haben wir den Rio Nueces vor uns. Stimmt es?«

Zu meinem Erstaunen stimmte seine Angabe fast ganz genau mit der Uhr überein.

»Ja seht, das Zifferblatt liegt unsereinem sozusagen in den Gliedern. Ich kann Euch sogar in finsterer Nacht sagen, wieviel Uhr es ist, und werde höchstens um einige Minuten fehlen. Das lernt Ihr nach und nach auch.«

Ein dunkler Streifen bezeichnete den Lauf des Flusses, doch waren keine Bäume, sondern nur Büsche vorhanden. Wir fanden leicht eine zum Übergang passende Stelle und kamen dann an den Turkey-Creek, der in dieser Gegend in den Rio Nueces mündet. Er hatte fast gar kein Wasser.

Von da ging es nach dem Chico-Creek, den wir kurz nach neun Uhr erreichten. Sein Bett war ebenfalls fast trocken. Es gab nur hier und da eine schmutzige Lache, aus der ein armseliger Wasserfaden abwärts floß. Bäume oder Strauchwerk waren gar nicht vorhanden, und das spärliche Gras zeigte sich ganz vertrocknet. Am anderen Ufer stiegen wir ab und gaben den Pferden Wasser aus den Schläuchen. Als Eimer wurde Will Langes Hut benutzt. Das mitgenommene Gras wurde von den Tieren schnell gefressen.

Dann ging es nach einer halbstündigen Rast wieder vorwärts nach dem Elm-Creek, unserem letzten Ziel. Auf dieser letzten Strecke zeigte sich, daß die Pferde ermüdet waren. Die kurze Rast hatte sie nur wenig gestärkt, und wir mußten im Schritt reiten.

Es wurde Mittag. Die Sonne brannte mit fast versengender Glut hernieder, und der Sand war heiß und so tief, daß die Pferde darin förmlich wateten. Das erschwerte das Vorwärtskommen. Gegen zwei Uhr stiegen wir abermals ab, um den Pferden den Rest des Wassers zu geben. Wir selbst tranken nicht. Old Death war der Meinung, daß wir den Durst viel leichter als sie ertragen könnten, die uns durch diesen Sand zu schleppen hätten.

»Übrigens«, fügte er schmunzelnd hinzu, »habt ihr Euch brav gehalten. Ihr wißt gar nicht, welche Strecken wir zurückgelegt haben. Ich sagte, daß wir erst am Abend am Elm-Creek sein wollten, aber wir werden ihn bereits nach zwei Stunden erreichen. Das ist ein Stückchen, das uns nicht leicht einer mit solchen Pferden nachmachen wird, zumal es unter uns einen gibt, der auf dem Pferd sitzt wie eine Wäscheklammer auf der Leine.«

Er meinte mich, und er hatte recht. Meine Haltung war nichts weniger als elegant oder malerisch zu nennen. Ich hielt die Beine weit vom Pferd ab und fühlte eine Art krampfhafter Ergebung, in der mir schließlich alles gleichgültig war. Es war mir jetzt klar bewußt, wie recht gestern Old Death gehabt hatte, als er behauptete, daß im Westen von Poesie keine Rede sei. Nun bog der Alte ein wenig von der westlichen Richtung nach Süden ab.

»Ein wahres Wunder ist es«, erklärte er, »daß wir noch nicht auf die Fährte eines Comanchen gekommen sind. Sie haben sich jedenfalls mehr zum Fluß hingezogen. Welch eine Dummheit von ihnen, so lange Zeit nach dem entkommenen Apachen zu suchen. Wären sie stracks über den Rio Grande hinüber, so hätten sie die Apachen überrascht.«

»Sie werden sich sagen, daß sie das auch jetzt noch tun können«, meinte Lange, »denn wenn Winnetou mit dem Verwundeten nicht glücklich hinübergekommen ist, so haben die Apachen keine Ahnung, daß die verräterischen Comanchen ihnen so nahe sind.«

»Hm! Das ist nicht so ganz unrichtig, Sir! Grad der Umstand, daß wir keine Comanchen sehen, macht mich für Winnetou besorgt. Sie schwärmen nicht mehr, sondern sie scheinen sich zusammengezogen zu haben. Das ist ein für die beiden Apachen sehr ungünstiges Zeichen. Vielleicht sind sie ergriffen worden.«

»Was wäre in diesem Fall das Schicksal Winnetous?«

»Das entsetzlichste, was sich nur denken läßt. Er würde nicht etwa getötet oder während des Kriegszuges gemartert. Nein. Den berühmtesten Häuptling der Apachen gefangen zu haben, wäre für die Comanchen ein noch nie dagewesenes Ereignis, das in würdiger, das heißt fürchterlicher Weise gefeiert werden müßte. Er würde unter sicherer Bedeckung heimgeschafft, nach den Weideplätzen der Comanchen, wo nur die Frauen, Knaben und Alten zurückgeblieben sind. Dort würde er außerordentlich gut gepflegt, so daß ihm nichts als die Freiheit fehlte. Die Frauen würden ihm jeden erfüllbaren Wunsch an den Augen ablesen. Wenn Ihr aber meint, daß es höchst freundlich von ihnen sei, den Gefangenen so gut zu pflegen, so irrt Ihr Euch ungeheuer. Man will den Gefangenen nur kräftigen, damit er später die Qualen so lange wie möglich zu ertragen vermag und nicht gleich bei der ersten Marter stirbt. Ich sage Euch, Winnetou müßte sterben, aber nicht schnell, nicht in einer Stunde, an einem Tage. Man würde seinen Körper mit wahrhaft wissenschaftlicher Vorsicht nach und nach zerfleischen, so daß viele Tage vergehen könnten, ehe der Tod ihn erlöst. Das ist ein einem Häuptling würdiger Tod, und ich bin überzeugt, daß er bei all den ausgesuchten Qualen nicht eine Miene verziehen, sondern vielmehr seine Henker verspotten und verlachen würde. Es ist mir wirklich bange um ihn, und ich sage Euch aufrichtig, daß ich gegebenenfalls mein Leben wagen würde, ihn aus diesen Händen zu erretten. Jedenfalls haben wir die Comanchen da westlich vor uns. Wir reiten etwas südlich ab, um zu meinem alten Freund zu kommen, von dem wir vielleicht erfahren werden, wie es am Rio Grande steht. Wir bleiben die Nacht bei ihm.«

»Werden wir willkommen sein?«

»Ganz selbstverständlich! Sonst würde ich ihn gar nicht als Freund bezeichnen. Er ist ein Viehzüchter, ein echter Mexikaner von unverfälschter spanischer Abkunft. Einer seiner Ahnen ist einmal von irgendwem zum Ritter geschlagen worden. Also bezeichnet auch er sich als einen Caballero, einen Ritter. Darum hat er auch seinem Gut den wohlklingenden Namen Estancia del Caballero gegeben. Ihn selbst habt Ihr Señor Atanasio zu nennen.«

Nach diesen Erklärungen ging es wieder schweigend weiter. Unsere Pferde wieder in Galopp zu bringen gelang uns nicht, sie sanken fast bis an die Knie in den Sand. Nach und nach aber nahm ihre Mattigkeit ab. Um ungefähr vier Uhr nachmittags begrüßten wir das erste Gräschen. Dann kamen wir über die Prärie, auf der berittene Vaqueros* ihre Pferde, Rinder und Schafe bewachten. Unsere Tiere bekamen neues Leben; sie fielen von selbst in schnelleren Gang. Bäume erhoben sich vor uns, und endlich sahen wir etwas Weißes aus dem Grün uns entgegenschimmern.

»Das ist die Estancia del Caballero«, sagte Old Death. »Ein ganz eigenartiges Bauwerk, genau nach dem Stil der Moqui- und Zuni-Bauten errichtet, die reine Festung, was in dieser Gegend sehr notwendig ist.« Wir kamen näher an das Gebäude und konnten nun die Einzelheiten erkennen. Eine doppelt mannshohe Mauer zog sich um das Gebäude. Sie war mit einem hohen, breiten Tor versehen, vor dem eine Brücke über einen tiefen, jetzt aber wasserleeren Graben führte. Das Gebäude hatte kubische Gestalt. Das Erdgeschoß konnten wir nicht sehen, da es von der Mauer vollständig verdeckt wurde. Das Stockwerk trat davon zurück, so daß rundum Raum zu einer Galerie verblieb, die mit

* Vaquero: Hirt.

weißem Zeltleinen überdeckt war. Von einem Fenster bemerkten wir nichts. Auf diesem würfelförmigen Stockwerk lag ein zweites von derselben Form. Seine Grundfläche war wieder kleiner als die des vorhergehenden, so daß abermals eine Galerie entstand, die durch Leinwand geschützt wurde. Die Mauern waren weiß angestrichen; die Leinwand hatte dieselbe Farbe, weshalb das Gebäude weit hinaus in die Ferne leuchtete. Erst als wir näher kamen, bemerkten wir an jedem Stockwerk rundum laufende Reihen schmaler, schießschartenähnlicher Maueröffnungen, die als Fenster dienen mochten.

»Schöner Palast!« lächelte Old Death. »Werdet Euch über die Einrichtung wundern. Möchte den Indianerhäuptling sehen, der sich einbildet, dieses Haus erstürmen zu wollen!«

Nun ritten wir über die Brücke an das Tor, in dem eine kleine Öffnung angebracht war. An der Seite hing eine Glocke, so groß wie ein Menschenkopf. Old Death läutete sie. Man konnte den Ton wohl über eine halbe Stunde weit hören.

Bald darauf erschienen eine Indianernase und zwei wulstige Lippen an dem Loch. Zwischen den letzteren heraus ertönte es in spanischer Sprache: »Wer ist da?«

»Freunde des Hausherrn«, antwortete der Scout. »Ist Señor Atanasio zu Hause?«

Die Nase und der Mund senkten sich tiefer, zwei dunkle Augen schauten heraus, und dann hörten wir die Worte: »Welche Freude! Señor Death! Euch lasse ich natürlich sofort herein. Kommt, Señores! Ich werde Euch melden.«

Wir hörten einen Riegel gehen; dann öffnete sich das Tor,

und wir ritten ein. Der Mann, der uns geöffnet hatte, war ein dicker, ganz in weißes Leinen gekleideter Indianer, einer von den »Indios fideles«, den gläubigen Indianern also, die sich im Gegensatz zu den »Indios bravos« mit der Zivilisation friedlich abgefunden haben. Er schloß das Tor, machte eine tiefe Verneigung, schritt dann gravitätisch über den Hof und zog dort an einem an der Mauer herabhängenden Draht.

»Wir haben Zeit, das Haus zu umreiten«, sagte Old Death. »Kommt mit, Euch das Bauwerk zu betrachten.«

Erst jetzt konnten wir das Erdgeschoß sehen. Auch an diesem zog sich eine Reihe kleiner Schießscharten rund um die vier Seiten. Das Gebäude stand in einem Hof, der ziemlich breit und nicht gepflastert, sondern mit Gras bewachsen war. Außer den Schießscharten war kein Fenster zu sehen, und zu meinem Erstaunen gab es auch keine Tür. Wir umritten das ganze Haus und kamen wieder an der vorderen Seite an, ohne eine Tür gefunden zu haben. Der Indianer stand noch wartend da.

»Aber wie kommt man denn in das Innere des Gebäudes?« fragte ich.

»Werdet es gleich sehen!« antwortete Old Death.

Da beugte sich von der auf dem Erdgeschoß befindlichen Galerie ein Mann herab, um nachzusehen, wer unten sei. Als er den Indianer sah, verschwand sein Kopf wieder, und dann wurde eine schmale, leiterähnliche Treppe herabgelassen, an der wir emporsteigen mußten.

Wer nun der Ansicht gewesen wäre, daß es hier im ersten Stock wenigstens eine Tür gäbe, der hätte sich geirrt. Oben auf dem zweiten Geschoß stand wieder ein Diener, auch in Weiß gekleidet, der von da oben eine zweite Leiter herabließ, auf der wir auf der Höhe des Hauses ankamen. Diese Plattform bestand aus mit Sand bedecktem Zinkblech. In der Mitte befand sich ein viereckiges Loch, das die Mündung einer in das Innere führenden Treppe bildete.

»So wurden bereits vor Jahrhunderten die jetzigen indianischen Pueblos gebaut«, erklärte Old Death. »Niemand kann in den Hof. Und wenn es einem Feind gelingen sollte, über die Mauer zu kommen, so ist die Treppe emporgezogen, und er steht vor der türlosen Mauer. In friedlichen Zeiten freilich kann man auch ohne Tor und Treppen herein- und herauskommen, indem man sich auf das Pferd stellt und über die Mauer und auf die Galerie klettert. In Kriegszeiten aber möchte ich es keinem raten, dieses Experiment zu versuchen, denn man kann von dieser Plattform und der Galerie aus, wie Ihr seht, die Mauer, das vor ihr liegende Gebäude und auch den Hof mit den Kugeln bestreichen. Señor Atanasio wird an die zwanzig Vaqueros, Peóns* und Diener haben, von denen jeder ein Gewehr besitzt. Wenn zwanzig solcher Leute hier oben ständen, müßten Hunderte von Indianern sterben, bevor der erste von ihnen über die Mauer käme. Diese Bauart ist hier an der Grenze von großem Vorteil, und der Estanciero hat nicht nur eine Belagerung ausgehalten und glücklich abgewehrt.«

Man konnte von der Höhe des Hauses weit nach allen Seiten sehen. Ich bemerkte, daß hinter dem Haus, gar nicht

---

* Peón: Knecht im Tagelöhnerverhältnis.

weit entfernt, der Elm-Creek vorüberfloß. Er hatte schönes, klares Wasser, und es war kein Wunder, daß er Fruchtbarkeit nach beiden Seiten verbreitete.

Wir stiegen, von einem Diener geführt, die Treppe hinab und gelangten da auf einen langen, schmalen Korridor, der vorn und hinten durch je zwei Schießscharten erleuchtet wurde. Zu beiden Seiten mündeten Türen. Am hinteren Ende ging eine Treppe in das Erdgeschoß hinab. Um vom Hof aus dorthin zu gelangen, mußte man also außen am Gebäude zwei Treppen hinauf- und im Innern wieder zwei Treppen hinabsteigen. Das erschien mir sehr umständlich, war aber in den Verhältnissen der Gegend wohlbegründet. Der Diener verschwand hinter einer Tür und kehrte erst nach einiger Zeit zurück, um zu melden, daß Señor Capitano de Caballeria uns erwarte.

Während dieser Wartezeit hatte Old Death uns aufmerksam gemacht: »Nehmt es meinem alten Señor Atanasio nicht übel, wenn er Euch ein wenig förmlich empfängt. Der Spanier liebt die Etikette, und der von ihm abstammende Mexikaner hat das behalten. Wäre ich allein gekommen, so wäre er mir längst entgegengeeilt. Da aber andere dabei sind, gibt es jedenfalls einen Staatsempfang. Lächelt ja nicht, wenn er etwa in Uniform erscheint! Er bekleidete in seinen jungen Jahren den Rang eines mexikanischen Rittmeisters und zeigt sich noch heutigen Tages gern in seiner alten, längst antik gewordenen Uniform. Im übrigen ist er ein Prachtkerl.«

Señor Atanasio

Jetzt kam der Diener, und wir traten in ein wohltuend kühles Gemach, dessen einst kostbares Mobiliar jetzt vollständig verblichen war. Drei halbverschleierte Schießscharten verbreiteten ein gedämpftes Licht. Inmitten des Zimmers stand ein langer, hagerer Herr mit schneeweißem Haar und Schnurrbart. Er trug eine rote, mit breiten Goldborten besetzte Hose, hohe Reiterstiefel aus blitzendem Glanzleder mit Sporen, deren Räder die Größe eines silbernen Fünfmarkstückes* hatten. Der Uniformfrack war blau und reich mit goldenen Bruststreifen verziert. Die goldenen Epauletten deuteten auf den Rang nicht eines Rittmeisters, sondern eines Generals. An der Seite hing ihm ein Säbel in stählerner Scheide, deren Schnallenhalter vergoldet waren. In der Linken hielt er einen Dreispitzhut, dessen Spitzen von goldenen Raupen strotzten; an der Seite war eine schillernde Agraffe befestigt, die einen bunten Federstutz trug. Das sah aus wie Maskerade. Aber wenn man in das alte, ernste Gesicht und das noch frische, gütig blickende Auge sah, konnte man es nicht über das Herz bringen, heimlich zu lächeln.

---

* Ein kurioser Anachronismus: Zu der Zeit, als Karl May diesen Text schrieb (1888), gab es Fünfmarkstücke, nicht jedoch zur Handlungszeit dieses Romans.

Als wir eingetreten waren, schlug er die Absätze sporenklirrend zusammen, richtete sich stramm empor und sagte: »Guten Tag, meine Herren! Ihr seid sehr willkommen!«

Das klang sehr steif. Wir anderen verbeugten uns stumm. Old Death antwortete ihm in englischer Sprache: »Wir danken, Señor Capitano de Caballeria! Da wir uns in dieser Gegend befanden, wollte ich meinen Begleitern gern die ehrenvolle Gelegenheit geben, Euch, den tapferen Streiter für Mexikos Unabhängigkeit, kennenzulernen. Gestattet, sie Euch vorzustellen!«

Bei diesen schmeichelhaften Worten ging ein befriedigtes Lächeln über das Gesicht des alten Offiziers.

Old Death nannte unsere Namen, und der Caballero reichte jedem von uns, sogar dem Neger, die Hand und lud uns dann zum Sitzen ein. Der Scout fragte nach Señora und Señorita, worauf Don Atanasio sofort eine Tür öffnete und die beiden schon bereitstehenden Damen eintreten ließ. Die Señora war eine sehr schöne, freundlich dreinschauende Matrone, die Señorita ein liebliches Mädchen, ihre Enkelin, wie wir später erfuhren. Beide waren ganz in schwarze Seide gekleidet, als ob sie soeben im Begriff gestanden hätten, bei Hof zu erscheinen.

Old Death mochte nur vor Uniformen Respekt haben. Er eilte auf die Damen zu und schüttelte ihnen die Hände so herzhaft, daß mir bange wurde. Die beiden Langes versuchten, eine Verbeugung zustande zu bringen. Sam grinste übers ganze Gesicht und rief: »O Missis, Missus, wie schön, wie Seide!«

Ich aber glänzte über sie alle hinaus. Bereits beim Absteigen vom Pferd war es mir schwer geworden, auf den Erdboden zu kommen. Meine Beine waren steif und schwerfällig, so daß mir schon das Treppensteigen sehr schwer geworden war. Jede Bewegung, durch die die Lederhose in Mitwirkung gezogen wurde, verursachte mir Schmerzen, und nun sollte ich zwei in rauschende Seide gekleidete Damen begrüßen! Ich nahm mir vor, wie ein echter Vollblutindianer allen Schmerz zu verbeißen, trat auf die Señora zu, nahm ihre Hand auf die Spitzen meiner Finger, verbeugte mich, wie ich meinte, mit überwältigender Eleganz und zog sie an die Lippen. Die Dame ahnte nicht, daß ich dabei die Zähne zusammenbeißen mußte. Sie nahm meine Höflichkeit so wohlwollend auf, daß sie mir ihre Wange darreichte, um auf derselben den »Beso de cortesia«, den Ehrenkuß, zu empfangen, was eine große Auszeichnung für mich war. Ganz dasselbe wiederholte sich bei der Señorita. Nun wurde wieder Platz genommen. Natürlich kam die Rede sofort auf den Zweck unseres Rittes. Wir erzählten das, was wir für nötig hielten, auch unser Zusammentreffen mit den Comanchen. Die Herrschaften hörten uns mit größter Aufmerksamkeit zu, und ich bemerkte, daß sie einander bezeichnende Blicke zuwarfen. Als wir geendet hatten, bat Señor Atanasio um eine Beschreibung der beiden Männer, die wir suchten. Ich zog die Fotografien hervor und zeigte sie ihnen. Kaum hatten sie diese gesehen, so rief die Señora: »Sie sind es, sie sind es! Ganz gewiß! Nicht wahr, lieber Atanasio?«

»Ja«, stimmte der Caballero bei, »sie sind es wirklich. Señores, die Männer waren in vergangener Nacht bei mir.«

»Wann kamen und wann gingen sie?«

»Sie kamen spät des Nachts und waren ganz ermüdet. Einer meiner Vaqueros hatte sie getroffen und brachte sie mir. Sie schliefen sehr lang und erwachten erst nach der Mittagszeit. Es ist drei Stunden her, daß sie fort sind.«

»Schön! So holen wir sie morgen sicher ein. Wir werden ihre Spur jedenfalls finden.«

»Gewiß, Señor, werdet Ihr das. Sie wollten von hier aus in Richtung Rio Grande, um diesen oberhalb des Eagle-Passes, ungefähr zwischen dem Rio Moral und dem Rio las Moras zu überschreiten. Übrigens werden wir noch von ihnen hören. Ich habe ihnen einige Vaqueros nachgeschickt, die Euch ganz genau sagen werden, wohin sie geritten sind.«

»Warum habt Ihr ihnen diese Leute nachsenden müssen?«

»Weil diese Menschen mir meine Gastfreundschaft mit Undank belohnt haben. Sie haben mir, als sie fortgeritten sind, den Vaquero einer Pferdetruppe mit einer fingierten Botschaft gesandt und während seiner Abwesenheit sechs Pferde gestohlen, mit denen sie eiligst fort sind.«

»Schändlich! So waren die beiden Männer nicht allein?«

»Nein. Es war eine Schar verkleideter Truppen bei ihnen, die angeworbene Rekruten nach Mexiko zu bringen hatten.«

»So glaube ich nicht, daß Eure Leute die Pferde wiederbringen werden. Sie sind zu schwach gegen diese Diebe.«

»O, meine Vaqueros wissen ihre Waffen zu gebrauchen, und ich habe die energischsten Kerls ausgewählt.«

»Haben Gibson und William Ohlert von ihren Verhältnissen und Plänen gesprochen?«

»Kein Wort. Der eine war sehr lustig und der andere sehr schweigsam. Ich schenkte ihnen alles Vertrauen. Ich wurde gebeten, ihnen die Einrichtung meines Hauses zu zeigen, und da haben sie sogar den verwundeten Indianer gesehen, den ich vor jedermann verstecke.«

»Ein verwundeter Roter? Wer ist er, und wie kommt Ihr zu ihm?«

Der Caballero ließ ein überlegenes Lächeln sehen und antwortete: »Ja, das ist sehr interessant für Euch, Señores! Ich beherberge nämlich den Unterhändler der Apachen, von dem Ihr vorhin erzähltet, den Winnetou droben am Rio Leona verbunden hat. Er ist der alte Häuptling Inda-nischo.«

»Inda-nischo, der ›Gute Mann‹, der diesen Namen mit Recht trägt! Der älteste, klügste, friedliebendste Häuptling der Apachen! Den muß ich sehen.«

»Ich werde ihn Euch zeigen. Er kam in einem sehr schlimmen Zustand bei mir an. Ihr müßt wissen, daß der berühmte Winnetou mich kennt und stets bei mir einkehrt, wenn er in diese Gegend kommt, denn er weiß, daß er mir vertrauen darf. Er hatte von Fort Inge aus den anderen Häuptling eingeholt. Dieser hatte eine Kugel in den Arm und eine zweite in den Schenkel bekommen. Am Rio Leona hat Winnetou ihn verbunden; dann sind sie sofort wieder aufgebrochen. Aber den alten, verletzten Mann hat das Wundfieber gewaltig gepackt, und die Comanchen sind quer durch die Wüste geschwärmt, um ihn aufzufangen. Wie Winnetou es fertig gebracht hat, ihn trotz dieser Hindernisse bis hierher zu meiner Estancia zu bringen, das ist mir noch jetzt ein Rätsel; so etwas kann eben nur Winnetou leisten. Aber hier ging es nicht weiter, denn Inda-nischo hatte sich nicht mehr im Sattel halten können, so schwach war er gewesen und so hatte ihn das Fieber geschüttelt. Er hatte sehr viel Blut verloren und ist über siebzig Jahre alt.«

»Man sollte es nicht für möglich halten! Von Fort Inge bis hierher bei solchen Wunden im Sattel zu bleiben! Der Weg, den sie geritten sind, beträgt mehr als hundertsechzig englische Meilen. Bei so einem Alter kann das nur ein Roter aushalten. Bitte, weiter!«

»Er kam des Abends hier an und läutete. Ich ging selbst hinab und erkannte Winnetou. Er erzählte mir alles und bat mich, seinen roten Bruder in Schutz zu nehmen, bis er abgeholt werde; er selbst müsse schleunigst über den Rio Grande, um seine Stämme von dem Verrat und der Annäherung der Comanchen zu benachrichtigen. Er sagte, wenn es ihm gelungen sei, mit dem Verwundeten den Feinden zu entwischen, so reiche seine List und Kühnheit nun auch aus, die Apachen zu erreichen. Ich gab ihm meine beiden besten Vaqueros mit, um zu erfahren, ob es ihm gelingen werde, durchzukommen. Sie sollten ihn begleiten und mir dann Nachricht bringen.«

»Nun«, fragte Old Death gespannt. »Ist er dann hinüber?«

»Ja. Und das hat mich außerordentlich beruhigt. Er ist sehr klug gewesen und nicht oberhalb des Rio Moral, wo die Comanchen stehen, sondern unterhalb über den Rio Grande gegangen. Freilich gibt es dort keine Furt; der Fluß ist sehr reißend, und es ist ein lebensgefährliches Wagnis, hindurch zu schwimmen. Trotzdem sind meine Vaqueros mit ihm hinüber und haben ihn noch so weit begleitet, bis sie Sicherheit hatten, daß er den Comanchen nicht mehr begegnen würde. Nun hat er die Apachen benachrichtigt, und diese werden die Feinde richtig empfangen. Jetzt aber kommt mit zu dem alten Häuptling, wenn es Euch recht ist, Señores.«

Alle standen auf. Auch ich mußte mich von meinem Stuhl trennen – leider! Ich fuhr mit einem einzigen verzweifelten Ruck empor und verabschiedete mich von den Damen mit einer Verbeugung, die, wie ich gar wohl fühlte, von einem schmerzlichen Zucken meines Gesichtes begleitet war.

Unten angekommen, befanden wir uns in einem ganz ähnlichen Korridor wie oben. Wir traten durch die hinterste Tür.

Da lag in einem sehr kühlen Raum der alte Häuptling. Das Fieber hatte nachgelassen, aber er war so schwach, daß er kaum sprechen konnte. Die Augen lagen tief in ihren Höhlen, und die Wangen waren eingefallen. Einen Arzt gab es nicht; aber der Caballero sagte, Winnetou sei ein Meister in der Behandlung von Wunden. Er habe heilsame Kräuter aufgelegt und streng verboten, die Verbände zu öffnen. Sobald das Wundfieber vorüber sei, habe man nichts mehr für das Leben des Kranken zu befürchten, für den nur der starke Blutverlust und das Fieber gefährlich seien. Als wir die Tür wieder hinter uns und die Treppe vor uns hatten, stieß ich unwillkürlich einen lauten Seufzer aus. Der Haziendero blieb stehen und fragte: »Fehlt Euch etwas, Señor? Das war ein sehr schweres Atemholen.«

Ich fühlte, daß ich errötete. Ohne daß ich es wollte, schweifte mein Blick die Treppe empor. Old Death erriet, was mich so tief bewegte. Er sagte lachend: »Mein junger Freund hat Angst vor dieser Treppe. Er ist das Reiten nicht gewöhnt, und wir haben nun in einer Tour über vierhundert Meilen zurückgelegt. Da ist es kein Wunder, wenn das Treppensteigen Qualen verursacht.«

»Mut gefaßt!« meinte Don Antanasio. »Da soll Euch gleich geholfen werden, lieber Freund. Lassen wir einstweilen das Treppensteigen und nehmt ein Bad.«

Das war mir sehr lieb, denn meine Schenkel schmerzten sehr. Er führte mich durch zwei verborgene Türen auf den Hof; die beiden stiegen wieder hinauf. Ich ahnte nicht, wie wichtig es in kurzer Zeit werden sollte, daß der Estanciero uns die beiden Türen gezeigt und mir den guten Rat, mich zu baden, gegeben hatte. Als die beiden die erste Galerie erreicht hatten, stieß der Caballero einen Ruf aus und kam eilends wieder herabgestiegen. Er mußte jemand draußen gesehen haben, denn er ging nach dem Tor, um es zu öffnen. Als ich hinausblickte, sah ich fünf Reiter im Galopp nahen, die dann über die Brücke herein in den Hof kamen. Sie waren prächtige, kraftvolle Gestalten, die Leute, die Don Atanasio den Pferdedieben nachgeschickt hatte.

»Nun?« fragte er. »Ihr habt die Pferde nicht?«

»Nein«, antwortete einer. »Wir waren ihnen bereits ganz nahe. Sie hatten unseren Fluß eben überschritten, und wir sahen aus den Spuren, daß wir sie in einer Viertelstunde einholen mußten. Da aber kamen wir plötzlich auf eine Fährte von vielen Pferden, die von rechts her mit der ihrigen zusammenfiel. Sie waren also mit den Comanchen zusammengestoßen. Wir folgten ihnen nach, und bald sahen wir alle vor uns. Es waren weit über fünfhundert Comanchen, und an eine solche Übermacht konnten wir uns nicht wagen.«

»Ganz recht. Das Leben sollt Ihr nicht an einige Pferde setzen. Haben die Comanchen die Weißen freundlich behandelt?«

»Um das zu erkennen, konnten wir nicht weit genug an sie heran.«

»Wie ritten sie?«

»Gegen den Rio Grande.«

»Also von hier aus vorwärts. So haben wir nichts zu fürchten. Es ist gut. Geht zu Euren Herden.«

Er stieg ruhig die Treppe empor, und bald kam ein Peón herab, der mich bat, mit ihm zu kommen. Er führte mich zum Tor hinaus und an den Fluß. Oberhalb der Estancia war eine Furt, wie man an den Brechungswellen des Wassers sah. Unterhalb dieser Furt aber war der Strom sehr tief. Da blieb der Peón stehen. Er hatte einen weißleinenen Anzug auf dem Arm und eine Flasche in der Hand.

»Hier, Señor«, sagte er. »Das wird für Euch gut sein. Wenn Ihr gebadet habt, zieht Ihr statt der ledernen Hose diese leinene an. Die Kleidungsstücke, die Ihr jetzt ablegt, kann ich gleich mitnehmen. Wenn Ihr das Bad beendet habt, so läutet die Glocke; man wird Euch öffnen.«

Er entfernte sich mit meinen Kleidern, und ich sprang in das Wasser. Nach der Hitze des Tages und der Anstrengung des Rittes war es eine wahre Wonne, im tiefen Strom zu tauchen und zu schwimmen.

Wohl über eine halbe Stunde war ich im Wasser gewesen, als ich es endlich verließ, um dem Rat des Peóns gemäß die Flasche zu gebrauchen und dann den leinenen Anzug anzulegen.

Eben war ich damit fertig, als mein Blick auf das gegenüberliegende Ufer fiel. Zwischen die Bäume hindurch konnte ich von meiner Stelle aus nach aufwärts blicken, wo der Fluß eine Krümmung machte. Da sah ich eine lange Schlange von Reitern kommen, einer hinter dem anderen, wie die Indianer gern reiten. Schnell rannte ich nach dem Tor und läutete. Der Peón, der auf mich gewartet hatte, öffnete.

»Schnell zum Caballero!« sagte ich. »Indianer kommen von jenseits des Flusses auf die Estancia zu.«

»Wie viele?«

»Wohl über fünfzig.«

Der Mann war bei meinen ersten Worten sichtlich erschrocken; als ich ihm jetzt diese Zahl nannte, nahm sein Gesicht einen beruhigteren Ausdruck an.

»Nicht mehr?« fragte er. »Nun, da haben wir ja nichts zu befürchten. Mit fünfzig und auch noch mehr Roten nehmen wir es schon noch auf, Señor. Wir sind jederzeit auf so einen Besuch vorbereitet. Ich kann nicht hinauf zum Caballero, denn ich muß den Vaqueros augenblicklich Nachricht bringen. Hier habt Ihr Eure Sachen wieder, die ich doch nicht mitnehmen kann. Riegelt hinter mir das Tor zu, und eilt zu Señor Atanasio. Zieht aber hinter Euch die Treppen empor!«

»Wie steht es mit unseren Pferden? Sind sie in Sicherheit?«

»Ja, Señor. Wir haben sie hinaus zu den Vaqueros geschafft, damit sie weiden können. Das Lederzeug aber wurde ins Haus getragen. Die Tiere können Euch nicht genommen werden.«

Jetzt eilte er fort. Ich schloß hinter ihm das Tor und stieg die beiden Treppen hinauf, die ich natürlich hinter mir emporzog. Eben als ich auf die Plattform kam, sah ich Señor Atanasio mit Old Death aus dem Innern des Hauses kommen. Der alte Offizier erschrak nicht im mindesten, als ich ihm die Ankunft der Indianer und ihre Anzahl meldete. Er fragte mich sehr ruhig: »Zu welchem Stamm gehören sie?«

»Das weiß ich nicht. Ich konnte die Bemalung der Gesichter nicht erkennen.«

»Nun, wir werden es bald sehen. Entweder sind es Apachen, die Winnetou getroffen und abgeschickt hat, den verwundeten Häuptling zu holen, oder es sind Comanchen. In diesem Fall hätten wir es wohl nur mit einem Spähtrupp zu tun, der uns fragen will, ob wir vielleicht Apachen gesehen haben. Sie werden sofort wieder fortreiten, wenn sie unsere Antwort erhalten haben.«

»Sie scheinen mir aber doch feindliche Absichten zu haben«, sagte Old Death. »Ich gebe Euch den Rat, so schnell wie möglich die Maßregeln der Abwehr zu treffen.«

»Das ist bereits geschehen. Jeder meiner Leute weiß, was er in einem solchen Fall zu tun hat. Seht, da draußen rennt der Peón zu den nächsten Pferden. Er wird eines besteigen, um die Vaqueros zu benachrichtigen. In höchstens zehn Minuten haben sie die Herden zusammengetrieben. Zwei von ihnen bleiben bei den Tieren, um diese zu bewachen. Die anderen machen Front gegen die Roten. Ihre Lassos sind gefährliche Waffen, denn ein Vaquero ist weit geübter als ein Indianer. Ihre Büchsen tragen weiter als die Bogen oder alten Gewehre der Wilden. Sie haben sich vor fünfzig Indianern nicht zu fürchten. Und wir hier auf der Estancia sind ja geschützt. Kein Roter kommt über die Mauer. Übrigens darf ich doch auf Euch zählen. Ihr seid mit dem Schwarzen fünf wohlbewaffnete Männer. Dazu komme ich mit acht Peóns, die sich im Gebäude befinden, macht in Summe vierzehn Mann. Da möchte ich die Indios sehen, denen es gelingen könnte, das Tor zu sprengen. O nein, Señor! Die Roten werden ganz friedlich die Glocke läuten, ihre Erkundigung an den Mann bringen und sich dann wieder entfernen.

Wenn der Kundschafter vierzehn gut bewehrte Männer hier oben stehen sieht, so wird er Respekt bekommen. Die Sache ist vollständig ungefährlich.«

Old Deaths Gesicht drückte seinen Zweifel aus. Er schüttelte den Kopf und sagte: »Ich habe da einen Gedanken, der mir bedenklich erscheint. Ich bin überzeugt, daß wir es nicht mit Apachen, sondern mit Comanchen zu tun haben. Was wollen sie hier? Eine bloße Erkundigung kann sie nicht herführen, denn befände sich ein Trupp feindlicher Apachen hier, so müßten das die Spuren ausweisen. Dazu brauchte man nicht hier Nachfrage zu halten. Nein, die Bande hat einen ganz bestimmten Grund, grad hierher zu Euch zu kommen, Señor, und das ist der verwundete Häuptling, der sich bei Euch befindet.«

»Von ihm wissen sie ja nichts! Wer soll es ihnen gesagt haben?«

»Gibson, eben der Mann, den wir verfolgen und der bei Euch gewesen ist. Ihr habt ihm ja den Apachen gezeigt. Er hat ihn den Comanchen verraten, um sich den Stamm geneigt zu machen. Wenn das nicht stimmt, so will ich keinen Augenblick länger Old Death genannt werden, Señor. Oder zweifelt Ihr daran?«

»Es ist möglich. In diesem Fall werden die Comanchen uns zwingen wollen, den Verwundeten auszuliefern.«

»Allerdings. Werdet Ihr es etwa tun?«

»Auf keinen Fall! Winnetou ist mein Freund. Er hat mir Inda-nischo anvertraut, und ich will dieses Vertrauen nicht mißbrauchen. Die Comanchen werden den Verwundeten nicht bekommen. Wir wehren uns!«

»Das bringt Euch in die allergrößte Gefahr. Zwar wird es uns gelingen, die Fünfzig abzuwehren; aber sie werden um das Zehnfache verstärkt zurückkehren, und dann seid Ihr verloren.«

»Das steht in Gottes Hand. Mein Winnetou gegebenes Wort werde ich auf alle Fälle halten.«

Da streckte Old Death Don Antanasio die Hand entgegen und sagte: »Ihr seid ein Ehrenmann, und Ihr sollt auf unsere Hilfe rechnen dürfen. Der Anführer der Comanchen ist mein Freund. Vielleicht gelingt es mir dadurch, den Schlag von Euch abzuwenden. Habt Ihr Gibson die geheimen Türen in den Mauern etwa auch gezeigt?«

»Nein, Señor.«

»Das ist sehr gut. Solange die Roten diese Eingänge nicht kennen, werden wir uns ihrer erwehren können. Nun kommt herab, damit wir die Waffen holen.«

Die Comanchen greifen an

Während meiner Abwesenheit waren meinen Gefährten Zimmer angewiesen worden, in die man ihre und auch meine Habseligkeiten geschafft hatte. Dahin gingen wir.

Der Raum, der für mich bestimmt war, lag an der Vorderseite des Hauses und bekam sein Licht durch zwei der erwähnten Schießscharten. Dort hing mein Gewehr.

Als ich es von der Wand nehmen wollte, fiel mein Blick hinaus in das Freie, und ich sah die Indianer unter den Bäumen hervorkommen, da, wo oberhalb des Gebäudes die Furt war. Sie hatten diese durchritten und kamen nun im Galopp auf das Gebäude zu, nicht heulend, wie es sonst ihre Gewohnheit ist, sondern in heimtückischer Stille, die mir bedrohlich erschien. Es waren Comanchen, wie ich an den Farben der bemalten Gesichter erkannte.

Im Nu hielten sie draußen an der Mauer, die so hoch war, daß man die Reiter nun nicht mehr sehen konnte. Sie waren mit Lanzen, Bogen und Pfeilen bewaffnet. Nur der Vorreiter, der wahrscheinlich der Anführer war, hatte eine Flinte in der Hand. Einige von ihnen hatten lange Gegenstände hinter ihren Pferden hergeschleift. Ich hielt sie in meiner Unerfahrenheit für Zeltstangen, mußte aber sehr bald einsehen, daß ich mich geirrt hatte. Natürlich verließ ich sofort mein Stübchen, um die anderen zu benachrichtigen. Als ich in den Korridor trat, kam mir Old Death aus dem mir gegenüberliegenden Raum entgegen.

»Achtung!« schrie er. »Sie kommen über die Mauer. Sie haben sich junge Bäume als Leitern mitgebracht. Schnell auf die Plattform!«

Aber das ging gar nicht so rasch, wie er es wünschte. Die Peóns befanden sich ein Stockwerk tiefer als wir, wo die Dienerschaft gewöhnlich ihren Aufenthaltsort hatte. Auch wir beide wurden verhindert, schnell empor zu steigen, denn zugleich mit dem Caballero traten dessen beide Damen auf den Korridor heraus und bestürmten uns mit den Ausdrücken ihrer Angst vor dem Überfall. Wohl über zwei Minuten verflossen, bevor wir die Treppe hinter uns hatten, in einer solchen Lage eine kostbare Zeit. Die böse Folge des Zeitverlustes zeigte sich sofort, als wir auf die Plattform gelangten, denn da schwang sich bereits der erste der Indianer über ihren Rand. Ihm folgte schnell ein zweiter, dritter, vierter. Wir hatten unsere Waffen in den Händen, konnten ihnen aber nun den Zutritt nicht mehr verwehren, wenn wir sie nicht geradezu niederschießen wollten.

»Richtet die Gewehre auf sie! Laßt sie nicht heran!« gebot Old Death. »Wir müssen vor allen Dingen Zeit gewinnen.«

Ich zählte zweiundfünfzig Rote, von denen bis jetzt kein einziger einen Laut ausgestoßen hatte. Wir waren von ihnen vollständig überrumpelt worden. Aber sie wagten sich doch nicht sogleich an uns heran, sondern standen am Rand der Plattform und hielten ihre Bogen und Pfeile in den Händen. Die Lanzen hatten sie unten zurückgelassen, da sie durch diese beim Klettern behindert worden wären. Der Caballero trat ihnen einige Schritte entgegen und fragte in jenem Gemisch von Spanisch, Englisch und verschiedener Indianersprachen, das im dortigen Grenzgebiet zur Verständigung gebraucht wird: »Was wollen die roten Männer bei mir? Warum betreten sie mein Haus, ohne mich vorher um Erlaubnis zu fragen?«

Der Anführer, der vorher seine Flinte auf dem Rücken trug, sie aber jetzt in die Hand genommen hatte, trat auf einige Schritte vor und antwortete: »Die Krieger der Comanchen sind gekommen, weil das Bleichgesicht ihr Feind ist. Die Sonne des heutigen Tages ist die letzte, die er gesehen hat.«

»Ich bin kein Feind der Comanchen. Ich liebe alle roten Männer, ohne zu fragen, zu welchem Stamm sie gehören.«

»Das Bleichgesicht sagt eine große Lüge. In diesem Haus ist ein Häuptling der Apachen versteckt. Die Hunde von Apachen sind die Feinde der Comanchen. Wer einen Apachen bei sich aufnimmt, ist unser Feind und muß sterben.«

»Caramba! Wollt Ihr mir etwa verbieten, irgend jemanden bei mir aufzunehmen, wenn es mir gefällt? Wer hat hier zu gebieten, Ihr oder ich?«

»Die Krieger der Comanchen haben dieses Haus erstiegen, sind also Herren desselben. Gib uns den Apachen heraus! Oder willst du leugnen, daß er sich bei dir befindet?«

»Zu leugnen fällt mir gar nicht ein. Nur derjenige, der sich fürchtet, sagt eine Lüge; ich aber habe keine Angst vor den Comanchen und will Euch also offen ...«

»Halt!« unterbrach ihn Old Death in gedämpftem Ton. »Macht keine Dummheit, Señor!«

»Meint Ihr, daß ich leugnen soll?« fragte der Mexikaner.

»Selbstverständlich. Die Lüge ist eine Sünde; das gebe ich ja zu; aber die Wahrheit wäre hier der reine Selbstmord, und ich frage Euch, was sündhafter ist, eine Unwahrheit zu sagen oder sich selbst umzubringen?«

»Selbstmord? Was vermögen diese Leute gegen unsere vierzehn Gewehre?«

»Viel, da sie einmal hier oben sind. Die Mehrzahl von ihnen würde allerdings fallen; aber wir bekämen auch so einige Pfeile und Messerklingen in den Leib, Señor. Und selbst wenn wir siegen, so holen die Überlebenden die anderen von den fünfhundert herbei. Laßt mich einmal machen! Ich werde mit ihnen reden.«

Er wendete sich an den Anführer der Roten: »Die Worte meines Bruders versetzen uns in Erstaunen. Wie kommen die Comanchen auf den Gedanken, daß sich ein Apache hier befindet?«

»Sie wissen es«, antwortete der Anführer kurz.

»So wißt Ihr mehr als wir.«

»Willst du sagen, daß wir uns irren? Dann sagst du eine Lüge.«

»Und du sagst da ein Wort, das du mit dem Leben bezahlen mußt, wenn du es wiederholst. Ich lasse mich nicht einen Lügner nennen. Du siehst unsere Gewehre auf dich gerichtet. Es bedarf nur eines Winkes von mir, und es stürzen so viele deiner Leute, wie wir an der Zahl sind, in den Tod.«

»Aber die andern würden Euch ihnen nachsenden. Da

draußen befinden sich noch viele Krieger der Comanchen, mehr als zehn mal zehn mal fünf. Sie würden kommen und dieses Haus von der Erde vertilgen.«

»Sie würden nicht über die Mauer kommen, denn wir sind nun gewarnt. Wir würden sie von hier oben aus mit so viel Kugeln begrüßen, daß keiner von ihnen übrig bliebe.«

»Mein weißer Bruder hat ein großes und breites Maul. Warum redet er zu mir? Ist etwa er der Besitzer dieses Hauses? Wer ist er und wie nennt er sich, daß er es wagt, mit dem Anführer der Comanchen zu reden?«

Old Death machte eine wegwerfende Handbewegung: »Wer ist der Anführer der Comanchen? Ist er ein berühmter Krieger oder sitzt er bei den Weisen des Rates? Er trägt nicht die Feder des Adlers oder des Raben in seinem Haar, und ich sehe auch kein anderes Abzeichen der Häuptlinge an ihm. Ich aber bin ein Häuptling der Bleichgesichter. Von welchem Stamm der Comanchen seid Ihr denn, daß Ihr erst fragen müßt, wer ich bin? Mein Name lautet Koscha-pehve, und ich habe die Pfeife des Friedens geraucht mit Oyo-koltsa, dem Häuptling der Comanchen. Auch habe ich gestern mit seinem Sohn Avat-vila gesprochen und die Nacht inmitten seiner Krieger geschlafen. Ich bin ein Freund der Comanchen, aber wenn sie mich einen Lügner nennen, so werde ich ihnen mit einer Kugel antworten.«

Durch die Reihe der Roten ging ein leises Murmeln. Ihr Anführer wandte sich zu ihnen zurück und sprach leise zu ihnen. Den Blicken, mit denen sie Old Death betrachteten, war es anzusehen, daß sein Name großen Eindruck auf sie gemacht hatte.

Nach einer kurzen Beratung wandte sich der Anführer wieder zu dem Scout: »Die Krieger der Comanchen wissen, daß der ›Alte Tod‹ ein Freund des ›Weißen Bibers‹ ist, aber seine Worte sind nicht die eines Freundes. Warum verheimlicht er uns die Anwesenheit des Apachen?«

»Ich verheimliche nichts, sondern ich sage Euch offen, daß er sich nicht hier befindet.«

»Und doch haben wir ganz genau erfahren, daß Indanischo hier ist, und zwar von einem Bleichgesicht, das sich in den Schutz der Comanchen begeben hat.«

»Wie ist der Name dieses Bleichgesichtes?«

»Der Name ist nicht für den Mund der Comanchen gemacht. Er klingt wie Ta-hi-ha-ho.«

»Etwa Gavilano?«

»Ja, so lautet er.«

»So haben die Comanchen einen großen Fehler begangen. Ich kenne diesen Mann. Er ist ein Bösewicht und hat die Lüge auf seiner Zunge. Die Krieger der Comanchen werden es bereuen, ihn unter ihren Schutz genommen zu haben.«

»Mein Bruder irrt sich sehr. Das Bleichgesicht hat uns die Wahrheit gesagt. Wir wissen, daß Winnetou den ›Guten Mann‹ gebracht hat und dann über den Großen Fluß* entkommen ist. Aber wir eilen ihm nach und werden ihn für den Marterpfahl einfangen. Wir wissen, daß der ›Gute Mann‹ an einem Arm und einem Bein verwundet ist. Wir wissen sogar ganz genau den Ort, an dem er sich befindet.«

* Großer Fluß: Rio Grande.

»Wenn das wahr ist, so sage mir denselben!«

»Man steigt von hier aus zweimal in die Tiefe des Hauses hinab, bis dorthin, wo es viele Türen rechts und links von einem schmalen Gang gibt. Dann öffnet man zur linken Hand die letzte Tür. Dort liegt der Apache auf dem Lager, das zu verlassen er keine Kräfte hat.«

»Das Bleichgesicht hat dich belogen. Du würdest an dem beschriebenen Ort keinen Apachen finden.«

»So laß uns hinabsteigen, um nachzuforschen, wer die Wahrheit spricht, du oder das andere Bleichgesicht.«

»Das werde ich freilich nicht. Dieses Haus ist da für diejenigen Leute, die es mit der Erlaubnis des Besitzers betreten, nicht aber für solche, die es feindlich überfallen.«

»Nach diesen deinen Worten müssen wir glauben, daß der Apache sich hier befindet. Der ›Weiße Biber‹ hat uns befohlen, ihn zu holen, und wir werden gehorchen.«

»Du irrst wieder. Ich verweigere dir die Erfüllung deines Wunsches nicht, weil sich der Apache etwa hier befindet, sondern weil dein Verlangen eine Beleidigung für mich ist. Wenn Old Death sagt, daß Ihr belogen worden seid, so habt Ihr es zu glauben. Wollt Ihr Euch trotzdem den Eingang erzwingen, so versucht es immerhin! Seht Ihr denn nicht ein, daß ein einziger von uns genügt, den Eingang zu verteidigen? Wenn er hier unten an der Treppe steht, so kann er jeden von Euch niederschießen, der es wagen wollte, da hinabzusteigen. Ihr habt uns in feindlicher Absicht überfallen; darum weisen wir Euch zurück. Geht hinunter vor das Tor und bittet um Einlaß, wie es sich gehört, so werden wir Euch vielleicht als Freunde empfangen!«

»Der ›Alte Tod‹ gibt uns einen Rat, der sehr gut für ihn selbst ist, aber nicht für uns. Wenn er ein gutes Gewissen hat, so mag er uns in das Haus steigen lassen. Tut er das nicht, so werden wir hier an dieser Stelle bleiben und einen Boten entsenden, um die ganze Schar der Comanchen herbeizuholen. Dann wird er wohl gezwungen sein, uns eintreten zu lassen.«

»Gewiß nicht! Selbst wenn tausend Comanchen kämen, so könnte doch immer nur einer hier hinab und müßte es augenblicklich mit dem Leben bezahlen. Übrigens wird es dir nicht gelingen, einen Boten abzusenden, denn sobald er den Schutz der Mauer nicht mehr hat, werde ich ihn von hier aus mit meiner Kugel niederstrecken. Ich bin ein Freund der Comanchen; aber Ihr seid als Feinde gekommen und werdet als solche behandelt.«

Während des ganzen Herüber- und Hinüberredens waren unsere Gewehre auf die Indianer gerichtet gewesen. Obgleich es ihnen gelungen war, die Plattform zu ersteigen, befanden sie sich gegen uns doch im Nachteil. Das sah ihr Anführer gar wohl ein, und darum begann er wieder, leise mit ihnen zu verhandeln. Aber auch unsere Lage war nicht beneidenswert.

Old Death kratzte sich bedenklich hinter den Ohren und sagte: »Die Geschichte ist außerordentlich fatal. Die Klugheit verbietet uns, die Comanchen feindlich zu behandeln. Holen sie die anderen herbei, so ist es um uns geschehen. Ja, wenn wir den Apachen verstecken könnten, daß es unmöglich wäre, ihn zu finden! Aber ich kenne dieses Haus genau und weiß, daß kein solches Versteck vorhanden ist.«

»So schaffen wir ihn hinaus!« sagte ich.

»Hinaus?« lachte der Alte. »Seid Ihr des Teufels, Sir? Auf welche Weise denn?«

»Habt Ihr die beiden heimlichen Türen vergessen? Sie befinden sich auf der hinteren Seite, während die Comanchen vorn stehen und also nichts bemerken können. Ich schaffe ihn hinaus in das Gebüsch am Fluß, bis sie fort sind.«

»Dieser Gedanke ist freilich nicht schlecht«, sagte Old Death. »An diese Türen habe ich gar nicht gedacht. Hinauszubringen wäre er wohl, aber wie nun, wenn die Comanchen draußen Wächter aufgestellt haben?«

»Das glaube ich nicht. Viele über fünfzig sind es nicht. Einige müssen doch bei den Pferden bleiben, die vorn an der Mauer stehen. Da ist es nicht zu erwarten, daß sie auch hinten Leute hingestellt haben.«

»Gut, versuchen wir es, Sir! Ihr und einer der Peóns mögt die Sache übernehmen. Wir werden es so einrichten, daß sie Euch nicht hinabsteigen sehen, und auch dann stellen wir uns so zusammen, daß sie uns nicht zählen und also bemerken können, daß zwei von uns fehlen. Die Damen mögen Euch helfen und, wenn Ihr hinaus seid, das Schränkchen wieder vorschieben.«

»Und noch einen Vorschlag. Könnten wir nicht grad die Damen in die Krankenstube bringen? Wenn die Roten sehen, daß Frauen da wohnen, werden sie doppelt überzeugt sein, daß sich kein Indianer dort befunden hat.«

»Ganz recht!« bemerkte Señor Atanasio. »Ihr braucht nur einige Decken zu legen und aus den Zimmern meiner Frau und Tochter die Hängematten hinabzuschaffen. Haken zum Aufhängen sind in jeder Stube des Hauses vorhanden. Die Damen mögen sich hineinlegen. Ihr aber findet für den Apachen das beste Versteck gleich unterhalb der Stelle des Flusses, wo Ihr vorhin gebadet habt. Dort hängen dichte, blühende Petunienranken bis in das Wasser herab, unter denen wir unseren Kahn versteckt haben. Legt Ihr den Apachen hinein, so kann kein Comanche ihn finden. Pedro mag mit Euch gehen. Erst wenn Ihr zurückgekehrt seid, werden wir den Indianern erlauben, das Innere des Hauses zu betreten.«

Ich stieg mit dem Peón Pedro hinab, wo die beiden Damen voller Sorge auf die Entwicklung des Ereignisses warteten. Als wir ihnen mitteilten, worum es sich handelte, waren sie uns bei der Ausführung unseres Vorhabens schnell behilflich. Sie selbst trugen Decken und die Hängematten herbei. In eine der Decken wurde der Apache gewickelt. Als er hörte, daß die Comanchen da seien, um nach ihm zu suchen, sagte er mit schwacher Stimme: »Indanischo hat viele Winter gesehen und seine Tage sind gezählt. Warum sollen die guten Bleichgesichter sich seinetwegen ermorden lassen? Sie mögen ihn den Comanchen überantworten, ihn aber vorher töten. Er bittet sie darum.«

Er hatte in dem bereits erwähnten Jargon gesprochen, den ich sehr leicht verstand. Ich antwortete ihm nur durch ein energisches Kopfschütteln. Dann trugen wir ihn aus der Stube. Das Schränkchen wurde zur Seite gerückt und der Transport des Verwundeten glücklich bis hinaus vor die Mauer bewerkstelligt. Bisher hatte uns niemand gesehen. Draußen gab es Strauchwerk, das uns für den Augenblick verbarg. Zwischen diesen und dem nahen Fluß aber zog sich ein freier Streifen hin, den wir quer zu durchschreiten hatten. Ich lugte vorsichtig hinaus und gewahrte zu meiner Enttäuschung einen Comanchen, der am Boden saß und Lanze, Köcher und Bogen vor sich liegen hatte. Er hatte die hintere Seite der Mauer zu bewachen, ein Umstand, der die Ausführung unseres Planes unmöglich zu machen schien.

»Wir müssen wieder zurück, Señor«, sagte der Peón, als ich ihm den Roten zeigte. »Wir könnten ihn zwar töten, aber das würde die Rache der anderen auf uns laden.«

»Nein, töten auf keinen Fall. Aber es muß doch möglich sein, ihn zu entfernen, ihn fortzulocken.«

»Das glaube ich nicht. Er wird seinen Posten nicht verlassen, bis er abgerufen wird.«

»Und doch habe ich einen Plan, der vielleicht gelingt. Du bleibst hier versteckt. Ich aber lasse mich von ihm sehen. Sobald er mich bemerkt, tue ich, als ob ich erschrecke, und fliehe. Er wird mich verfolgen.«

»Oder Euch einen Pfeil in den Leib geben.«

»Das muß ich freilich riskieren.«

»Tut es nicht, Señor! Es ist zu gewagt. Die Comanchen schießen mit ihren Bogen ebenso sicher, wie wir mit den Büchsen. Wenn Ihr flieht, kehrt Ihr ihm den Rücken zu und könnt den Pfeil nicht sehen und ihm ausweichen.«

»Ich fliehe über den Fluß. Wenn ich auf dem Rücken schwimme, sehe ich ihn schießen und tauche sofort unter. Er wird glauben, daß ich irgend etwas gegen die Seinen im Schilde führe und mir wahrscheinlich ins Wasser folgen. Drüben mache ich ihn für uns unschädlich; ich betäube ihn durch Hiebe auf den Kopf. Du verläßt diesen Platz nicht eher, als bis ich zurückkehre. Ich habe vorhin beim Baden das Petuniengerank gesehen und weiß also, wo sich der Kahn befindet. Ich werde ihn holen und grad hier gegenüber anlegen.«

Der Peón gab sich Mühe, mich von meinem Vorsatz abzubringen, aber ich durfte nicht auf seine Einwendungen hören, da ich nicht wußte, in welcher anderen Weise wir den uns erteilten Auftrag ausführen könnten.

Ich verließ also die Stelle, an der wir uns befanden. Um diese nicht zu verraten, schlich ich mich eine Strecke im Gebüsch an der Mauer hin und trat dann hervor, mir den Anschein gebend, als ob ich um die Ecke gekommen sei. Der Comanche sah mich nicht sofort. Bald aber drehte er mir das Gesicht zu und sprang schnell auf. Ich wendete mein Gesicht halb ab, damit er es später nicht erkennen möge. Er rief mir zu stehenzubleiben, und als ich nicht gehorchte, ergriff er den Bogen vom Boden und riß einen Pfeil aus dem Köcher. Einige rasche Sprünge, und ich hatte das Ufergebüsch erreicht, noch ehe er schießen konnte. Ich sprang augenblicklich in das Wasser und legte mich, nach dem anderen Ufer zu schwimmend, auf den Rücken.

Nach wenigen Augenblicken brach er durch das Gesträuch, sah mich und zielte. Der Pfeil flog von der Sehne, und ich tauchte sofort nieder. Ich war nicht getroffen. Als ich wieder emporkam, sah ich ihn erwartungsvoll mit vorgebeugtem Körper am Ufer stehen. Er glaubte, daß ich unverwundet sei. Einen zweiten Pfeil hatte er nicht bei sich, da der Köcher liegengeblieben war. Da warf er den Bogen fort und sprang in das Wasser. Das war es, was ich wollte. Um ihn zu locken, gab ich mir den Anschein, als ob ich ein schlechter Schwimmer sei, und ließ ihn ziemlich nahe an mich herankommen. Dann tauchte ich nieder und arbeitete mich möglichst rasch flußabwärts.

Als ich wieder emportauchte, befand ich mich ganz in der Nähe des Ufers. Er hielt weit oberhalb von mir und schaute, wo ich wieder an die Oberfläche kommen werde.

Jetzt hatte ich den beabsichtigten Vorsprung, schwamm an das Ufer, erstieg dasselbe und sprang zwischen den Bäumen weiter, aber dem Wasserlauf entgegen. Ich sah eine sehr starke, moosbewachsene Lebens-Eiche stehen, die für meinen Zweck paßte. Ungefähr fünf Schritte von ihr entfernt, rannte ich vorüber, noch eine Strecke weit, schlug dann einen Bogen und kehrte zu ihr zurück, um mich hinter ihr zu verstecken. Eng an den Stamm geschmiegt, erwartete ich die Ankunft des Roten, der auf alle Fälle meinen sehr sichtbaren Spuren folgte. Ich war gelaufen, wie ich es noch vor anderthalb Stunden für geradezu unmöglich gehalten hätte. Da kam er angesaust, triefend vor Nässe wie ich und laut keuchend, den Blick auf meine Fährte gerichtet. Er sprang vorüber, ich natürlich nun hinter ihm her. Sein lautes Keuchen hinderte ihn, meine Schritte zu hören, zumal ich nur mit den Fußspitzen auftrat. Ich mußte weite

Sprünge machen, um ihn einzuholen. Dann noch ein tüchtiger Satz prall auf seinen Körper, so daß er mit voller Wucht nach vorn zu Boden stürzte. Da kniete ich schon auf ihm und hatte ihn beim Hals. Zwei Faustschläge auf den Schädel, und er bewegte sich nicht mehr.

Unweit der Stelle, an der er lag, war eine Platane umgebrochen. Sie lag nach der Seite des Flusses, dessen Wasser vielleicht zwei Ellen unter ihren verdorrten Wipfeln dahinflossen. Das bot eine ganz vortreffliche Gelegenheit, wieder in den Fluß zu kommen, ohne eine Fährte zu hinterlassen. Ich stieg auf den Stamm und lief so weit, bis ich mich über dem Wasser befand. Dann sprang ich hinein. Fast unmittelbar gegenüber sah ich die Blüten der Petunien leuchten. Dorthin schwamm ich, band das Boot los, stieg ein und ruderte zu der Uferstelle, an der der Apache eingeladen werden sollte. Dort band ich das Boot an eine Wurzel und stieg aus. Wir mußte uns beeilen fertig zu werden, bevor der Comanche wieder zu sich kam. Der Apache wurde nach dem Kahn getragen und ihm mit Hilfe der Decke und seiner Kleider ein passables Lager gemacht. Der Peón kehrte sofort zur Mauer zurück. Ich ruderte den Kahn wieder unter die Petunien, band ihn dort fest, schwamm wieder zurück und entledigte mich des leinenen Anzuges, um ihn auszuwringen. Als ich ihn wieder angelegt hatte, suchte ich mit dem Auge das jenseitige Ufer ab, ob der Comanche bereits erwacht war und unser Tun beobachtet hatte. Ich konnte aber trotz aller Anstrengung nichts von dem Feind sehen.

Inzwischen war kaum eine Viertelstunde vergangen. Ich

erhielt von der Señora einen trockenen Anzug und konnte nun jedem Comanchen ins Gesicht lachen, der hätte behaupten wollen, daß ich außerhalb des Hauses und sogar im Fluß gewesen sei. Nun legten sich die Damen in ihre Hängematten, und wir gingen hinauf auf die Plattform, natürlich nachdem wir unsere Waffen wieder an uns genommen hatten. Die beiden Parteien befanden sich noch in Unterhaltung. Old Death war bei der Behauptung geblieben, daß die Durchsuchung des Hauses eine Beleidigung für ihn und den Caballero sei. Als ich ihm kurz mitteilte, daß der Apache sich in Sicherheit befinde, gab er langsam nach und erklärte endlich, daß es fünf Comanchen erlaubt sein solle, sich zu überzeugen, daß der Apache sich nicht hier befinde.

»Warum nur fünf?« fragte der Anführer. »Ist nicht einer von uns wie der andere? Was einer tut, sollen alle tun. Old Death kann uns Vertrauen schenken. Wir werden nichts berühren. Keiner von uns wird etwas stehlen.«

»Gut! Ihr sollt sehen, daß wir großmütig sind. Ihr sollt alle in das Haus dürfen, damit sich jeder überzeugen kann, daß ich die Wahrheit gesagt habe. Aber ich verlange, daß Ihr vorher alle Eure Waffen ablegt, und daß wir den, der eine Person oder eine Sache ohne unsere Erlaubnis anrührt, hierbehalten dürfen, um ihn zu bestrafen.«

Die Roten berieten sich über diese Forderung und gestanden sie uns dann zu. Sie legten ihre Bogen, Köcher und Messer ab und stiegen dann hintereinander ein. Schon ehe ich mit Pedro fortgegangen war, hatten die Vaqueros draußen auf der Ebene gehalten, gut beritten und bewaffnet, die Blicke zu uns herauf gerichtet. Sie hatten auf ein Zeichen ihres Herrn gewartet und sich nur deshalb ruhig verhalten, weil dieses nicht gegeben wurde.

Von uns vierzehn Männern waren Señor Atanasio und Old Death bestimmt, den Comanchen alle Räume zu öffnen. Zwei blieben auf der Plattform zurück, und je fünf kamen in die beiden Korridore zu stehen, um mit den Waffen in den Händen jeder etwaigen Ausschreitung der Roten sofort entgegenzutreten.

Ich stand mit im unteren Korridor und stellte mich an die Tür der Stube, in der der Apache gelegen hatte. Die Comanchen kamen stracks herab und auf diese Tür zu. Old Death öffnete sie. Es war den Indianern anzusehen, daß sie überzeugt waren, den »Guten Mann« da zu sehen. Anstatt dessen aber sahen sie die beiden Damen, die lesend in den Hängematten lagen.

»Uff!« rief der Anführer enttäuscht. »Da sind die Squaws!«

»Ja«, lachte Old Death. »Und da soll der Häuptling der Apachen liegen, wie das Bleichgesicht gelogen hat. Tretet doch ein, und sucht nach ihm!«

Der Blick des Anführers durchflog den Raum; dann antwortete er: »Ein Krieger tritt nicht in das Wigwam der Frauen. Hier ist kein Apache. Mein Auge würde ihn erblicken.«

»So sucht in den anderen Räumen!«

Über eine Stunde dauerte es, bevor die Indianer ihre Untersuchung beendet hatten. Als sie keine Spur des Gesuchten fanden, kehrten sie noch einmal zurück. Die Damen mußten die Stube verlassen, die nun noch einmal auf das Genaueste durchforscht wurde. Die Roten hoben sogar die

Decken und Matratzen empor, die direkt auf dem Boden lagen. Auch diesen untersuchten sie, ob es da vielleicht eine hohle Stelle gebe. Endlich waren sie überzeugt, daß der Gesuchte sich nicht auf der Hazienda befinde.

Als der Anführer dies eingestand, sagte Old Death: »Ich habe es Euch gesagt, aber Ihr glaubtet es nicht. Ihr habt einem Lügner mehr Vertrauen geschenkt als mir, der ich ein Freund der Comanchen bin. Wenn ich zu dem ›Weißen Biber‹ komme, werde ich mich bei ihm beschweren.«

»Will mein weißer Bruder denn zu ihm? So kann er mit uns reiten.«

»Das ist nicht möglich. Mein Pferd ist ermüdet; ich kann erst morgen weiter reiten; die Krieger der Comanchen aber werden schon heute diese Gegend verlassen.«

»Nein. Wir bleiben hier. Die Sonne geht zur Ruhe, und wir reiten nicht des Nachts. Wir brechen bei der Ankunft des Tages auf, und da kann mein Bruder mit uns wandern.«

»Gut! Aber ich begleite Euch nicht allein. Es sind noch vier Gefährten bei mir.«

»Auch sie werden dem ›Weißen Biber‹ willkommen sein. Meine weißen Brüder mögen uns erlauben, in dieser Nacht in der Nähe dieses Hauses zu ruhen.«

»Dagegen habe ich nichts«, antwortete der Mexikaner. »Ich habe Euch bereits gesagt, daß ich ein Freund aller roten Männer bin, wenn sie friedlich zu mir kommen. Um Euch das zu beweisen, werde ich Euch ein Rind schenken, das geschlachtet werden soll. Ihr mögt Euch ein Feuer anbrennen, um es zu braten.«

Dieses Versprechen machte einen sehr guten Eindruck

auf die Comanchen. Sie waren jetzt wirklich überzeugt, uns Unrecht getan zu haben, und zeigten sich von ihrer friedfertigsten Seite. Freilich mochte dazu am meisten das Ansehen beitragen, in dem Old Death bei ihnen stand. Sie hatten wirklich nichts angerührt und verließen nun das Haus, ohne von uns dazu aufgefordert zu werden. Die Treppen waren hinabgelassen und das Tor stand offen. Einige bewaffnete Peóns blieben als Wächter auf der Plattform zurück. Man durfte trotz des veränderten Benehmens der Roten keine Vorsichtsmaßnahme versäumen.

Wir anderen gingen mit hinab, und nun kamen auch die Vaqueros herbei und erhielten den Befehl, ein Rind einzufangen. Sämtliche Pferde der Comanchen standen an der vorderen Seite der Umfassungsmauer. Drei Posten hatten bei ihnen gehalten. Auch an der anderen Seite war eine Wache aufgestellt gewesen.

Diese Leute wurden jetzt herbeigeholt. Der eine von ihnen war der, den ich über den Fluß gelockt hatte. Sein sehr unzureichendes Gewand war noch naß. Er war auf seinen Posten zurückgekehrt und hatte noch keine Gelegenheit gehabt, dem Anführer das Geschehene zu melden. Jetzt trat er zu ihm und erzählte es ihm, doch so, daß wir Weißen nichts hörten. Er schien mit seinem Bericht zu Ende zu sein, als sein Auge auf mich fiel. Wegen der Bemalung seines Gesichtes konnte ich keine Veränderung seiner Züge bemerken, aber er machte eine Bewegung des Zornes, deutete auf mich und rief dem Anführer einige indianische Worte zu, deren Bedeutung ich nicht verstand. Der Anführer betrachtete mich mit drohend forschendem Blick, trat auf mich zu und sagte: »Das junge Bleichgesicht ist vorhin über den Fluß geschwommen! Du hast diesen roten Krieger niedergeschlagen?«

Old Death nahm sich meiner an, indem er herbeitrat und den Anführer fragte, was er mit seinen Worten wolle. Der Gefragte erzählte, was geschehen war. Der Alte aber lachte lustig auf und sagte: »Die roten Krieger scheinen sich nicht darauf zu verstehen, die Angesichter der Weißen zu unterscheiden. Es fragt sich überhaupt, ob es ein Bleichgesicht gewesen ist, das dieser Sohn der Comanchen gesehen hat.«

»Ein Weißer war es«, antwortete der Krieger trotzig. »Und kein anderer als dieser hier. Ich habe sein Gesicht gesehen, als er schwimmend auf dem Rücken lag. Auch hatte er dasselbe weiße Gewand an.«

»So! In den Kleidern ist er über den Fluß geschwommen? Dein Anzug ist noch naß. Der seine müßte es auch noch sein. Fühle ihn aber an, so wirst du dich überzeugen, daß er vollständig trocken ist.«

»Er hat den nassen ausgezogen und im Haus einen anderen angelegt.«

»Wie ist er hineingekommen? Sind nicht Eure Krieger hier an dem Tor gestanden? Kein Mensch kann in das Haus oder aus dem Haus, ohne diese Treppen zu besteigen, an denen sämtliche Krieger der Comanchen standen. Kann mein junger Gefährte also außerhalb des Hauses gewesen sein?«

Sie gaben das zu, und der überlistete Posten war endlich auch selbst der Meinung, daß er sich geirrt habe. Als dann der Estanciero bemerkte, es treibe sich seit einiger Zeit eine

Bande von Pferdedieben in dieser Gegend herum, zu denen der Mensch jedenfalls gehöre, so war die Angelegenheit erledigt. Nur der Umstand blieb rätselhaft, daß keine Spur vorhanden gewesen war, aus der man hätte ersehen können, nach welcher Richtung dieser Mann davongegangen sei. Um dieses Rätsel zu lösen, ritt der Anführer mit dem Posten und einigen anderen durch die Furt und dann nach der betreffenden Stelle. Glücklicherweise aber begann es bereits dunkel zu werden, so daß eine genaue Untersuchung des Ortes nicht mehr möglich war. Old Death, der Schlaue, nahm mich mit sich, um am Fluß entlang zu spazieren. Die Augen auf die Reiter am jenseitigen Ufer gerichtet und uns scheinbar nur mit diesen beschäftigend, gingen wir langsam fort und blieben bei den Petunien stehen. Dort sagte der Alte so leise, daß nur ich und der im Kahn Befindliche es hören konnte: »Old Death steht da mit einem jungen Bleichgesicht, das den ›Guten Mann‹ hier versteckt hat. Erkennt mich der Häuptling der Apachen vielleicht an der Stimme?«

»Ja«, lautete die ebenso leise Antwort.

»Die Comanchen glauben jetzt, daß sich der ›Gute Mann‹ nicht hier befindet. Sie werden bei Anbruch des Tages fortreiten. Aber wird mein Bruder es so lange im Kahn aushalten können?«

»Der Apache hält es aus, denn der Duft des Wassers erquickt ihn, und das Fieber wird nicht wiederkehren. Der Häuptling der Apachen möchte aber gern wissen, wie lange Old Death mit seinen Gefährten hier bleibt.«

»Wir reiten morgen mit den Comanchen fort.«

»Uff! Warum gesellt sich mein Freund zu unseren Feinden?«

»Weil wir einige Männer suchen, die bei ihnen zu finden sind.«

»Werden die weißen Männer auch mit Kriegern der Apachen zusammentreffen?«

»Das ist leicht möglich.«

»So möchte ich dem jungen Krieger, der sein Leben wagte, um mich hier zu verbergen, gern ein Totem geben, das er den Söhnen der Apachen zeigen kann, um ihnen stets willkommen zu sein. Old Death ist ein schlauer und erfahrener Jäger; ihn werden die Hunde der Comanchen nicht ertappen, wenn er mir, sobald es dunkel geworden ist, ein Stück weißes Leder und ein Messer bringt. Vor Anbruch des Tages kann er dann das Totem abholen, das ich während der Nacht anfertigen werde.«

»Ich werde beides bringen, das Leder und das Messer. Wünschest du noch anderes?«

»Nein. Der Apache ist zufrieden. Möge der gute Manitou stets über die Pfade Old Deaths und des jungen Bleichgesichtes wachen.«

Wir kehrten jetzt wieder zurück. Keinem war es aufgefallen, daß wir eine Minute lang am Fluß gestanden waren. Der Alte erklärte mir: »Eine große Seltenheit ist es, daß ein Weißer das Totem eines Indianerhäuptlings bekommt. Ihr habt viel Glück, Sir. Die Handschrift des ›Guten Mannes‹ kann Euch von großem Nutzen sein.«

»Und Ihr wollt es wirklich wagen, ihm das Leder und Messer zu besorgen? Wenn Ihr dabei von den Comanchen erwischt werdet, so ist es um den Apachen und Euch geschehen!«

»Unsinn! Ich weiß stets sehr genau, was ich wagen kann und was nicht.«

Der Anführer der Comanchen kehrte unverrichteter Dinge zurück. Die Spur war nicht mehr deutlich zu erkennen gewesen.

Das Totem des »Guten Mannes«

Früh wurde ich von Old Death geweckt. Er gab mir ein viereckiges Stück weiß gegerbtes Leder. Ich betrachtete es und konnte nichts Besonderes bemerken, denn einige feine Einschnitte auf der glatten Seite des Leders schienen mir ganz bedeutungslos zu sein.

»Das ist das Totem?« fragte ich. »Ich kann nichts Außerordentliches an ihm entdecken.«

»Ist auch nicht nötig. Gebt es dem ersten Apachen, der Euch begegnet, und er wird Euch darüber aufklären, welchen Schatz Ihr besitzt. Die Schrift dieses Totems ist jetzt noch unsichtbar, weil der ›Gute Mann‹ keine Farbe bei sich hatte. Aber wenn Ihr es einem Apachen gebt, wird er die Einschnitte färben, worauf die betreffenden Figuren erkennbar sein werden. Aber laßt dieses Leder um Gottes willen nicht einen Comanchen sehen, da man Euch für einen Freund der Apachen halten würde. Jetzt zieht Euch um und kommt hinunter. Die Comanchen sind in kurzer Zeit zum Aufbruch bereit.«

Die Indianer waren beschäftigt, ihr Frühmahl zu halten, das aus den gestern abend übriggebliebenen Fleischresten bestand. Dann holten sie ihre Pferde zusammen, um sie am Fluß zu tränken. Dies geschah glücklicherweise oberhalb der Stelle, an der der Apache versteckt lag. Nun kam auch Don Atanasio mit seinen beiden Damen zum Vorschein, die vor den Roten nicht mehr die mindeste Sorge sehen ließen. Als er unsere Pferde sah, die von den Vaqueros herbeigebracht wurden, meinte er kopfschüttelnd zu Old Death: »Das sind keine Pferde für Euch, Señor. Ihr wißt, welchen Wert ein gutes Pferd besitzt. Dieser Señor Lange und sein Sohn gehen mich nichts an, ebensowenig der Neger. Ihr aber seid ein alter Freund von mir, und da Ihr diesen jungen Herrn so in Euer Herz geschlossen habt, so habe ich ihm auch das meine geöffnet. Ihr beide sollt bessere Pferde haben.«

Wir nahmen sein Anerbieten dankend an. Auf seinen Befehl fingen die Vaqueros zwei halbwilde Pferde ein, die wir anstelle der unsrigen nehmen mußten. Mein bisheriges Pferd war von der Kultur beleckt gewesen, das neue aber machte mir in den ersten Tagen viel zu schaffen. Ich hatte alle Anstrengungen zu machen, mich nicht vor den Comanchen zu blamieren und vor – Old Death, auf dessen Gesicht immer ein leises, ironisches Grinsen erschien, wenn das feurige und widerwillige Tier mich für einen Augenblick aus der Haltung brachte, die der männlichen Würde angemessen ist.

Die Sonne hatte den Horizont noch nicht erreicht, als wir über den Elm-Creek setzten und dann im Galopp nach Westen flogen, voran wir fünf mit dem Anführer der Comanchen, dessen Leute hinter uns her. Ich hatte dabei ein Gefühl der Unsicherheit, denn es war mir immer, als müsse mir ein Pfeil oder eine Lanze in den Rücken fahren. Die auf ihren kleinen, struppigen, mageren und doch so ausdauernden Pferden sitzenden Indianer machten in ihrer Bewaffnung, Bemalung und der ganzen Art und Weise, sich zu geben, nicht den Eindruck, als ob wir uns ihnen anvertrauen könnten. Old Death beruhigte mich aber darüber, als ich darüber eine Bemerkung machte.

Noch war nicht darüber gesprochen worden, wann und wo wir den Haupttrupp der Comanchen treffen würden. Jetzt erfuhren wir, daß dieser nicht etwa angehalten habe, um die Rückkehr der abgesandten fünfzig zu erwarten, sondern daß deren Anführer den Befehl erhalten hatte, den »Guten Mann« auf der Estancia gefangenzunehmen und unter einer Bedeckung von zehn Mann nach den Dörfern der Comanchen zu schicken, wo der Marterpfahl auf ihn wartete. Die übrigen vierzig sollten im Eilritt zum Rio Grande kommen und dort der Spur des Haupttrupps folgen und dazustoßen. Da der »Weiße Biber« von Gibson erfahren hatte, daß Winnetou über den Fluß entkommen sei und die Apachen natürlich sofort alarmieren werde, hielt er die größte Eile für geboten, um die Feinde doch noch zu überraschen, bevor sie sich im Verteidigungszustand befanden. Uns kam es vor allen Dingen darauf an, Gibson noch bei den Comanchen zu finden. Hatte ich diesen Mann und William Ohlert fest, so konnte ich umkehren und brauchte mich um die Feindseligkeiten der Indianer nicht weiter zu kümmern.

Nach ungefähr zwei Stunden kamen wir an die Stelle, wo sich unsere indianischen Begleiter gestern von der Hauptschar getrennt hatten. Im Süden von uns lag am Rio Grande der Eagle-Paß mit Fort Duncan, das die Roten zu meiden hatten. Nach abermals zwei Stunden zeigten sich spärliche Grasspuren. Wir hatten die Nueces-Wüste hinter uns. Die Fährte, der wir folgten, bildete eine schnurgerade Linie, die von keiner anderen gekreuzt wurde; die Comanchen waren unbemerkt geblieben. Der Boden schmückte sich nach und nach mit einem intensiveren Grün, und endlich sahen wir im Westen Wald auftauchen. Das verkündete die Nähe des Rio Grande del Norte.

»Uff!« meinte der Anführer im Ton der Erleichterung. »Kein Bleichgesicht ist uns begegnet, und niemand wird uns verwehren, sogleich über den Fluß zu gehen. Die Hunde der Apachen werden uns bald bei sich sehen und vor Schreck heulen beim Anblick unserer tapferen Krieger.«

Wir ritten eine Zeitlang langsam unter Platanen, Ulmen, Eschen, Blackberries und Gummibäumen hin, und dann erreichten wir den Fluß. Der »Weiße Biber« war ein guter Führer der Seinen. Die meilenweite Spur, die uns als Wegweiser gedient hatte, führte schnurgerade auf die Stelle zu, an der es eine Furt gab. Der Rio Grande war hier sehr breit, hatte aber wenig Wasser. Nackte Sandbänke ragten hervor, aber sie bestanden aus losem Treibsand, in dem es gefährliche Stellen gab, wo man leicht versinken konnte. Hier am Ufer hatten die Comanchen in der vergangenen Nacht ihr Lager aufgeschlagen, wie man aus den Spuren ersehen konnte. Wir mußten annehmen, daß sie ebenso zeitig wie wir aufgebrochen waren; aber so schnell hatten sie nicht reiten können wie wir, denn sie befanden sich nun im Streifgebiet der Apachen und waren infolgedessen zu Vorsichtsmaßregeln gezwungen, die ihrer Schnelligkeit Abbruch tun mußte.

So sah man, daß ihr Übergang über den Fluß nicht ohne große Vorsicht bewerkstelligt worden war. Zahlreiche Fußtapfen bewiesen, daß einige von ihnen abgestiegen waren, um die trügerischen Sandablagerungen zu untersuchen. Die gangbaren Stellen waren mit in den Boden gesteckten Zweigen bezeichnet worden. Für uns war es leichter, hinüber zu kommen, da wir nur ihren Spuren zu folgen brauchten. Der Fluß wurde durch die Bänke in mehrere Arme geteilt, die unsere Pferde zu durchschwimmen hatten.

Drüben hatten wir wieder eine schmale Baum- und Strauchregion zu durchqueren, der Gras und endlich wieder Sand folgte. Wir befanden uns in der zwischen dem Rio Grande und der Bolson de Mapimi gelegenen Region, die so recht zum Umherstreifen wilder Indianerhorden geeignet ist, einer weiten Sandebene, die nur durch große oder kleinere Kaktusstrecken unterbrochen wird. Durch diese Ebene führte die sehr deutliche Spur in beinahe westlicher, nur ein wenig nach Süden geneigter Richtung. Aber wenn ich der Ansicht gewesen war, daß wir die Comanchen heute erreichen würden, so hatte ich mich geirrt. Der durch die Pferdehufe weit nach hinten geschleuderte Sand bewies uns, daß sie sich großer Eile befleißigt hatten.

Gegen Mittag durchkreuzten wir eine schmale, niedrige und öde Hügelkette, worauf wieder dieselbe sandige Ebene folgte. Ich mußte die Ausdauer der indianischen Pferde bewundern. Der Nachmittag war weit vorgeschritten, und doch zeigten sie noch keine Spur von Ermüdung. Die drei Gäule von Lange, seinem Sohn und dem Neger konnten nur mit Mühe folgen. Old Deaths und mein Pferd aber bewiesen, daß wir bei dem Tausch sehr im Vorteil gewesen waren. Schon drohte es dunkel zu werden, als wir zu unserem Erstaunen sahen, daß die Fährte plötzlich ihre bisherige Richtung änderte. Vor ungefähr einer Viertelstunde hatten wir den von San Fernando nach Baya führenden Reitweg durchschnitten; jetzt bog die Spur nach Südwesten ab. Warum? Es mußte ein Grund dazu vorhanden gewesen sein. Old Death erklärte es uns. Man sah aus den Hufeindrücken, daß die Comanchen hier gehalten hatten. Von Norden her stieß die Fährte zweier Reiter auf die der Roten.

Der Alte stieg ab, untersuchte sie und sagte dann: »Hier sind zwei Indianer zu den Comanchen gekommen. Sie haben ihnen eine Nachricht gebracht, die die Krieger des ›Weißen Bibers‹ veranlaßt hat, ihre Richtung zu ändern. Wir können nichts tun, als ihnen zu folgen.«

Der Anführer stieg ebenfalls ab und bestätigte die Ansicht des Alten, nachdem er die Fährte untersucht hatte. Wir wendeten uns infolgedessen auch nach Süden. Solange es möglich war, die Fährte zu erkennen, ritten wir, denn es sollte heute eine möglichst große Strecke zurückgelegt werden. Selbst als es dämmerte, waren die Huftapfen noch von der glatten Sandfläche zu unterscheiden. Dann aber verlief alles Schwarz in Schwarz. Wir wollten halten. Da blies mein Pferd die Nüstern auf, wieherte laut und rannte mit mir fort. Ich war ein zu wenig guter Reiter, um es wieder in meine Gewalt zu bekommen. Kein Zügel half, kein Zuruf und kein Schenkeldruck. Es ging ganz regelrecht mit mir durch. Und hinter mir her folgten in voller Karriere die Comanchen. Ich hörte hinter mir Old Deaths lachende

Stimme: »Hallo, Sir, haltet Euch fest im Sattel! Das Tier hat Durst im Leib und den Teufel dazu. Es merkt, daß es von einem Greenhorn geritten wird und hat Euch den Respekt aufgesagt. Ich kalkuliere, daß es uns an irgendein Wasser führen wird.«

So ging es in rasendem Lauf eine Strecke vorwärts. Stärkeres Dunkel stieg vor mir auf. Zweige oder etwas Ähnliches schlugen mir in das Gesicht. Ein weiter Satz des Pferdes – ein Geräusch, wie wenn etwas Schweres in das Wasser geworfen wird –, ich wurde aus dem Sattel geschleudert, überschlug mich in der Luft und flog in tiefes Wasser, wo ich untertauchte. Krampfhaft die Flinte haltend, arbeitete ich mich wieder empor. Ich konnte nicht sehen, ob ich mich in einem fließenden oder stehenden Gewässer befand und wo das Ufer war. Ich konnte nichts anderes tun als mich an der Oberfläche zu halten. Da knickte, krachte und prasselte es. Huftritte erschollen. Freudenrufe der Comanchen ließen sich hören, daß Wasser gefunden sei.

Über alle hinweg aber vernahm ich Old Deaths Stimme: »Hollah, Sir, wo befindet Ihr Euch? Das ist Wasser, und das Pferd steht mitten drin. Der Reiter aber ist nicht zu sehen.«

»Hier bin ich, ich komme gleich«, antwortete ich.

»Na, laßt Euch gefälligst herausangeln.«

Da faßte mich jemand am Arm, und ich hörte den Neger sagen: »Massa keine Angst vor Wasser! Neger Sam gut schwimmen, sehr gut. Retten seinen Massa aus großem Fluß.«

Der brave Kerl war meinetwegen ins Wasser gesprungen. Ich brauchte ihn gar nicht. Das Pferd stand am Ufer, bis an den Leib im Wasser. Ich aber war ein Stück weiter hinüber, wo es tiefer war, geschleudert worden. Ich brauchte nur zweimal mit den Armen und Beinen auszustreichen, so fand ich Grund. In Lebensgefahr hatte ich mich also nicht befunden, aber blamiert war ich im höchsten Grad. Ein Pferd durchgehen lassen und dann noch gar abgeworfen zu werden, das ist bei den Roten eine ungeheure Schande.

Nach einem so anstrengenden und heißen Ritt, wie dem heutigen, war das aufgefundene Wasser eine wahre Erquickung für Menschen und Tiere. In kurzer Zeit war ein Lagerplatz gewählt, die Roten stellten Wachen auf und ließen die Tiere unter ihrer Aufsicht weiden. Wir Weißen setzten uns zusammen, wobei ich mich aus Schamgefühl sehr ruhig verhielt. Old Death erging sich in Berechnungen, was für ein Wasser es sei, an das wir so unerwartet geraten waren, und kam endlich zu der Überzeugung, daß es der Morelos sei, der bei Fort Duncan in den Rio Grande fließt. Ich brachte die Nacht etwas feucht zu, weshalb ich mich am Morgen ein wenig mehr als bloß erfrischt fühlte. Die nun angestellte Untersuchung ergab, daß wir uns an einem ganz hübschen Wasserlauf befanden, über den nicht weit von uns die Comanchen geschwommen waren. Wir taten dasselbe und folgten ihrer Spur von neuem.

Um die Mittagszeit bog die Fährte nach Westen ab, und wir sahen in dieser Richtung nackte Berge vor uns aufsteigen. Old Death machte ein bedenkliches Gesicht. Von mir über die Ursache befragt, antwortete er: »Die Geschichte gefällt mir nicht. Ich kann den ›Weißen Biber‹ nicht begreifen, daß er sich in diese Gegend wagt. Wißt Ihr etwa, was für eine schöne Gegend da vor uns liegt?«

»Ja, die Bolson de Mapimi.«

»Und kennt Ihr diese Wüste?«

»Nein. Auch gehört habe ich von ihr nichts Näheres.«

»Diese Mapimi ist ein wahrer Mehlwürmertopf, aus dem zu allen Zeiten die wilden Völkerschaften hervorgebrochen sind, um sich räuberisch auf die angrenzenden Länder zu werfen. Dabei dürft Ihr aber nicht etwa denken, daß es ein fruchtbares Land sein müsse, weil es eine solche Menschenzahl ausbrütet. Aber man hat immer die Erfahrung gemacht, daß wüste Gegenden der Ausgangspunkt von Völkerwanderungen sind. Den Stämmen, die da oben auf dieser Hochebene und in den Schluchten, Gründen und Tälern wohnen, ist nicht beizukommen. Ich weiß ganz genau, daß sich mehrere Horden der Apachen dort festgesetzt haben. Ist es die Absicht der Comanchen, diese zu überfallen, so können sie mir ungeheuer leid tun, nicht die Apachen, sondern die Comanchen. Im Norden streifen die Apachen zwischen dem Rio Pecos und dem Rio Grande. Auch den ganzen Nordwesten bis über den Gila hinüber kontrollieren sie. Die Comanchen wagen sich also in eine Falle, die sehr leicht über ihnen zuklappen kann.«

»O weh! Da stecken auch wir mit drin!«

»Ja, aber ich fürchte mich nicht allzu sehr. Wir haben den Apachen nichts getan, und so hoffe ich, daß sie uns nicht feindselig behandeln. Im Notfall wird Euer Totem von guter Wirkung sein.«

»Ist es nicht unsere Pflicht, die Comanchen zu warnen?«

»Versucht es doch einmal, Sir! Sagt einem Dummen zehnmal, daß er dumm sei, er glaubt es dennoch nicht. Ich habe vorhin dem Anführer gesagt, was ich denke. Er schnauzte mich an und sagte, er habe der Spur des ›Weißen Bibers‹ zu folgen. Wenn wir das nicht tun wollten, so stehe es uns frei, zu reiten, wohin es uns beliebe.«

»Das war grob!«

»Ja, die Comanchen nehmen keinen Kurs in Anstandslehre und Konversation. Soll mich wundern, wenn sich da oben nicht irgend etwas über uns zusammenbraut. Über die Grenze sind wir herüber; ob und wie wir wieder hinüberkommen, das steht in einem Buch gedruckt, das ich noch nicht gelesen habe.«

Durch die Mapimi

Die Worte des alten Scout hatten nicht geringen Eindruck auf mich gemacht. Ich war der sicheren Überzeugung gewesen, Gibsons noch im Bereich der Vereinigten Staaten habhaft zu werden. Nun mußte ich ihm nach Mexiko und sogar in die allergefährlichste Gegend dieses Landes folgen.

Der Weg, der erst hatte eingeschlagen werden sollen, um Chihuahua zu erreichen, berührte den Norden des wüsten Gebietes der Mapimi und führte meist durch freies, offenes Land. Nun aber hatten wir uns südlich wenden müssen, wo Gefahren uns erwarteten, denen wir wohl kaum gewachsen waren. Zu diesen niederschlagenden Gedanken trat die körperliche Ermüdung, derer sich selbst die Comanchen nicht mehr erwehren konnten. Wir hatten von der Estancia del Caballero aus einen wahren Parforceritt gemacht. Den Roten war das getrocknete Fleisch ausgegangen, das ihren Proviant gebildet hatte, und auch wir besaßen nur noch wenig von dem Speisevorrat, den uns Señor Atanasio hatte einpacken lassen.

Das Terrain stieg nach und nach höher an. Wir erreichten Berge, die wir am Mittag gesehen hatten, steinige Massen ohne alles pflanzliche Leben. Wir wandten uns zwischen ihnen hindurch, immer nach Süden. Zwischen den steilen

Abhängen war die Hitze noch größer als draußen auf der freien Ebene. Die Pferde verlangsamten ihre Schritte immer mehr. Auch der Haupttrupp der Comanchen war hier sehr langsam geritten, wie man aus den Spuren sah. Über uns schwebten mehrere Geier, die uns seit Stunden gefolgt waren, als ob sie erwarteten, daß unsere Erschöpfung ihnen eine Beute bringen werde. Da färbte sich plötzlich, als wir um eine Felsenecke schwenkten, der Süden dunkler. Dort schien es bewaldete Berge zu geben, und sofort fielen die Pferde, als ob auch sie diese Bemerkung gemacht hätten, in lebhafteren Schritt. Das Gesicht Old Deaths heiterte sich auf.

»Jetzt ahne ich, wohin wir kommen«, sagte er. »Ich rechne, daß wir uns in der Nähe des Flußgebietes des Rio Sabinas befinden, der aus der Mapimi herabkommt. Wenn die Comanchen sich entschlossen haben, seinem Lauf aufwärts zu folgen, so hat die Not ein Ende. Wo Wasser ist, gibt es Wald und Gras und wohl auch Wild, selbst in dieser traurigen Gegend. Wollen den Pferden die Sporen zeigen. Je mehr wir sie jetzt anstrengen, desto eher können sie sich ausruhen.«

Die Fährte hatte sich wieder ostwärts gewendet. Wir gelangten in eine lange, schmale Schlucht, und als diese sich öffnete, sahen wir ein grünes Tal vor uns liegen, das durch einen Bach bewässert wurde. In Richtung dieses Baches zu stürmen und dort aus dem Sattel zu springen war eins. Selbst wenn die Comanchen sich hätten beherrschen wollen, so hätten sie doch ihren Pferden den Willen lassen müssen. Aber als diese getrunken hatten, saßen wir gleich wieder auf, um weiter zu reiten. Der Bach ergoß sich nach kurzer Zeit in einen größeren, dem wir aufwärts folgten. Er führte uns in einen Cañon, dessen steile Wände stellenweise mit Büschen bewachsen waren.

Als wir den Cañon durchritten hatten, kamen wir an grünenden Berglehnen vorüber, deren Färbung unseren geblendeten Augen wohltat. Mittlerweile hatte es zu dunkeln begonnen, und wir mußten uns nach einem Lagerplatz umsehen. Der Anführer der Comanchen bestand darauf, noch ein Stück weiter zu reiten, bis wir auch Bäume finden würden, und wir mußten uns seinem Willen fügen. Die Pferde stolperten über Steine, die im Weg lagen. Fast war es Nacht; da wurden wir plötzlich angerufen. Der Anführer gab seine Antwort in freudigem Ton, denn der Ruf war in der Sprache der Comanchen erfolgt. Wir blieben stehen.

Old Death ritt mit dem Anführer vor, kehrte aber bald zurück und meldete: »Die Comanchen lagern vor uns. Ihrer Fährte nach war das Zusammentreffen jetzt noch nicht zu erwarten. Aber sie haben sich nicht weiter gewagt, ohne die Gegend zu erkunden. Darum haben sie sich hier gelagert und am Mittag Kundschafter ausgeschickt, die bis jetzt noch nicht zurückgekehrt sind. Kommt vor! Ihr werdet sogleich die Lagerfeuer sehen.«

»Ich denke, daß auf einem solchen Kriegszug keine Lagerfeuer angezündet werden«, sagte ich.

»Das Terrain wird es ihnen erlauben. Da sie Kundschafter vor sich her gesandt haben, so sind sie sicher, daß sich kein Feind in der Nähe befindet, der die Feuer sehen kann.«

Der »Weisse Biber«

Wir ritten vorwärts. Die Schlucht war zu Ende, und wir sahen wohl gegen zehn Feuer brennen, nicht mit hohen, sondern gedämpften Flammen, wie es bei Indianern stets der Fall ist. Es schien ein runder, baumloser Talkessel zu sein, den wir vor uns hatten. Die Höhen stiegen, so viel ich bei der Dunkelheit erkennen konnte, rundum steil an, ein Umstand, den die Comanchen als günstig für ihre Sicherheit zu betrachten schienen.

Die Roten, bei denen wir uns befunden hatten, ritten stracks auf das Lager zu, während uns bedeutet wurde zu warten, bis man uns holen werde. Es dauerte eine ziemliche Weile, bis einer kam, um uns zum Häuptling zu führen, der seinen Platz am mittleren Feuer hatte, um das die anderen im Kreis brannten. Er saß in Gesellschaft von zwei Männern, die wohl ausgezeichnete Krieger waren. Sein Haar war grau, aber lang und in einen Schopf gebunden, in dem drei Adlerfedern befestigt waren. Er trug Mokassins, schwarze Tuchhose, Weste und Jacke von hellerem Stoff und hatte ein Doppelgewehr neben sich liegen. Im Gürtel sah man eine alte Pistole. Messer und ein Stück Fleisch hielt er in den Händen, legte aber, als er uns sah, beides weg. Er war eben mit dem Essen beschäftigt gewesen. Der Geruch gebratenen Pferdefleischs lag in der Luft.

Dicht neben der Stelle, wo er saß, murmelte ein Quell aus der Erde hervor. Wir waren noch nicht von den Pferden gestiegen, so hatte sich schon ein weiter Kreis eng aneinanderstehender Krieger um uns gebildet, unter denen ich mehrere weiße Gesichter bemerkte. Man bemächtigte sich sofort unserer Pferde, um sie fortzuschaffen. Da Old Death es geschehen ließ, ohne Einspruch zu erheben, konnte ich nichts Gefährliches darin sehen. Der Häuptling stand auf und die beiden anderen mit ihm. Er trat Old Death entgegen, reichte ihm ganz nach der Art der Weißen die Hand und sagte in freundlich ernstem Ton: »Mein Bruder Old Death überrascht die Krieger der Comanchen. Wie hätten sie ahnen können, ihn hier zu treffen. Er ist willkommen und wird mit uns gegen die Hunde der Apachen kämpfen.«

Er hatte, wohl damit auch wir in verstehen könnten, im Mischjargon gesprochen. Old Death antwortete in der gleichen Sprache: »Der weise Manitou leitet seine roten und bleichen Kinder auf wunderbaren Wegen. Glücklich ist der Mann, der auf jedem dieser Wege einem Freund begegnet, auf dessen Wort er sich verlassen kann. Wird der ›Weiße Biber‹ auch mit meinen Gefährten die Pfeife des Friedens rauchen?«

»Deine Feinde sind auch meine Feinde, und wen du liebst, den liebe auch ich. Sie mögen sich an meine Seite setzen und aus dem Kalumet des Häuptlings der Comanchen den Frieden trinken.«

Old Death setzte sich nieder, und wir folgten seinem Beispiel. Nur der Schwarze trat zur Seite, wo er sich ebenfalls im Gras niederließ. Die Roten standen stumm und bewegungslos wie Statuen im Kreis. Die Gesichtszüge der einzelnen Weißen zu erkennen war mir unmöglich. Der Schein des Feuers reichte dazu nicht aus. Oyo-koltsa band sein Kalumet vom Hals, stopfte den Kopf desselben voll Tabak aus dem Beutel, der ihm am Gürtel hing, und brannte ihn an. Nun folgte fast ganz genau dieselbe Zeremonie, die beim Zusammentreffen mit seinem Sohn stattgefunden hatte. Nun erst gewannen wir die Gewißheit, keine Feindseligkeiten seitens der Comanchen befürchten zu müssen.

Während wir vor dem Lager warten mußten, hatte der Anführer der fünfzig beim Häuptling über uns Mitteilung gemacht, wie wir jetzt aus dessen Mund erfuhren. Er bat Old Death, ihm nun auch seinerseits zu erzählen, wie sich die Angelegenheit zugetragen habe. Der Alte tat es in einer Weise, daß weder auf uns noch auf Señor Atanasio ein Mißtrauen fallen konnte.

Der »Weiße Biber« blickte eine Zeitlang sinnend vor sich nieder und sagte dann: »Ich muß meinem Bruder Glauben schenken. Selbst wenn ich zweifeln wollte, finde ich in seiner Erzählung nichts, woraus ich schließen könnte, daß er mich täuschen will. Aber auch dem anderen Bleichgesicht muß ich trauen, denn er hat keinen Grund, die Krieger der Comanchen zu belügen, und eine Lüge würde ihn das Leben kosten. Er befindet sich bei uns und hätte sich längst von uns entfernt, wenn er uns die Unwahrheit gesagt hätte. Ich kann also nichts anderes denken, als daß einer von Euch sich getäuscht hat.«

Das war sehr scharfsinnig gedacht, nämlich von seinem Standpunkt aus. Old Death mußte vorsichtig sein. Wie leicht konnte der Häuptling auf den Gedanken kommen, noch einmal eine Abteilung zurückzusenden, um den alten Caballero des Nachts zu überraschen! Am allerbesten war es, eine glaubliche Erklärung des vermuteten Irrtums zu geben. Das dachte auch der Scout. Darum sagte er: »Eine Täuschung liegt allerdings vor; aber nicht ich, sondern das Bleichgesicht wurde getäuscht. Wo wäre der Mann, welcher Old Death zu täuschen vermöchte! Das weiß mein roter Bruder auch.«

»So mag mein Bruder mir sagen, wie sich die Sache zugetragen hat!«

»Zunächst muß ich da sagen, daß der Häuptling der Comanchen selbst getäuscht worden ist.«

»Von wem?« fragte der »Weiße Biber«, indem er plötzlich ein sehr ernstes Gesicht machte.

»Von den Bleichgesichtern, die du bei dir hast, vermute ich.«

»Auf eine Vermutung darf ich nicht hören. Gib mir den Beweis! Wenn die mich täuschen, mit denen wir die Pfeife des Friedens geraucht haben, so müssen sie sterben!«

»Also nicht nur die Friedenshand hast du ihnen gegeben, sondern sogar das Kalumet mit ihnen geraucht? Wäre ich bei dir gewesen, so hätte ich dich gehindert, es zu tun. Ich werde dir den verlangten Beweis geben. Sag mir, wessen Freund du bist, etwa des Präsidenten Juarez?«

Der Gefragte machte eine wegwerfende Handbewegung und antwortete: »Juarez ist eine abgefallene Rothaut, die in Häusern wohnt und das Leben der Bleichgesichter führt. Ich verachte ihn. Die Krieger der Comanchen haben ihre

Tapferkeit dem großen Napoleon geliehen, der ihnen dafür Waffen, Pferde und Decken schenkt und ihnen die Apachen in die Hände gibt. Auch die Bleichgesichter sind Napoleons Freunde.«

»Das ist eben eine Lüge. Damit haben sie dich getäuscht. Sie sind nach Mexiko gekommen, um Juarez zu dienen. Hier sitzen meine Gefährten als Zeugen. Du weißt doch, wen der weiße Vater in Washington in seinen Schutz genommen hat?«

»Juarez.«

»Und daß drüben jenseits der Grenzen Soldaten angeworben werden, die man auf heimlichen Wegen an Juarez herüber sendet, weißt du auch. Nun, in La Grange wohnt ein Mexikaner, der Señor Cortesio heißt. Wir selbst sind bei ihm gewesen, und diese beiden Männer waren seine Nachbarn und Freunde. Er selbst hat es ihnen und uns gesagt, daß er viele Männer für Juarez anwirbt, und am Tag, bevor wir zu ihm kamen, einige der bei dir befindlichen Weißen zu Soldaten des Juarez gemacht hat. Die anderen aber sind Truppen, die die Angeworbenen begleiten müssen. Du bist ein Feind des Juarez und hast doch mit seinen Soldaten die Pfeife des Friedens geraucht, weil sie dich belogen haben.«

Das Auge des Häuptlings flammte zornig auf. Er wollte sprechen, doch Old Death fiel ihm in die Rede: »Laß mich vor dir sprechen! Also diese Bleichgesichter sind Soldaten des Juarez. Sie kamen auf die Estancia des Señor Atanasio, der ein Freund Napoleons ist. Er hatte einen hohen, alten Anführer der Franzosen als Gast bei sich. Die Bleichgesichter hätten diesen Mann getötet, wenn sie ihn erkannt hätten. Darum mußte er sich krank stellen und sich niederlegen. Man bestrich sein Gesicht mit dunkler Farbe, um ihm das Aussehen eines Indianers zu geben. Als nun die Bleichgesichter ihn sahen und fragten, wer er sei, wurde geantwortet, er sei der ›Gute Mann‹, der Häuptling der Apachen.«

Der Häuptling zog die Augenbrauen hoch. Er glaubte dem Erzähler, war aber doch so vorsichtig, zu fragen: »Warum sagte man diesen Namen?«

»Weil die Apachen es mit Juarez halten. Die Bleichgesichter mußten also in diesem Mann einen Freund erkennen. Und er war alt und hatte graues Haar, das er nicht verbergen konnte. Man wußte, daß der ›Gute Mann‹ auch graues Haar hat; darum gab man ihm den Namen dieses Apachen.«

»Uff! Jetzt verstehe ich dich. Dieser Señor muß ein sehr kluger Mann sein, daß er auf eine solche Ausrede gekommen ist. Aber wo war der Anführer des Napoleon, als meine Krieger kamen? Sie haben ihn nicht gesehen.«

»Er war bereits wieder fort. Du siehst also, es ist nur eine Ausrede gewesen, daß Winnetou den ›Guten Mann‹ gebracht habe. Die Bleichgesichter haben das geglaubt. Dann sind sie auf dich und deine Krieger gestoßen. Sie haben gewußt, daß die Comanchen Freunde der Franzosen sind und sich also auch für deren Freunde ausgegeben.«

»Ich glaube dir, aber ich muß einen sicheren Beweis haben, daß sie Anhänger des Juarez sind, sonst kann ich sie nicht bestrafen, denn sie haben aus unserem Kalumet geraucht.«

»Ich wiederhole, daß ich dir diesen Beweis geben werde. Vorher aber muß ich dir sagen, daß sich unter diesen Bleichgesichtern zwei Männer befinden, die ich gefangen nehmen will.«

»Warum?«

»Sie sind unsere Feinde, und wir haben unsere Pferde viele Tage lang auf ihrer Spur gehabt.«

Das war die beste Antwort. Hätte Old Death eine lange Erzählung über Gibson und William Ohlert gemacht, so hätte er das nicht erreicht, was er mit den kurzen Worten »Sie sind unsere Feinde« erreichen konnte.

Das zeigte sich sofort, denn der Häuptling sagte: »Wenn sie deine Feinde sind, so sind sie auch die unsrigen, sobald wir ihnen den Rauch des Friedens wieder genommen haben. Ich werde dir die beiden schenken.«

»Gut! So laß den Anführer der Bleichgesichter hierher kommen! Wenn ich mit ihm rede, wirst du bald erkennen, wie recht ich habe, wenn ich behaupte, daß er Anhänger des Juarez ist.«

Der Häuptling winkte. Einer seiner Krieger kam herbei und erhielt den betreffenden Befehl. Er schritt auf einen Weißen zu, sagte ihm einige Worte, und dann kam dieser zu uns, eine hohe, starke Gestalt mit bärtigem Gesicht und von martialischem Aussehen.

»Was soll ich?« fragte er, indem er uns mit einem finsteren, feindseligen Blick maß. Ich war jedenfalls von Gibson erkannt worden, und dieser hatte ihm gesagt, daß von uns nichts Gutes zu erwarten war. Meine Neugierde zu hören, wie Old Death seinen Kopf aus der Schlinge ziehen werde, war nicht gering.

Der alte, pfiffige Scout sah dem Frager mit sehr freundlichem Blick in das Gesicht und antwortete auf das höflichste: »Ich habe Euch von Señor Cortesio in La Grange zu grüßen, Señor.«

»Kennt Ihr ihn denn?« fragte der Mann schnell, ohne zu ahnen, daß er soeben an eine sehr gefährliche Angel beiße.

»Natürlich kenne ich ihn«, meinte der Alte. »Wir sind Freunde seit langer Zeit. Leider kam ich zu spät, um Euch bei ihm zu treffen, doch gab er mir die Richtung an, in der wir Euch treffen könnten.«

»Wirklich? So müßt Ihr freilich ein sehr guter Freund von ihm sein. Welche Richtung nannte er?«

»Die Furt zwischen dem Las Moras und Rio Moral, und dann über Baya und Tabal nach Chihuahua. Ihr seid allerdings von dieser Route ein wenig abgewichen.«

»Weil wir unsere Freunde, die Comanchen, trafen.«

»Eure Freunde? Ich denke, die Krieger der Comanchen sind Eure Gegner!«

Der Mann kam ganz sichtlich in große Verlegenheit; er räusperte sich und hustete, um Old Death ein Zeichen zu geben, der aber nichts zu bemerken schien. Old Death fuhr fort: »Ihr haltet es ja mit Juarez; die Comanchen aber kämpfen für die Franzosen.«

Jetzt hatte sich der Mexikaner gefaßt. Er erklärte: »Señor, da irrt Ihr Euch sehr. Auch wir stehen auf der Seite der Franzosen.«

»Und schafft Angeworbene aus den Vereinigten Staaten nach Mexiko?«

»Ja, aber für Napoleon.«

»Ah so! Also Señor Cortesio wirbt für Napoleon an?«

»Natürlich! Für wen denn anders?«

»Ich denke, für Juarez.«

»Das fällt ihm gar nicht ein!«

»Schön! Ich danke Euch für diese Aufklärung, Señor! Ihr könnt jetzt wieder an Euern Platz zurückkehren.«

Über das Gesicht des Mannes zuckte es zornig. Sollte er sich von diesem unscheinbaren Menschen wie ein Untergebener fortweisen lassen?

»Señor«, sagte er, »woher habt Ihr das Recht, mich so einfach in dieser Weise gehen zu heißen?«

»An diesem Feuer sitzen nur Häuptlinge und hervorragende Personen.«

»Ich bin Offizier!«

»Des Juarez?« fragte Old Death, schnell emporfahrend.

»Ja – nein, nein, Napoleons, wie ich bereits sagte.«

»Nun, soeben habt Ihr Euch glanzvoll versprochen. Ein Offizier, zumal in solchen Verhältnissen, sollte seine Zunge doch besser bewahren können. Ich bin mit Euch fertig, Ihr könnt gehen.«

Der Offizier wollte noch etwas sagen. Da aber machte der Häuptling eine gebieterisch fortweisende Armbewegung, der er gehorchen mußte.

»Nun, was sagt mein Bruder jetzt?« fragte Old Death.

»Sein Gesicht klagt ihn an«, antwortete der »Weiße Biber«, »aber auch das ist noch kein Beweis.«

»Du bist aber überzeugt, daß er Offizier und bei jenem Señor Cortesio gewesen ist?«

»Ja.«

»Er muß also zu der Partei gehören, für die Cortesio anwirbt.«

»So ist es. Beweise mir aber, daß dieser Mann für Juarez anwirbt, so bin ich befriedigt.«

»Nun, hier ist der Beweis.«

Er griff in die Tasche und zog den Paß hervor, der mit »Juarez« unterschrieben war. Er öffnete ihn und fuhr fort: »Um uns selbst zu überzeugen, daß Cortesio für Juarez arbeitet und daß alle Bleichgesichter, die zu ihm kommen, Freunde von Juarez sind, haben wir so getan, als ob auch wir uns anwerben lassen wollten. Er hat uns angenommen und jedem von uns einen Paß gegeben, der mit dem Namen Juarez unterzeichnet ist. Mein Gefährte kann dir den seinen ebenfalls zeigen.«

Der Häuptling nahm den Paß und betrachtete ihn genau. Ein grimmiges Lächeln glitt über sein Gesicht.

»Der ›Weiße Biber‹ hat nicht die Kunst der Weißen gelernt, auf dem Papier zu sprechen«, sagte er, »aber er kennt das Zeichen ganz genau, das er hier sieht. Es ist das Totem des Juarez. Und unter meinen Kriegern ist ein junger Mann, ein Halbblut, der als Knabe viel bei den Bleichgesichtern gewesen ist und die Kunst versteht, das Papier sprechen zu lassen. Ich werde ihn rufen.«

Er rief laut einen Namen aus. Ein junger, hell gefärbter Mann trat herbei und nahm auf einige Worte des Häuptlings den Paß in die Hand, kniete neben dem Feuer nieder und las, zugleich übersetzend, die Worte vor. Ich verstand ihn nicht; aber Old Deaths Gesicht wurde heller und immer heller. Als der Halbwilde geendet hatte, gab er den Paß mit sichtlichem Stolz, eine solche Kunst ausgeübt zu haben, zurück und entfernte sich. Old Death steckte den Paß ein und fragte: »Soll auch mein Gefährte den seinen zeigen?«

Der Häuptling schüttelte den Kopf.

»Weiß mein roter Bruder nun, daß diese Bleichgesichter ihn belogen haben und seine Feinde sind?«

»Er weiß es nun ganz gewiß. Er wird seine hervorragendsten Krieger sofort versammeln, um mit ihnen zu beraten, was geschehen soll.«

»Soll ich an dieser Beratung teilnehmen?«

»Nein. Mein Bruder ist klug im Rat und mutig bei der Tat, aber wir brauchen ihn nicht, denn er hat bewiesen, was er beweisen wollte. Was nun zu geschehen hat, ist nur Sache der Comanchen, die belogen worden sind.«

»Noch eins. Es gehört zwar nicht zu der bisherigen Angelegenheit, ist aber von großer Wichtigkeit für uns. Warum ist mein roter Bruder so weit südwärts gezogen? Warum wagt er sich hinauf auf die Höhen der Wüste?«

»Die Comanchen wollten erst weiter nördlich reiten; aber sie haben erfahren, daß Winnetou mit großen Scharen zum Rio Conchos aufgebrochen ist, und daß infolgedessen die Dörfer der Apachen hier unbewacht stehen. Wir haben uns daher schnell nach Süden gewendet und werden hier eine so große Beute machen, wie noch keine heimgeschafft wurde.«

»Winnetou nach dem Rio Conchos? Hm! Ist diese Nachricht zuverlässig? Von wem hast du sie? Wohl von den zwei Indianern, die nordwärts von hier auf Euch trafen?«

»Ja. Ihr habt ihre Fährte gesehen.«

»Wir sahen sie. Was für Indianer waren es?«

»Sie sind vom Stamm der Topia, Vater und Sohn.«

»Befinden sie sich noch bei dir, und darf ich mit ihnen sprechen?«

»Mein Bruder darf alles tun, was ihm gefällt.«

»Auch mit den beiden Bleichgesichtern sprechen, die du mir ausliefern wirst?«

»Wer soll dich daran hindern?«

»So habe ich nur noch eine Bitte: Erlaube mir, um das Lager zu gehen! Wir sind in Feindesland, und ich möchte mich überzeugen, daß alles zu unserer Sicherheit Erforderliche geschehen ist.«

»Tut es, obgleich es nicht nötig ist. Der ›Weiße Biber‹ hat das Lager und die Wachen geordnet. Auch sind unsere Kundschafter vor uns. Also ist alles in Ordnung.«

Seine Freundschaft für Old Death mußte sehr groß sein, da er sich nicht beleidigt fühlte durch das Verlangen des Scout, selbst nach den getroffenen Sicherheitsmaßregeln zu sehen. Die beiden vornehmen Comanchen, die vollständig wortlos bei ihm gesessen waren, erhoben sich jetzt und schritten in gemessener Haltung davon, um die Teilnehmer der Beratung zusammenzuholen. Die anderen Comanchen nahmen nun wieder an ihren Feuern Platz. Die beiden Langes und Sam bekamen einen Platz an einem der Feuer angewiesen und drei tüchtige Stücke gebratenen Pferdefleischs vorgelegt. Old Death aber nahm mich beim Arm und zog mich fort zu dem Feuer, an dem die Weißen allein saßen. Als man uns dort kommen sah, stand der Offizier auf, kam uns zwei Schritte entgegen und fragte in englischer

Sprache in feindseligem Ton: »Was hatte denn eigentlich das Examen zu bedeuten, Master, das Ihr beliebtet, mit mir anzustellen?«

Der Alte grinste ihn freundlich an und antwortete: »Das werden Euch nachher die Comanchen sagen; darum kann ich mir die Antwort ersparen. Übrigens befinden sich unter Euch Pferdediebe. Sprecht ja nicht in einem so hochtrabenden Ton mit Old Death! Es stehen sämtliche Comanchen zu mir und gegen Euch, so daß es nur eines kleinen Winks von mir bedarf, und es ist um Euch geschehen.«

Gespräch mit Gibson

Er wendete sich mit stolzer Gebärde von ihnen ab, blieb aber stehen, um mir Gelegenheit zum Sprechen zu lassen. Gibson und William Ohlert saßen ebenfalls in der Runde. Der letztere sah außerordentlich leidend und verkommen aus. Seine Kleidung war zerrissen, sein Haar verwildert. Die Wangen waren eingefallen, und die Augen lagen tief in ihren Höhlen. Er schien weder zu sehen noch zu hören, was um ihn vorging, hatte einen Bleistift in der Hand und ein Blatt Papier auf dem Knie liegend und stierte in einem fort darauf nieder. Mit ihm hatte ich zunächst nichts zu tun. Er war willenlos. Darum wendete ich mich an seinen Entführer: »Treffen wir uns endlich, Master Gibson? Hoffentlich bleiben wir von jetzt an für längere Zeit zusammen.«

Er lachte mir geradezu in das Gesicht und antwortete: »Mit wem redet Ihr denn da, Sir?«

»Mit Euch natürlich!«

»Nun, so natürlich ist das doch wohl nicht. Ich ersehe aus Eurem Blick, daß ich gemeint bin. Ihr nanntet mich Gibson, glaube ich?«

»Allerdings.«

»Nun, so heiße ich nicht.«

»Seid Ihr nicht in New Orleans vor mir davongelaufen?«

»Master, bei Euch rappelt es wohl unter dem Hut! Ich bin weder ein Irrenarzt, noch heiße ich Gibson.«

»Ja, wer so viele Namen hat, kann sehr leicht einen von ihnen verleugnen. Nanntet Ihr Euch nicht in New Orleans Clinton? Und in La Grange hießt Ihr wieder Señor Gavilano?«

»Das ist allerdings mein richtiger und eigentlicher Name. Was wollt Ihr überhaupt von mir? Ich habe nichts mit Euch zu schaffen. Laßt mich in Ruhe! Ich kenne Euch nicht!«

»Glaube es. Ein Polizist kommt zuweilen in die Lage, nicht erkannt zu werden. Mit dem Leugnen entkommt Ihr mir nicht. Ihr habt Eure Rolle ausgespielt. Ich bin Euch nicht von New York aus bis hierher gefolgt, um mich von Euch auslachen zu lassen. Ihr werdet mir von jetzt an dahin folgen, wohin ich Euch führe.«

»Oh! Und wenn ich es nicht tue?«

»So kann ich Euch hübsch auf ein Pferd binden, und ich denke, daß das Tier mir dann gehorchen wird.«

Da fuhr er auf, zog den Revolver und schrie: »Mann, sagt mir noch ein solches Wort, so soll Euch der Teufel auf ...«

Er kam nicht weiter. Old Death war hinter ihn getreten und schlug ihm den Gewehrkolben auf den Arm, daß er den Revolver fallen ließ.

»Führt nicht das große Wort, Gibson!« sagte der Alte. »Es befinden sich hier Leute, die sehr wohl imstande sind, Euch den großen Mund zu stopfen!«

Gibson hielt sich den Arm, wandte sich um und schrie:

»Soll ich Euch das Messer zwischen die Rippen geben? Meint Ihr, weil Ihr Old Death heißt, soll ich mich vor Euch fürchten?«

»Nein, mein Junge, fürchten sollst du dich nicht; aber gehorchen wirst du. Wenn du noch ein Wort sagst, das mir in die Nase fährt, so niese ich dich mit einer guten Büchsenkugel an. Hoffentlich wissen es uns die Gentlemen zu danken, wenn wir sie von so einem Halunken befreien, wie Ihr seid.«

Sein Ton und seine Haltung waren nicht ohne Einfluß auf Gibson. Dieser meinte bedeutend kleinlauter: »Aber ich weiß ja gar nicht, was Ihr wollt. Ihr verkennt mich. Ihr verwechselt mich mit einem anderen!«

»Das ist sehr unwahrscheinlich. Du hast ein so ausgesprochenes Spitzbubengesicht, daß es nie mit einem anderen verwechselt werden kann. Und übrigens sitzt der Hauptzeuge gegen dich hier neben dir.«

Er deutete bei diesen Worten auf William Ohlert.

»Der? Ein Zeuge gegen mich?« fragte Gibson. »Das ist wieder ein Beweis, daß Ihr mich verkennt. Fragt ihn doch einmal!«

Ich legte William die Hand auf die Schulter und nannte seinen Namen. Er erhob langsam dem Kopf, stierte mich verständnislos an und sagte nichts.

»Master Ohlert, Sir William, hört Ihr mich nicht?« wiederholte ich. »Euer Vater sendet mich zu Euch.«

Sein leerer Blick blieb an meinem Gesicht haften, aber er sprach kein Wort. Da fuhr Gibson ihn in drohendem Ton an: »Deinen Namen wollen wir hören. Nenne ihn sofort.«

Der Gefragte wendete den Kopf nach dem Sprecher und

antwortete halblaut und in ängstlichem Ton wie ein eingeschüchtertes Kind. »Ich heiße Guillelmo.«

»Was bist du?«

»Dichter.«

Ich fragte weiter: »Heißt du Ohlert? Bist du aus New York? Hast du einen Vater?«

Aber alle Fragen verneinte er, ohne sich im mindesten zu besinnen. Man hörte, daß er abgerichtet war. Es war gewiß, daß, seit Ohlert sich in den Händen dieses raffinierten Mannes befand, sich sein Geist mehr und mehr umnachtet hatte.

»Da habt Ihr Euern Zeugen!« lachte der Bösewicht. »Er hat bewiesen, daß Ihr Euch auf einem falschen Weg befindet. Also habt die Gewogenheit, uns von jetzt an ungeschoren zu lassen!«

»Will ihn doch um etwas Besonderes fragen«, sagte ich. »Vielleicht ist sein Gedächtnis doch noch stärker als die Lügen, die Ihr im eingepaukt habt.«

Mir war ein Gedanke gekommen. Ich zog die Brieftasche hervor, durch deren Verschluß das Wasser beim heutigen Bad nicht gedrungen war. Ich hatte das Zeitungsblatt mit Ohlerts Gedicht darin, nahm es heraus und las langsam und mit lauter Stimme den ersten Vers. Ich glaubte, der Klang seines eigenen Gedichtes werde ihn aus seiner geistigen Unempfindlichkeit reißen. Aber er blickte fort und fort auf seine Knie nieder. Ich las den zweiten Vers, ebenso vergeblich. Dann den dritten:

»Kennst du die Nacht, die auf den Geist dir sinkt,
Daß er vergebens um Erlösung schreit,
Die schlangengleich sich ums Gedächtnis schlingt
Und tausend Teufel ins Gehirn dir speit?«

Die letzten beiden Zeilen hatte ich lauter als bisher gelesen. Er erhob den Kopf; er stand auf und streckte die Hände aus. Ich fuhr fort:

»O sei vor ihr ja stets in wachen Sorgen...
Denn diese Nacht allein hat keinen Morgen!«

Da schrie er auf, zu mir hinspringend und nach dem Blatt greifend. Ich ließ es ihm. Er bückte sich zu dem Feuer nieder und las selbst, laut, von Anfang bis zu Ende. Dann richtete er sich auf und rief in triumphierendem Ton, so daß es weit durch das nächtlich stille Tal schallte: »Gedicht von Ohlert, von William Ohlert, von mir, von mir selbst! Denn ich bin dieser William Ohlert, ich selbst. Nicht du heißt Ohlert, nicht du, sondern ich!«

Die letzten Worte waren an Gibson gerichtet. Ein fürchterlicher Verdacht stieg in mir auf. Gibson befand sich im Besitz von Williams Legitimationen – sollte er, obwohl er älter als dieser war, sich für ihn ausgeben wollen? Sollte er...? Aber ich fand keine Zeit, diesen Gedanken auszudenken, denn der Häuptling kam, ganz die Ratsversammlung und seine Würde vergessend, herbeigesprungen, stieß William auf den Boden nieder und gebot: »Schweig, Hund! Sollen die Apachen hören, daß wir uns hier befinden? Du rufst ja den Kampf und den Tod herbei!«

William Ohlert stieß einen unverständlichen Klageruf aus und sah mit einem stieren Blick zu dem Indianer empor. Das Aufflackern seines Geistes war plötzlich wieder erloschen. Ich nahm ihm das Blatt aus der Hand und steckte es wieder zu mir. Vielleicht gelang es mir damit später wieder, ihn zum Bewußtsein seiner selbst zu bringen.

»Zürne ihm nicht!« bat Old Death den Häuptling. »Sein Geist ist umnachtet. Er wird fortan ruhig sein. Und nun sage mir, ob diese beiden Männer die Topias sind, von denen du zu mir sprachest!«

Er deutete auf zwei indianisch gekleidete Gestalten, die mit an dem Feuer der Weißen saßen.

»Ja, sie sind es«, antwortete der Gefragte. »Sie verstehen die Sprache der Comanchen nicht gut. Du mußt mit ihnen in der Sprache der Grenze reden. Aber sorgt dafür, daß dieser Weiße, dessen Seele nicht mehr vorhanden ist, sich still verhält, sonst muß ich ihm den Mund verbinden lassen!«

Tollkühne Spione

Er kehrte wieder zum Feuer der Beratung zurück. Old Death entfernte sich noch nicht, ließ vielmehr seinen Blick scharf und forschend über die beiden Indianer gleiten und fragte den älteren von ihnen: »Meine roten Brüder sind von dem Hochland von Topia herabgekommen? Sind die Krieger, die da oben wohnen, Freunde der Comanchen?«

»Ja«, antwortete der Mann. »Wir leihen unsere Tomahawks den Kriegern der Comanchen.«

»Wie kommt es aber, daß Eure Fährte vom Norden herbei führte, wo nicht Eure Brüder wohnen, sondern die Feinde der Comanchen, die Llanero-Apachen?«

Diese Frage schien den Indianer in Verlegenheit zu setzen, was man deutlich sehen konnte, weil weder er noch sein Sohn eine Malerei im Gesicht trug. Er antwortete nach einer Weile: »Mein weißer Bruder stellt da eine Frage, die er sich sehr leicht selbst beantworten kann. Wir haben das Kriegsbeil gegen die Apachen ausgegraben und sind nach Norden geritten, um ihren Aufenthaltsort auszukundschaften.«

»Was habt Ihr da gefunden?«

»Wir haben Winnetou gesehen, den größten Häuptling der Apachen. Er ist mit allen seinen Kriegern aufgebrochen, um den Krieg über den Rio Conchos zu tragen. Da kehrten wir zurück, dies den Unseren zu melden, damit diese sich beeilen möchten, über die Dörfer der Apachen herzufallen. Wir trafen dabei auf die Krieger der Comanchen und haben sie hierher geführt, damit auch sie das Verderben über unsere Feinde bringen möchten.«

»Die Comanchen werden Euch dankbar dafür sein. Aber seit wann haben die Krieger der Topias vergessen, ehrliche Leute zu sein?«

Es war klar, daß der Alte irgendeinen Verdacht gegen die beiden hegte; denn er sprach zwar sehr freundlich mit ihnen, aber seine Stimme hatte eine eigentümliche Färbung, einen Klang, den ich stets beobachtet hatte, wenn er die heimliche Absicht hegte, jemand zu überlisten. Den vermeintlichen Topias waren seine Fragen sehr unbequem. Der jüngere blitzte ihn mit feindseligen Augen an. Der ältere gab sich alle Mühe, freundlich zu antworten, doch hörte man, daß seine Worte nur widerstrebend über seine Lippen kamen.

»Warum fragt mein weißer Bruder nach unserer Ehrlichkeit?« sagte er jetzt. »Welchen Grund hat er, an ihr zu zweifeln?«

»Ich habe nicht die Absicht, Euch zu kränken, aber wie kommt es, daß Ihr nicht bei den Kriegern der Comanchen sitzt, sondern Euch hier bei den Bleichgesichtern niedergelassen habt?«

»Old Death fragte mehr, als er sollte. Wir sitzen hier, weil es uns so gefällt.«

»Aber Ihr erweckt dadurch die Meinung, daß die Comanchen die Topias verachten. Es sieht ganz so aus, als ob sie Vorteil von Euch ziehen wollen, Euch aber nicht erlauben, bei ihnen zu sitzen.«

Das war eine Beleidigung. Der Rote brauste auf: »Sprich nicht solche Worte, sonst hast du mit uns zu kämpfen. Wir haben bei den Comanchen gesessen und sind nun zu den Bleichgesichtern gekommen, um von ihnen zu lernen. Oder ist es vielleicht verboten zu erfahren, wie es in den Gegenden und Städten der Weißen zugeht?«

»Nein, das ist nicht verboten. Aber ich an Eurer Stelle würde vorsichtiger verfahren. Dein Auge hat den Schnee vieler Winter erblickt; darum solltest du wissen, was ich meine.«

»Wenn ich es nicht weiß, so sage es mir!« erklang es höhnisch. Da trat Old Death nahe zu ihm hin, bückte sich ein wenig zu ihm nieder und fragte in fast strengem Ton: »Haben die Krieger der Comanchen mit Euch die Pfeife des Friedens geraucht, und habt Ihr auch den Rauch des Kalumets durch Eure Nasen geblasen?«

»Ja.«

»So seid Ihr streng verpflichtet, nur das zu tun, was zu ihrem Vorteil dient.«

»Meinst du etwa, daß wir dies nicht tun wollen?«

Die beiden sahen einander scharf in die Augen. Es war, als ob ihre Blicke sich umkrallen wollten, um miteinander zu ringen. Dann antwortete Old Death: »Ich sehe es dir an, daß du mich verstanden und meine Gedanken erraten hast. Wollte ich sie aussprechen, so wärt Ihr beide verloren.«

»Uff!« rief der Rote, indem er emporsprang und zu seinem Messer griff. Auch sein Sohn richtete sich drohend auf und zog den Tomahawk aus dem Gürtel.

Old Death aber beantwortete diese feindlichen Bewegungen nur mit einem ernsten Kopfnicken und sagte: »Ich bin überzeugt, daß Ihr Euch nicht lange bei den Comanchen befinden werdet. Wenn Ihr zu denen zurückkehrt, die Euch ausgesandt haben, so sagt ihnen, daß wir ihre Freunde sind. Old Death liebt alle roten Männer und fragt nicht, zu welchem Stamm sie gehören.«

Da zischte ihm der andere die Frage entgegen: »Meinst du vielleicht, daß wir nicht zu dem Stamme der Topias gehören?«

»Mein roter Bruder mag bedenken, wie unvorsichtig es von ihm ist, diese Frage auszusprechen. Ich habe meine Gedanken verschwiegen, weil ich nicht dein Feind sein will. Darum verrätst du sie selbst. Stehst du nicht inmitten eines fünfhundertfachen Todes?«

Die Hand des Roten zuckte mit dem Messer, als ob er zustoßen wolle. »Sage mir also, wofür du uns hältst!« forderte er den Alten auf.

Dieser ergriff den Arm, dessen Hand das Messer hielt, zog den Indianer ein Stück beiseite, bis hin zu mir und sagte leise, doch so, daß ich es hörte, ein paar Worte in der Sprache der Indianer zu ihm. Natürlich kannte ich ihre Bedeutung nicht. Später erklärte mir Old Death, daß sie deutsch lauteten. »Ihr seid Apachen.« Old Deaths Worte waren von großer Wirkung, der Indianer trat einen Schritt zurück, riß seinen Arm aus der Hand des Alten, zückte das Messer zum Stoß und sagte: »Hund, du lügst!«

Old Death machte keine Bewegung, den Stoß von sich abzuwehren. Er raunte dem Aufgeregten leise zu: »Du willst den Freund Winnetous töten?«

War es der Inhalt dieser Worte oder war es der scharfe stolze Blick des Alten, der die beabsichtigte Wirkung hervorbrachte, kurz und gut, der Indianer ließ den Arm sinken. Er näherte seinen Mund dem Ohr Old Deaths und sagte drohend: »Schweig!«

Dann wendete er sich ab und setzte sich wieder nieder. Sein Gesicht war so ruhig und von undurchdringlichem Ausdruck, als ob gar nichts geschehen sei. Er sah sich durchschaut, aber es war ihm nicht die geringste Spur von Mißtrauen oder Furcht anzusehen. Kannte er Old Death so genau, um ihm keinen Verrat zuzutrauen? Oder wußte er sich aus irgendeinem anderen Grund sicher? Auch sein Sohn setzte sich ganz ruhig neben ihm nieder und steckte den Tomahawk wieder in den Gürtel. Die beiden Apachen hatten es gewagt, sich als Führer an die Spitze ihrer Todfeinde zu stellen, eine Kühnheit, die bewundernswert war. Wenn ihre Absicht gelang, so waren die Comanchen dem sicheren Verderben geweiht. Wir wollten nun die Gruppen verlassen, aber eine unter den Comanchen entstehende Bewegung veranlaßte uns, stehenzubleiben.

Wir sahen, daß die Beratung zu Ende war. Die Teilnehmer hatten sich erhoben, und den Kriegern war von ihrem Häuptling ein Befehl erteilt worden, infolgedessen auch sie ihre Feuer verließen und einen dichten Kreis um das Feuer bildeten, an dem wir uns befanden. Die Weißen wurden von ihnen eingeschlossen. Der »Weiße Biber« trat in würdevoller Haltung in den Kreis und erhob den Arm zum Zeichen, daß er sprechen wolle. Tiefes Schweigen herrschte rundum. Die Weißen ahnten noch nicht, was jetzt kommen würde. Sie waren aufgestanden. Nur die beiden vermeintlichen Topias blieben sitzen und blickten ruhig vor sich nieder, als ob der Vorgang sie gar nichts anginge. Auch William Ohlert saß noch auf seinem Platz und starrte auf den Bleistift, den er wieder in den Fingern hielt.

Die Rede des Häuptlings

Jetzt begann der Häuptling in langsamer, schwer betonter Rede: »Die Bleichgesichter sind zu den Kriegern der Comanchen gekommen und haben ihnen gesagt, daß sie ihre Freunde seien. Darum wurden sie von ihnen aufgenommen und haben mit ihnen die Pfeife des Friedens geraucht. Jetzt aber haben die Comanchen erfahren, daß sie von den Bleichgesichtern belogen wurden. Der ›Weiße Biber‹ hat alles, was für sie und was gegen sie spricht, genau abgewogen und mit seinen erfahrensten Männern beraten, was geschehen soll. Er ist mit ihnen darüber einig geworden, daß die Bleichgesichter uns belogen haben und unsere Freundschaft und unseren Schutz nicht länger verdienen. Darum soll von diesem Augenblick an der Bund mit ihnen aufgehoben sein, und die Feindschaft soll an die Stelle der Freundschaft treten.«

Er hielt für einen Augenblick inne. Der Offizier ergriff schnell die Gelegenheit, indem er fragte: »Wer hat uns verleumdet? Sicherlich sind es die vier Männer gewesen, die mit ihrem Schwarzen gekommen sind, die eine Gefahr über uns heraufbeschwören, die wir nicht verdient haben. Es ist von uns bewiesen worden, und wir wiederholen es, daß wir Freunde der Comanchen sind. Die Fremden aber mögen den Beweis bringen, daß sie es ehrlich mit unseren roten Brüdern meinen! Wer sind sie, und wer kennt sie? Haben sie Böses über uns gesprochen, so verlangen wir, es zu erfahren, um uns verteidigen zu können. Wir lassen uns nicht richten, ohne angehört worden zu sein! Ich bin Offizier, also ein Häuptling unter den Meinen. Ich kann und muß verlangen, an jeder Beratung, die über uns stattfinden soll, teilnehmen zu dürfen!«

»Wer hat dir die Erlaubnis gegeben zu sprechen?« fragte der Häuptling in strengem, stolzem Ton. »Wenn der ›Weiße Biber‹ redet, so hat jeder zu warten, bis er ausgesprochen hat! Du verlangst, gehört zu werden. Du bist gehört worden, als Old Death vorhin mit dir sprach. Es ist erwiesen, daß Ihr Krieger von Juarez seid. Wir aber sind Freunde von Napoleon; folglich seid Ihr unsere Feinde. Du fragst, wer diese vier Bleichgesichter seien, und ich sage dir: Sie sind tapfere, ehrliche Krieger. Wir kannten Old Death viele Winter vorher, bevor wir Eure Gesichter erblickten. Du forderst, an unserer Beratung teilnehmen zu dürfen. Ich sage dir, daß selbst Old Death nicht die Erlaubnis dazu erhalten hat. Die Krieger der Comanchen sind Männer. Sie bedürfen nicht der Klugheit der Bleichgesichter, um zu wissen, was klug oder unklug, was richtig oder falsch ist. Ich bin jetzt zu Euch getreten, um Euch zu sagen, was wir beschlossen haben. Ihr habt das ruhig anzuhören und kein Wort dazu zu sagen, was wir beschlossen haben, denn ...«

»Wir haben das Kalumet mit Euch geraucht«, unterbrach ihn der Offizier. »Wenn Ihr uns feindselig behandelt, so ...«

»Schweig, Hund!« donnerte ihn der Häuptling an. »Du hattest jetzt eine Beleidigung auf den Lippen. Bedenke, daß Ihr von über fünfhundert Kriegern umgeben seid, die bereit sind, diese augenblicklich zu rächen! Ihr habt das Kalumet nur infolge einer Täuschung, einer Lüge bekommen. Aber die Krieger der Comanchen kennen den Willen des großen Geistes. Sie achten die Gesetze und wissen, daß Ihr Euch jetzt noch unter dem Schutz des Kalumets befindet und daß sie Euch als Freunde behandeln müssen, bis Ihr diesen Schutz verlassen habt. Rot ist der heilige Pfeifenton, aus dem das Kalumet geschnitten wird. Rot ist die Farbe des Lichtes, des Tages und der Flamme, mit der das Kalumet in Brand gesteckt wird. Ist sie erloschen, so gilt der Friede, bis das Licht von neuem erscheint. Wenn das Licht des Tages beginnt, ist die Ruhe vorüber und unser Bund zu Ende. Bis dahin seid Ihr unsere Gäste. Dann aber wird Feindschaft zwischen uns und Euch sein. Ihr sollt hier sitzen und schlafen, und niemand wird Euch berühren. Aber sobald der Tag zu grauen beginnt, sollt Ihr davonreiten in der Richtung, aus der Ihr mit uns gekommen seid. Ihr sollt einen Vorsprung haben von einer Zeit, die Ihr fünf Minuten nennt; dann werden wir Euch verfolgen. Ihr sollt bis dahin alles behalten und mitnehmen dürfen, was Euch gehört; dann aber werden wir Euch töten und es uns holen. Die beiden aber unter Euch, die Old Death für sich haben will, sollen zwar auch bis dahin unsere Gäste sein, weil sie auch das Kalumet mit uns rauchten; aber sie werden nicht mit Euch reiten dürfen, sondern hier bleiben als Gefangene Old Deaths, der mit ihnen machen kann, was ihm beliebt. Das ist der Beschluß, den Ihr hören sollt. Der ›Weiße Biber‹, der Häuptling der Comanchen, hat gesprochen!« Er wandte sich ab.

»Was?« rief Gibson. »Ich soll ein Gefangener dieses alten Mannes sein? Ich werde...«

»Seid still!« unterbrach ihn der Offizier. »Es ist an den Anordnungen des Häuptlings nichts mehr zu ändern. Ich kenne die Roten. Übrigens bin ich überzeugt, daß der gegen uns gezielte Schlag auf die Verleumder zurückfallen wird. Noch ist es nicht Morgen. Bis dahin kann sehr viel geschehen. Vielleicht ist die Rache näher, als man denkt.«

Der Schwur der Eule

Sie setzten sich wieder nieder, wie sie vorhin gesessen hatten. Die Comanchen aber nahmen ihre Sitze nicht wieder ein, sondern löschten ihre Feuer und lagerten sich in einem vierfachen Kreis um die Weißen, so daß diese von allen Seiten eingeschlossen waren. Old Death nahm mich mit aus diesem Kreis hinaus. Er wollte auf Erkundung gehen.

»Meint Ihr, daß wir Gibson nun sicher haben, Sir?« fragte ich ihn.

»Wenn nicht etwas Unerwartetes geschieht, so kann er uns nicht entgehen«, antwortete er.

»Am allerbesten wäre es wohl, wir bemächtigten uns der beiden sofort?«

»Das ist unmöglich. Die verteufelte Friedenspfeife macht uns zu schaffen. Vor dem Anbruch der Morgenröte werden die Comanchen nicht dulden, daß wir Hand an Gibson legen. Dann aber können wir ihn kochen oder braten, mit oder ohne Gabel verzehren, ganz wie es uns beliebt.«

»Ihr spracht von etwas Unerwartetem. Befürchtet Ihr so etwas?«

»Leider! Ich kalkuliere, daß sich die Comanchen von den beiden Apachen in eine gefährliche Falle haben locken lassen.«

»So haltet Ihr sie in der Tat für Apachen?«

»Ihr sollt mich aufhängen dürfen, wenn sie keine sind. Zunächst kam es mir verdächtig vor, als ich hörte, daß zwei Topias vom Rio Conchos her gekommen seien. Das darf man wohl einem roten Comanchen, nicht aber so einem alten Scout weismachen, wie ich bin. Als ich sie dann sah, wußte ich sofort, daß mein Verdacht mich nicht irre geführt hat. Die Topias gehören zu den halbzivilisierten Indianern. Sie haben einen weichen, verschwommenen Gesichtsausdruck. Nun seht Euch dagegen diese scharfen, kühn geschnittenen Züge der zwei Roten an! Und gar dann, als ich sie sprechen hörte! Sie verrieten sich sofort durch die Aussprache. Und dann, als ich dem einen ins Gesicht sagte, daß er ein Apache sei, hat mir da nicht sein ganzes Verhalten Recht gegeben?«

»Könnt Ihr Euch nicht täuschen?«

»Nein. Er nannte Winnetou den ›größten Häuptling der Apachen‹. Wird ein Feind der Apachen sich eines Ausdruckes bedienen, der eine solche Ehre und Auszeichnung enthält? Ich wette mein Leben, daß ich mich nicht irre.«

»Ihr habt allerdings gewichtige Gründe. Aber wenn Ihr wirklich recht haben solltet, so sind diese Leute geradezu zu bewundern. Zwei Apachen, die sich in eine Schar von über fünfhundert Comanchen wagen, das ist mehr als ein Heldenstück!«

»Oh, Winnetou kennt seine Leute!«

»Ihr meint, daß er sie gesandt hat?«

»Ja. Wir wissen von Señor Atanasio, wann und wo Winnetou den Rio Grande durchschwommen hat. Er kann unmöglich schon am Rio Conchos sein, zumal mit seinen sämtlichen Kriegern. Nein, wie ich ihn kenne, so ist er direkt zu der Bolson de Mapimi geritten, um seine Apachen zu sammeln. Er hat sofort verschiedene Späher ausgesandt, um die Comanchen aufzusuchen und in die Mapimi zu locken. Während diese ihn am Rio Conchos vermuten und die Dörfer der Apachen für von aller Verteidigung entblößt halten, erwartet er sie hier und wird über sie herfallen, um sie mit einem einzigen Schlag zu vernichten.«

»Alle Wetter! Dann sitzen wir mitten drin; denn die beiden Apachen betrachten uns als ihre Feinde!«

»Nein. Sie wissen, daß ich sie durchschaut habe. Ich brauchte dem ›Weißen Biber‹ nur ein einziges Wort zu sagen, so müßten sie eines gräßlichen Todes sterben. Daß ich das nicht tue, ist ihnen der sicherste Beweis, daß ich ihnen nicht nur nicht feindlich, sondern sehr freundlich gesinnt bin.«

»So begreife ich nur eines noch nicht, Sir. Ist es nicht Eure Pflicht, die Comanchen zu warnen?«

»Hm! Ihr berührt da einen verteufelt heiklen Punkt. Die Comanchen sind Verräter. Sie haben die unschuldigen Apachen mitten im Frieden überfallen und hingemordet. Das muß nach göttlichem und menschlichem Recht bestraft werden. Aber wir haben die Friedenspfeife mit ihnen geraucht und dürfen nicht an ihnen zu Verrätern werden.«

»Da habt Ihr freilich sehr recht. Aber meine ganze Sympathie gehört diesem Winnetou.«

»Die meine auch. Ich wünsche ihm und den Apachen alles Gute. Wir dürfen seine zwei Leute nicht verraten; aber dann sind die Comanchen verloren, auf deren Seite wir auch stehen müssen. Was ist da zu tun? Wir befinden uns in einer schlimmen Lage.«

»Könnten wir nicht Winnetous Überfall vereiteln, ohne seine beiden Leute zu opfern?«

»Ich wüßte nicht, wie das anzufangen wäre. Ja, wenn wir Gibson und Ohlert hätten, so könnten wir unseres Weges ziehen und die beiden Feinde sich selbst überlassen.«

»Nun, das wird ja morgen früh der Fall sein.«

»Oder auch nicht. Es ist wohl möglich, daß wir morgen abend um diese Stunde in den ewigen Jagdgründen sowohl mit Apachen wie mit Comanchen Biber fangen oder gar einen alten Büffelstier töten und verzehren.«

»Ist die Gefahr so nahe?«

»Ich denke es, und dazu habe ich zwei Gründe. Erstens liegen die nächsten Dörfer der Apachen nicht allzu weit von hier, und Winnetou darf doch die Comanchen nicht zu nahe kommen lassen. Und zweitens führte dieser mexikanische Offizier Reden, die mich irgendeinen Streich für heute vermuten lassen.«

»Da habt Ihr recht. Wir können uns auf das Kalumet der Comanchen und auch auf mein Totem verlassen, zumal Winnetou Euch kennt und auch mich bereits gesehen hat. Aber wer zwischen zwei Mühlsteine kommt, der wird eben zermahlen, selbst wenn er von dem einzelnen Stein nichts zu befürchten hat.«

»So gehen wir entweder nicht dazwischen, oder wir sorgen dafür, daß sie nicht anfangen zu mahlen. Wir gehen jetzt auf Erkundung. Vielleicht ist es trotz der Dunkelheit möglich, irgend etwas zu sehen, was meinen Gedanken eine kleine Erleuchtung gibt. Kommt leise und langsam hinter mir her! Wenn ich nicht irre, so bin ich schon einmal in diesem Tal gewesen; darum kalkuliere ich, daß ich mich schnell zurechtfinden werde.«

Es zeigte sich so, wie ich vermutet hatte. Wir befanden uns in einem kleinen, fast kreisrunden Talkessel, dessen Breite man sehr leicht in fünf Minuten durchlaufen konnte. Er hatte einen Eingang, durch den wir gekommen waren, und einen Ausgang, der ebenso schmal wie der Eingang war. Da hinaus waren die Kundschafter geschickt worden. In der Mitte des Tales befand sich das Comanchenlager. Die Wände des kleinen Kessels bestanden aus Fels, der steil anstieg und die Gewähr zu geben schien, daß niemand hinauf noch herab könne. Wir waren rundum gegangen und an den Posten vorübergekommen, die sowohl am Ein- als auch am Ausgang standen. Jetzt näherten wir uns dem Lager wieder.

»Fatal!« brummte der Alte. »Wir stecken ganz richtig in der Falle, und es will mir kein Gedanke kommen, wie man sich da befreien könnte. Müßten es machen wie der Fuchs, der sich das Bein wegbeißt, mit dem er in das Eisen getappt ist.«

»Könnten wir den ›Weißen Biber‹ nicht so weit bringen, daß er das Lager sofort verläßt, um ein anderes aufzusuchen?« »Das wäre das einzige, was wir versuchen könnten. Aber ich glaube nicht, daß er darauf eingeht, ohne daß wir ihm sagen, daß er zwei Apachen bei sich hat. Und das wollen wir absolut vermeiden.«

»Vielleicht seht Ihr zu schwarz, Sir. Vielleicht sind wir hier ganz sicher. Die beiden Punkte, durch welche man herein kann, sind ja mehr als zur Genüge mit Wachen besetzt.«

»Ja, zehn Mann hüben und zehn Mann drüben, das sieht ganz gut aus. Aber wir dürfen nicht vergessen, daß wir es mit Winnetou zu tun haben. Wie der sonst so kluge und vorsichtige ›Weiße Biber‹ auf den dummen Gedanken gekommen ist, sich ausgerechnet in so einem abgeschlossenen Tal festzusetzen, das ist mir ein Rätsel. Die beiden Apachenkundschafter müssen ihm ein ganz gewaltiges X für das richtige U ans Kamisol geschrieben haben. Ich werde mit ihm sprechen. Sollte er bei seiner Meinung bleiben und es passiert etwas, so halten wir uns möglichst neutral. Wir sind Freunde der Comanchen, müssen uns aber auch hüten, einen Apachen zu töten. Na, da haben wir das Lager, und dort steht der Häuptling. Kommt mit hin zu ihm!«

Man erkannte gegen das Feuer hin den »Weißen Biber« an seinen Adlerfedern. Als wir zu ihm traten, fragte er: »Hat mein weißer Bruder sich überzeugt, daß wir uns in Sicherheit befinden?«

»Nein«, antwortete der Alte.

»Was hat er an diesem Ort auszusetzen?«

»Daß er einer Falle gleicht, in der wir alle stecken.«

»Mein Bruder irrt sich sehr. Dieses Tal ist keine Falle, sondern es gleicht ganz genau einem solchen Ort, den die Bleichgesichter Fort nennen. Es kann kein Feind herein.«

»Ja, zu den Eingängen vielleicht nicht, denn sie sind so eng, daß sie durch zehn Krieger der Comanchen leicht verteidigt werden können. Aber können sie nicht von den Höhen herabsteigen?«

»Nein. Sie sind zu steil.«

»Hat mein roter Bruder sich hiervon überzeugt?«

»Sehr genau. Die Söhne der Comanchen sind am hellen Tag hierher gekommen. Sie haben alles untersucht. Sie haben die Probe gemacht, an dem Fels emporzuklettern; es ist ihnen aber nicht gelungen.«

»Vielleicht ist es leichter, von oben herab als von unten hinauf zu kommen. Ich weiß, daß Winnetou klettern kann wie das wilde Dickhornschaf der Berge.«

»Winnetou ist nicht hier. Die beiden Topias haben es mir gesagt.«

»Vielleicht haben sie sich geirrt; sie haben es vielleicht von jemand erfahren, der es selbst nicht genau wußte.«

»Sie haben es gesagt. Sie sind Feinde Winnetous, und ich glaube ihnen.«

»Aber wenn es wahr ist, daß Winnetou auf Fort Inge war, so kann er nicht schon hier gewesen sein, seine Krieger gesammelt haben und sich bereits jenseits des Rio Conchos befinden. Mein Bruder möge die kurze Zeit mit dem langen Weg vergleichen.«

Der Häuptling senkte nachdenkend das Haupt. Er schien zu einem Resultat gekommen zu sein, das mit der Meinung des Scout übereinstimmte, denn er sagte: »Ja, die Zeit war kurz, und der Weg ist lang. Wir wollen die Topias noch einmal fragen.«

Er ging nach dem Lagerfeuer, und wir folgten ihm. Die Weißen blickten uns finster entgegen. Seitwärts von ihnen saßen

Lange, sein Sohn und der Neger Sam. William Ohlert schrieb auf sein Blatt, taub und blind für alles andere. Die vermeintlichen Topias blickten erst auf, als der Häuptling das Wort an sie richtete: »Wissen meine Brüder ganz genau, daß ...«

Er hielt inne. Von der Höhe des Felsens erklang das ängstliche Kreischen eines kleinen Vogels und gleich darauf der gierige Schrei einer Eule. Der Häuptling lauschte, Old Death auch. Als ob er damit spielen wolle, ergriff Gibson einen neben ihm liegenden Ast und stieß damit in das Feuer, daß es einmal kurz und scharf aufflackerte. Er wollte es zum zweiten Mal tun, wobei die Augen sämtlicher Weißen befriedigt auf ihn gerichtet waren; da aber sprang Old Death auf ihn zu, riß ihm den Ast aus der Hand und rief drohend: »Das laßt bleiben, Sir! Wir müssen es uns verbitten!«

»Warum?« schrie Gibson zornig. »Darf man nicht einmal das Feuer schüren?«

»Nein. Wenn da oben die Eule schreit, so antwortet man nicht hier unten mit diesem vorher verabredeten Zeichen.«

»Ein Zeichen? Seid Ihr denn toll?«

»Ja, ich bin so toll, daß ich jedem, der es wagt, noch einmal in dieser Weise in das Feuer zu stoßen, sofort eine Kugel durch den Kopf jagen werde!«

»Verdammt! Ihr gebärdet Euch ganz so, als ob Ihr hier der Herr wärt!«

»Der bin ich auch, und Ihr seid mein Gefangener, mit dem ich verteufelt kurzen Prozeß machen werde, wenn mir Eure Physiognomie nicht mehr gefällt. Bildet Euch ja nicht ein, daß Old Death sich von Euch täuschen läßt!«

»Das, das muß man sich bieten lassen? Müssen wir das wirklich, Señores?«

Diese Frage war an die anderen gerichtet. Old Death hatte seine beiden Revolver in den Händen, ich ebenso. Im Nu standen die beiden Langes und Sam neben uns, auch mit den Revolvern. Wir hätten auf jeden geschossen, der so unvorsichtig gewesen wäre, nach seiner Waffe zu greifen. Und zum Überfluß rief der Häuptling seinen Leuten zu: »Legt alle die Pfeile an!«

Im Nu hatten die Comanchen sich erhoben, und Dutzende von Pfeilen waren auf die Weißen gerichtet, die inmitten der auf sie gerichteten Spitzen saßen.

»Da seht Ihr es!« lachte Old Death. »Noch schützt Euch das Kalumet. Man hat Euch sogar die Waffen gelassen. Aber sobald Ihr nur die Hand nach einem Messer streckt, ist es aus mit dem Schutz, in dem Ihr noch steht.«

Da ertönte das Gekreisch und der Eulenruf abermals, hoch, gerade wie vom Himmel herab. Die Hand Gibsons zuckte, als ob er nach dem Feuer greifen wolle; aber er wagte doch nicht, es zu tun. Nun wiederholte der Häuptling seine vorher unterbrochene Frage an die Topias: »Wissen meine Brüder ganz genau, daß Winnetou sich jenseits des Conchos befindet?«

»Ja, sie wissen es«, antwortete der Ältere.

»Sie mögen sich besinnen, bevor sie mir Antwort geben!«

»Sie irren sich nicht. Sie waren in den Büschen versteckt, als er vorüber zog, und haben ihn gesehen.« Und nun fragte der Häuptling noch weiter, und der Topia antwortete prompt. Schließlich sagte der »Weiße Biber«: »Deine Erklärung hat den Häuptling der Comanchen befriedigt. Meine weißen Brüder mögen wieder mit mir gehen!«

Diese Aufforderung war an Old Death und mich gerichtet; aber der erstere winkte den beiden Langes mitzukommen. Sie taten es und brachten auch Sam mit.

»Warum ruft mein Bruder auch seine anderen Gefährten herbei?« fragte der Häuptling.

»Weil ich denke, daß ich sie bald brauchen werde. Wir wollen in der Gefahr beisammen stehen.«

»Es gibt keine Gefahr.«

»Du irrst. Hat dich der Ruf der Eule nicht auch aufmerksam gemacht? Ein Mensch stieß ihn aus.«

»Der ›Weiße Biber‹ kennt die Stimmen aller Vögel und aller Tiere. Er weiß sie zu unterscheiden von den nachgemachten Tönen aus der Kehle des Menschen. Das war eine wirkliche Eule.«

»Und Old Death weiß, daß Winnetou die Stimmen vieler Tiere so getreu und genau nachahmt, daß man sie von der wirklichen nicht zu unterscheiden vermag. Ich bitte dich, vorsichtig zu sein! Warum schlug dieses Bleichgesicht in das Feuer? Es war ein verabredetes Zeichen, das zu geben er beauftragt war.«

»So müßte er es mit den Apachen verabredet haben, und er kann doch mit ihnen nicht zusammengetroffen sein!«

»So hat es ein anderer mit ihnen verabredet, und dieses Bleichgesicht hat den Auftrag erhalten, das Zeichen zu geben, damit der eigentliche Verräter sich nicht vor Euch bloßstelle.«

»Meinst du, daß wir Verräter unter uns haben? Ich glaube

es nicht. Und selbst wenn dies der Fall wäre, so brauchten wir die Apachen nicht zu fürchten, denn sie können nicht an den ausgestellten Posten vorüber und auch nicht zu den Felsen herab.«

»Vielleicht doch. Mit Hilfe der Lassos können sie sich von Punkt zu Punkt herablassen, denn es ist – – – horch!«

Der Eulenruf erscholl abermals, und zwar nicht von der Höhe, sondern von weiter unten.

»Es ist der Vogel wieder«, meinte der Comanche ohne alle Beunruhigung. »Deine Sorge ist sehr überflüssig.«

»Nein. Alle Teufel! Die Apachen sind da, mitten im Tal. Hörst du?«

Im Kampf mit Winnetou

Von dem Ausgang des Tales her erscholl ein lauter, schriller, erschütternder Schrei, ein Todesschrei. Und gleich darauf erzitterte die stille Luft von dem vielstimmigen Kriegsgeheul der Apachen. Wer dasselbe auch nur ein einziges Mal vernommen hat, der kann es nie, nie wieder vergessen. Kaum war dieses Geschrei erschollen, so sprangen alle Weißen am Feuer auf.

»Dort stehen die Hunde«, rief der Offizier, indem er auf uns deutete. »Drauf auf sie!«

»Ja, drauf!« kreischte Gibson. »Schlagt sie tot!«

Wir standen im Dunkeln, so daß sie ein sehr unsicheres Zielen hatten. Darum zogen sie es vor, nicht zu schießen, sondern sich mit hochgeschwungenen Gewehren auf uns zu werfen. Jedenfalls war dies vorher verabredet, denn ihre Bewegungen waren so schnell und sicher, daß sie nicht die Folge einer augenblicklichen Eingebung sein konnten. Wir standen höchstens dreißig Schritte von ihnen entfernt. Aber dieser Raum gab Old Death Zeit zu der Bemerkung: »Nun, habe ich nicht recht? Schnell in die Höhe mit den Gewehren! Wollen sie gehörig empfangen.«

Sechs Gewehre richteten sich auf die gegen uns Anstürmenden, denn auch der Häuptling hielt das seine in der

Hand. Unsere Schüsse krachten – zweimal aus den Doppelbüchsen. Ich hatte keine Zeit zu zählen, wie viele getroffen niederstürzten. Auch die Comanchen waren aufgesprungen und hatten ihre Pfeile den Kerls von der Seite zu und in den Rücken geschickt. Ich sah nur noch, daß Gibson trotz seines auffordernden Rufes nicht mit auf uns eingedrungen war. Er stand noch am Feuer, hatte Ohlerts Arm ergriffen und bemühte sich, ihn vom Boden emporzuzerren. Mein Auge konnte diese beiden nur für einen Augenblick erfassen. Weitere Beobachtungen waren unmöglich, denn das Geheul war schnell näher gekommen, und jetzt drangen die Apachen auf die Comanchen ein.

Da der Schein des Feuers nicht weit genug reichte, konnten die Angreifer nicht sehen, wie viele Feinde sie vor sich hatten. Die Comanchen standen noch immer im Kreis, doch wurde dieser augenblicklich durchbrochen und durch den Anprall auf der einen Seite aufgerollt. Schüsse krachten, Lanzen sausten, Pfeile schwirrten, Messer blinkten. Dazu das Geheul der beiden gegnerischen Scharen und der Anblick dunkler, miteinander ringender Gestalten, die das Aussehen wütender Teufel hatten! Allen Apachen voran war einer mit gewaltigem Stoß durch die Linie der Comanchen gedrungen. Er hatte in der Linken den Revolver und in der Rechten den hoch erhobenen Tomahawk. Während jede Kugel mit Sicherheit einen Comanchen niederstreckte, sauste das Schlachtbeil wie ein Blitz von Kopf zu Kopf. Er trug keine Auszeichnung auf dem Kopf, auch war sein Gesicht nicht bemalt. Wir sahen es mit größter Deutlichkeit. Aber auch wenn dies nicht der Fall gewesen wäre, so hätte die Art und Weise, in der er kämpfte, und der Umstand, daß er einen Revolver hatte, uns erraten lassen, wer er sei. Der »Weiße Biber« erkannte ihn ebenso schnell wie wir.

»Winnetou!« rief er. »Endlich habe ich ihn! Ich nehme ihn auf mich.«

Er sprang von uns fort und in das Kampfgewühl hinein. Die Gruppen schlossen sich so dicht hinter ihm, daß wir ihm nicht mit den Augen folgen konnten.

»Was tun wir?« fragte ich Old Death. »Die Comanchen erwarten natürlich von uns, daß wir uns am Kampf gegen ihre Feinde beteiligen.«

Der Scout antwortete nicht sogleich. Er überflog den Kampfplatz mit prüfendem Blick, und erst dann sagte er: »Sie brauchen uns nicht. Die Apachen sind in der Minderzahl; sie werden aufgerieben werden, wenn sie sich nicht schnell davonmachen. Gehen wir zu den Pferden, damit kein Stampedo entsteht.«

Unter Stampedo versteht man ein Scheuwerden oder auch absichtliches Scheumachen der Pferde, so daß diese fliehen. Wir waren gezwungen, einen weiten Bogen zu machen. Die anderen gingen viel schneller als ich. Ich konnte den Blick nicht von dem Kampfgewühl wegbringen. Ich hörte einen lauten Ruf. Einige Indianer lösten sich von der kämpfenden Menge, um zu fliehen. Es waren Apachen. Nicht aus Angst vor ihnen, sondern um ihnen nicht hinderlich zu sein, bog ich noch viel weiter aus, damit sie mich nicht sehen und dadurch etwa zu einem Umwege verleitet werden sollten. Sie rannten zum Ausgang des Tales und entkamen im Dunkel der Nacht. Andere folgten ihnen. Die

Apachen hatten eingesehen, daß sie der Übermacht nicht gewachsen waren. Sie brachen durch die Reihen der Comanchen, um zu fliehen. Ich hatte den Rand des Tales erreicht und schritt daran entlang. So mußte ich unbemerkt zu den Pferden kommen. Da ertönte vom Kampfplatz her ein fürchterliches Geheul.

»Ihm nach, ihm nach!« hörte ich die Stimme des »Weißen Bibers«. »Er darf uns nicht entkommen!«

Ich blieb stehen und blickte hinüber. Das Feuer war fast zertreten, dennoch sah ich, daß der Platz leer wurde, weil alle nach dem Ausgang des Tales eilten. Jeder schrie aus Leibeskräften, so daß ein wahrhaft höllischer Lärm entstand. Da hörte ich eilige Schritte. Eine dunkle Gestalt tauchte gerade vor mir auf, sprang augenblicklich auf mich ein und warf mich zu Boden. Der Mann kniete auf mir und legte mir die Hände um den Hals, so daß ich keinen Laut ausstoßen konnte. Ich bemerkte, daß es ein Indianer war, wohl ein Apache, der hatte fliehen wollen und dabei auf mich gestoßen war. Er wollte mich erwürgen, ohne irgendein Geräusch zu verursachen. Der Mann besaß eine ungeheure Körperstärke. Seine Finger lagen wie eiserne Klammern um meinen Hals. Nur List konnte mich retten. Ich machte einige verzweifelte Bewegungen und streckte mich dann lang aus, wodurch in ihm der Glaube erweckt wurde, daß mir der Atem ausgegangen sei. Jetzt löste er seine rechte Hand von meinem Hals, jedenfalls um nach dem Messer zu greifen, es mir in das Herz zu stoßen und mir dann den Skalp zu nehmen. Mit der Linken hielt er mich noch fest, aber ich konnte doch einen Atemzug tun. Diesen Augenblick mußte ich benutzen. Ich bäumte mich empor und warf ihn ab. Er flog zur Seite auf den Boden und ich schnellte mich auf ihn, um ihn nun meinerseits beim Hals zu nehmen.

Da erhielt ich einen Stoß gegen das Knie, so daß mir der Kopf in den Nacken flog – ein Knirschen und Prasseln in meiner Kinnlade – ich achtete nicht darauf. Er hatte mir das Messer von unten herauf in die Kinnlade gestoßen; die Klinge war, wie sich später herausstellte, in die Mundhöhle gedrungen, ohne glücklicherweise die Zunge zu verletzen. Ich hatte ihn bei der Kehle und drückte ihm diese so zusammen, daß sich seine Hand vom Griff des Messers löste. Es blieb mir in der Wunde stecken. Er faßte meine Hände, um sie los zu bringen, er versuchte, mich abzuwerfen, vergebens. Für mich handelte es sich um Tod oder Leben, und ich nahm alle Kraft zusammen, mich zu retten.

Keiner von uns beiden hatte bis jetzt ein Wort oder auch nur einen Laut hören lassen, jeder war nur darauf bedacht, den Feind nicht aufkommen zu lassen. Er machte es mir ungeheuer schwer und entwickelte eine Gewandtheit, die fast noch größer war als seine Körperkraft. Mit aalglatten Bewegungen suchte er mir zu entschlüpfen. Aber es gelang ihm nicht. Endlich wurden seine Bewegungen langsamer und schwächer, und seine Hände lösten sich von den meinigen. Er lag still.

Das konnte eine List sein wie vorhin von meiner Seite. Ich nahm also meine Hände nur vorsichtig von seinem Hals. Er war indessen wirklich bewußtlos. Jetzt hätte ich ihn töten oder binden und den Comanchen übergeben können; aber ich war gewillt, weder das eine noch das andere zu tun – er sollte entkommen. Zunächst zog ich das Messer aus meiner Wunde, die sogleich stark zu bluten begann. Dann betastete ich ihn, da es zu dunkel war, ihn betrachten zu können. Welche Überraschung; ich hatte – Winnetou besiegt! Um ihn zu hindern, beim Erwachen irgendeine Handlung vorzunehmen, die ihm zum Nachteil gereichen konnte, band ich ihm die Hände und Füße zusammen, zog ihn zum nächsten Baum, richtete ihn in sitzende Stellung auf und befestigte ihn da mit dem Lasso an dem Stamm.

Der Kampf war noch nicht zu Ende. Die Apachen hatten bemerkt, daß Winnetou noch nicht entkommen war. Um ihm Zeit zu geben, hatten sie sich in dem engen Ausgang festgesetzt, wohin die Comanchen ihnen nicht folgen konnten. Die letzteren schickten zwar ihre Pfeile in das dichte Gewühl, jedenfalls aber ohne Erfolg, da die Apachen wohl so klug waren, Deckung zu suchen. Ich eilte zu den Pferden, wo ich Old Death fand, dem ich meine Heldentat berichtete.

»Winnetou?« fuhr er erstaunt auf. »Das muß ein Irrtum sein, denn Ihr hättet ein verteufeltes Glück gehabt. Und verwundet seid Ihr? So kommt schnell zum Feuer!«

Das verlassene Feuer brannte nur noch ganz spärlich, doch reichte es für den Alten aus, meine Wunde zu untersuchen.

»Etwas weiter nach innen, und er hätte Euch die Zunge zerstochen«, sagte er. »So aber ist die Geschichte gar nicht so gefährlich. Der Stich wird Euch für einige Zeit am Sprechen und Kauen hindern; das ist aber auch alles. Führt mich jetzt zu dem Apachen, aber so, daß uns niemand bemerkt!«

Als wir bei diesem ankamen, saß er noch so am Baum, wie ich ihn verlassen hatte; aber das Bewußtsein war ihm zurückgekehrt, denn er empfing uns mit den Worten: »Die weißen Verräter mögen mich losbinden. Ich werde ihnen nicht entfliehen. Sie mögen mich den Hunden der Comanchen übergeben, damit diese mich zerfleischen. Mein Todesgesang wird ein Triumph über sie sein.«

»Ja, ich werde Winnetou losbinden«, sagte ich.

Ich wollte noch etwas hinzufügen, aber er fiel schnell ein: »Das Bleichgesicht kennt Winnetou trotz der Dunkelheit? Warum hat er mich nicht getötet?«

»Wie sollte ich den berühmten Häuptling der Apachen, deren Freund ich bin, töten!«

»Unser Freund willst du sein? Und doch hast du oder deine weißen Genossen uns ein falsches Zeichen gegeben!«

»Wie meinst du das?«

»Ihr habt das Feuer nur ein einziges Mal aufleuchten lassen, als ich die Stimme der Eule erschallen ließ, und doch solltet Ihr es für jedes Hundert der Comanchen einmal tun. Unsere Feinde waren weit über fünfhundert; ich aber mußte glauben, daß nur hundert Feinde vorhanden seien.«

»Ah, das also war es! Davon wußten wir nichts.«

»Ihr habt es gewußt!«

»Nein. Du verkennst uns«, entgegnete ich und erzählte kurz, wie wir zu den Comanchen gekommen; ich schloß mit den Worten: »Hier hast du dein Messer. Du bist frei.«

Ich hatte ihn während meiner Worte losgebunden und gab ihm nun sein Messer zurück. Er sprang auf.

»Ist's wahr?« fragte er. »Du willst Winnetou frei geben, obgleich sein Messer dich getroffen hat?«

»Ja. Du kannst gehen, wohin du willst. Wir werden dich aus dem Tal führen, ohne daß die Comanchen dich sehen können.«

»Winnetou bedarf keines Führers, denn er kennt diesen Ort genau. Er hört den Kampfruf seiner Krieger und muß sich ihnen zeigen. Er wird den beiden Bleichgesichtern dankbar sein, solange er lebt. Sie mögen sich von den Comanchen trennen, denn diese Verräter sind dem Tod geweiht. Uff!«

Als er das letzte Wort sagte, sahen wir ihn schon nicht mehr. Er eilte fort.

»Alle Wetter! So schnell sollte das nicht gehen!« meinte der Alte. »Ich hatte noch einiges mit ihm zu reden. Wer weiß, ob es ihm gelingt zu entkommen. Ihr hättet ihn nicht so schnell losbinden sollen, so daß er gezwungen war, uns Rede und Antwort zu stehen. Bedenkt doch, daß wir so viel von ihm zu erfahren hatten! Kommt! Wollen wieder zu den Pferden gehen. Habe ein wenig Verbandszeug in der Satteltasche und will sehen, ob ich Euch das Loch da unten im Kinn verstopfen kann.«

Als wir an der betreffenden Stelle anlangten, waren die beiden Langes und Sam, die sich vorhin dort befunden hatten, nicht mehr da. Sie hatten sich wohl zu den Comanchen begeben, um nach dem Verlauf des Scharmützels zu sehen. Erst nach geraumer Zeit hatte der Alte in der Dunkelheit sein Pferd unter den anderen herausgefunden. Dann stellte es sich heraus, daß es ihm eben dieser Dunkelheit wegen unmöglich war, mich richtig zu verbinden. Wir wollten also nach dem Feuerplatz gehen, um den Brand neu anzufachen, damit der Scout besser sehen könne. Noch hatten wir denselben nicht ganz erreicht, da hielt mich der Alte am Arm zurück, deutete vorwärts, wo ein brennender Ast noch ein leidliches Flämmchen gab, und sagte: »Seht Ihr dort die geschäftigen Gestalten! Alle Teufel! Ich glaube gar, das sind Apachen!«

Ich strengte die Augen an und bemerkte allerdings eine Anzahl dunkler Gestalten, die sich dort sehr eifrig hin und her bewegten.

»Sollten das wirklich Apachen sein?« fragte ich. »Das wäre doch ein ungeheures Wagnis.«

»Zuzutrauen ist es ihnen, da sie sich unter dem Befehl Winnetous befinden. Sie werden ihre Toten fortschaffen wollen, damit diese nicht von den Comanchen skalpiert werden können, denn ein Skalpierter hat in den ewigen Jagdgründen seinen Sieger in alle Ewigkeit als Sklave zu bedienen. Das ist der Glaube der Indianer, und darum wagen sie stets alles, dem Feind ihre Gefallenen zu entreißen. Aber wie sind diese Apachen in das Tal zurückgekommen, das sie vorhin fliehend verließen? Mir wird himmelangst um die Comanchen. Sie werden ihren Verrat teuer bezahlen müssen. Jetzt können wir nicht mehr zum Feuer. Wir müssen wieder zurück.«

Wir zogen uns eine Strecke zurück und ließen uns in das Gras nieder. Der Scout versicherte mir, mit seinen geübten

Augen von hier aus die Apachen noch erkennen zu können. Mir freilich war dies nicht möglich. Hinten am Ausgang wurde noch immer gekämpft, wie das Geschrei, das von den Indianern bei jedem Pfeilschuß ausgestoßen wird, uns verriet.

Zehn Minuten mochten wir so gelegen haben, als Old Death mich aufforderte, mit zum Feuer zu kommen. Wir stolperten über die zahlreich dort umherliegenden Leichen zu dem Feuer, in dem der Ast noch leicht flackerte. Old Death suchte die umherliegenden Holzreste zusammen und blies das Feuer wieder an. Jetzt sahen wir, daß alle Toten skalpiert waren, ein schrecklicher Anblick für mich, der ich so etwas zum ersten Mal sah. Meine Wunde war schnell verbunden; dann begaben wir uns zu den Kämpfenden. Die Comanchen standen zerstreut, weil sie sonst den Pfeilen der Gegner ein gutes Ziel geboten hätten. Wir suchten den Häuptling auf.

»Wo bleiben meine weißen Brüder?« fragte er. »Ich habe nicht gesehen, daß sie mit uns kämpften.«

»Der Häuptling der Comanchen hat keine Zeit gehabt, uns zu beobachten. Auch wir haben tapfer gekämpft. Mein Gefährte ist sogar verwundet worden. Ich habe ihn verbunden.«

»So mag mir mein Bruder meine Worte verzeihen. Die Apachen sind uns entkommen, aber morgen in aller Frühe werde ich sie verfolgen und vernichten.«

»Meinst du, daß dir das wirklich gelingen werde?«

»Ganz gewiß! Denkt mein Bruder etwa anders als ich? So irrt er sich.«

»Hast du nicht, als ich dich vorhin warnte, auch gesagt, daß ich mich irre? Ich habe dieses Tal eine Falle genannt. Vielleicht wird es dir unmöglich, sie zu verlassen.«

»Laß nur den Tag erscheinen, dann sehen wir die wenigen Feinde, die übrig geblieben sind, und werden sie schnell erlegen. Jetzt sind sie durch die Dunkelheit geschützt.«

»So ist es doch unnötig, auf sie zu schießen! Wenn Ihr Eure Pfeile verschossen habt, so gibt Euch dieses Tal zwar Holz genug, neue zu fertigen; aber habt Ihr auch Eisenspitzen dazu? Vergeudet Eure Verteidigungsmittel nicht! Und wie steht es mit den zehn Kriegern der Comanchen, die den Eingang des Tales bewachen? Befinden sie sich noch dort?«

»Nein; sie sind hier. Der Kampf hat sie herbeigelockt.«

»So sende sie unverzüglich wieder hin, damit dir wenigstens der Rückzug offen bleibt!«

»Die Sorge meines Bruders ist ganz überflüssig. Die Apachen sind durch den Ausgang geflohen. Zum Eingang aber kann keiner gelangen.«

»Und doch rate ich dir, es zu tun. Die zehn Mann können dir hier nichts nützen; dort sind sie nötiger als hier.«

Der Häuptling folgte dieser Aufforderung, freilich mehr aus Achtung für Old Death als aus Überzeugung, daß diese Maßregel notwendig sei. Bald stellte es sich heraus, wie recht der Alte gehabt habe; denn als die zehn den betreffenden Befehl erhalten hatten und fort waren, ertönten vom Eingang des Tales her zwei Büchsenschüsse, denen ein wildes Geheul antwortete. Einige Minuten später kehrten zwei von den zehn zurück, um zu melden, daß sie mit zwei Kugeln und vielen Pfeilen empfangen worden seien; sie beide seien die einzigen Übriggebliebenen.

»Nun, habe ich mich abermals geirrt?« fragte der Scout. »Die Falle ist hinten und vorn geschlossen, und wir stecken drin.«

Der »Weiße Biber« fand keine Erklärung. Er fragte im betroffenen Ton: »Uff! Was soll ich tun?«

»Verschwende nicht die Kräfte und die Waffen deiner Leute! Stelle je zwanzig oder dreißig Mann gegen den Aus- und Eingang des Tales, um diese beiden Punkte bewachen zu lassen. Die übrigen Leute mögen sich zurückziehen, um zu ruhen, damit sie früh gute Kräfte haben. Das ist das einzige und wohl auch das Beste, was man dir raten kann.«

Dieses Mal befolgte der Häuptling den Rat sofort. Dreißig Comanchen blieben hier. Dreißig andere wandten sich dem Eingang zu, und die übrigen kehrten zum Lagerplatz zurück, wo sie beim Anblick ihrer skalpierten Brüder ein entsetzliches Wutgeheul ausstießen. Als wir dort anlangten und die Leichen zählten, fanden wir über dreißig tote Comanchen und acht Weiße, aber eines Apachen Leiche war nicht zu sehen. Der »Weiße Biber« konnte sich das nicht erklären, er hielt es für Zauber, während wir unterrichtet waren. Old Death sagte zu mir: »Wo mögen die anderen Bleichgesichter nur geblieben sein?«

Erst jetzt dachte ich an diese. Nur die Toten lagen da; die übrigen waren verschwunden. Auch Gibson und William Ohlert waren fort.

»Das ist schlimm!« rief ich aus. »Die Kerle haben sich zu den Apachen in Sicherheit gebracht.«

»Ja, und dort sind sie natürlich gut aufgenommen worden, da sie es mit den beiden Kundschaftern, den vermeintlichen Topias, gehalten haben.«

»So ist uns Gibson abermals verloren!«

»Nein. Wir haben das Totem des ›Guten Mannes‹; die Apachen kennen mich; Winnetou hat Euch sein Leben und seine Freiheit zu verdanken; also versteht es sich ganz von selbst, daß wir von ihm als Freunde aufgenommen werden. Dann werde ich es schon so weit bringen, daß uns Gibson und Ohlert ausgeliefert werden. Wir verlieren einen Tag, das ist alles.«

»Aber wenn nun die beiden sich auf und davon machen?«

»Das glaube ich nicht. Sie müßten quer durch die Mapimi, und das können sie nicht wagen ... Aber was ist denn das?«

Ein Haufen der Comanchen stand beisammen. Aus seiner Mitte erklang ein markerschütterndes Stöhnen und Wimmern. Wir gingen hinzu und sahen einen Weißen, der nicht tot, sondern wieder zu sich gekommen war. Er hatte einen Lanzenstich durch den Unterleib erhalten, von hinten her, also von einem Comanchen, als die Weißen auf uns eindrangen. Von den Apachen war er dann für tot gehalten und skalpiert worden.

Old Death kniete zu ihm nieder und untersuchte seine Wunde. »Mann«, sagte er, »Ihr habt vielleicht noch zehn Minuten zu leben. Macht Euer Herz leicht, und geht mit keiner Lüge in die Ewigkeit. Ihr habt es mit den Apachen gehalten?«

»Ja«, antwortete der Gefragte wimmernd.

»Ihr wußtet, daß wir in dieser Nacht überfallen werden sollten?«

»Ja. Die beiden Topias hatten die Comanchen zu diesem Zweck hierher geführt.«

»Und Gibson sollte das Zeichen mit dem Feuer geben?«

»Ja, Sir. Eigentlich mußte er so oft in das Feuer schlagen, als es hundert Comanchen waren. Dann hätte Winnetou sie nicht heute, sondern erst morgen an einem anderen Ort angegriffen, weil er heute nur hundert Mann bei sich hatte. Morgen aber stoßen die übrigen zu ihm.«

»Dachte es mir. Daß ich Gibson verhindert habe, den Ast noch viermal in das Feuer zu stoßen, hat die Apachen veranlaßt, uns jetzt schon zu überfallen. Nun aber haben sie die Ausgänge besetzt. Wir können nicht fort, und morgen wird sich dieses Tal zu einem offenen Grab gestalten, in dem wir langsam abgeschlachtet werden.«

»Wir werden uns wehren!« knirschte der Häuptling, der dabei stand, grimmig. »Dieser Verräter hier aber soll als räudiger Hund in die Jagdgründe gehen, um dort von den Wölfen gejagt zu werden, daß ihm der Geifer in Ewigkeit von der Zunge trieft.«

Er zog sein Messer und stieß es dem Verwundeten ins Herz.

»Torheit!« rief Old Death zornig. »Du brauchtest an ihm nicht zum Mörder zu werden. Seine Strafe wäre noch schlimmer gewesen, wenn er noch kurze Zeit als Skalpierter hätte leben müssen.«

»Ich habe ihn getötet, und nun ist seine Seele die Sklavin der meinen. Wir aber wollen jetzt Kriegsrat halten. Die

Krieger der Comanchen haben nicht Lust zu warten, bis die Hunde der Apachen in Menge herbeigekommen sind. Wir können noch heute durch den Ausgang dringen.«

Er setzte sich mit seinen Unteranführern an dem Feuer nieder.

Old Death mußte auch teilnehmen. Ich saß mit Lange, dessen Sohn und dem Neger so weit vom Feuer entfernt, daß ich nichts hören konnte, zumal die Verhandlung in unterdrücktem Ton geführt wurde. Doch ersah ich aus den Zügen und lebhaften Handbewegungen des Scouts, daß dieser nicht der Meinung der Indianer war. Er schien die seinige lebhaft zu verteidigen, doch ohne Erfolg. Endlich sprang er zornig auf, und ich hörte ihn sagen: »Nun, so rennt in Euer Verderben! Ich habe Euch bereits wiederholt gewarnt, ohne gehört zu werden. Ich habe stets recht gehabt und werde es auch dieses Mal haben. Macht, was Ihr wollt. Ich aber und meine Gefährten, wir bleiben zurück.«

»Bist du zu feig, um mit uns zu kämpfen?« fragte einer der Unteranführer.

Old Death machte eine heftige Bewegung gegen ihn und wollte ihm eine strenge Antwort geben, besann sich aber und sagte ruhig: »Mein Bruder muß erst seinen Mut beweisen, bevor er mich nach dem meinen fragen darf. Ich heiße Old Death, und das ist genug gesagt.«

Der Tod des »Weissen Bibers«

Er kam zu uns und setzte sich da nieder, während die Roten noch eine Weile berieten. Endlich waren sie zu einem Entschluß gekommen und standen von ihren Sitzen auf. Da ertönte von jenseits der das Lagerfeuer rund umgebenden Comanchen eine laute Stimme: »Der ›Weiße Biber‹ mag hierher sehen. Meine Büchse ist sehr hungrig auf ihn.«

Aller Augen wendeten sich nach der Stelle, von welcher aus die Worte ertönten. Dort stand Winnetou, hoch aufgerichtet mit angeschlagenem Gewehr. Die beiden Läufe blitzten kurz nacheinander auf. Der »Weiße Biber« stürzte getroffen nieder und neben ihm einer der Unterhäuptlinge.

»So werden alle Lügner und Verräter sterben!« erklang es noch. Dann war der Apache verschwunden. Das war so schnell geschehen, daß die Comanchen gar nicht auf den Gedanken gekommen waren oder vielmehr gar nicht Zeit gefunden hatten aufzuspringen. Nun aber fuhren sie alle empor und stürzten dorthin, wo er verschwunden war. Nur wir vier blieben zurück. Old Death trat zu den beiden Häuptlingen. Sie waren tot.

»Welch ein Wagnis!« rief Lange. »Dieser Winnetou ist ein wahrer Teufel!«

»Pah!« lachte Old Death. »Das Richtige kommt noch. Paßt einmal auf!«

Kaum hatte er die Worte gesagt, so hörten wir ein durchdringendes Geheul.

»Da habt Ihr es!« meinte er. »Er hat nicht nur die beiden Häuptlinge für ihre Verräterei bestraft, sondern auch die Comanchen fortgelockt. Die Pfeile der Apachen werden ihre Opfer fordern. Horcht!«

Der scharfe, dünne Knall eines Revolvers war zu hören, drei-, fünf-, achtmal hintereinander.

»Das ist Winnetou«, meinte Old Death. »Er bedient sich seiner Revolver. Ich glaube, der Kerl steckt mitten unter den Comanchen, ohne daß sie ihm etwas anhaben können!«

Dem alten Westmann waren solche Ereignisse etwas ziemlich Gewöhnliches. Sein Gesicht war so ruhig, als ob er im Theater den Verlauf eines Stückes verfolge, dessen Aufbau und Schluß ihm schon bekannt war. Ich aber fühlte ein gelindes Entsetzen über die Art und Weise, Menschenleben zu vernichten. Die Comanchen kehrten zurück, da es ihnen nicht gelungen war, Winnetou zu treffen; statt dessen aber trugen sie mehrere der Ihrigen, die tot oder verwundet waren. Zivilisierte Leute hätten sich dabei sowohl aus Teilnahme als auch aus Klugheit ruhig verhalten. Die Roten aber heulten und brüllten, als ob sie gepfählt werden sollten, und tanzten mit um die Köpfe geschwungenen Kriegsbeilen um die Leichen.

»Ich würde das Feuer auslöschen lassen und mich anstelle dieser Kerle sehr ruhig verhalten«, sagte Old Death. »Sie heulen ihren eigenen Todesgesang.«

»Was ist denn eigentlich im Kriegsrat beschlossen worden?« fragte Lange.

»Sich nach Westen durchzuschlagen, und zwar sofort.«

»Welche Dummheit! Da gehen sie ja den Apachen, die hier eintreffen sollen, grad entgegen.«

»Das wohl nicht, Master, denn es wird ihnen nicht gelingen durchzukommen. Allerdings, wenn es ihnen gelänge, so hätten sie Winnetou hinter sich und die von ihm erwarteten Hilfstruppen vor sich; sie befänden sich also in der Mitte und würden aufgerieben. Aber sie glauben die Apachen in der Minderzahl und sind gewiß, diese vernichten zu können. Übrigens wissen sie, daß der Sohn des ›Weißen Bibers‹ mit seiner Schar, die wir getroffen haben, nachkommen wird; das verdoppelt ihre Zuversicht. Nun werden sie erst recht vor Begierde brennen, den Tod der beiden Häuptlinge zu rächen. Aber die Comanchen sollten den Anbruch des Tages erwarten und dann an der anderen Seite durchbrechen, rückwärts, woher wir gekommen sind. Am Tag sieht man den Feind und die Hindernisse, die er einem bereitet. Aber meine Ansicht drang nicht durch. Uns freilich kann es äußerst gleichgültig sein, was sie tun. Wir machen nicht mit.«

»Das werden uns die Comanchen übelnehmen.«

»Habe nichts dagegen. Old Death hat gar keine Lust, sich nutzlos den Kopf einzurennen. Horcht! Was war das?«

Die Comanchen heulten noch immer, so daß sich nicht bestimmen ließ, welcher Art das Geräusch gewesen war, das wir soeben gehört hatten.

»Diese Dummköpfe!« zürnte Old Death. »Winnetou ist

ganz der Mann, sich den unzeitigen Lärm, den sie da vollführen, zunutze zu machen. Vielleicht legt er Bäume nieder, um den Ausgang zu verschließen, denn es klang ganz wie das Krachen und Prasseln eines fallenden Baumes. Ich möchte darauf schwören, daß keiner von den Comanchen entkommen wird, eine schreckliche, aber gerechte Strafe dafür, daß sie mitten im Frieden ahnungslose Indianerdörfer überfallen und sogar die Abgesandten ermordet haben. Wenn es Winnetou gelingt, die Ausgänge zu verschließen, so kann er seine Leute zurückziehen, hier im Tal zusammennehmen und die Unvorsichtigen von hinten angreifen. Ich traue ihm das zu.«

Endlich war die vorläufige Totenklage zu Ende, und die Comanchen verhielten sich still, traten zusammen und erhielten die Weisungen des Unteranführers, der nunmehr den Befehl übernahm. Dann hoben sie die Toten auf, die bei der Verfolgung Winnetous gefallen waren, und trugen sie fort. Die Leichen aber, die skalpiert worden waren, ließen sie liegen, denn deren Seelen waren nicht mehr für die ewigen Jagdgründe zu retten.

»Sie scheinen jetzt aufbrechen zu wollen«, sagte Old Death. »Wir müssen zu unseren Pferden, damit sie sich nicht etwa an ihnen vergreifen. Master Lange, geht mit Eurem Sohn und Sam hin, um sie zu holen. Wir beide bleiben hier, denn ich vermute, daß der Häuptling uns noch eine kleine Rede halten wird.«

Er hatte recht. Als die drei fort waren, kam der jetzige Anführer langsamen Schrittes auf uns zu und sagte: »Die Bleichgesichter sitzen ruhig auf der Erde, während die Comanchen sich zu ihren Pferden begeben. Warum stehen sie nicht auch auf?«

»Weil wir noch nicht erfahren haben, was von den Comanchen beschlossen worden ist.«

»Wir werden das Tal verlassen.«

»Aber es wird Euch nicht gelingen, hinauszukommen.«

»Old Death ist wie eine Krähe, deren Stimme stets häßlich klingt. Die Comanchen werden alles niederreiten, was sich ihnen in den Weg stellt.«

»Sie werden nichts und niemand niederreiten, als nur sich selbst. Wir aber bleiben hier.«

»Ist Old Death nicht unser Freund? Hat er nicht die Pfeife des Friedens mit uns geraucht? Ist er nicht verpflichtet, mit uns zu kämpfen? Die Bleichgesichter sind tapfere und kühne Krieger. Sie werden uns begleiten und sich an unsere Spitze stellen.«

Da stand Old Death auf, trat ganz nahe an den Comanchen heran, lachte ihm in das Gesicht und antwortete: »Mein Bruder hat einen schlauen Gedanken. Die Bleichgesichter sollen voranreiten, um den Comanchen den Weg zu öffnen und dabei unterzugehen. Wir sind Freunde der Comanchen, aber wir haben nicht ihren Häuptlingen zu gehorchen. Wir sind zufällig auf sie getroffen, aber wir haben uns nicht verpflichtet, an ihrem Kriegszug teilzunehmen. Wir sind mutig und tapfer; mit diesen Worten hat mein Bruder die Wahrheit gesagt. Wir halfen unseren Freunden bei jedem Kampf, der mit Sinn und Überlegung geführt wird; aber wir nehmen nicht teil an Plänen, von denen wir schon vorher wissen, daß sie mißlingen werden.«

»So werden die Weißen nicht mitreiten? Ich hatte sie für tapfere Leute gehalten!«

»Wir sind es. Aber wir sind auch vorsichtig. Wir sind die Gäste der Comanchen. Wann ist bei ihnen die Sitte aufgekommen, ihre Gäste, die sie doch beschützen sollten, gerade an die Spitze zu stellen, wo der Tod unvermeidlich ist? Mein Bruder ist schlau, aber wir sind nicht dumm. Auch mein Bruder ist ein sehr tapferer Krieger, und darum bin ich überzeugt, daß er seinen Leuten voranreiten wird, denn das ist die Stelle, wohin er gehört.«

Der Rote wurde verlegen. Seine Absicht, uns zu opfern, um sich zu retten, war sehr unverfroren. Als er sah, daß er bei uns nicht durchkam, wurde er nicht nur verlegen, sondern sogar zornig. Sein bisher ruhiger Ton wurde strenger, als er sich erkundigte: »Was werden die Bleichgesichter tun, wenn die Comanchen fort sind? Werden sie sich etwa den Apachen anschließen?«

»Wie wäre das möglich, da mein Bruder die Apachen doch vernichten will! Es sind also gar keine vorhanden, denen wir uns anschließen könnten.«

»Aber es werden welche nachkommen. Wir dürfen nicht dulden, daß die Bleichgesichter hier zurückbleiben. Sie müssen mit uns fort.«

»Ich habe bereits gesagt, daß wir bleiben.«

»Wenn die Weißen nicht mit uns gehen, müssen wir sie als unsere Feinde betrachten.«

»Und wenn die Comanchen uns als solche ansehen, werden wir sie auch als Feinde behandeln.«

»Wir werden ihnen ihre Pferde nicht geben.«

»Und wir haben sie uns bereits genommen. Da werden sie uns eben gebracht.«

In der Tat kamen unsere Freunde gerade mit unseren Pferden heran. Der Häuptling zog die Brauen finster zusammen und sagte: »So haben die Weißen also bereits ihre Vorkehrungen getroffen. Ich sehe, daß sie uns feindlich gesinnt sind und werde sie von meinen Kriegern gefangennehmen lassen.«

Der Scout ließ ein kurzes, unheimlich klingendes Lachen hören und antwortete: »Der Häuptling der Comanchen täuscht sich sehr in uns. Ich habe dem ›Weißen Biber‹ bereits gesagt, daß wir hier bleiben werden. Wenn wir diesen Entschluß nun ausführen, so enthält er nur das, was ich gesagt habe, aber nicht die mindeste Feindseligkeit gegen die Comanchen. Es ist also gar kein Grund vorhanden, uns gefangenzunehmen.«

»Wir werden es aber dennoch tun, wenn die Weißen mir nicht sofort versprechen, mit uns zu reiten und sich an unsere Spitze zu stellen.«

Der Blick Old Deaths schweifte forschend umher. Über sein Gesicht glitt jenes Grinsen, das bei ihm stets anzeigte, daß er im Begriff stehe, jemandem eine Schlappe beizubringen. Wir drei standen am Feuer. Wenige Schritte von uns hielten die anderen mit den Pferden. Kein einziger Comanche befand sich mehr in der Nähe. Sie waren alle zu ihren Pferden gegangen. Old Death sagte in deutscher Sprache, so daß der Comanche seine Worte nicht verstehen konnte: »Wenn ich ihn niederschlage, dann schnell auf die Pferde und mir nach, dem Eingang des Tales zu, denn die Comanchen befinden sich auf der anderen Seite.«

»Mein Bruder mag nicht diese Sprache reden. Ich will wissen, was er seinen Gefährten zu sagen hat.«

»Das soll der Häuptling sofort erfahren. Ihr habt heute wiederholt meinen Rat mißachtet und seid durch den darauf folgenden Schaden selbst jetzt noch nicht klug geworden. Ihr geht dem sicheren Tod entgegen und wollt uns zwingen, Euch und uns selbst hineinzuführen. Ihr kennt, wie es scheint, Old Death noch immer nicht. Meinst du, ich ließe mich zwingen, etwas zu tun, was ich zu unterlassen beschlossen habe? Ich sage dir, daß ich mich weder vor dir noch all deinen Comanchen fürchte. Du willst uns gefangen nehmen? Merkst du denn nicht, daß du dich in meiner Hand befindest. Sieh diese Waffe! Nur die kleinste Bewegung, so schieße ich dich nieder!«

Er hielt ihm den Revolver entgegen. Der Indianer wollte nach seinem Messer greifen, aber sofort saß ihm Old Deaths Waffe auf der Brust.

»Die Hand weg!« zischte ihn der Alte an. Jener ließ die Hand sinken.

»So! Ich mache keinen Spaß mit dir. Du zeigst dich als Feind von uns, und so gebe ich dir die Kugel, wenn du mir nicht augenblicklich gehorchst!«

Die bemalten Züge des Roten kamen in Bewegung. Er blickte sich forschend um, aber Old Death bemerkte: »Suche nicht Hilfe von deinen Leuten! Selbst wenn sie sich hier befänden, würde ich dich niederschießen. Deine Gedanken sind so schwach wie diejenigen eines alten Weibes, dessen Gehirn vertrocknet ist. Du bist von Feinden eingeschlossen, denen Ihr unterliegen müßt, und doch schaffst du dir in uns weitere Feinde, die noch mehr zu fürchten sind als die Apachen. Wie wir bewaffnet hier stehen, schießen wir hundert von Euch nieder, bevor ein Pfeil von Euch uns erreichen kann. Willst du deine Leute mit aller Gewalt in den Tod führen, so tu es. Für uns aber gelten deine Befehle nicht.«

Der Indianer stand eine kurze Weile schweigend. Dann sagte er: »Mein Bruder muß bedenken, daß meine Worte nicht so gemeint waren!«

»Ich nehme deine Worte, wie sie klingen. Was du damit meinst, das geht mich nichts an.«

»Nimm deine Waffe weg, wir wollen Freunde bleiben!«

»Ja, das können wir. Aber bevor ich die Waffe von deiner Brust nehme, muß ich Sicherheit haben, daß es mit deiner Freundschaft ehrlich gemeint ist.«

»Ich habe es gesagt, und mein Wort gilt.«

»Und soeben noch sprachst du davon, daß du deine Worte anders meinst, als sie klingen. Man kann sich also auf deine Rede und dein Versprechen nicht verlassen.«

»Wenn du mir nicht glaubst, so kann ich dir keine weitere Sicherheit geben.«

»O doch. Ich verlange von dir, daß du mir deine Friedenspfeife gibst und ...«

»Uff!« rief der Indianer, ihn erschrocken unterbrechend. »Das Kalumet gibt man nicht weg.«

»Ich bin damit aber noch gar nicht zufrieden. Ich verlange nicht nur dein Kalumet, sondern auch deine Medizin.«

»Uff, uff, uff! Das ist unmöglich!«

»Du sollst mir beides nicht für immer geben, nicht schenken. In dem Augenblick, in dem wir uns friedlich trennen, erhältst du es wieder.«

»Kein Krieger gibt seinen Medizinbeutel aus der Hand!«

»Und doch verlange ich ihn. Ich kenne Eure Sitte. Habe ich dein Kalumet und deine Medizin, so bin ich du selbst und jede Feindseligkeit gegen uns würde dich um die Freuden der ewigen Jagdgründe bringen.«

»Und ich gebe sie nicht her!«

»Nun, so sind wir also fertig. Ich werde dir jetzt die Kugel geben und dir dann auch deinen Skalp nehmen, so daß du nach deinem Tod mein Hund und Sklave wirst. Ich werde meine linke Hand dreimal erheben. Beim dritten Mal schieße ich, wenn du mir nicht gehorchst.«

Er hob die Hand zum ersten, zum zweiten Mal, während er mit der Rechten den Revolver noch immer auf das Herz des Roten gerichtet hielt. Schon war die dritte Handbewegung halb vollendet, da sagte der Indianer: »Warte! Du wirst mir beides wiedergeben?«

»Ja.«

»So sollst du es haben. Ich werde ...«

Er erhob die Hände, wie um nach dem Medizinbeutel und der Pfeife, welche beide er um den Hals hängen hatte, zu greifen.

»Halt!« fiel Old Death ihm in die Rede. »Nieder mit den Händen, sonst schieße ich! Ich traue dir erst dann, wenn ich diese beiden Gegenstände wirklich besitze. Mein Gefährte mag sie dir vom Hals nehmen, um sie mir an den meinen zu hängen.«

Der Comanche ließ die Hände wieder sinken. Ich nahm ihm die Sachen ab und hängte sie Old Death um, worauf dieser den ausgestreckten Arm mit dem Revolver zurückzog.

»So!« sagte er. »Jetzt sind wir wieder Freunde, und mein Bruder mag nun tun, was ihm beliebt. Wir werden hier zurückbleiben, um abzuwarten, wie der Kampf ausfällt!«

Der Häuptling hatte wohl noch nie eine solche Wut wie jetzt gefühlt. Seine Hand fuhr nach dem Messer, aber er wagte doch nicht, es herauszuziehen. Doch tat er wenigstens das eine, in zischendem Ton hervorzustoßen: »Die Bleichgesichter sind jetzt sicher, daß ihnen nichts geschieht, aber sobald sie mir das Kalumet und die Medizin zurückgegeben haben, wird Feindschaft zwischen ihnen und uns sein, bis sie am Marterpfahl gestorben sind!«

Er wandte sich um und eilte davon.

»Wir sind jetzt so sicher, wie in Abrahams Schoß«, sagte der Scout, »trotzdem aber wollen wir keine Vorsichtsmaßregel unterlassen. Wir bleiben nicht hier beim Feuer, sondern ziehen uns nach dem Hintergrund des Tales zurück und warten da ganz ruhig ab, was nun geschehen wird. Kommt, Mesch'schurs, nehmt die Pferde mit!«

Jeder nahm sein Pferd am Zügel. So begaben wir uns in die bezeichnete Gegend, wo wir die Pferde anpflockten und uns am Fuß der Talwand unter den Bäumen niederließen. Das Feuer leuchtete vom verlassenen Lagerplatz her. Rundum herrschte tiefe Stille.

»Warten wir die Sache ab«, sagte der Scout. »Ich vermute, daß der Tanz sehr bald beginnen wird. Die Comanchen werden unter einem satanischen Geheul losbrechen, aber mancher von ihnen wird seine Stimme zum letzten Mal erhoben haben. Da – da habt Ihr es ja schon!«

Das Geheul, von dem er gesprochen hatte, erhob sich jetzt, als ob eine Horde wilder Tiere losgelassen worden sei.

»Horcht! Hört Ihr einen Apachen antworten?« fragte der Alte. »Gewiß nicht. Die sind klug und machen ihre Arbeit in aller Stille.«

Die Felswände gaben das Kriegsgeschrei in vervielfachter Stärke zurück, ebenso wiederholte das Echo die beiden Schüsse, die jetzt fielen.

»Das ist wieder Winnetous Silberbüchse«, sagte der Scout, »ein sicheres Zeichen, daß die Comanchen angehalten werden.«

Wenn abgeschossene Pfeile und geworfene Lanzen einen Schall oder Knall verursachten, so wäre das Tal ganz gewiß jetzt von einem wilden Getöse erfüllt gewesen. So hörten wir nur die Stimmen der Comanchen und die fortgesetzten Schüsse Winnetous. Das dauerte wohl gegen zwei Minuten. Dann aber erklang ein mark- und beindurchdringendes »Iwiwiwiwiwi« zu uns herüber.

»Das Apachen sein!« jubelte Sam. »Haben gesiegt und Comanchen zurückgeschlagen.«

Sicherlich hatte er recht; denn als dieses Siegesgeheul verklungen war, trat tiefe Stille ein, und zu gleicher Zeit sahen wir am Feuer die Gestalten von mehreren Reitern erscheinen, zu denen sich mehr und immer mehr gesellten. Es waren Comanchen. Der Durchbruch war nicht gelungen. Für einige Zeit herrschte beim Feuer eine außerordentliche Verwirrung. Wir sahen, wie Menschen herbeigetragen wurden, die tot oder verwundet waren, und das Klagegeheul hob jetzt von neuem an. Old Death rückte in größtem Ärger auf seinem Platz hin und her und schimpfte in allen Tonarten über die Unvernunft der Comanchen. Nur eines erwähnte er beifällig, nämlich, daß sie eine Schar von Posten in die Richtung der beiden Ausgänge fortschickten, denn das war eine nötige Vorsichtsmaßregel. Als nach langer Zeit die Totenklagen verstummt waren, schienen die Comanchen sich zu einer Beratung niedergesetzt zu haben. Von da an verging wohl eine halbe Stunde; dann sahen wir mehrere Krieger sich vom Lager entfernen und in Richtung der hinteren Seite des Tales zerstreuen, wo wir uns befanden.

»Jetzt werden wir gesucht«, sagte Old Death. »Sie haben wohl eingesehen, welche Dummheiten sie begangen haben, und werden nicht zu stolz sein, auf unseren Rat zu hören.«

Einer der ausgesandten Boten kam in unsere Nähe. Old Death hustete leise. Der Mann hörte es und kam herbei.

»Sind die Bleichgesichter hier?« fragte er. »Sie sollen an das Feuer kommen.«

»Wer sendet dich?«

»Der Häuptling.«

»Was sollen wir dort?«

»Eine Beratung soll abgehalten werden, an der die Bleichgesichter dieses Mal teilnehmen dürfen.«

»Dürfen? Wie gütig von Euch! Sind wir es endlich einmal wert, von den klugen Kriegern der Comanchen angehört zu werden? Wir liegen hier, um zu ruhen. Wir wollen schlafen. Sag das dem Häuptling! Eure Feindschaft mit den Apachen ist uns von jetzt an sehr gleichgültig.«

Jetzt legte sich der Rote aufs Bitten. Das blieb nicht ohne Erfolg auf den gutherzigen Alten, denn er sagte: »Nun wohl, wenn Ihr ohne unseren Rat keinen Weg der Rettung findet, so sollt Ihr ihn haben. Aber es beliebt uns nicht, uns von Eurem Häuptling kommandieren zu lassen. Sag ihm, daß er her zu uns kommen soll, wenn er mit uns sprechen will.«

»Das tut er nicht, denn er ist ein Häuptling.«

»Höre, Mann, ich bin ein viel größerer und berühmterer Häuptling als er. Ich kenne nicht einmal seinen Namen. Sage ihm das!«

»Auch kann er nicht gehen, selbst wenn er es wollte, weil er am Arm verwundet ist.«

»Seit wann gehen die Söhne der Comanchen nicht mehr auf den Beinen, sondern auf den Armen? Wenn er nicht zu uns kommen will, so mag er bleiben, wo er ist. Wir brauchen ihn und Euch alle nicht!«

Das war in einem so entschiedenen Ton gesprochen, daß der Rote nun doch meinte: »Ich werde ihm die Worte Old Deaths mitteilen. Vielleicht kommt er doch.«

»So sag ihm aber, daß er allein kommen soll. Zu einer langen Beratung unter vielen habe ich keine Lust. Nun geh!«

Der »Flinke Hirsch«

Der Mann entfernte sich. Wir sahen ihn zum Feuer gehen und dort in den Kreis der Krieger treten. Eine geraume Zeit verging, ehe etwas geschah. Endlich sahen wir, daß ein Indianer sich in der Mitte der Sitzenden erhob, das Lagerfeuer verließ und auf uns zukam. Er trug Adlerfedern auf dem Kopf.

»Schaut, er hat dem toten ›Weißen Biber‹ den Häuptlingsschmuck abgenommen und sich selbst angelegt. Jetzt wird er mit größter Grandezza behandelt.«

Als der Häuptling näher kam, sahen wir, daß er allerdings den linken Arm in einem Riemen trug. Der Ort, an dem wir uns befanden, mußte ihm ganz genau beschrieben worden sein, denn er kam gerade darauf zu und blieb vor uns stehen. Er hatte wohl erwartet, angeredet zu werden, denn er sagte nichts. Old Death aber blieb ruhig liegen und schwieg. Wir anderen verhielten uns natürlich ganz genauso.

»Mein weißer Bruder ließ mich bitten, zu ihm zu kommen?« fragte der Rote nun doch.

»Old Death hat nicht nötig, zu einer Bitte niederzusteigen. Du wolltest mit mir sprechen. Also bist du es, der zu bitten hat, wenn überhaupt von einer Bitte die Rede sein kann. Jetzt aber werde ich dich sehr höflich ersuchen, mir deinen Namen zu sagen. Ich kenne ihn noch nicht.«

»Er ist bekannt über die ganze Prärie. Ich werde der ›Flinke Hirsch‹ genannt.«

»Ich bin auf allen Prärien gewesen, habe aber trotzdem diesen Namen nicht gehört. Du mußt sehr heimlich damit umgegangen sein. Nun aber, da ich ihn gehört habe, erlaube ich dir, dich zu uns zu setzen.«

Der Häuptling trat einen Schritt zurück. Erlauben wollte er sich nichts lassen, aber er fühlte sehr wohl, daß die Umstände ihn zwangen nachzugeben. Darum ließ er sich langsam und gravitätisch Old Death gegenüber nieder, und nun erst richteten wir uns in sitzende Stellung auf.

Erwartete der Comanche, daß der Scout das Gespräch beginnen werde, so hatte er sich geirrt. Old Death behielt seine angenommene Gleichgültigkeit bei, und der Rote mußte anfangen: »Die Krieger der Comanchen wollen eine große Beratung abhalten, und die Bleichgesichter sollen daran teilnehmen, damit wir ihren Rat hören.«

»Das ist überflüssig. Ihr habt meinen Rat schon oft gehört und doch nie befolgt. Ich aber bin gewohnt, daß meine Worte Beachtung finden, und so werde ich von jetzt an meine Gedanken für mich behalten.«

»Will mein Bruder wohl bedenken, daß wir seiner Erfahrung bedürfen.«

»Ah, endlich. Haben die Apachen Euch belehrt, daß Old Death doch klüger war als alle fünfhundert Comanchen? Wie ist Euer Angriff ausgefallen?«

»Wir konnten nicht durch den Ausgang, denn er war mit Steinen, Sträuchern und Bäumen versperrt.«

»Dachte es mir! Die Apachen haben die Bäume mit ihren

Tomahawks gefällt, und Ihr hörtet es nicht, weil Ihr Eure Toten zu laut beklagtet. Warum habt Ihr das Feuer nicht gelöscht? Seht Ihr denn nicht ein, daß Ihr Euch dadurch in großen Schaden bringt?«

»Die Krieger der Comanchen mußten tun, was beraten worden war. Jetzt wird man etwas Klügeres beschließen. Du wirst doch mit uns sprechen?«

»Aber ich bin überzeugt, daß Ihr meinen Rat abermals nicht befolgen werdet.«

»Wir befolgen ihn.«

»Wenn du mir das versprichst, so bin ich bereit, ihn Euch zu geben.«

»So komm mit mir zum Feuer!«

»Ich danke! Dorthin komme ich nicht. Es ist eine große Unvorsichtigkeit, ein Feuer zu unterhalten, denn da können die Apachen sehen, was bei Euch geschieht. Auch habe ich keine Lust, mich mit deinen Kriegern herumzustreiten. Ich werde sagen, was ich denke, und du kannst tun, was dir beliebt.«

»So sag es!«

»Die Apachen befinden sich nicht nur an den beiden Ausgängen des Tales, sondern sie sind im Tal selbst. Sie haben sich da vorn festgesetzt und die Ausgänge verbarrikadiert. So können sie sich nach links und rechts wenden, ganz wie es ihnen nötig erscheint. Sie zu vertreiben ist unmöglich.«

»Wir sind ihnen ja weit überlegen.«

»Wie viele Krieger habt Ihr bereits eingebüßt?«

»Der große Geist hat viele von uns zu sich gefordert. Es

sind schon über zehn mal zehn. Und auch Pferde sind zugrunde gegangen.«

»So dürft Ihr in dieser Nacht nichts mehr unternehmen, weil es Euch gerade so ergehen würde wie das letzte Mal. Und am Tag werden die Apachen sich so aufstellen, daß sie Euch mit ihren Waffen, Ihr aber nicht sie mit den Eurigen erreichen könnt. Dann werden auch die Scharen eintreffen, nach denen Winnetou gesandt hat, und es sind nachher mehr Apachen als Comanchen vorhanden. Ihr seid dem Tod geweiht.«

»Ist das wirklich die Meinung meines Bruders? Wir werden seinen Rat befolgen, wenn er uns zu retten vermag.«

»Da du von Rettung sprichst, so hast du hoffentlich eingesehen, daß ich recht hatte, als ich dieses Tal eine Falle nannte. Wenn ich über die Sache nachdenke, so finde ich zwei Wege, auf denen Rettung eventuell möglich wäre, aber auch nur eventuell, denn ob sie wirklich gelingen wird, das kann ich nicht wissen. Das erste ist, daß Ihr versucht, an dem Felsen emporzuklettern. Aber Ihr müßtet dafür den Anbruch des Tages abwarten; die Apachen würden Euch somit sehen und sich jenseits des Tales auf Euch werfen. Dort sind sie Euch überlegen, weil Ihr Eure Pferde nicht mitnehmen könnt. Es gibt also nur noch ein Mittel, Euch zu retten. Tretet in Unterhandlung mit den Apachen!«

»Das tun wir nicht!« brauste der Häuptling auf. »Die Apachen würden unseren Tod verlangen.«

»Das verdenke ich ihnen auch nicht, weil Ihr ihnen Grund dazu gegeben habt. Ihr habt mitten im Frieden ihre Dörfer überfallen und ihre Krieger getötet oder zu Tode gemartert. Ihr habt dann ihren Abgesandten das Wort gebrochen und sie ermordet. So schändliche Taten schreien nach Rache, und es ist darum gar kein Wunder, daß Ihr keine Gnade von den Apachen zu erwarten habt. Du siehst das selbst ein und gibst damit zu, daß Ihr ganz unverantwortlich an ihnen gesündigt habt.«

Das war höchst aufrichtig gesprochen, so aufrichtig, daß der Häuptling für eine ganze Weile verstummte.

»Uff!« stieß er dann hervor. »Das sagst du mir, mir, dem Häuptling der Comanchen!«

»Ich würde es dir sagen, auch wenn du der große Geist selber wärest. Es war eine Schändlichkeit von Euch, in dieser Weise an den Apachen zu handeln, die Euch nichts zugefügt hatten. Was taten Euch ihre Gesandten, daß Ihr sie tötetet? Was taten sie Euch wieder, daß Ihr den jetzigen Kriegszug unternehmt, um Tod, Verderben und Schande über sie zu bringen? Antworte mir!«

Der Indianer stieß erst nach längerer Zeit grimmig hervor: »Sie sind unsere Feinde.«

»Nein. Sie lebten in Frieden mit Euch, und kein Abgesandter von Euch hat ihnen die Botschaft gebracht, daß Ihr das Kriegsbeil gegen sie ausgegraben habt. Ihr seid Euch Eurer Schuld sehr wohl bewußt. Darum hegst du die Überzeugung, daß Ihr keine Gnade zu erwarten habt. Und doch wäre es möglich, einen leidlichen Frieden mit ihnen zu schließen. Es ist ein Glück für Euch, daß Winnetou ihr Anführer ist, denn er trachtet nicht nach Blut. Er ist der einzige Häuptling der Apachen, der sich vielleicht zur Milde gegen Euch entschließen könnte. Sendet einen Mann zu ihm, um eine Unterhandlung herbeizuführen. Ich selbst will mich sogar bereitfinden lassen, zu gehen, um ihn nachgiebig für Euch zu stimmen.«

»Die Comanchen werden lieber sterben, als die Apachen um Gnade bitten.«

»Nun, das ist Eure Sache. Ich habe dir nun meinen Rat erteilt. Ob du ihn befolgst oder nicht, das ist mir außerordentlich gleichgültig.«

»Weiß mein Bruder keine andere Hilfe? Er redet zugunsten der Apachen; ist er also ein Freund derselben?«

»Ich bin allen roten Männern wohlgesinnt, solange sie mich nicht feindselig behandeln. Die Apachen haben mir nicht das geringste Leid getan. Warum soll ich ihr Feind sein? Aber Ihr habt uns feindselig behandeln wollen. Du wolltest uns gefangennehmen. Nun wäge ab, wer größeres Anrecht auf unsere Feindschaft hat, Ihr oder sie!«

»Du trägst mein Kalumet und meinen Medizinbeutel, also ist das, was du sagst, geradeso, als ob es meine Worte seien. Darum darf ich dir nicht die Antwort geben, die ich dir geben möchte. Dein Rat taugt nichts. Du hast damit die Absicht, uns in die Hände der Apachen zu bringen. Wir werden nun selbst wissen, was wir zu tun haben.«

»Nun, wenn Ihr das wißt, warum willst du dann meinen Rat haben? Wir sind fertig und haben nichts mehr zu besprechen.«

»Ja, wir sind fertig«, stimmte der Comanche bei. »Aber bedenke wohl, daß du trotz des Schutzes, unter dem du jetzt noch stehst, unser Feind bist. Du darfst mein Kalumet und meine Medizin nicht behalten. Du wirst sie hergeben müssen, ehe wir diesen Ort verlassen, und dann wird alles über dich kommen, was du veranlaßt hast.«

»Well! Ich bin einverstanden. Was über mich kommen soll, erwarte ich mit großer Ruhe. Du hast Old Death gedroht, sogar mit dem Tod am Marterpfahl. Ich wiederhole, daß wir miteinander fertig sind, und du kannst gehen.«

»Uff!« stieß der Häuptling wild hervor. Dann wendete er sich ab und kehrte gemessenen Schrittes zum Feuer zurück. Wir konnten seine Gestalt nicht mit unseren Blicken verfolgen, denn unsere Aufmerksamkeit wurde auf einer anderen Seite in Anspruch genommen, auf einer Seite, von woher wir es gar nicht vermutet hatten. Kaum hatte sich nämlich der Comanche von uns entfernt, so raschelte es hinter uns, und eine dunkle Gestalt erhob sich, die da zwischen uns und der Felswand gelegen hatte. Im Nu war Old Death auf den Beinen und wir mit ihm.

»Meine Brüder mögen still sein«, sagte die Gestalt. »Ich bin ein Freund der Bleichgesichter.«

»Wer bist du?« fragte Old Death.

»Erkennst du den nicht, dem Ihr vorhin das Leben schenktet, obgleich er sich in Eurer Gewalt befand?«

»Winnetou?« fragte der Alte erstaunt. »Alle Teufel! Nur Winnetou konnte es fertig bringen, sich hinter Old Death zu schleichen, ohne von ihm bemerkt zu werden. Das ist ein Meisterstück!«

»Winnetou hat gelernt, wie die Schlange zu kriechen, die selbst vom leisesten Ohr nicht gehört wird.«

»Aber du begibst dich ja in eine ganz außerordentliche Gefahr! Du hast dich durch die Posten und dann noch bis hierher schleichen müssen und mußt auch wieder zurück.«

»Nein, das habe ich nicht. Die Bleichgesichter sind meine Freunde, und ich kann ihnen mein Vertrauen schenken. Dieses Tal liegt im Gebiet der Apachen, und Winnetou hat es zu einer Falle eingerichtet für Feinde, die bei uns eindringen wollen. Diese Felswände sind nicht so unwegbar wie es scheint. Die Apachen haben einen schmalen Pfad angelegt, der in der Höhe mehrerer Männer rund um das Tal läuft. Durch ein Lasso kommt man leicht hinauf und wieder herab. Die Comanchen sind durch meine Kundschafter in diese Falle gelockt worden und sollen darin untergehen.«

»Ist ihr Tod denn wirklich beschlossen?«

»Ja. Winnetou hat dein Gespräch mit dem Häuptling gehört und daraus ersehen, daß du ein Freund der Apachen bist. Du hast gesagt, was die Comanchen an uns verbrochen haben, und gibst es zu, daß wir diesen vielfältigen Mord zu rächen haben.«

»Aber müssen deswegen Ströme Blutes fließen?«

»Du hast selbst gehört, daß die Comanchen weder ihre Sünde bekennen, noch das tun wollen, was du ihnen rietest und was die Klugheit ihnen gebietet. So mag nun ihr Blut über sie selbst kommen. Die Apachen werden ein Beispiel geben, wie sie den Verrat zu bestrafen wissen. Das müssen sie tun, um vor Wiederholungen sicher zu sein.«

»Es ist grauenhaft! Doch habe ich nicht die Absicht, meinen Rat abermals vor Ohren hören zu lassen, die seiner gar nicht zu bedürfen vermeinen.«

»Du würdest abermals nicht gehört. Ich vernahm aus deinen Worten, daß du die Heiligtümer des Häuptlings besitzt. Wie bist du zu ihnen gekommen?«

Old Death erzählte es. Als er geendet hatte, sagte Winnetou: »Da du ihm versprochen hast, sie ihm wiederzugeben, so mußt du dein Wort halten. Du wirst sie ihm gleich jetzt geben und zu uns kommen. Ihr werdet als Freunde bei uns aufgenommen werden. Winnetou wurde während seines Lebens zum ersten Mal besiegt; sein Leben und sein Skalp gehörten diesem jungen Mann, der ihm weder das eine noch den anderen genommen hat. Ihr könnt von dem Häuptling der Apachen alles verlangen, was er vermag. Er wird es Euch geben.«

»Gleich jetzt sollen wir zu Euch kommen?«

»Ja. Winnetou hat sich aufgemacht, um Euch das zu sagen und Euch zu seinen Apachen zu holen. In drei Stunden werden über sechshundert Krieger der Apachen hier ankommen. Viele von ihnen haben Gewehre. Ihre Kugeln streichen über das Tal hinweg, und Euer Leben ist nicht mehr sicher.«

»Aber wie sollen wir es anfangen, zu Euch zu kommen?«

»Das fragt Old Death?«

»Hm, ja! Wir setzen uns auf die Pferde und reiten zum Lagerfeuer. Dort gebe ich dem Häuptling seine Heiligtümer zurück, und dann sprengen wir fort, den Apachen entgegen. Die im Weg stehenden Posten reiten wir nieder. Wie aber kommen wir über die Barrikaden hinweg?«

»Sehr leicht. Wartet nur, wenn ich hier fort bin, noch zehn Minuten, bevor Ihr aufbrecht. Dann werde ich rechts, am Ausgang des Tales stehen und Euch empfangen.«

Er huschte davon. Wir standen da und sahen einander trotz der Dunkelheit erstaunt in die Gesichter.

»Na, was sagt Ihr nun?« fragte Old Death.

»Ein außerordentlicher Mann!« antwortete Lange.

»Darüber gibt es gar keinen Zweifel. Wäre dieser Mann ein Weißer, ein Soldat, er könnte es bis zum Feldherrn bringen. Und wehe den Weißen, wenn es ihm in den Sinn käme, die Roten um sich zu versammeln, um ihre angestammten Rechte zu verfechten. Er aber liebt den Frieden und weiß, daß die Roten trotz allen Sträubens dem Untergang geweiht sind, und verschließt die fürchterliche Last dieser Überzeugung still in seiner Brust. Na, setzen wir uns also auf zehn Minuten wieder nieder.«

Es blieb so ruhig im Tal, wie es in der letzten halben Stunde gewesen war. Die Comanchen berieten noch. Nach zehn Minuten stand Old Death wieder auf und stieg in den Sattel. »Macht genau das nach, was ich tue!« sagte er.

Langsamen Schrittes ritten wir bis zum Lagerplatz. Der Kreis der Comanchen öffnete sich, und wir ritten hinein. Wären die Gesichter nicht bemalt gewesen, so hätten wir gewiß das größte Erstaunen in ihnen bemerken können.

»Was wollt Ihr hier?« fragte der Häuptling, indem er aufsprang. »Weshalb kommt Ihr zu Pferd?«

»Wir kommen als Reiter, um den tapferen und klugen Kriegern der Comanchen eine Ehre zu erweisen. Nun, was werdet Ihr also tun?«

»Die Beratung ist noch nicht zu Ende. Aber steigt ab! Ihr seid unsere Feinde, und wir dürfen nicht zugeben, daß Ihr zu Pferd seid. Oder kommst du vielleicht, mir meine Heiligtümer zurückzubringen?«

»Wäre das nicht sehr unklug von mir gehandelt? Du hast ja gesagt, daß von dem Augenblick an, an dem du dein Eigentum zurück hast, Feindschaft zwischen Euch und uns sein solle, bis wir am Marterpfahl sterben.«

»So wird es sein. Ich habe es gesagt, und ich halte Wort. Der Zorn der Comanchen wird euch vernichten!«

»Wir fürchten uns so wenig vor diesem Zorn, daß ich die Feindschaft gleich jetzt beginnen lasse. Da hast du deine Sachen! Und nun seht, was Ihr tun könnt!«

Er riß die beiden Gegenstände vom Hals und schleuderte sie weit von sich. Zugleich spornte er sein Pferd an, daß es in einem weiten Bogen über das Feuer wegsetzte und drüben eine Bresche in die Reihen der Comanchen riß. Sam, der Neger, war der erste hinter ihm. Er ritt den Häuptling nieder. Wir anderen drei folgten augenblicklich. Zehn oder fünfzehn Comanchen wurden umgeritten, dazu einer der draußen dem voranstürmenden Old Death im Wege stehenden Posten; dann flogen wir über die ebene Grasfläche hin, verfolgt von einem unbeschreiblichen Wutgeheul unserer bisherigen so unzuverlässigen Freunde.

»Uff!« rief uns eine Stimme entgegen. »Anhalten. Da steht Winnetou!«

Wir parierten die Pferde. Vor uns standen einige Apachen, die unsere Tiere an den Zügeln nahmen, als wir abgestiegen waren. Winnetou geleitete uns nach der Enge, die aus dem Tal führte. Dort war bereits Platz gemacht worden, so daß wir und auch die Pferde einzeln passieren konnten.

Als wir die Barrikade hinter uns hatten, wurde der Ausgang breiter, und bald sahen wir einen hellen Schein. Die Enge öffnete sich, und nun erblickten wir ein schwach brennendes Feuer, an dem zwei Rote bei einem improvisierten Bratspieß hockten. Sie entfernten sich ehrerbietig, als wir uns näherten. Auch die anderen Apachen zogen sich zurück, als sie unsere Pferde angepflockt hatten. In einiger Entfernung weidete eine ganze Schar von Pferden, bei denen Wächter standen. Das hatte fast einen militärischen Anstrich. Die Bewegungen der Apachen waren so exakt und sicher, fast wie einexerziert.

»Meine Brüder mögen sich an das Feuer setzen«, sagte Winnetou. »Ich habe ihnen ein Stück Lende des Büffels braten lassen. Sie können davon essen, bis ich wiederkehre.«

»Bleibst du lange fort?« fragte Old Death.

»Nein. Ich muß in das Tal zurück. Die Comanchen könnten sich von dem Zorn über Euch haben fortreißen lassen, sich meinen Kriegern zu nähern. Da werde ich ihnen einige Kugeln geben.« Er entfernte sich. In Matagorda hatte er das schönste Englisch gesprochen. An diesem Platz bediente er sich des hier gebräuchlichen Indianermischmasch. Er schien bei seiner Anwesenheit im Lande der Seinigen die Spuren der Kultur abzustreifen.

Old Death ließ sich behaglich am Feuer nieder, zog das Messer und untersuchte den Braten. Er war ausgezeichnet. Der Alte und ich hatten überhaupt noch nicht gegessen, und auch von den drei anderen war das Pferdefleisch der Comanchen nur gekostet worden. Das große Stück Lende war im Nu verspeist.

Da kehrte Winnetou zurück; er ließ sich von mir das Totem zeigen und vervollkommnete es durch einige Schnitte. Er schwor mir, weil ich ihn nicht getötet hatte, ewige Freundschaft. Dann fragte er: »Aber warum haben sich meine Brüder so feindselig gegen die Weißen verhalten, die sich bei den Comanchen befanden?«

»Gegen sie im allgemeinen hatten wir keine Feindschaft. Nur einen von ihnen suchten wir, der ein großer Bösewicht ist und den ich schon seit langer Zeit verfolge, ohne ihn ergreifen zu können.«

»Welcher war es? Wurde er getötet, oder ist er entkommen?«

»Er entkam, denn wir fanden ihn nicht bei den Toten.«

»Die Weißen kamen zu mir. Sie alle haben mir ihre Namen genannt.«

»Er hat mehrere Namen, denn er ist ein Verbrecher, der sich hinter verschiedenen Namen verstecken muß. Er nennt sich Gibson, Clinton und auch Gavilano.«

»Gavilano? Ja, er war dabei.«

»Wo befinden sich die Weißen, denen es gelang, zu entkommen?« fragte ich.

»Sie sind fort.«

»Fort?« rief der Alte erschrocken. »Auch dieser Gavilano mit?«

»Ja.«

»Und ein junger Mann, welcher ein sehr trauriges Gesicht machte?«

»Sein Geist war krank. Auch er ist fort.«

»Tausend Teufel! So ist er uns abermals entkommen! Wir müssen ihnen sofort nach!«

In seinem Eifer sprang der Alte auf. Winnetou aber sagte: »Mein Bruder mag sich wieder niedersetzen. Die Bedachtsamkeit ist oft schneller als die größte Eile.«

»Das ist richtig«, stimmte der Scout zu. »Aber wie kommt Winnetou dazu, diese Leute so schnell zu entlassen, noch während der Nacht?«

»Sie hatten Eile. Sie hatten mit den Comanchen einen großen Umweg zu machen. Sie wollten nach Chihuahua zu den Kriegern von Juarez. Winnetou liebt Juarez; darum unterstützte ich sie, schnell fortzukommen.«

»Aber Gavilano hat mit Juarez ganz und gar nichts zu tun!«

»Das erfuhr ich auch. Aber Gavilano sagte, er habe seinen armen Freund nach Chihuahua in das Haus zu bringen, in welchem kranke Seelen wieder gesund gemacht werden. Der junge Weiße sei bei den Comanchen noch mehr krank geworden, und wenn man sich nicht beeile, so werde er gar nicht mehr zu heilen sein. Ich gab allen frische Pferde und Proviant. Auch gab ich ihnen zwei Führer mit, die den Weg über die Mapimi nach Chihuahua genau kennen.«

»Das ist ein Schlag für uns. Frische Pferde, Proviant und geschickte Führer! Hat Winnetou vielleicht mit ihnen die Pfeife des Friedens geraucht?«

»Nein, Winnetou ist nicht so leichtsinnig wie die Häuptlinge der Comanchen. Er prüft erst sehr streng, bevor er sein Kalumet an die Lippen eines anderen gibt.«

»So ist noch immer Glück beim Unglück. Ich hoffe, daß du auch uns unterstützt, damit es uns vielleicht gelingt, die Schelme einzuholen.«

»Das kann ich dir erst dann versprechen, wenn ich weiß, wessen Ihr diesen Gavilano anklagt.«

»Du sollst es sofort erfahren.«

Er erzählte ihm, was zu erzählen war. Als er geendet hatte, sagte Winnetou: »Mein Herz hat keine Freude darüber, daß ihr mich so schnell verlassen wollt. Aber Ihr müßt es tun, und so darf ich Euch nicht zurückhalten.«

»Ja, wir brechen sofort auf.«

»Warte! Old Death hat viele Jahre erlebt, aber er ist noch leicht von Blut wie ein Jüngling. Was Ihr braucht, das kann ich Euch nicht jetzt geben, sondern erst dann, wenn die erwarteten Krieger angekommen sind.«

»Das dauert nach dem, was du uns vorhin sagtest, noch zwei Stunden! Das ist allzu lang.«

»Nein. Ihr sollt diesen Verzug wieder wettmachen. Ich gebe Euch mehrere meiner Leute mit, die Euch auf einem anderen Weg begleiten werden, wo Ihr die Weißen einholt, bis nach Chihuahua, noch weiter, solange Ihr ihrer Hilfe bedürft.«

»Dafür sind wir dir sehr dankbar. Ich bin zwar auch eine Strecke nach der Mapimi hinaufgekommen, aber so weit hinein und hinüber denn doch nicht.«

»Eure Pferde taugen nicht für diesen Ritt, weil sie die Ebene gewöhnt sind. Ich werde Euch an ihrer Stelle andere geben, die in der Mapimi geboren und geritten worden sind. Wenn nicht etwas ganz Unvorhergesehenes geschieht, so habt Ihr am Mittag des zweiten Tages die Weißen eingeholt.«

Da kam ein Apache aus dem Tal gelaufen und meldete:

»Die Hunde von Comanchen haben das Feuer verlöscht und sind vom Lagerplatz fort. Sie haben einen Angriff vor.«

»Sie werden wieder abgewiesen werden wie vorher«, antwortete Winnetou. »Wenn meine weißen Brüder mitkommen, werde ich sie dahin stellen, von wo aus sie alles hören können.«

Wir standen natürlich sofort auf. Er führte uns in die Enge zurück, fast bis an die Barrikade. Dort gab er ein am Felsen niederhängendes Lasso in Old Deaths Hand und sagte: »Klettert an dem Riemen empor, zweimal so hoch wie ein Mann ist. Dort werdet Ihr Sträucher finden und hinter ihnen den Weg, von dem ich Euch erzählt habe. Ich kann nicht mit hinauf, sondern muß zu meinen Kriegern.«

Er nahm etwas da am Felsen Lehnendes mit sich. Es war seine Büchse.

»Hm!« brummte der Scout. »An so einem dünnen Lasso zwölf Fuß emporzukriechen! Ich bin doch kein Affe, der gelernt hat, zwischen Lianen herumzuklettern. Wollen es versuchen.«

Es gelang ihm doch. Ich folgte ihm, und auch die anderen kamen nach, freilich nur mit Schwierigkeit. Der Felsen trug da einen Baum, um dessen Stamm das Lasso geschlungen war. Daneben standen Sträucher, die den Steig verdeckten. Da es so dunkel war, daß wir uns anstatt der Augen des Gefühles oder vielmehr des Tastsinnes bedienen mußten, tappten wir uns mit Hilfe der Hände eine kleine Strecke fort, bis Old Death stehenblieb. An den Felsen gelehnt, warteten wir nun, was kommen werde. Mir schien es, als ob die Stille des Todes auf dem Tal liege.

So sehr ich mein Ohr anstrengte, ich konnte nichts hören, als ein leises Schnüffeln, das aus der Nase Old Deaths kam. Daß der Alte weit mehr bemerkte als ich, der ich eben weder etwas sah, noch etwas hörte oder roch, das bewies er, indem er mir zuflüsterte: »Dumme Kerle, die Comanchen! Meint Ihr nicht, Sir?«

Ich wußte nicht, weshalb er sie so nannte.

»Na, ist das eine Frage! Riecht Ihr nichts?«

»Nein.«

»Da drüben rechts riecht es nach Pferden, nach Pferden, die sich bewegen. Das ist nämlich etwas ganz anderes als Pferde, die unbeweglich stehen. Über stillstehenden Pferden liegt der Geruch dick und unbeweglich; man kann die Nase sozusagen hineinstoßen. Sobald aber die Pferde sich bewegen, kommt auch er in Bewegung, wird feiner und flüssiger und leicht davongetragen. So unglaublich es klingen mag, der Westmann merkt aus der Dichtheit oder Dünne dieses Geruches, ob er stehende oder laufende Pferde vor sich hat. Natürlich ruhige Luft vorausgesetzt. Jetzt kommen nun von da rechts solche leichte Pferdelüftchen herüber, und meinen alten Ohren war es auch, als ob sie das Stolpern eines Pferdehufes vernommen hätten, leicht und dumpf wie auf Grasboden. Ich kalkuliere, daß die Comanchen sich jetzt leise zum Eingang schleichen, um da durchzubrechen.«

Da hörten wir eine helle Stimme rufen: »Ntsa-ho!«

Dieses Wort bedeutet »Jetzt!«. Im Augenblick darauf krachten zwei Schüsse – Winnetous Silberbüchse. Revolverschüsse folgten. Ein unbeschreibliches Geheul erscholl zu uns herauf. Wilde Indianerrufe schrillten über das Tal; Tomahawks klirrten. Der Kampf hatte von neuem begonnen.

Er währte nicht lange. Durch das Schnauben und Wiehern der Pferde und das Wutgeschrei der Comanchen brach sich das siegreiche »Iwiwiwiwiwi« der Apachen Bahn. Wir hörten, daß sich die Comanchen in wilder Flucht zurückzogen. Ihre Schritte und das Stampfen ihrer Pferde entfernten sich zur Mitte des Tales hin.

»Habe ich es nicht gesagt!« meinte Old Death. »Eigentlich hätte man mit losschlagen sollen. Die Apachen halten sich wundervoll. Sie schießen ihre Pfeile und stechen mit ihren Lanzen aus sicheren Verstecken hervor. Die Comanchen sind dicht gedrängt, so daß jeder Pfeil, jeder Speer, jede Kugel Winnetous treffen muß. Und nun, da die Feinde sich zurückziehen, sind die Apachen klug genug, ihnen nicht zu folgen. Sie bleiben in ihrer Deckung, denn sie wissen, daß die Comanchen ihnen nicht entgehen können. Warum also sich in das Tal wagen!«

Die Comanchen befolgten jetzt Old Deaths Rat, sich nach dem Mißerfolg ruhig zu verhalten. Ihr Geheul war verstummt, und da das Feuer nicht mehr brannte, ließen sie ihre Gegner über ihre Bewegungen im unklaren. Wir warteten noch eine Weile. Es wollte sich nichts Neues ereignen. Da hörten wir unter uns Winnetous gedämpfte Stimme: »Meine weißen Brüder können wieder herabkommen. Der Kampf ist vorüber und wird auch nicht wieder losbrechen.«

Wir kehrten zu dem Lasso zurück und ließen uns daran

hinab. Unten stand der Häuptling, mit dem wir uns wieder hinaus zu dem Feuer begaben.

»Die Comanchen versuchten es jetzt auf der anderen Seite«, sagte er. »Es ist ihnen ebensowenig geglückt. Sie werden bewacht und können nichts unternehmen, ohne daß Winnetou es erfährt. Die Apachen sind ihnen gefolgt und liegen in einer langen Linie, die von einer Seite des Tales bis zur anderen reicht, im Gras, um alles scharf zu beobachten.«

Während er das sagte, hielt er den Kopf nach der rechten Seite geneigt, als ob er auf etwas horche. Dann sprang er auf, so daß das Feuer seine Gestalt hell beleuchtete.

»Warum tust du das?« fragte ich ihn.

Er deutete hinaus in die finstere Nacht und antwortete: »Winnetou hat gehört, daß dort ein Pferd auf steinigem Weg strauchelte. Es kommt ein Reiter, einer meiner Krieger. Er wird absteigen wollen, um zu untersuchen, wer hier am Feuer sitzt. Darum bin ich aufgestanden, damit er bereits von weitem erkennen möge, daß Winnetou sich hier befindet.«

Sein feines Gehör, das mich geradezu in Erstaunen versetzte, hatte ihn nicht getäuscht. Ein Reiter kam im Trab herbei, hielt bei uns sein Pferd an und stieg ab. Der Häuptling empfing ihn mit einem nicht sehr freundlichen Blick. Er tadelte ihn wegen des von dem Pferd gemachten Geräusches. Der Gescholtene stand in aufrechter und doch ehrerbietiger Haltung da, ein freier Indianer, der aber gern die größere Begabung seines Anführers anerkennt.

»Sie kommen«, antwortete er.

»Wie viele?«

»Alle. Es fehlt kein einziger Krieger. Wenn Winnetou ruft, bleibt kein Apache bei den Frauen zurück.«

»Wie weit sind sie noch von hier?«

»Sie kommen mit dem Morgengrauen an.«

»Gut. Führe dein Pferd zu den anderen, und setz dich zu den Wachen, um auszuruhen!«

Verstärkung trifft ein

Der Mann gehorchte augenblicklich. Winnetou hielt auf Disziplin. Seine Krieger durften, so schien es mir, nur dann zu ihm sprechen, wenn sie von ihm gefragt wurden. Er setzte sich wieder zu uns nieder, und wir mußten ihm von unserem Aufenthalt auf der Hazienda del Caballero und dann auch von dem Ereignis in La Grange erzählen. Darüber verging die Zeit, und von Schlaf war natürlich keine Rede. Der Häuptling hörte unsere Erzählung an und warf nur zuweilen eine kurze Bemerkung oder Frage ein. So wich allmählich die Nacht, und die Morgendämmerung begann. Da streckte Winnetou die Hand nach Westen aus und sagte: »Meine weißen Brüder mögen sehen, wie pünktlich die Krieger der Apachen sind. Dort kommen sie.«

Ich sah nach der angegebenen Richtung, bemerkte aber nichts. Der Nebel lag wie ein grauer, wellenloser See im Westen und schob seine undurchsichtigen Massen buchten- und busenartig zwischen die Berge hinein. Außer einem Geierpaar, das in der Luft schwebte, sah ich keine lebenden Wesen. Old Death sah es mir an, daß ich vergeblich nach den angekündigten Apachen ausschaute. Er sagte: »Seid Ihr abermals ein Greenhorn, Sir? Ich vermute, daß Ihr die Roten nicht seht.«

»Das ist richtig, Master; aber ich frage Euch, ob Ihr sie vielleicht erblickt.«

»Nein, denn sie stecken im dicksten Nebel; aber erstens zeigt uns der Flug der Geier, daß da drüben irgend etwas Lebendiges vorhanden ist, das sich in der Richtung auf uns zu bewegt. Und zweitens teilen die Reiter ihre Bewegung dem Nebel mit. Wenn Ihr Euch das Nebelmeer genau betrachtet, so werdet Ihr auf seiner Oberfläche einen schmalen Streifen bemerken, der ungefähr eine englische Meile von hier aus beginnt und sich bis hinein zwischen die beiden vor uns liegenden Berge zieht. Das ist die lange Reitlinie der Apachen, von denen nach ihrer bekannten Weise immer einer hinter dem anderen reitet. Ihr erseht hieraus, in welche Gefahr ein Ungeübter hier sehr leicht geraten kann. Ihr zum Beispiel würdet von den Apachen vollständig überrascht werden, denn der Nebel ist so dicht, daß Ihr sie erst sehen würdet, wenn es zur Flucht zu spät ist. Der Nebelstreif und die Geier sagen mir, daß die Apachen in spätestens fünf Minuten hier sein werden.«

Er hatte recht. Der Streifen verlängerte sich zusehends in unsere Richtung, bis er da verschwand, wo die Reiter sich in gleicher Terrainhöhe mit uns befanden. Dann bemerkte ich nach kurzer Zeit jenen Pferdegeruch, von dem Old Death während der Nacht mit mir gesprochen hatte. Endlich sahen wir einen Reiter aus dem Nebel hervorkommen, hinter ihm die lange Einzelreihe seiner Kameraden. Als er uns erblickte, hielt er für einen Augenblick an. Dann erkannte er Winnetou und kam in kurzem Trab auf uns zu. Er war ein Häuptling, denn er trug zwei Adlerfedern im Haarschopf.

Keiner dieser Reiter hatte ein wirkliches Zaumzeug; sie alle führten ihre Pferde am Halfter, und doch ritten sie so exakt, wie man es selbst bei europäischer Kavallerie selten findet. Sie galoppierten heran, parierten ihre Pferde und stellten sich in Fünferreihen auf. Die meisten von ihnen waren mit Gewehren bewaffnet, und nur wenige trugen Bogen, Lanze und Köcher. Der Anführer sprach eine kurze Weile mit Winnetou, doch konnte ich kein Wort verstehen. Dann gab der letztere einen Wink, und im Nu saßen die Krieger ab. Die Indianer, die keine Gewehre hatten, bemächtigten sich der Pferde, um sie zu beaufsichtigen. Die anderen schritten in die Enge hinein. Das Lasso, an dem wir zum Pfad emporgeklettert waren, hing noch dort, und ich sah, daß sich einer nach dem anderen daran hinaufschwang. Das ging alles so still, geräuschlos und exakt vor sich, als ob es lange vorher eingehend besprochen worden sei. Winnetou stand ruhig da, um die Bewegungen der Seinen mit aufmerksamem Blick zu verfolgen. Als der letzte von ihnen verschwunden war, wandte er sich zu uns.

»Meine weißen Brüder werden nun erkennen, daß die Söhne der Comanchen verloren sind, wenn ich es so befehle.«

»Wir sind davon überzeugt«, antwortete Old Death. »Aber will Winnetou wirklich das Blut so vieler Menschen vergießen?«

»Haben sie es anders verdient? Was tun die weißen Männer, wenn einer von ihnen ermordet worden ist? Suchen sie nicht nach dem Mörder? Und wenn er gefunden worden ist, so treten ihre Häuptlinge zusammen und halten einen

Rat, um das Urteil zu sprechen und ihn töten zu lassen. Könnt Ihr die Apachen tadeln, wenn sie dasselbe tun?«

»Ihr tut ja nicht dasselbe!«

»Kann mein Bruder das beweisen?«

»Ja. Wir bestrafen den Mörder, indem wir ihn töten. Du willst aber auch diejenigen erschießen lassen, die gar nicht dabei waren, als Eure Dörfer überfallen wurden.«

»Sie tragen dieselbe Schuld, denn sie sind damit einverstanden gewesen. Auch waren sie dabei, als die gefangenen Apachen am Marterpfahl sterben mußten. Sie sind nun die Männer unserer Frauen und Töchter und die Besitzer unseres Eigentums, unserer Pferde, die uns geraubt wurden.«

»Aber Mörder kannst du sie nicht nennen!«

»Ich weiß nicht, was Old Death will. Bei seinen Brüdern gibt es außer dem Mord noch andere Taten, die mit dem Tod bestraft werden. Die Westmänner schießen jeden Pferdedieb nieder. Wird einem Weißen sein Weib oder seine Tochter geraubt, so tötet er alle, die zu dieser Tat in Beziehung stehen. Da drin im Tal befinden sich die Besitzer unserer geraubten Frauen, Mädchen und Pferde. Sollen wir ihnen dafür etwa das geben, was die Weißen ein Kreuz oder einen Orden nennen?«

»Nein, aber Ihr könnt ihnen verzeihen und Euer Eigentum zurücknehmen.«

»Pferde nimmt man zurück, aber Frauen nicht. Und verzeihen? Mein Bruder spricht wie ein Christ, der stets nur das von uns fordert, dessen gerades Gegenteil er tut. Verzeihen die Christen uns? Haben sie uns überhaupt etwas zu verzeihen? Sie sind zu uns gekommen und haben uns die

Erde genommen. Wenn bei Euch einer einen Grenzstein weitersetzt oder ein Tier des Waldes tötet, so steckt man ihn in das finstere Gebäude, das Ihr Zuchthaus nennt. Was aber tut Ihr selbst? Wo sind unsere Prärien und Savannen? Wo sind die Herden der Pferde, Büffel und anderer Tiere, die uns gehörten?

Ihr seid in großen Scharen zu uns gekommen, und jeder Knabe brachte ein Gewehr mit, um uns das Fleisch zu rauben, dessen wir zum Leben bedurften. Ein Land nach dem anderen entriß man uns ohne alles Recht. Und wenn der rote Mann sein Eigentum verteidigte, so wurde er ein Mörder genannt, und man erschoß ihn und die Seinen. Du forderst, ich solle meinen Feinden verzeihen, denen wir nichts zu Leid getan haben. Warum verzeiht denn ihr es uns nicht, ihr, die ihr uns alles zu Leide tut, ohne daß wir euch Veranlassung dazu gegeben haben? Wenn wir uns wehren, so tun wir unsere Pflicht; dafür aber bestraft ihr uns mit dem Untergang. Was würdet ihr sagen, wenn wir zu euch kämen, um euch unsere Art und Weise aufzuzwingen? Wollten wir es erzwingen, so wie ihr es bei uns erzwungen habt, so würdet ihr uns bis auf den letzten Mann töten oder uns gar in eure Irrenhäuser stecken. Warum aber sollen wir nicht ebenso handeln dürfen? Dann heißt es in aller Welt, der rote Mann sei ein Wilder, mit dem man weder Gnade noch Barmherzigkeit haben dürfe; er werde nie Bildung annehmen und müsse deshalb verschwinden. Habt Ihr durch euer Verhalten bewiesen, daß ihr Bildung besitzt?

Ihr zwingt uns, eure Religion anzunehmen. Zeigt sie uns doch! Die roten Männer verehren den großen Geist in ein und derselben Weise. Jeder von euch aber will in anderer Weise selig werden. Ich kenne einen Glauben der Christen, der gut war. Diesen lehrten die frommen Padres, die in unser Land kamen, ohne uns töten und verdrängen zu wollen. Sie bauten Missionen bei uns und unterrichteten unsere Eltern und Kinder. Sie wandelten in Freundlichkeit umher und lehrten uns alles, was gut und nützlich für uns war. Das ist nun ganz anders geworden. Diese frommen Männer haben mit uns weichen müssen, und wir mußten sie sterben sehen, ohne Ersatz für sie zu erhalten.

Dafür kommen jetzt Andersgläubige von hundert Sorten! Sie schmettern uns die Ohren voller Worte, die wir nicht verstehen. Sie nennen sich gegenseitig Lügner und behaupten doch, daß wir ohne sie nicht in die ewigen Jagdgründe gelangen können. Und wenn wir, von ihrem Gezänk ermüdet, uns von ihnen wenden, so schreien sie Ach und Weh über uns und sagen, sie wollen den Staub von ihren Füßen schütteln und ihre Hände in Unschuld waschen. Dann währt es nicht lange, so rufen sie die Bleichgesichter herbei, die sich bei uns eindrängten und unseren Pferden die Weide nahmen. Sagen wir dann, daß dies nicht geschehen dürfe, so kommt ein Befehl, daß wir abermals weiter zu ziehen hätten. Das ist meine Antwort, die ich dir zu geben habe. Sie wird dir nicht gefallen; aber du an meiner Stelle würdest noch ganz anders sprechen. Howgh!«

Mit diesem indianischen Bekräftigungswort wandte er sich von uns ab und trat einige Schritte zur Seite, wo er, in die Ferne blickend, stehenblieb. Er war innerlich erregt und wollte das überwinden.

Während er sprach, war sein Blick mehr auf mich als auf Old Death gerichtet gewesen. Es war ganz so, als ob er vorzugsweise zu mir reden wollte. Später erfuhr ich von ihm selbst, daß es seine Absicht gewesen sei, mich über das richtige Verhältnis zwischen Weißen und Roten aufzuklären.

Bald kehrte Winnetou zu uns zurück und sagte zu Old Death: »Ich habe meinem Bruder eine lange Rede gehalten. Er wird mir recht geben, denn er ist ein Mann, der recht und billig denkt. Dennoch will ich ihm gestehen, daß mein Herz nicht nach Blut trachtet. Meine Seele ist milder als meine Worte es waren. Ich glaubte, die Comanchen würden mir einen Unterhändler senden. Da sie es nicht tun, brauchte ich kein Erbarmen mit ihnen zu haben, aber dennoch will ich ihnen einen Mann senden, der mit ihnen reden soll.«

»Das freut mich ungemein«, rief Old Death. »Ich hätte diesen Ort in sehr trüber Stimmung verlassen, wenn all diese Leute ohne einen Versuch, sie zu retten, getötet worden wären. Ich trage ja auch einen Teil der Schuld, daß sie in deine Hände geraten sind.«

»Von diesem Vorwurf kann ich dich befreien, denn ich hätte sie auch ohne deine Beihilfe besiegt«, entgegnete Winnetou.

»Aber weißt du auch, daß noch Hunderte von ihnen nachkommen?«

»Winnetou weiß es. Er hat ja mit dem ›Guten Mann‹ zwischen ihnen hindurchschleichen müssen. Es sind nur hundert. Ich werde sie in demselben Tal einschließen und vernichten wie die anderen, wenn sie sich nicht freiwillig ergeben.«

»So sieh zu, daß sie nicht zu zeitig kommen. Du mußt mit denen, die sich hier befinden, fertig sein, ehe die übrigen hier eintreffen.«

»Winnetou fürchtet sich auf keinen Fall. Doch wird er sich beeilen.«

»Hast du einen Mann, der die Verhandlung mit den Comanchen führen kann?«

»Ich habe ihrer viele; aber am liebsten wäre es mir, wenn mein Bruder das tun wollte.«

»Das übernehme ich sehr gern. Ich gehe eine kurze Strecke vor und rufe ihren Häuptling zu mir. Welche Bedingungen stellst du ihnen?«

»Sie sollen uns für jeden Getöteten fünf, für jeden Gemarterten aber zehn Pferde geben.«

»Das ist sehr billig, aber seit es keine großen Herden wilder Pferde mehr gibt, ist ein Pferd nicht leicht zu erlangen.«

»Was sie uns sonst an Eigentum geraubt haben, verlangen wir zurück. Ferner haben sie uns so viele junge Mädchen auszuliefern, wie sie uns Frauen und Töchter geraubt haben. Frauen der Comanchen mögen wir nicht. Dazu verlangen wir auch die Kinder zurück, die sie fortgeführt haben. Hältst du das für hart?«

»Nein.«

»Endlich verlangen wir, daß ein Ort bestimmt werde, an dem die Häuptlinge der Apachen und Comanchen sich versammeln, um einen Frieden zu beraten, der wenigstens dreißig Sommer und Winter währen soll.«

»Wenn sie darauf eingehen, werde ich sie beglückwünschen.«

»Dieser Ort soll das Tal sein, in dem sich jetzt ihre Krieger hier befinden. Hierher soll auch alles gebracht werden, was sie uns auszuliefern haben. Bis alles geschehen ist, was ich von ihnen fordere, bleiben die Comanchen, die sich heute ergeben müssen, unsere Gefangenen. Zwei Monde gebe ich ihnen Zeit, uns die geforderte Lieferung zu machen. Haben sie dieselben bis dahin nicht geleistet, so sterben die Gefangenen.«

»Ich finde, daß deine Forderung nicht zu hoch ist, und werde sie ihnen sofort übermitteln.«

Indianische Zeichensprache

Er warf sein Gewehr über und schnitt sich einen Zweig ab, der als Parlamentärzeichen dienen sollte. Dann verschwand er mit dem Häuptling in der Enge. Es war für ihn keineswegs ohne Gefahr, sich den Comanchen zu nähern; aber der Alte kannte eben keine Angst. Ich hätte mich ihm sehr gern angeschlossen, um zu hören, was die Comanchen sagen würden, er war aber zu eilig gewesen. Als ich auch zum Ausgang des Tales ging, sah ich nur noch Winnetou. Old Death war bereits hinter der Barrikade verschwunden. Der Häuptling gab mit dem Arm einige Zeichen hinauf zu dem Pfad, auf dem die Apachen verborgen lagen, und dann sah ich einen Arm um den anderen sich in gleicher Weise da oben bewegen, um den Wink weiterzugeben. Die Indianer besitzen eine sehr deutliche Zeichensprache, mit der sie sich sehr oft ohne alle Worte lebhaft unterhalten. Sogar aus der Ferne sprechen sie miteinander, am Tag durch Rauch und nachts durch Feuerpfeile. Die Rauchsprache besteht darin, daß auf einem erhöhten Punkt ein Feuer angezündet wird, das man durch feuchtes Holz, das viel Rauch gibt, nährt. Durch darüber gehaltene Felle wird der Rauch zurückgehalten. Entfernt man sie nun plötzlich, so steigt er schnell empor. Rasch werden die Felle wieder über das

Feuer gebreitet, um nach wenigen Augenblicken abermals fortgezogen zu werden. In dieser Weise wird erreicht, daß einzelne, abgesonderte Rauchwolken in die Höhe steigen, deren Zahl, Größe, Zwischenräume usw. eine bestimmte Bedeutung haben. Des Nachts brennt man ebenso ein kleines Feuerchen an. Pfeile werden mit dürrem Gras umwickelt, angezündet und in die Höhe geschossen. Aus der Zahl der Pfeile, der Richtung, die sie nehmen, und der Höhe, in die sie steigen, ist ihre Bedeutung zu entnehmen. Später lernte ich diese Zeichen, die bei den einzelnen Stämmen verschieden sind und deren Bedeutung aus leicht erklärlichen Gründen oft gewechselt wird, sehr genau kennen. Jetzt aber kannte ich sie noch nicht. Old Death sagte mir dann, das das Zeichen mit dem Arm bedeutet habe, daß auf jeden, der ihn bedrohe, sofort geschossen werden solle.

Als Winnetou sich überzeugt hatte, daß der Scout sich mit dem Anführer der Comanchen in Unterredung befand, kehrte er zu uns zurück und führte uns zu den zuletzt angekommenen Pferden. Es waren auch ledige dabei gewesen, teils von einer besseren Sorte, die man schonen und nur dann in Gebrauch nehmen wollte, wenn es darauf ankam, eine ungewöhnliche Leistung zu entwickeln, teils aber auch Tiere von gewöhnlicher Güte, die als Reservepferde mitgeführt werden mußten.

»Ich habe meinen Brüdern versprochen, ihnen bessere Pferde zu geben«, sagte er. »Ich werde sie ihnen jetzt aussuchen. Mein junger, weißer Bruder, der mir das Leben schenkte, soll eines meiner eigenen Rosse erhalten. Die Leute, die ihn begleiten, werden ihn unterrichten, wie ein indianisch geschultes Pferd zu reiten ist.«

Er suchte fünf Pferde aus. Ich war ganz entzückt über das prächtige Tier, das er mir brachte. Er sprang aus dem Stand auf und ritt es mir vor, wobei er es nur durch Schenkeldruck und Pfiffe lenkte. Ich hatte so etwas noch nicht gesehen. Auch die beiden Langes und Sam waren ganz entzückt. Dieser zeigte alle Zähne und rief: »Oh, oh, welch ein Pferd Sam bekommen! Sein schwarz wie Sam und sein auch prachtvoll ganz wie Sam. Passen sehr gut zusammen, Pferd und Sam. Oh, oh!«

Einige der wachehaltenden Apachen mußten unsere Sättel den geschenkten Pferden aufschnallen, und dann forderte mich Winnetou auf, das meine zu besteigen. Kaum hatte ich es getan, so schlug es hinten empor, dann vorn – einen Bocksprung zur Seite, und ich lag unten – eine wahre Affenschande! Aber der Häuptling lächelte mild und meinte: »Kein Weißer, selbst wenn er der beste Reiter wäre, könnte sich auf diesem Pferd halten, wenn er nicht versteht, es zu schulen. Ich werde meinem lieben Bruder jetzt die nötigsten Ratschläge geben.«

Also er hatte gewußt, daß ich abgeworfen werden würde, und mich doch in den Sattel genötigt! Ich hätte den Hals brechen können! Ein echter Indianerstreich. Freilich jagen bei den Roten die Kinder bereits wie die Teufel durch die Prärie, und zwar auf halbwilden Pferden. Da anzunehmen war, daß die Verhandlung zwischen Old Death und dem Anführer der Comanchen nicht bloß fünf Minuten dauern werde, hatte Winnetou genug Zeit, uns eine Reitstunde zu geben, durch die wir wenigstens so viel profitierten, daß wir uns in den Bügeln halten und die Pferde notdürftig lenken lernten.

Wohl eine dreiviertel Stunde war vergangen, als der Alte zurückkehrte. Sein Angesicht war sehr ernst. Ich hatte die feste Überzeugung gehabt, daß die Comanchen auf die Forderungen Winnetous eingehen würden, doch ließ das Gesicht des Scout das Gegenteil erwarten.

»Mein Bruder hat mir das zu sagen, was ich vermutete«, sagte Winnetou. »Die Comanchen wollen nicht, was ich will.«

»So ist es leider.«

»Der große Geist hat sie mit Taubheit geschlagen, um sie für das zu strafen, was sie taten; er will nicht, daß sie Gnade finden sollen. Aber welche Gründe geben sie an?«

»Sie glauben, noch siegen zu können.«

»Hast du ihnen gesagt, daß noch über fünfhundert Apachen gekommen sind? Und wo diese sich jetzt befinden?«

»Auch das. Sie glaubten es nicht. Sie lachten mich vielmehr aus.«

»So sind sie dem Tod geweiht, denn ihre anderen Krieger werden zu spät kommen.«

»Es treibt mir die Haare zu Berge, wenn ich denke, daß so viele Menschen in zwei oder drei Sekunden vom Erdboden vertilgt werden sollen!«

»Mein Bruder hat recht. Winnetou kennt weder Furcht noch Angst, aber der Rücken wird ihm kalt, wenn er daran denkt, daß er das Zeichen der Vernichtung geben soll. Ich brauche nur die flache Hand zu erheben, so krachen alle

Schüsse. Ich werde noch ein Letztes versuchen. Vielleicht gibt der große Geist ihnen einen hellen Augenblick. Ich werde mich ihnen selbst zeigen und mit ihnen reden. Meine Brüder mögen mich bis an die Barriere begleiten. Wenn auch meine Worte nicht gehört werden, so darf mir der große, gute Geist nicht zürnen, daß ich seinen Befehl ausführe.«

Wir gingen mit ihm bis zu der angegebenen Stelle. Dort schwang er sich an dem Lasso empor und ging in aufrechter Haltung oben auf dem Pfad hin, so daß die Comanchen ihn sehen konnten. Er war noch nicht weit gekommen, so sahen wir Pfeile schwirren, die ihn aber nicht trafen, da sie zu kurz flogen. Ein Schuß krachte aus der Büchse des »Weißen Bibers«, mit der der jetzige Häuptling der Comanchen auf Winnetou gezielt hatte. Dieser schritt so ruhig weiter, als ob er die Kugel, die neben ihm an den Felsen geprallt war, gar nicht fürchte oder den Schuß überhaupt nicht gehört habe.

Dann blieb er stehen und erhob seine Stimme. Was er sprach, verstand ich nicht, denn er bediente sich der Sprache der Comanchen. Er redete wohl fünf Minuten lang, und zwar in lautem, eindringlichen Ton. Mitten in der Rede erhob er die Hand, und sofort sahen wir, daß alle Apachen, soweit unsere Augen reichten und wohl noch weiter im ganzen Tal, vom Boden aufstanden, um sich den Comanchen zu zeigen. So mußten diese sehen, daß sie rundum von einer überlegenen Zahl von Feinden eingeschlossen waren. Das war aufrichtig von Winnetou gehandelt, der letzte Versuch von ihm, sie zur Ergebung zu bewegen. Dann sprach er weiter. Als er schwieg, erklärte mir Old

Death: »Er hat jetzt gesagt, daß er ihre Antwort hören wolle – ah, Teufel!«

Grad als der Alte dieses Wort ausrief, fuhr Winnetou zu Boden nieder, so daß seine Gestalt verschwand, und zugleich krachte ein Schuß.

»Der Anführer der Comanchen hat abermals auf ihn geschossen. Das ist seine Antwort«, sagte Old Death. »Winnetou hat gesehen, daß er das Gewehr wieder lud, und sich in dem Augenblick, als es auf ihn gerichtet wurde, niedergeworfen. Nun wird – seht, seht!«

So schnell, wie Winnetou sich niedergeworfen hatte, so schnell fuhr er jetzt wieder empor. Er legte seine Silberbüchse an und drückte ab. Ein lautes Geheul der Comanchen beantwortete seinen Schuß.

»Er hat ihren Anführer niedergeschossen«, erklärte Old Death. Jetzt erhob Winnetou abermals den Arm, wobei er den Handteller flach ausstreckte. Wir sahen alle Apachen, die wir mit dem Blick erreichen konnten, ihre Gewehre anlegen. Weit über vierhundert Schüsse krachten ...

»Kommt, Mesch'schurs!« meinte der Alte. »Das wollen wir nicht mit ansehen. Das ist zu indianisch für meine alten Augen, obgleich ich sagen muß, daß die Comanchen es verdient haben. Winnetou hat alles Menschenmögliche getan, es zu verhüten.«

Wir kehrten zu den Pferden zurück, wo der Alte das für ihn bestimmte besichtigte. Noch eine Salve hörten wir; dann ertönte das Siegesgeschrei der Apachen. Nach wenigen Minuten kehrte Winnetou zu uns zurück. Sein Angesicht war außerordentlich ernst, als er sagte: »Es wird sich ein großes Klagen erheben in den Zelten der Comanchen, denn keiner ihrer Krieger kehrt zurück. Der große Geist hat es gewollt, daß unsere Toten gerächt werden sollen.«

Er setzte sich da nieder, wo während der Nacht das Feuer gebrannt hatte, und blickte eine lange Zeit stumm vor sich nieder. Uns lag sehr viel daran, baldigst aufzubrechen, aber wir durften keine Ungeduld zeigen, denn wir wußten, daß er bestens für uns sorgen würde. So verging eine Viertelstunde, eine halbe und sogar eine ganze Stunde. Nach dieser Zeit wurden die Pferde der Comanchen gebracht, und Winnetou erhob sich, um uns in das Tal zu führen. Dort war keine Spur mehr von den beiden Barrikaden vorhanden, auch keine Leiche sahen wir liegen. Sie waren mit Hilfe der Lassos zum Pfad hinaufgezogen worden.

Endlich wurde für unseren Aufbruch gesorgt. Man gab uns Fleisch mit; man füllte unsere Schläuche mit frischem Wasser. Dann wurden zehn Männer bestimmt, die uns begleiten sollten.

»Zehn?« fragte Old Death. »Einer genügt, um uns den Weg zu zeigen.«

»Nicht als Wegweiser gebe ich sie Euch mit, sondern zu Eurem Schutz«, erklärte Winnetou.

»Schutz? Wir sind Manns genug, uns selbst zu schützen.«

»Mein Bruder irrt. Ich weiß, daß er ein mutiger und tapferer Mann ist, aber es schwärmen jetzt die Concho, vor allem die Chinarra über die Mapimi. Diese sind niemandes Freund und jedermanns Feind.«

»Lumpen sind sie, die ich nicht zu fürchten habe! Die

Apachen und Comanchen sind tapfer. Diese halbzivilisierten Schufte aber sitzen mit der Feigheit im Sattel.«

»Mein Bruder muß bedenken, daß der feigste Mann den Tapfersten aus dem Hinterhalt zu töten vermag. Das junge Bleichgesicht, dem ich mein Leben zu verdanken habe, soll nicht von der Hand eines solchen Menschen sterben.«

»Nun, wenn das so ist, so bin ich einverstanden. Also gib uns zehn Krieger mit.«

»Du wirst mit ihnen zufrieden sein. Sie gehören zu den besten, die ich habe, und ihr Anführer ist mir sogar lieb und wert. Ich habe ihm gesagt, daß er nicht lebend vor mich treten möge, wenn Euch ein Leid geschehe, und Ihr könnt Euch ihm ruhig anvertrauen.«

»Nun, hoffentlich können wir ihn ebenso gut in unseren Schutz nehmen, wie er uns in den seinen.«

Old Death war eben nicht der Mann, der sich gern sagen ließ, daß man ihn unter den Schutz eines anderen stellte. Mir aber war es sehr lieb, daß uns solch ein tüchtiger junger Krieger begleitete. Ich hoffte, von ihm zu profitieren, wenn auch nur in Beziehung auf das Reiten.

Nun kam es zum Abschied. Der Indianer liebte es keineswegs, seine Gefühle in der Weise zu äußern wie ein Weißer. Winnetou aber machte heute eine Ausnahme. Er umarmte mich, küßte mich auf die Wange, hängte mir sein Kalumet um den Hals und sagte: »Mein Herz gehört dir und also auch mein Arm. Du hast bereits das Totem des ›Guten Mannes‹, aber die Friedenspfeife Winnetous wird dich noch besser schützen. Der Apache, dem du sie zeigst, wird bereit sein, dir sein Leben zu schenken. Reite hin, und der große Geist beschütze dich! Ich werde täglich zu ihm sagen, daß ich dich wiederzusehen wünsche. Führt er mich dann einmal mit dir zusammen, so wollen wir Brüder sein, einer gleich dem anderen.«

Er sah noch einmal nach dem Verband, den er mir während der Nacht angelegt hatte, drückte mir die Hand, drehte sich um und schritt, ohne sich nochmals umzusehen, von dannen, in das Tal hinein. Wir stiegen auf und ritten fort, voran die zehn Apachen.

Ich war von diesem Abschied tief ergriffen. Winnetou hatte einen ganz unbeschreiblichen Eindruck auf mich gemacht, einen Eindruck, der selbst dann für das ganze Leben vorgehalten hätte, wenn ich diesem Mann nie wieder begegnet wäre. So ritt ich, in tiefes Sinnen versunken, auf nichts und niemanden achtend als nur allein auf das Bild, das Winnetou in mir zurückgelassen hatte. Endlich mußte ich aber doch mehr als bisher auf mein Pferd achten, das begann, mir zu schaffen zu machen. Tschishuki, der »Rabe«, so hieß der Anführer von Winnetous Leuten, bemerkte das und gesellte sich zu mir, um sich meiner freundlich anzunehmen. Er war ungefähr in meinem Alter und sah nicht sehr verwegen aus. Jedenfalls war ich ihm von Winnetou ganz besonders anempfohlen worden, denn er strömte geradezu über in Freundlichkeiten und Aufmerksamkeiten für mich. Er hatte die Mapimi nach allen Richtungen durchkreuzt, behauptete, sie ganz genau zu kennen und schilderte mir das Leben darin. Nun erfuhr ich von dieser Wüste weit mehr, als ich vorher von ihr gehört hatte.

Sie liegt im Gebiet der beiden mexikanischen Provinzen

Chihuahua und Cohahuila und ist eine sehr ausgedehnte Niederung des dortigen Plateaus, das weit über elfhundert Meter über dem Meer liegt. Sie wird, außer im Norden, von allen Seiten von steilen Kalkfelsenzügen eingefaßt, die durch zahlreiche Cañons von der eigentlichen Mapimi getrennt sind. Diese besteht aus welligen, waldlosen Flächen, die mit spärlichem, kurzem Graswuchs bedeckt sind, weite Sandunterbrechungen zeigen und nur selten ein Strauchwerk sehen lassen. Zuweilen steigt aus dieser wüsten Ebene ein einzelner Berg empor. Öfters ist der Boden durch tiefe, senkrecht abfallende Risse zerklüftet, was zu bedeutenden Umwegen zwingt. Aber wasserlos ist die Mapimi doch nicht so sehr, wie ich es mir gedacht hatte. Es gibt da Seen, die in der heißen Jahreszeit zwar den größten Teil ihres Wassers einbüßen, aber doch so viel Luftfeuchtigkeit verbreiten, daß sich ein genügendes Pflanzenleben um ihre Ufer sammelt.

Nach einem dieser Seen, der Laguna de Santa Maria, war unser Ritt gerichtet. Soviel ich aus den Reden Tschishukis schließen konnte, war dieser See ungefähr zehn deutsche Meilen von dem Tal entfernt, an dem unser Ritt begonnen hatte, ein ganz tüchtiger Tagesmarsch nach einer schlaflos verbrachten Nacht. Wir ritten fast nur durch Schluchten, aus einer in die andere, in denen es keine Aussicht gab.

Wir sahen die Sonne den ganzen Tag fast nicht, und wenn es geschah, doch nur für einige kurze Augenblicke. Dabei ging es bald rechts, bald links, zuweilen sogar scheinbar rückwärts, daß ich ohne den Kompaß ganz irre in der Hauptrichtung geworden wäre, der wir eigentlich folgten.

Es war gegen Abend, als wir an der Lagune anlangten. Der Boden war sandig. Bäume gab es an der Stelle, an der wir uns lagerten, auch nicht, nur Sträucher, deren Namen ich nicht kannte. Eine trübe Wasserfläche mit sehr spärlichem Buschwerk umgeben; dann eine Ebene, über der im Westen sich einige niedrige Kuppeln erhoben, hinter denen die Sonne bereits niedergegangen war. Hier oben aber hatten ihre Strahlen mit aller Macht auftreffen können.

In den tiefen, engen, düsteren Cañons war es mir fast zu kühl geworden. Da oben aber strahlte der Boden nun eine Wärme aus, bei der man hätte Kuchen backen können. Dafür war die Nacht, als der Boden seine Wärme an die Luft abgegeben hatte, um so kälter, und gegen Morgen strich ein Wind über uns hin, der uns dichter in unsere wollenen Decken trieb.

Frühzeitig ging es weiter, zuerst gerade nach Westen. Bald aber zwangen uns die zahlreichen Cañons zu häufigen Umwegen. Zu so einem senkrechten Felsenriß hinabzugelangen wäre unmöglich, wenn nicht die Natur selbst ein Einsehen gehabt hätte. Und ist man unten, so kann man nicht wieder heraus. Man muß durch zehn und mehr Haupt- und Seitenschluchten reiten, bevor man eine Stelle findet, an der man endlich zur Erdoberfläche gelangen kann, aber auch wieder nur mit Gefahr. Der Reiter hängt auf seinem Pferd an dem Felsen, über sich die grausige Tiefe. Und in dieser Tiefe gibt es keinen Tropfen Wasser, nur Steingeröll und nichts als nacktes, trockenes, scharfes Steingeröll. Droben schwebten die Geier, die den Reisenden vom Morgen bis zum Abend begleiten und sich, wenn er sich zur Ruhe legt, in geringer Entfernung von ihm niederlassen, um ihn vom nächsten Morgen an wieder zu begleiten und ihm mit ihren schrillen, heiseren Schreien zu sagen, daß sie nur darauf warten, bis er vor Ermattung zusammenbreche oder infolge eines Fehltritts seines Pferdes in die Tiefe des Cañons stürze. Mitunter sieht man einmal um irgendeine Felsenecke einen skelettmageren Schakal wie einen Schatten verschwinden, der dann hinter dem Reiter wieder auftaucht, um ihm heißhungrig nachzutrotten, auf dieselbe Mahlzeit wartend wie die Geier.

Ich erfuhr von Tchishuki, daß wir vier volle Tage zu reiten haben würden, um nach Chihuahua zu kommen. Doch hoffte er, noch im Laufe des heutigen Tages Gibson und dessen Begleiter zu erreichen. Das war es, was mich mit guter Laune den bösen Ritt ertragen ließ.

Zu Mittag hatten wir wiederum ein schlimmes Gewirr von Cañons hinter uns und ritten im Galopp über eine grasige Ebene. Dort stießen wir auf eine Spur von über zehn Reitern, die in spitzem Winkel zu der unsrigen von rechts her kam. Der »Rabe« behauptete, daß es die gesuchte sei. Er zeigte uns sogar die Spuren der beschlagenen Pferde der Weißen und die der barfüßigen der beiden Apachen, die dem Trupp von Winnetou als Führer mitgegeben worden waren. Auch Old Death war der Ansicht, es sei gar nicht zu bezweifeln, daß wir uns auf der richtigen Fährte befänden. Leider stellte sich heraus, daß Gibson einen Vorsprung von wenigstens sechs Stunden vor uns hatte. Sein Trupp mußte die ganze Nacht hindurch geritten sein, sicherlich in der Annahme, daß wir sie verfolgen würden. Gegen Abend ließ

Old Death, der mit dem klugen Sam voranritt, halten und uns, die wir etwas zurückgeblieben waren, herankommen. Da, wo er hielt, stieß von Süden her eine neue Fährte zu der bisherigen, ebenfalls von Reitern, und zwar zwischen dreißig und vierzig. Sie waren einzeln hintereinander geritten, was die Bestimmung ihrer Anzahl sehr erschwerte. Dieses im Gänsemarsch Reiten und der Umstand, daß ihre Pferde nicht beschlagen waren, ließen vermuten, daß sie Indianer waren. Sie waren nach links in unsere Richtung eingebogen, und aus dem fast ganz gleichen Alter der beiden Fährten war zu vermuten, daß sie später mit den Weißen zusammengetroffen seien. Old Death brummte mißmutig etwas vor sich hin. Er meinte: »Was für Rote mögen es gewesen sein? Apachen sicherlich nicht. Wir haben keineswegs Freundliches von ihnen zu erwarten.«

»Mein weißer Bruder hat recht«, stimmte Tchishuki bei. »Apachen sind jetzt nicht hier und außer ihnen gibt es in diesem Teil der Mapimi nur noch die Concho-Horden, von denen Winnetou sprach. Wir haben uns also in acht zu nehmen.«

Wir ritten weiter und erreichten bald die Stelle, wo die Roten mit den Weißen zusammengetroffen waren. Beide Trupps hatten hier gehalten und miteinander verhandelt. Jedenfalls war das Ergebnis für die Weißen günstig gewesen, denn sie hatten sich in den Schutz der Roten begeben. Ihre bisherigen Führer, die beiden Apachen, die wir erst als Topias kennengelernt hatten, waren von ihnen verabschiedet worden. Die Spuren dieser beiden Reiter trennten sich hier von den übrigen.

Nach einer Weile erreichten wir einen Höhenzug, der mit Gras und Gestrüpp bewachsen war. Von ihm kam, was hier eine Seltenheit war, ein dünnes Bächlein herabgeflossen. Da hatten die von uns Verfolgten gehalten, um ihre Pferde zu tränken. Die Ufer des Baches waren vollständig strauchlos, so daß man seinen Lauf sehr weit verfolgen konnte. Er floß nach Nordwest. Old Death stand da, beschattete mit der Hand seine Augen und blickte in der soeben angegebenen Richtung. Nach dem Grund befragt, antwortete er: »Ich sehe weit vor uns zwei dunkle Punkte. Ich kalkuliere, daß es Wölfe sind. Aber was haben die Bestien dort zu sitzen? Ich kalkuliere, wenn es wirklich welche wären, so würden sie vor uns davongelaufen sein, denn kein Tier ist so feig wie diese Präriewölfe.«

»Meine Brüder mögen schweigen. Ich hörte etwas«, sagte der »Rabe«.

Lebendig begraben

Wir vermieden alles Geräusch, und wirklich, da klang von dort her, wo sich die beiden Punkte befanden, ein schwacher Ruf zu uns herüber.

»Das ist ein Mensch«, rief Old Death. »Wir wollen hin.«

Er stieg auf und wir mit ihm. Als wir uns der Stelle näherten, erhoben sich die beiden Tiere und trollten davon. Sie hatten am Ufer des Baches gesessen, und mitten im Bach erblickten wir einen unbedeckten menschlichen Kopf, der aus dem Wasser sah. Das Gesicht wimmelte von Mücken, die in den Augen, den Ohren, in der Nase und zwischen den Lippen saßen.

»Um Gottes willen, rettet mich, Señores!« stöhnte es aus dem Mund. »Ich kann es nicht länger aushalten.«

Wir warfen uns natürlich sofort von den Pferden.

»Was ist's mit Euch?« fragte Old Death in spanischer Sprache, da der Mann sich ihrer bedient hatte. »Wie seid Ihr denn in das Wasser geraten? Warum kommt Ihr nicht heraus? Es ist ja kaum zwei Fuß tief!«

»Man hat mich hier eingegraben.«

»Warum? Alle Teufel! Einen Menschen eingraben! Wer hat es getan?«

»Indianer und Weiße.«

Wir hatten gar nicht darauf geachtet, daß von dem Tränkplatz mehrere Fußspuren bis hierher führten.

»Dieser Mann muß schleunigst heraus. Kommt, Mesch'schurs! Wir graben ihn aus, und da wir keine Werkzeuge haben, so nehmen wir unsere Hände.«

»Der Spaten liegt hinter mir im Wasser. Sie haben ihn mit Sand zugedeckt«, sagte der Mann.

»Ein Spaten? Wie kommt denn Ihr zu so einem Werkzeug?«

»Ich bin Gambusino.* Wir haben stets Hacke und Spaten bei uns.«

Der Spaten wurde gefunden. Wir traten in das Wasser und gingen an die Arbeit. Das Bett des Baches bestand aus leichtem, tiefem Sand, der sich unschwer ausgraben ließ. Wir sahen erst jetzt, daß hinter dem Mann eine Lanze eingestoßen worden war, an die man ihm den Hals in der Weise festgebunden hatte, daß er den Kopf nicht nach vorn beugen konnte. So befand sich sein Mund nur drei Zoll über dem Wasser, ohne daß es ihm möglich gewesen wäre, einen einzigen Schluck zu trinken. Außerdem hatte man ihm das Gesicht mit frischem, blutigem Fleisch eingerieben, um Insekten anzulocken, die ihn peinigen sollten. Er hatte sich nicht aus seiner Situation befreien können, weil ihm die Hände auf den Rücken gebunden und die Füße gefesselt worden waren. Das Loch, das man für ihn gegraben hatte, war über zwei Ellen tief. Als wir ihn endlich heraushoben und von den Fesseln befreiten, sank er in Ohnmacht. Kein Wunder,

---

* Gambusino: Goldsucher.

denn man hatte ihn von allen Kleidungsstücken entblößt und seinen Rücken blutig geschlagen.

Der arme Mensch kam bald wieder zu sich. Er wurde zu der Stelle getragen, an der wir auf den Bach getroffen waren, weil dort gelagert werden sollte. Der Mann bekam zunächst zu essen. Dann holte ich mein Reservehemd aus der Satteltasche, damit er verbunden werden konnte. Nun erst war er im Stande, uns die erwünschte Auskunft zu geben.

»Ich bin als Gambusino zuletzt in einer Bonanza* tätig gewesen«, sagte er, »die eine Tagereise von hier zwischen den Bergen liegt. Ich hatte da einen Kameraden, einen Yankee namens Harton, der ...«

»Harton?« unterbrach ihn Old Death schnell. »Wie ist sein Vorname?«

»Fred.«

»Wißt Ihr, wo er geboren wurde und wie alt er ist?«

»In New York ist er geboren und vielleicht sechzig Jahre alt.«

»Wurde davon gesprochen, daß er Familie hat?«

»Seine Frau ist gestorben. Er hat einen Sohn, der in Frisco irgendein Handwerk treibt, welches weiß ich nicht. Ist Euch der Mann bekannt?«

Old Death hatte seine Fragen in ungemein heftiger Weise ausgesprochen. Seine Augen leuchteten, und seine tief eingesunkenen Wangen glühten. Jetzt aber gab er sich Mühe, ruhig zu erscheinen, und antwortete in gemäßigtem Ton: »Habe ihn früher einmal gesehen. Soll sich in sehr guten

* Bonanza: Goldader.

Verhältnissen befunden haben. Hat er Euch nichts davon erzählt?«

»Ja. Er war der Sohn anständiger Eltern und wurde Kaufmann. Er brachte es nach und nach zu einem guten Geschäft, aber er hatte einen mißratenen Bruder, der sich wie ein Blutegel an ihn hing und ihn aussaugte.«

»Habt Ihr erfahren, wie dieser Bruder hieß?«

»Ja. Sein Vorname war Henry.«

»Stimmt. Hoffentlich gelingt es mir, Euern Harton einmal zu sehen!«

»Schwerlich. Er wird am längsten gelebt haben, denn die Halunken, die mich eingruben, haben ihn mit sich genommen.«

Old Death machte eine Bewegung, als ob er aufspringen wolle, doch gelang es ihm, sich zu beherrschen und in ruhigem Ton zu fragen: »Wie ist denn das gekommen?«

»So, wie ich es erzählen wollte, bevor ich von Euch unterbrochen wurde. Harton war also Kaufmann, wurde aber von seinem Bruder um sein ganzes Vermögen betrogen. Mir scheint, er liebt noch heute jenen gewissenlosen Buben, der ihn um alles brachte. Nachdem er verarmt war, trieb er sich lange Zeit als Digger in den Placers herum, hatte aber niemals Glück. Dann wurde er Vaquero, kurz, alles mögliche, aber immer ohne Erfolg, bis er zuletzt unter die Gambusinos ging. Aber zum Abenteurer hat er das Zeug nicht. Als Gambusino ist es ihm noch viel schlechter ergangen als vorher.«

»So hätte er keiner werden sollen!«

»Ihr habt gut reden. Señor. Millionen Menschen werden

das nicht, wozu sie Geschick hätten, sondern das, wozu sie am allerwenigsten taugen. Vielleicht hatte er einen heimlichen Grund, unter die Gambusinos zu gehen. Sein Bruder ist nämlich einer gewesen, und zwar ein sehr glücklicher. Vielleicht hoffte er, ihn in dieser Weise einmal zu treffen.«

»Das ist ein Widerspruch. Dieser liederliche Bruder soll ein glücklicher Gambusino gewesen sein und doch seinen Bruder um das ganze Vermögen betrogen haben? Ein glücklicher Gambusino hat doch Geld in Hülle und Fülle.«

»Ja, aber wenn er es schneller verpraßt, als er es findet oder verdient, so ist es eben alle. Er war im höchsten Grad ein Verschwender! Zuletzt kam Harton nach Chihuahua, wo er sich von meinem Prinzipal engagieren ließ. Hier lernte ich ihn kennen und lieb gewinnen. Das ist eine große Seltenheit, denn es läßt sich leicht denken, daß die Gambusinos im höchsten Grad eifersüchtig und neidisch aufeinander sind. Von da an sind wir miteinander auf Entdeckungen gegangen.«

»Wie heißt denn Euer Herr?«

»Davis.«

»Wetter! Hört mal, Señor, sprecht Ihr auch englisch?«

»So gut wie spanisch.«

»So habt die Güte, englisch zu reden, denn hier sitzen zwei, die das Spanische nicht verstehen und sich doch außerordentlich für Eure Erzählung interessieren werden.«

Er deutete auf die beiden Langes.

»Warum interessieren?« fragte der Gambusino.

»Das werdet Ihr sofort erfahren. Hört, Master Lange, dieser Mann ist Goldsucher und steht im Dienst eines gewissen Davis in Chihuahua.«

»Was? Davis?« fuhr Lange auf. »Das ist ja der Prinzipal meines Schwiegersohnes!«

»Nur nicht so schnell, Sir! Es kann mehrere Davis geben.«

»Wenn dieser Master den Davis meint, der das einträgliche Geschäft betreibt, Gold- und Silberminen zu kaufen, so gibt es nur einen einzigen dieses Namens«, erklärte der Gambusino.

»So ist er es!« rief Lange. »Kennt Ihr den Herrn, Sir?«

»Natürlich! Ich stehe ja in seinem Dienst.«

»Und auch meinen Schwiegersohn?«

»Wer ist das?«

»Ein Deutscher namens Uhlmann. Er hat in Freiburg studiert.«

»Das stimmt. Er ist Bergwerksdirektor geworden mit höchst ansehnlichen Tantiemen. Und seit einigen Monaten steht die Sache gar so, daß er nächstens Kompagnon sein wird. Ihr seid also sein Schwiegervater?«

»Natürlich! Seine Frau, die Agnes, ist meine Tochter.«

»Wir nennen sie Señora Ines. Sie ist uns allen wohl bekannt, Sir! Ich habe gehört, daß ihre Eltern in Missouri wohnen. Wollt Ihr sie besuchen?«

Lange bejahte.

»So braucht Ihr gar nicht nach Chihuahua zu gehen, sondern nach der Bonanza, von der ich vorhin gesprochen habe. Habt Ihr denn noch nicht von ihr gehört? Sie gehört ja Eurem Schwiegersohn! Er machte jüngst einen Erholungsritt in die Berge und hat dabei ein Goldlager entdeckt, wie man es hier noch nicht gefunden hat. Señor Davis hat ihm die Arbeitskräfte gegeben, es sofort auszubeuten. Jetzt wird fleißig geschafft, und die Funde sind derart, daß zu vermuten steht, Señor Davis werde Señor Uhlmann die Kompagnonschaft antragen, was für beide von größtem Vorteil wäre.«

»Was Ihr da sagt! Will, hörst du es?«

Diese Frage galt seinem Sohn. Dieser antwortete nicht. Er schluchzte leise vor sich hin; es waren Freudentränen, die er weinte.

Natürlich freuten auch wir anderen uns außerordentlich über das Glück unserer beiden Gefährten. Old Death zog allerlei Grimassen, die ich nicht verstehen konnte, obgleich ich sonst ihre Bedeutung ziemlich genau kannte.

Es währte eine Weile, bevor die Aufregung über die Nachricht, daß Langes Schwiegersohn eine Bonanza entdeckt habe, sich legte. Dann konnte der Gambusino fortfahren: »Ich half Harton mit, den Betrieb der Bonanza einzurichten. Dann brachen wir auf, um die Mapimi zu durchsuchen. Wir ritten drei Tage lang in dieser Gegend umher, fanden aber kein Anzeichen, daß Gold vorhanden sei. Heute vormittag rasteten wir hier am Bach. Wir hatten während der Nacht fast gar nicht geschlafen und waren ermüdet. Wir schliefen daher ein, ohne es zu beabsichtigen. Als wir erwachten, waren wir von einer großen Schar weißer und roter Reiter umgeben.«

»Was für Indianer waren es?«

»Chinarra, vierzig an der Zahl, und zehn Weiße.«

»Chinarra! Das sind noch die tapfersten von allen diesen

Schelmen. Und sie machten sich an Euch zwei arme Teufel? Warum? Leben sie in Feindschaft mit den Weißen?«

»Man weiß nie, wie man mit ihnen dran ist. Sie sind weder Freunde noch Feinde. Zwar hüten sie sich sehr wohl, in offene Feindschaft auszubrechen, denn dazu sind sie zu schwach, aber sie stellen sich auch niemals zu uns in ein wirklich gutes Verhältnis, dem man Vertrauen schenken könnte. Und das ist gefährlicher als eine ausgesprochene Feindschaft, da man niemals weiß, wie man sich zu verhalten hat.«

»So möchte ich den Grund wissen, Euch so zu behandeln. Habt Ihr sie beleidigt?«

»Nicht im geringsten. Aber Señor David hatte uns sehr gut ausgerüstet. Jeder hatte zwei Pferde, gute Waffen, Munition, Proviant, Werkzeuge und alles, was man zu einem längeren Aufenthalt in einer so öden Gegend bedarf.«

»Hm! Das ist freilich für solches Volk mehr als genug.«

»Sie hatten uns umringt und fragten uns, wer wir seien und was wir hier wollten. Als wir ihnen der Wahrheit gemäß antworteten, taten sie äußerst ergrimmt und behaupteten, die Mapimi gehöre ihnen samt allem, was sich darauf befinde. Dann verlangten sie die Auslieferung unserer Habseligkeiten.«

»Und Ihr gabt sie hin?«

»Ich nicht. Harton war klüger als ich, denn er legte alles ab, was er besaß; ich aber griff zur Büchse, nicht um zu schießen, denn das wäre bei ihrer Übermacht eine reine Tollheit gewesen, sondern nur, um sie einzuschüchtern. Ich wurde augenblicklich überwältigt, niedergerissen und bis auf die Haut ausgeraubt. Die Weißen kamen uns nicht zu Hilfe! Aber sie stellten Fragen an uns. Ich wollte nicht antworten und wurde deshalb mit den Lassos gepeitscht. Harton war abermals klüger als ich. Er konnte nicht wissen, was sie beabsichtigten oder beschließen würden. Er sagte ihnen alles, auch das von der neuen Bonanza Señor Uhlmanns. Da horchten sie auf. Er mußte sie ihnen beschreiben. Ich fiel ihm in die Rede, damit er es verschweigen solle. Er merkte nun doch, daß ihnen nicht zu trauen sei und gab weiter keine Auskunft. Dafür wurde ich gefesselt und hier eingegraben. Harton aber erhielt so lange Hiebe, bis er alles sagte. Und da sie glaubten, daß er sich doch vielleicht falsch berichtet habe, so nahmen sie ihn mit und drohten ihm mit dem qualvollsten Tod, wenn er sie nicht bis morgen abend zur Bonanza geführt habe.«

Das Gesicht, das Old Death jetzt machte, hatte ich bei ihm noch nicht gesehen, obgleich er von mir in allen möglichen Seelenstimmungen beobachtet worden war. Es lag ein Zug finsterster, wildester, unerbittlicher Entschlossenheit darauf. Er hatte das Aussehen eines Mörders, der sich vornimmt, um keinen Preis Nachsicht mit seinem Opfer zu haben. Seine Stimme klang fast heiser, als er fragte: »Und glaubt Ihr, daß sie von hier aus nach der Bonanza sind?«

»Ja. Sie wollen die Bonanza überfallen und ausrauben. Es sind dort große Vorräte an Munition, Proviant und sonstigen Gegenständen, die für einen Spitzbuben großen Wert haben. Auch Silber gibt es da in Menge.«

»Alle Teufel! Sie werden teilen wollen. Die Weißen nehmen das Metall und die Roten das andere. Wie weit ist es bis dahin?«

»Ein tüchtiger Tagesritt, so daß sie morgen abend dort ankommen können, wenn Harton nicht den Rat befolgt, den ich ihm gab.«

»Welchen?«

»Er solle sie einen Umweg führen. Ich dachte, daß doch vielleicht jemand des Weges kommen könne, um mich zu befreien. In diesem Fall wollte ich ihn bitten, schleunigst zur Bonanza zu reiten, um die Leute dort zu warnen. Ich selbst hätte freilich nicht mitreiten können, denn ich hatte kein Pferd.«

Der Alte blickte eine kurze Weile sinnend vor sich nieder. Dann sagte er: »Ich möchte am allerliebsten augenblicklich fort. Wenn man jetzt aufbricht, kann man der Fährte dieser Schufte folgen, aber auch nur, bis es dunkel ist. Könnt Ihr mir dann nicht den Weg so genau beschreiben, daß ich ihn des Nachts finde?«

Der Mann verneinte und warnte entschieden vor einem nächtlichen Ritt. Old Death beschloß also, bis zum nächsten Morgen zu warten.

»Wir fünfzehn«, fuhr er fort, »haben es mit vierzig Roten und zehn Weißen zu tun, macht zusammen fünfzig; da meine ich nicht, daß wir uns fürchten müssen. Wie waren denn die Chinarra bewaffnet?«

»Nur mit Lanzen, Pfeil und Bogen. Nun aber haben sie uns unsere beiden Gewehre und Revolver abgenommen«, antwortete der Gambusino.

»Das tut nichts, da sie nicht verstehen, mit solchen Waffen umzugehen. Übrigens werden wir uns alle Umstände zunutze machen. Dazu ist es nötig zu erfahren, wo und wie die Bonanza liegt. Ihr sagtet, sie sei nur durch einen Zufall zu finden. Das begreife ich nicht. Bei einer Bonanza gibt es wahrscheinlich Wasser. Dieses fließt in einer Schlucht, einem Cañon, und das ist doch in dieser offenen, baumlosen Gegend zu finden. Beschreibt mir den Ort einmal!«

»Denkt Euch eine tief in den Wald eingeschnittene Schlucht, die sich in ihrer Mitte erweitert und ringsum von steilen Felsen eingeschlossen ist! Diese Felsen sind ungeheuer reich an Silber-, Kupfer- und Bleilagern. Der Hochwald tritt von allen Seiten bis an die Kante dieser Schlucht heran und sendet sogar Bäume und Sträucher an den Wänden herab. Im Hintergrund entspringt ein Wasser, das gleich stark und voll wie ein Bach aus der Erde tritt. Die Schlucht oder vielmehr dieses Tal ist fast zwei englische Meilen lang. Aber trotz dieser bedeutenden Länge gibt es nirgends eine Stelle, an der man von oben herniedersteigen könnte. Der einzige Ein- und Ausgang ist da, wo das Wasser aus dem Tal tritt. Und dort schieben sich die Felsen so eng zusammen, daß neben dem Wasser nur Raum für drei Männer oder zwei Reiter bleibt.«

»So ist der Ort doch ungemein leicht gegen einen Überfall zu verteidigen!«

»Gewiß. Einen zweiten Eingang gibt es nicht, wenigstens nicht für Leute, die nicht zu den jetzigen Bewohnern des Tales gehören. In der Mitte des Tales wird gearbeitet. Da war es beschwerlich, in gebotenen Fällen stets eine halbe Stunde weit zu gehen, um aus dem Tal zu kommen. Darum hat Señor Uhlmann einen Aufstieg errichten lassen, der an einer geeigneten Stelle angebracht wurde. Dort steigt der Fels nicht senkrecht, sondern stufenweise empor. Der Señor ließ Bäume fällen und auf die verschiedenen Absätze so herabstürzen, daß sie gegen den Felsen gelehnt liegen blieben. Dadurch wurde eine von oben bis ganz herab gehende Masse von Stämmen, Ästen und Zweigen gebildet, unter deren Schirm man Stufen einhaute. Kein Fremder kann sie sehen.«

»Oho! Ich mache mich erbötig, diese famose Treppe sofort zu entdecken. Ihr selbst habt Euch verraten durch das Fällen der Bäume. Wo Bäume künstlich entfernt worden sind, da müssen sich Menschen befinden oder befunden haben.«

»Wenn Ihr an die betreffende Stelle kommt, so ahnt Ihr gar nicht, daß die Bäume da künstlich mit Hilfe von Seilen, Lassos und unter großer Anstrengung, ja sogar Lebensgefahr hinabgelassen worden sind. Versteht mich wohl! Sie sind nicht im gewöhnlichen Sinn gefällt worden. Kein Stumpf ist zu sehen. Señor Uhlmann hat sie entwurzeln lassen, so daß sie sich langsam nach der Schlucht neigten und ihren ganzen Wurzelballen aus der Erde hoben. Über dreißig Mann haben dann an den Seilen gehalten, damit der Baum nicht in die Tiefe geschmettert wurde, sondern langsam niederglitt und auf dem Felsenabsatz festen Halt bekam.«

»So viele Arbeiter hat er?«

»Jetzt fast vierzig.«

»Nun, so brauchen wir wegen des Überfalls gar keine Sorge zu haben. Wie hat er denn die Verbindung mit der Außenwelt organisiert?«

»Durch Maultierzüge, die alle zwei Wochen ankommen,

um das Tal mit allem Notwendigen zu versorgen und die Erze fortzuschaffen.«

»Läßt der Señor den Eingang bewachen?«

»Des Nachts, wenn alles schläft. Übrigens streift ein Jäger, den er zu diesem Zwecke engagiert hat, während des ganzen Tages in der Gegend umher, um die Gesellschaft mit Wildbret zu versorgen. Diesem kann nichts entgehen.«

»Hat Uhlmann Gebäude anlegen lassen?«

»Gebäude nicht. Er wohnt in einem großen Zelt, in dem sich alle nach der Arbeit versammeln. Ein Nebenzelt bildet den Vorratsraum. Beide stoßen an die Wand des Tales. Und im Halbkreis daran sind einstweilen aus Ästen und dergleichen Hütten errichtet, in denen die Arbeiter campieren.«

»Aber ein Fremder oben auf der Talkante kann die hellen Zelte sehen!«

»Nein, denn sie sind von dichten Baumkronen überdacht und nicht mit weißem Zeltleinen, sondern mit dunklem Gummistoff überzogen.«

»Das will ich eher gelten lassen. Wie steht es mit der Bewaffnung?«

»Vorzüglich. Jeder der Arbeiter hat sein Doppelgewehr nebst Messer und Revolver.«

»Nun, so mögen die lieben Chinarra immerhin kommen. Freilich ist dazu erforderlich, daß wir eher eintreffen als sie. Wir müssen unsere Pferde morgen anstrengen. Nun aber wollen wir versuchen, den Schlaf zu finden. In Anbetracht dessen, was uns morgen erwartet, müssen wir gut ausgeruht sein und unsere Pferde auch.«

Das Geheimnis des Scouts

Mir wollte die erwartete Ruhe nicht kommen, obgleich ich während der vorigen Nacht keinen Augenblick hatte schlafen können. Der Gedanke, morgen Gibson zu erwischen, regte mich auf. Und Old Death schlief auch nicht. Er drehte sich wiederholt von einer Seite auf die andere. Das war ich an ihm gar nicht gewöhnt. Ich hörte ihn seufzen, und zuweilen murmelte er leise Worte vor sich hin, die ich nicht verstehen konnte, obgleich ich neben ihm lag. Es gab irgend etwas, was ihm das Herz schwer machte. Sein Benehmen, als auf den Gambusino Harton die Rede gekommen war, war mir aufgefallen, doch war dasselbe dadurch erklärt, daß er diesen Mann kannte. Sollte er zu ihm in noch anderer Beziehung als nur derjenigen eines bloßen Bekannten stehen?

Als wir ungefähr drei Stunden gelegen hatten, bemerkte ich, daß er sich aufrichtete. Er lauschte auf unseren Atem, um sich zu überzeugen, daß wir schliefen. Dann stand er auf und entfernte sich längs des Baches. Der Wachtposten, ein Indianer, hinderte ihn natürlich nicht daran. Ich wartete. Es verging eine Viertelstunde, noch eine, eine dritte, und der Alte kehrte nicht zurück. Dann stand ich auf und schritt ihm nach.

Er war weit fortgegangen. Erst nach zehn Minuten erblickte ich ihn. Er stand am Bach und starrte in den Mond, mit dem Rücken nach mir gewendet. Ich gab mir keine Mühe, leise aufzutreten, doch dämpfte das Gras meine Schritte. Dennoch hätte er sie hören müssen, wenn ihn seine Gedanken nicht allzu sehr in Anspruch genommen hätten. Erst als ich fast hinter ihm stand, fuhr er herum. Er riß den Revolver aus dem Gürtel und fuhr mich an: »Alle Teufel! Wer seid Ihr? Was schleicht Ihr Euch hier herum? Wollt Ihr eine Kugel von mir ha...«

Er hielt inne. Er mußte mit seinen Gedanken sehr weit weg gewesen sein, da er mich erst jetzt erkannte.

»Ah, Ihr seid es!« fuhr er fort. »Hätte Euch fast eine Kugel gegeben, denn ich hielt Euch wahrhaftig für einen Fremden. Warum schlaft Ihr denn nicht?«

»Weil mir der Gedanke an Gibson und Ohlert keine Ruhe gibt.«

»So? Glaube es. Na, morgen kommen beide endlich in unsere Hände, oder ich will nicht Old Death heißen. Kann ihnen nicht länger nachlaufen, denn ich muß in der Bonanza bleiben.«

»Ihr? Weshalb? Handelt es sich um ein Geheimnis?«

»Ja.«

»Nun, so will ich nicht in Euch dringen und Euch auch nicht länger stören. Ich hörte Euer Seufzen und Murmeln und dachte, daß ich teilnehmen könne an irgendeinem Kummer, der Euch bedrückt. Gute Nacht, Sir!«

Ich wendete mich zum Gehen. Er ließ mich eine kleine Strecke fort, dann hörte ich: »Master, lauft nicht fort. Es ist wahr, was Ihr von dem Kummer denkt; er liegt mir schwer auf der Seele und will nicht heraus. Ich habe Euch kennengelernt als einen verschwiegenen und gutherzigen Kerl, der mit mir wohl nicht allzu streng ins Gericht gehen will. Darum sollt Ihr jetzt einmal hören, was mich drückt. Alles brauche ich Euch nicht zu sagen, nur einiges; das übrige werdet Ihr Euch leicht dazu denken können.«

Er nahm meinen Arm unter den seinen und schritt langsam mit mir am Bach hin.

»Was habt Ihr eigentlich für eine Ansicht von mir?« fragte er dann plötzlich. »Was denkt Ihr von meinem Charakter von – von – na, von dem moralischen Old Death?«

»Ihr seid ein Ehrenmann; darum ehre und achte ich Euch.«

»Hm! Habt Ihr einmal ein Verbrechen begangen?«

»Hm!« brummte nun auch ich. »Die Eltern und Lehrer geärgert. Dem Nachbar durch den Zaun in den Obstgarten gekrochen. Andere Buben, die nicht meiner Meinung waren, weidlich durchgewalkt, und so weiter!«

»Schwatzt nicht dummes Zeug! Ich spreche von wirklichen Verbrechen, kriminell strafbar.«

»Auf so etwas kann ich mich freilich nicht besinnen.«

»Dann seid Ihr ein außerordentlich glücklicher Mensch, Sir. Ich beneide Euch. Es ist eine Strafe, ein böses Gewissen zu haben! Kein Galgen und kein Zuchthaus reicht da hinan!«

Er sagte das in einem Ton, der mich tief erschütterte. Ja, dieser Mann schleppte das Andenken eines schweren Verbrechens mit sich herum, sonst hätte er nicht in diesem entsetzlichen Ton sprechen können. Ich sagte nichts.

Es verging eine Weile, bis er fortfuhr: »Master, vergeßt das nicht: Es gibt eine göttliche Gerechtigkeit, gegen die die weltliche das reine Kinderspiel ist. Das ewige Gericht sitzt im Gewissen und donnert einem bei Tag und bei Nacht den Urteilsspruch zu. Es muß heraus; ich muß es Euch sagen. Und warum gerade Euch? Weil ich trotz Eurer Jugend und obwohl Ihr ein ausgemachtes Greenhorn seid, großes Vertrauen zu Euch habe. Und weil es mir in meinem Innern ganz so ist, als ob morgen etwas passieren werde, was den alten Scout verhindern wird, seine Sünden zu bekennen.«

»Seid Ihr des Kuckucks, Sir? Ihr habt doch nicht etwa eine Todesahnung?«

»Ja, die habe ich«, nickte er. »Ihr habt gehört, was der Gambusino vorhin von dem Kaufmann Harton erzählte. Was haltet Ihr von dem Bruder dieses Mannes?«

Jetzt ahnte ich das richtige; darum antwortete ich in mildem Ton: »Er war jedenfalls leichtsinnig.«

»Pshaw! Damit wollt Ihr wohl ein mildes Urteil sprechen? Ich sage Euch, der Leichtsinnige ist viel gefährlicher, als der wirklich boshaft Schlechte. Der Schlechte kennzeichnet sich bereits von weitem; der Leichtsinnige ist aber meist ein liebenswürdiger Kerl; darum ist er gemeingefährlicher als der Schurke. Tausend Schlechte können gebessert werden, denn die Schlechtigkeit hat Charakter, bei dem die Zucht anzufassen vermag. Unter tausend Leichtsinnigen aber kann kaum einer gebessert werden, denn der Leichtsinn hat keinen Halt, keine feste Handhabe, an der er zu fassen und auf bessere Wege zu bringen ist. Eigentlich schlecht bin ich nie gewesen, aber leichtsinnig, bodenlos leichtsinnig, denn jener Henry Harton, der seinen Bruder um alles brachte, der war ich, ja ich!«

»Aber Sir, Ihr habt mir einen anderen Namen genannt!«

»Natürlich! Ich nenne mich anders, weil ich den Namen, den ich trug, entehrt habe. Kein Verbrecher spricht gern von dem, an dem er sich versündigt hat. Könnt Ihr Euch besinnen, was ich Euch noch in New Orleans sagte, nämlich, daß meine brave Mutter mich auf den Weg zum Glück gesetzt, ich aber das Glück auf einem ganz anderen Weg gesucht habe?«

»Ich erinnere mich.«

»So will ich nicht viele Worte machen. Meine sterbende Mutter zeigte mir den Weg der Tugend, ich aber wandelte den des Leichtsinns. Ich wollte reich werden, wollte Millionen besitzen. Ich spekulierte ohne Verstand und verlor mein väterliches Erbteil und meine kaufmännische Ehre. Da ging ich in die Diggins. Ich war glücklich und fand Gold in Mengen. Ich verschleuderte es ebenso schnell, wie ich es erworben hatte, denn ich wurde leidenschaftlicher Spieler. Ich plagte mich monatelang in den Diggins ab, um das Gewonnene auf eine einzige Nummer zu setzen und in fünf Minuten zu verspielen. Das genügte mir nicht. Die Placers ergaben keine solchen Summen, wie ich haben wollte. Hunderttausend Dollar wollte ich verrückter Kerl setzen, um die Bank und dann alle übrigen Banken zu sprengen. Ich ging nach Mexiko und wurde Gambusino und hatte geradezu empörendes Glück, aber ich verspielte alles. Dieses Leben richtete mich körperlich zugrunde. Dazu kam, daß ich Opiumraucher geworden war. Ich war vordem ein starker, muskulöser Kerl, ein Riese. Ich kam herab bis auf den Lumpen. Ich konnte nicht mehr weiter. Kein Mensch wollte mich mehr ansehen, aber alle Hunde bellten mich an. Da begegnete ich meinem Bruder, der ein Geschäft in Frisco hatte. Er erkannte mich trotz meiner gegenwärtigen Erbärmlichkeit und nahm mich in sein Haus. Hätte er mich verderben lassen! Alles Unglück wäre ihm und aller Gewissensjammer mir erspart geblieben!«

Er schwieg eine Weile. Ich sah, wie seine Brust arbeitete, und fühlte herzliches Mitleid mit ihm.

»Ich war gezwungen, gut zu tun«, fuhr er dann fort. »Mein Bruder glaubte, ich sei vollständig gebessert, und gab mir eine Anstellung in seinem Geschäft. Aber der Spielteufel schlummerte bloß, und als er erwachte, nahm er mich fester in seine Krallen als je zuvor. Ich griff die Kasse an, um das Glück zu zwingen. Ich gab falsche Wechsel aus, um das Geld dem Moloch des Spiels zu opfern. Ich verlor, verlor und verlor, bis keine Rettung mehr möglich war. Da verschwand ich. Der Bruder bezahlte die gefälschten Wechsel und wurde dadurch zum Bettler. Auch er verschwand mit seinem kleinen Sohn, nachdem er sein Weib begraben hatte, die aus Schreck und Herzeleid gestorben war.

Das erfuhr ich freilich erst nach Jahren, als ich mich einmal wieder nach Frisco wagte. Der Eindruck dieser Kunde warf mich auf bessere Wege. Ich hatte wieder als Gambusino gearbeitet und war glücklich gewesen. Ich kam, um Schadenersatz zu leisten, und nun war der Bruder verschwunden. Von da an habe ich ihn überall gesucht, ihn aber nicht gefunden. Dieses ruhelose Wanderleben bildete mich aus zum Scout. Ich bin auch vielen Menschen in moralischer Beziehung ein Scout geworden. Das Spiel habe ich gelassen, aber das Opium nicht. Ich bin nicht mehr Raucher, sondern Opiumesser. Ich mische das Gift in den Kautabak und genieße es jetzt nur noch in verschwindend kleinen Gaben. So, da habt Ihr mein Bekenntnis. Nun speit mich an, und tretet mich mit den Füßen; ich habe nichts dagegen, denn ich habe es verdient!«

Er ließ meinen Arm los, setzte sich in das Gras nieder, stemmte die Ellbogen auf die Knie und legte das Gesicht in die Hände. So saß er lange, lange Zeit, ohne einen Laut hören zu lassen. Ich stand dabei mit Gefühlen, die sich gar nicht beschreiben lassen.

Endlich sprang er wieder auf, stierte mich mit geisterhaftem Blick an und fragte: »Ihr steht noch hier? Graut es Euch denn nicht vor diesem elenden Menschen?«

»Grauen? Nein. Ihr tut mir herzlich leid, Sir. Ihr habt viel gesündigt, aber auch viel gelitten, und Eure Reue ist ernst. Wie könnte ich, wenn auch nur im stillen, mir ein Urteil anmaßen. Ich bin ja selbst auch ein Sünder und weiß nicht, welche Prüfungen mir das Leben bringt.«

»Viel gelitten! Ja, da habt Ihr recht, sehr, sehr recht. O Du lieber Herr und Gott, was sind die Töne aller Posaunen der Welt gegen die nie ruhende Stimme im Innern eines Menschen, der sich einer schweren Schuld bewußt ist. Ich muß büßen und gut machen, soviel ich kann. Morgen soll ich endlich den Bruder sehen. Mir ist, als ob mir eine neue Sonne aufgehe, keine irdische. Aber das alles geht Euch nichts an. Es ist etwas anderes, was ich Euch sagen und um was ich Euch bitten muß. Wollt Ihr mir diesen Wunsch erfüllen?«

»Von Herzen gern!«

»So hört, was ich Euch sage! Es gibt einen sehr triftigen Grund, daß ich selbst dann, wenn ich für einige Zeit einmal kein Pferd besitze, meinen Sattel mit mir schleppe. Wenn man sein Futter aufschneidet, so gelangt man zu Gegenständen, die ich für meinen Bruder, aber auch nur für ihn allein bestimmt habe. Wollt Ihr Euch das merken, Sir?«

»Eure Bitte ist höchst bescheiden.«

»Nicht so sehr. Aber vielleicht erfahrt Ihr noch, welch ein Vertrauen ich in Euch setze, indem ich Euch bitte, das nicht zu vergessen. Und nun geht, Sir! Laßt mich allein! Es ist mir ganz so, als ob ich noch während dieser Nacht mein Schuldbuch durchlesen müsse. Morgen ist vielleicht keine Zeit mehr dazu. Es gibt Ahnungen, denen man es sofort anmerkt, daß sie die Verkünderinnen der Wahrheit sind. Ich bitte Euch, geht! Schlaft in Gottes Namen; Ihr habt kein böses Gewissen. Gute Nacht, Sir!«

Ich kehrte langsam zum Lager zurück und legte mich dort nieder. Erst nach Stunden schlief ich ein, kurz vor dem Morgengrauen, und noch war der Alte nicht da. Als geweckt wurde, saß er bereits auf seinem Pferd, als ob er große Eile habe, seine Todesahnung in Erfüllung gehen zu lassen. Der Gambusino erklärte, daß er sich, außer einigen Schmerzen auf dem Rücken, ganz frisch und gesund fühle. Er erhielt eine Pferdedecke wie einen Frauenrock umgeschnallt und darüber eine zweite Decke als Mantel. Ein Apache nahm ihn zu sich auf das Pferd; dann brachen wir auf.

Der verhängnisvolle Schuss

Wir kamen von neuem durch Cañons, in deren Tiefen wir fast bis zur Mittagszeit ritten. Sodann aber hatten wir dieses schwierige Terrain wenigstens für heute hinter uns. Es gab grasige Ebenen, über die wir stundenlang ritten und aus denen einzelne Berge aufstiegen. Bis dahin hatten wir stets die Fährte der Chinarra vor den Pferdehufen.

Nun aber ließ uns der Gambusino halten und sagte in befriedigtem Ton: »Hier müssen wir die Spur verlassen. Harton hat meinen Rat befolgt und einen Umweg eingeschlagen. Wir aber biegen nach rechts ab, wohin der gerade Weg führt.«

»Well! Folgen wir also nun Eurer Richtung.«

Im Nordwesten, wohin wir jetzt ritten, lagerten bläuliche Massen am Horizont. Der Gambusino erklärte, daß es Berge seien. Aber diese waren so weit entfernt, daß wir sie erst nach mehreren Stunden richtig sehen konnten. Kurz nach Mittag wurde eine kleine Rast gehalten; dann ging es mit erneuter Schnelligkeit weiter. Endlich sahen wir den ersten, freilich ziemlich dürren Strauch. Bald fanden wir mehrere, und dann ging es über grüne Prärien, in denen hier und da Inseln von Gebüsch zu umreiten waren. Wir lebten von neuem auf. Wirklich bewundernswert aber hielten sich unsere Pferde. Das waren freilich noch ganz andere Tiere als diejenigen, die uns Señor Atanasio gegeben hatte. Sie trabten so frisch dahin, als ob sie soeben erst vom Lagerplatz kämen.

Wir kamen den Bergen immer näher. Es war aber auch Zeit dazu, denn die Sonne neigte sich bereits zu ihren Spitzen nieder. Da sahen wir den ersten Baum. Er stand mitten auf der Prärie, mit von den Stürmen zerfetzten Ästen. Aber wir begrüßten ihn als Vorboten des willkommenen Waldes. Bald rechts, bald links, bald gerade vor uns erblickten wir andere, die hier näher zusammen, dort weiter auseinander traten. Endlich bildeten sie einen lichten Hain, dessen Boden lehnenartig emporstieg und uns auf eine Höhe brachte, jenseits derer das Terrain steil in ein nicht zu tiefes Tal abfiel. Da hinunter mußte wir, um es zu durchkreuzen. Dort aber stieg der Boden langsam zu einer beträchtlichen Höhe an. Sie war nackt und kahl, trug aber eine grüne Waldkrone auf ihrem Rücken. Längs dieses langgedehnten Rückens ging es nun unter Bäumen hin und dann in eine steile Tiefe hinab. Dann kamen wir durch eine Schlucht hinauf auf eine kleine, baumfreie und grasbewachsene Hochebene. Kaum hatten die Hufe unserer Pferde sie betreten, so sahen wir einen Strich, der sich quer über unsere Richtung durch das Gras zog.

»Eine Fährte!« rief der Gambusino. »Wer mag hier geritten sein?«

Er stieg vom vierten oder fünften Pferd, auf dem er heute gesessen hatte, ab, um die Fährte zu untersuchen.

»Kann es sehen, ohne abzusteigen«, zürnte Old Death.

»So eine Fährte kann nur eine Truppe machen, die über vierzig Reiter zählt. Wir kommen also zu spät.«

»Meint Ihr wirklich, daß es die Chinarra gewesen sind?«

»Ja, das meine ich sogar sehr, Señor!«

Tchishuki stieg ab. Er schritt die Spur eine Strecke weit ab und berichtete sodann: »Zehn Bleichgesichter und viermal so viele rote Männer. Seit sie hier vorüberkamen, ist die Zeit einer Stunde vergangen.«

»Nun, was sagt Ihr dazu, Señor Gambusino?« fragte Old Death.

»Wenn es auch wirklich so ist, so können wir ihnen doch noch zuvorkommen«, antwortete dieser. »Auf jeden Fall schicken sie vor dem Angriff Späher. Und das erfordert Zeit.«

»Sie werden Harton zwingen, ihnen alles zu beschreiben, so daß sie nicht mit langem Suchen ihre Zeit zu verschwenden haben.«

»Aber Indianer greifen ja stets erst vor Tagesgrauen an.«

»Bleibt mir mit Eurem Tagesgrauen vom Leibe! Ich sagte Euch ja, daß Weiße bei ihnen sind! Die werden sich den Teufel um die Angewohnheiten der Roten kümmern. Ich möchte wetten, daß sie sogar am hellen Tag in die Bonanza gehen. Macht also, daß wir vorwärts kommen!«

Jetzt wurden die Sporen eingesetzt, und wir flogen über die Ebene dahin, in ganz anderer Richtung, als die Chinarra geritten waren. Harton hatte sie nicht nach dem Eingang der Bonanza geführt, sondern war bestrebt gewesen, sie nach der hintersten Kante des Tales zu bringen. Den Eingang suchten nun hingegen wir so schnell wie möglich zu erreichen. Leider aber stellte sich jetzt die Dunkelheit mit großer Schnelligkeit ein. Auf der Ebene ging es noch. Aber wir kamen wieder in den Wald, ritten unter Bäumen auf, wie sich ganz von selbst versteht, völlig ungebahntem Boden, bald aufwärts, bald wieder abwärts und mußten uns endlich ganz und gar auf den jetzt voranschreitenden Gambusino und die Augen unserer Pferde verlassen. Aber die Äste und Zweige waren uns im Weg. Sie schlugen uns in die Gesichter und konnten uns leicht von den Pferden schnellen. Darum stiegen auch wir ab und gingen zu Fuß, die Pferde hinter uns her führend, den gespannten Revolver in der freien Hand, da wir gewärtigt sein mußten, jeden Augenblick auf die Feinde zustoßen. Endlich hörten wir Wasser rauschen.

»Wir sind am Eingang«, flüsterte der Gambusino. »Nehmt Euch in acht! Rechts ist das Wasser. Geht einzeln und haltet Euch links an den Felsen!«

»Schön!« antwortete Old Death. »Steht denn kein Wachtposten hier?«

»Jetzt noch nicht. Es ist nicht Schlafenszeit.«

»Schöne Wirtschaft! Und noch dazu in einer Bonanza. Wie ist nun der Weg? Es ist stockfinster.«

»Immer geradeaus. Der Boden ist eben. Es gibt kein Hindernis mehr, bis wir an das Zelt gelangen.«

Wir sahen in der Dunkelheit nur so viel, daß wir einen freien Talboden vor uns hatten. Links stiegen finstere Massen hoch empor. Das war die Bergwand. Rechts rauschte das Wasser. Bis zu der dortigen Seite des Berges konnten wir nicht sehen. So schritten wir weiter, die Pferde noch immer an den

Zügeln führend. Ich schritt mit Old Death und dem Gambusino voran. Da war es mir, als ob ich eine Gestalt wie einen Hund zwischen uns und dem Felsen dahinhuschen sähe, nur für einen halben Augenblick. Ich machte die anderen darauf aufmerksam. Sie blieben stehen und lauschten. Nichts war zu hören.

»Die Finsternis täuscht«, sagte der Gambusino. »Übrigens ist hinter uns die Stelle, wo sich der verborgene Aufstieg befindet.«

»So kann die Gestalt von dorther gekommen sein«, sagte ich.

»Wäre das der Fall, so hätten wir uns nicht zu sorgen; es wäre ein Freund gewesen. Ein Bewohner des Tales hat aber jetzt hier nichts zu suchen. Ihr habt Euch geirrt, Señor.«

Damit war die Sache abgemacht, die für uns so verhängnisvoll werden sollte, wenigstens für einen von uns. Nach kurzer Zeit sahen wir einen unbestimmten Lichtschimmer, den Schein der Lampen, der durch die Zeltdecke drang. Stimmen ertönten. Wir drei waren voran.

»Erwartet die anderen«, sagte Old Death zu dem Gambusino. »Sie mögen vor dem Zelt halten, bis wir Señor Uhlmann benachrichtigt haben.«

Der Hufschlag unserer Pferde mußte im Innern des Zeltes gehört werden, dennoch wurde der Vorhang nicht geöffnet.

»Kommt mit herein, Sir!« meinte der Alte zu mir. »Wollen sehen, welche Freude und Überraschung wir anrichten.«

Man sah auch von außen, an welcher Stelle sich der Vorhang befand. Old Death trat ein, mir voran.

»Da sind sie schon!« rief eine Stimme. »Laßt ihn nicht herein!« Noch während dieser Worte fiel ein Schuß. Ich sah, wie der Scout sich mit beiden Händen an den Vorhang krampfte, ich sah zugleich mehrere Gewehre nach der Tür gerichtet. Der Alte konnte sich nicht aufrecht erhalten; er glitt zu Boden.

»Meine Ahnung – – – mein Bruder – – – Vergebung – – – im Sattel – – –!« stöhnte er.

»Señor Uhlmann, um Gottes willen schießt nicht!« schrie ich auf. »Wir sind Freunde, Deutsche! Euer Schwiegervater und Schwager sind mit uns. Wir kommen, Euch vor dem beabsichtigten Überfall zu schützen.«

»Herrgott! Deutsche!« antwortete es innen. »Ist es wahr?«

»Ja, schießt nicht. Laßt mich ein, nur mich ganz allein!«

»So kommt! Aber kein anderer mit.«

Ich trat hinein. Da standen wohl an die zwanzig Männer, alle mit Flinten bewaffnet. Drei von der Zeltdecke hängende Lampen brannten. Ein junger Mann trat mir entgegen. Neben ihm stand ein ganz herabgekommen aussehender Mensch.

»War der dabei, Harton?« fragte der erstere den zweiten.

»Nein, Señor!«

»Unsinn!« rief ich. »Haltet kein Examen. Wir sind Freunde, aber die Feinde sind hinter uns. Sie können jeden Augenblick kommen. Ihr nennt diesen Mann Harton. Ist er der, den die Chinarra schon seit längerer Zeit mit sich schleppten?«

»Ja. Er ist ihnen entkommen. Er trat vor kaum zwei Minuten hier bei uns ein.«

»So seid Ihr an uns vorüber geschlichen, Master Harton. Ich sah Euch. Die anderen glaubten mir nicht. Wer hat geschossen?«

»Ich«, antwortete einer der Männer.

»Gott sei Dank!« atmete ich auf, denn ich hatte bereits gedacht, daß der eine Bruder den anderen erschossen habe. »Ihr habt einen Unschuldigen getötet, einen Mann, dem Ihr Eure Rettung dankt!«

Da traten die beiden Langes herein, mit ihnen der Gambusino, die sich draußen nicht halten ließen. Es gab eine wirre, überlaute Freudenszene. Aus den umliegenden Hütten kamen die übrigen Bewohner des Tales herbei. Ich mußte ein Machtwort sprechen, um Ruhe hervorzubringen.

Old Death war tot, gerade durch das Herz geschossen. Der Neger Sam brachte seine Leiche herein und legte sie unter lauten Klagen mitten unter uns nieder. Zwei Frauen waren aus einer Abteilung des Zeltes gekommen. Die eine trug ein Knäbchen. Sie war die Wärterin. Die andere lag in den Armen ihres Vaters und Bruders.

Unter diesen Umständen durfte ich mich nur auf mich selbst verlassen. Ich fragte Harton, wie es ihm gelungen sei, zu entkommen.

»Ich führte sie irre und brachte sie hinauf in den Wald hinter dem Tal. Dort lagerten sie, während der Häuptling kundschaften ging. Als es dunkel geworden war, brachen sie auf. Sie ließen ihre Pferde mit einigen Wachen zurück. Bei diesen lag ich mit gebundenen Händen und Füßen. Es gelang mir, die Hände frei zu bekommen und dann auch die Füße. Dann huschte ich fort, schnell zur geheimen Treppe und ins Tal hinab. Da kam ich an Euch vorüber und hielt Euch für die Feinde, eilte hierher, fand die meisten der Arbeiter hier versammelt und meldete ihnen den Überfall. Der erste, der eintreten wollte, wurde erschossen.«

»Wärt Ihr geblieben, wo der Pfeffer wächst! Ihr habt großes Unheil angerichtet. Nach dem, was Ihr sagt, können die Kerle jeden Augenblick hier sein. Man muß Ordnung schaffen.«

Ich wandte mich natürlich an Uhlmann selbst, den Mann, der bei meinem Eintritt neben Harton gestanden war. In fliegender Eile unterrichtete ich ihn über die Sachlage, und mit seiner Hilfe waren in weniger als zwei Minuten die Vorbereitungen getroffen. Unsere Pferde wurden weiter ins Tal hinein geschafft. Die Apachen postierten sich hinter das Zelt, zu ihnen die Arbeiter Uhlmanns. Old Deaths Leiche kam wieder hinaus.

Ein Fäßchen Petroleum und eine Flasche Benzin wurden hinaus an den Bach geschafft. Den Deckel des Fasses entfernte man, und ein Mann stand dabei, der den Befehl erhielt, auf einen bestimmten Zuruf das Benzin in das Petroleum zu gießen und anzubrennen. Sobald die Masse brenne, sollte er das Faß in den Bach stoßen. Das brennende Öl mußte mit dem Wasser fortgeführt werden und das ganze Tal erleuchten.

So standen jetzt mehr als fünfzig Mann bereit, die Feinde zu erwarten, denen wir an Zahl gleich, an Waffen aber weit überlegen waren. Einige schlaue und erfahrene Arbeiter waren gegen den Eingang beordert worden, um die Ankunft der Feinde zu melden.

An der Hinterwand des Zeltes wurden die unteren Ringe gelockert, um dort aus- und eingehen zu können.

Die Frauen waren mit dem Kind natürlich nach dem Hintergrund des Tales in Sicherheit gebracht worden. Ich saß mit Uhlmann und den beiden Langes allein im Zelt. Sam war bei den Apachen geblieben. Seit wir warteten, mochten wohl zehn Minuten vergangen sein. Da kam einer der Leute, die wir nach vorn gesandt hatten. Er meldete uns, daß er zwei Weiße bringe, die Señor Uhlmann ihre Aufwartung machen wollten. Hinter diesen Weißen aber habe sich eine Bewegung bemerkbar gemacht, aus der zu schließen sei, daß sich dort noch andere befänden. Sie erhielten den Bescheid, einzutreten. Ich aber versteckte mich mit den beiden Langes im dunklen Hintergrund des Zeltes. Ich sah – Gibson mit William Ohlert eintreten. Sie wurden höflich begrüßt und zum Sitzen eingeladen, was sie auch taten. Gibson nannte sich Gavilano und gab sich für einen Geographen aus, der mit seinem Kollegen diese Berge besuchen wolle. Er habe sein Lager in der Nähe aufgeschlagen, und da sei ein gewisser Harton, ein Gambusino, zu ihm gekommen. Von diesem habe er erfahren, daß sich hier eine ordentliche Wohnung befinde. Sein Kollege sei krank, und so habe er sich von Harton herführen lassen, um Señor Uhlmann zu bitten, den Kollegen für diese Nacht bei sich aufzunehmen.

Ob dies klug oder albern ausgedacht sei, das zu beurteilen, nahm ich mir nicht die Zeit. Ich trat aus meinem Versteck hervor. Bei meinem Anblick fuhr Gibson empor. Er starrte mich mit dem Ausdruck des größten Entsetzens an.

»Sind die Chinarra auch krank, die hinter Euch kommen, Master Gibson?« fragte ich ihn. »William Ohlert wird nicht nur hier bleiben, sondern mit mir gehen. Und Euch nehme ich auch mit.«

Ohlert saß wie gewöhnlich ganz teilnahmslos da. Gibson aber faßte sich schnell.

»Schurke!« schrie er mich an. »Verfolgst du ehrliche Leute auch hierher! Ich will ...«

»Schweig, Mensch!« unterbrach ich ihn. »Du bist mein Gefangener!«

»Noch nicht!« entgegnete er wütend. »Nimm zunächst das!« Er hatte sein Gewehr in der Hand und holte zum Kolbenhieb aus. Ich fiel ihm in den Arm. Er erhielt dadurch eine halbe Wendung: der Kolben sauste nieder und traf den Kopf Ohlerts. Dieser brach sofort zusammen. Im nächsten Augenblick drängten sich einige Arbeiter von hinten in das Zelt herein. Sie richteten ihre Gewehre auf Gibson, den ich noch gefaßt hielt.

»Nicht schießen!« rief ich, da ich ihn ja lebend haben wollte. Aber es war zu spät. Ein Krach, und er stürzte aus meinen Armen, durch den Kopf getroffen, tot zu Boden.

»Nichts für ungut, Herr! So ist es hierzulande Sitte!« sagte der Schütze.

Als ob der Schuß ein Signal gewesen sei, was vielleicht auch zwischen Gibson und seinen Komplizen verabredet worden war, erhob sich unweit der Hütte ein indianisches Kriegsgeheul. So weit waren die Chinarra mit den verbündeten Weißen bereits vorgedrungen.

Uhlmann stürzte hinaus, die anderen hinter ihm her. Ich hörte seine Stimme erschallen. Schüsse fielen, Menschen schrien und fluchten. Ich war mit Ohlert allein im Zelt. Ich kniete bei ihm, um zu sehen, ob er tot sei. Sein Puls ging noch; das beruhigte mich. Nun konnte ich am Kampf teilnehmen.

Der brennende Bach

Als ich hinauskam, bemerkte ich, daß dies gar nicht nötig war. Das Tal war von dem im Bach brennenden Petroleum fast taghell erleuchtet. Die Feinde waren ganz anders empfangen worden, als sie gedacht hatten. Die meisten von ihnen lagen am Boden, die anderen flohen, verfolgt von den Siegern, dem Ausgang zu. Hier oder da rang ein einzelner der Angreifer gegen zwei oder drei von Uhlmanns Leuten, aber freilich ohne Hoffnung auf Erfolg.

Uhlmann stand neben dem Zelt und schickte eine Kugel nach der anderen dahin, wo er ein Ziel sah. Ich machte ihn darauf aufmerksam, daß es ratsam sei, einen Trupp seiner Leute mit Harton als Führer über den geheimen Aufstieg zu den Pferden der Feinde zu senden, um sich derselben zu bemächtigen. Dort konnte man auch diejenigen empfangen, denen es gelingen sollte, durch den Ausgang aus dem Tal zu entkommen. Er pflichtete diesem Rat bei und befolgte ihn auf der Stelle. Kaum drei Minuten waren seit dem ersten Schuß gefallen, und schon war der Platz gesäubert.

Gern gehe ich über das nun folgende hinweg. Bilder, bei deren Anblick sich das Menschenherz empört, soll man weder mit dem Pinsel noch mit der Feder malen. Das wahre

Christentum untersagt es selbst dem Sieger, sich an seinem Triumph zu ergötzen.

Dem abgesandten Trupp war es leicht gelungen, sich der Pferde zu bemächtigen. Diese Leute blieben während der Nacht dort. Nur Harton kehrte zurück. Er hatte keine Ahnung, wer unsererseits der einzige Tote des heutigen Abends war, der noch dazu infolge eines Mißverständnisses von der Kugel eines Freundes getötet worden war. Ich ging mit ihm hinaus in das Tal, wo einige indessen angezündete Feuer brannten, schritt mit ihm nach einer dunklen Stelle, wo wir uns niedersetzten, und teilte ihm mit, was er erfahren mußte.

Er weinte wie ein Kind, laut und herzzerbrechend. Er hatte seinen Bruder stets geliebt, hatte ihm alles längst vergeben und war nur in der Hoffnung Gambusino geworden, ihn in der Ausübung dieses Berufes da oder dort einmal zu treffen. Ich mußte ihm alles erzählen, von meinem ersten Zusammentreffen mit dem Scout bis zu dem letzten Augenblick, als den Reuigen die irrende Kugel traf. Jedes Wort wollte er wissen, was zwischen ihm und mir gewechselt worden war, und als wir dann nach mehr als einer Stunde zum Zelt gingen, um den Toten zu sehen, bat er mich, ihn so in sein Herz zu schließen, wie ich es mit seinem armen Bruder getan hatte.

Am Morgen wurde Old Deaths Sattel herbeigeholt. Unter vier Augen schnitten wir das Futter los. Wir fanden eine Brieftasche. Sie war dünn, aber trotzdem sehr reichen Inhaltes. Der Tote hinterließ seinem Bruder Bankanweisungen in sehr bedeutender Höhe und, was die Hauptsache war, die genaue Beschreibung und den minutiös gezeichneten Situationsplan einer Stelle in der Soñora, wo Old Death eine vielverheißende Bonanza entdeckt hatte. Von diesem Augenblick an war Fred Harton ein steinreicher Mann.

Welche Pläne Gibson eigentlich mit William Ohlert verfolgt hatte, das war nun nicht zu erfahren. Selbst seine Schwester Felisa Perillo, zu der sein Weg doch wahrscheinlich hatte führen sollen, wäre nicht imstande gewesen, einen Aufschluß zu erteilen. Ich fand bei ihm all die in Banknoten erhobenen Summen, natürlich abzüglich dessen, was er für die Reise ausgegeben hatte.

Ohlert lebte zwar, aber er wollte nicht aus seiner Betäubung erwachen. Es stand zu erwarten, daß ich aus diesem Grund hier einen längeren Aufenthalt zu nehmen gezwungen sein werde. Das war mir eigentlich gar nicht unlieb. Ich konnte mich von den Strapazen erholen und das Leben und Treiben einer Bonanza gründlich kennenlernen, bis der Zustand Ohlerts es erlaubte, ihn nach Chihuahua in die Pflege eines tüchtigen Arztes zu geben.

Old Death wurde begraben. Wir errichteten ihm ein Grabmal mit einem Kreuz aus silberhaltigem Erz. Sein Bruder trat aus dem Dienst Uhlmanns, um sich zunächst nach den Anstrengungen seines Gambusinolebens in Chihuahua einige Zeit zu pflegen. Groß war das Glück, das Uhlmann und dessen Frau über die Ankunft ihrer beiden Verwandten empfanden. Sie waren liebe, gastfreundliche Leute, denen dieses Glück zu gönnen war. Als Fred Harton sich von ihnen und mir verabschiedete, bat er mich, ihn zur Aufsuchung der Bonanza in die Soñora zu begleiten. Ich konnte keine entscheidende Antwort geben. Es versteht sich ganz von selbst, daß die Apachen reich beschenkt entlassen worden waren. Sie hatten außerdem an unseren vielen Grüßen an Winnetou schwer zu tragen.

Der Neger Sam reiste mit Harton ab. Er hat seinen Auftrag jedenfalls glücklich ausgeführt. Ob er wieder zu Señor Cortesio zurückgekehrt ist, weiß ich nicht.

Und zwei Monate später saß ich bei dem guten Religioso* Benito von der Kongregation El buono Pastor in Chihuahua. Ihm, dem berühmtesten Arzt der nördlichen Provinzen, hatte ich meinen Patienten gebracht, und es war ihm gelungen, Ohlert vollständig herzustellen. Ich sage vollständig, denn wunderbarerweise hatte sich mit der leiblichen Heilung auch das geistige Normalbefinden eingestellt. Es war, als sei mit dem Kolbenhieb die unglückselige Monomanie, ein wahnsinniger Dichter zu sein, erschlagen worden. Er war munter und wohlauf, sogar zuweilen lustig, und sehnte sich nach seinem Vater. Ich hatte ihm noch nicht gesagt, daß ich diesen erwartete. Es war natürlich ein Bericht von mir abgegangen, und darauf hatte ich die Nachricht erhalten, daß er selbst kommen werde, um seinen Sohn abzuholen. Nebenbei hatte ich ihn gebeten, mir bei Master Josy Taylor meine Entlassung zu erwirken. Es war mir doch die Lust gekommen und von Tag zu Tag gewachsen, mit Harton in die Soñora zu gehen.

Dieser kam täglich, um uns beide und den lieben Pater zu

* Religioso: Ordensbruder.

besuchen. Er hatte eine wahrhaft rührende Freundschaft zu mir gefaßt und freute sich ganz besonders auch über die Gesundung unseres Patienten.

In Beziehung hierauf mußte man allerdings gestehen, daß ein wahres Wunder geschehen sei. Ohlert wollte das Wort »Dichter« nicht mehr hören. Er konnte sich an jede Stunde seines Lebens erinnern; die Zeit aber von seiner Flucht mit Gibson bis zu seinem endlichen Erwachen in der Bonanza bildete ein vollständig leeres Blatt in seiner Erinnerung.

Also auch heute saßen wir beisammen, der Pater, Ohlert, Harton und ich. Wir erzählten von unseren Erlebnissen und Hoffnungen. Da klopfte der Famulus an, öffnete und schob einen Herrn herein, bei dessen Anblick William einen Freudenschrei ausstieß. Welchen Schmerz und welche Sorgen er dem Vater bereitet hatte, wußte er eigentlich nur durch mich. Er warf sich weinend in seine Arme. Wir anderen aber gingen still hinaus.

Später gab es Zeit, uns auszusprechen und alles zu erzählen. Vater und Sohn saßen Hand in Hand dabei. Der Bankier brachte mir die erbetene Entlassung, und augenblicklich erhielt Fred Harton mein Wort, daß ich ihn begleiten werde. Lieber freilich wäre es uns gewesen, wenn noch ein Dritter an diesem Ritt hätte teilnehmen können. Und mit diesem Dritten meine ich natürlich keinen anderen als den Scout.

Nachwort

Karl May liebte es, seinen Erzählungen und Romanen exotisch klingende Titel zu geben, möglichst mit Wörtern der jeweiligen Landessprache des Schauplatzes. Als Beispiel seien nur die ebenfalls in Zeitschriften veröffentlichten Werke »Der Boer van het Roer«, »Der Ehri«, »Der Kianglu«, »Giölgeda padìshanün« und »Deadly Dust« aufgeführt.

Auch der vorliegende Roman trug ursprünglich ein Wort im Titel, das nicht jeder verstehen konnte: »Scout«.

Damit erreichte May, daß die Neugier des Lesers geweckt und ihm gleichzeitig ein Hauch jener abenteuerlichen Exotik vermittelt wurde, die ihn bei der Lektüre erwarten würde.

Stärker als die meisten anderen Romane und Erzählungen aus dem Wilden Westen ist dieses Werk Karl Mays mit einem realen historischen Hintergrund verwoben. Daher kann die Handlung von »Winnetou und der Scout« ziemlich genau datiert werden. Am 14. April 1865 ging der amerikanische Bürgerkrieg zu Ende, die USA konnten sich nunmehr wieder voll in die Ereignisse in Mexiko einmischen, was sie durch die Entsendung von Waffen und Freiwilligen an Juarez auch auf sehr handfeste Weise taten.

Einer Äußerung Old Deaths ist zu entnehmen, daß es ein Junitag war, an dem er mit dem Erzähler in Matagorda weilte. Die geschilderten Ereignisse sind also auf Juni/Juli 1865 anzusetzen. Zu dieser Zeit durchzogen arbeitslose Sklavenaufseher, aber auch entlassene Bürgerkriegs-Soldaten das Land, schlossen sich zu Banden zusammen und versetzten die Bevölkerung in Angst und Schrecken. Diese Entwicklungen führten später auch zur Gründung des Ku-kluxklans.

Nicht nur hinsichtlich des historischen Bezuges, sondern auch hinsichtlich der Schauplätze der Handlung geht May in »Winnetou und der Scout« ungewohnte Wege.

Wie so oft bei ihm handelt es sich um eine ausgedehnte Verfolgungsjagd, die aber so weit nach Süden führt wie keine andere seiner Geschichten aus dem Wilden Westen. Lediglich in seinem umfangreichen Roman »Das Waldröschen«, in dem er sowohl Benito Juarez als auch den unglücklichen Habsburger Maximilian auftreten läßt, handeln Teile in den nördlichen Provinzen Mexikos, wo auch die Schlußszenen von »Winnetou und der Scout« spielen.

Der Anteil tatsächlich existierender Ortschaften, Flüsse, Berge, etc. ist auffallend hoch, viel höher jedenfalls als man es bei May gewohnt ist.

Viel Sorgfalt verwendete May in diesem Roman auch auf die Schilderung indianischer Gewohnheiten und Gebräuche, wie das Rauchen des Kalumets, das Verbinden von Wunden, die Zeichensprache oder die Bedeutung der »Medizin«. Mit den Chinarra, einem Stamm der Concho, und den Topia – mit denen wahrscheinlich die Tepehuane oder die Tepahne gemeint sind – läßt May Indianerstämme auftreten, die in keinem anderen seiner Werke vorkommen.

All dies deutet darauf hin, daß sich May für den Roman sehr gründlich vorbereitet hat. Einige kleinere historische Ungenauigkeiten wurden in der Bearbeitung beseitigt. Und tatsächlich: der wahrheitsgetreue historische und geographische Hintergrund wirkte sich offensichtlich auch auf die gesamte Konzeption des Romans und auf die Figuren aus: In »Winnetou und der Scout« gibt es realistisch beschriebene Personen: Der Viehzüchter und Caballero Don Atanasio ist trotz seiner Schrullen durchaus lebensecht, ebenso wie die beiden Schmiede oder der allzu eifrige Sheriff von La Grange. Selbst Gibson trägt bei aller Schlechtigkeit gewisse Züge von Humor, wie sein Brief an den erfolglosen Detektiv beweist. Auch die indianischen Anführer sind wirklichkeitsnah gezeichnet, sowohl die Comanchen als auch Winnetou.

Das Fehlen jeglicher Schwarz-Weiß-Malerei, die Tatsache, daß nirgends eine künstliche heile Welt geschildert wird, daß es weder triefenden Edelmut noch allzu dick aufgetragene religiöse Ergüsse gibt, läßt den Roman zu einem der gelungensten und in seiner straffen Komposition literarisch wertvollsten Werke Mays werden. Es fehlt auch völlig die sonst bisweilen störend wirkende Eitelkeit des Erzählers May. Manch belehrendes Wort aus dem Mund Old Deaths ist auf Grund des Lehrer-Schüler-Verhältnisses zwischen dem Scout und dem Ich-Erzähler durchaus plausibel.

Ein weiteres Symptom dafür, daß sich Karl May mit dem

»Scout« intensiv beschäftigte, ist die Tatsache, daß er, entgegen seiner sonstigen Gewohnheit, der Redaktion das vollständige Manuskript ablieferte. Ansonsten pflegte er die Fortsetzungen seiner Erzählungen etappenweise zu schreiben und abzuliefern – oft im letzten Augenblick oder wenn ihm ein Thema selbst wenig fesselte, auch verspätet. Die Redaktion entschuldigte die Unterbrechungen mit der Notlüge, Karl May sei auf einer seiner Reisen ins Indianerland oder in den Orient aufgehalten worden. Bei »Winnetou und der Scout« lag das Manuskript jedoch von Anfang an zur Gänze vor, und die Redaktion konnte guten Gewissens eine neugierige Leseranfrage mit folgender Notiz beantworten:

»Sie wollen wissen, wie die Erzählung von Karl May ausläuft? Wir werden uns hüten, es Ihnen zu verraten, doch können Sie sicher sein, daß Sie noch eine ganze Reihe gewagter Abenteuer und schwieriger Verwicklungen durchzumachen haben, ehe Sie ans Ende gelangen. Das Manuskript liegt uns vollständig vor.«

Literarisch gesehen war Karl May ein Epigone Armands, des aus Kassel stammenden Abenteurers und »Erfinder des Tatsachenberichts oder -romans, der Tatsächliches zum Wunschbild zurechtbiegt und damit Menschen beglückt« (A. O. Huber). Wie Armand identifizierte sich auch May meist mit den Hauptfiguren seiner Werke und verlieh ihnen oft bis ins Detail gehende persönliche Züge, ließ aber gleichzeitig Teile seines Wesens auch von anderen Romanfiguren verkörpern. Dieser hohe Grad von Identifikation mit den unterschiedlichsten Gestalten seiner Werke, selbst mit Bösewichten, trug zum nachhaltigen Erfolg Mays wesentlich bei.

In »Winnetou und der Scout« hat May in drei Personen Aspekte seiner Persönlichkeit dargestellt: im Ich-Erzähler, im Dichter William Ohlert und im Scout Henry Harton alias Old Death, dem eigentlichen Haupthelden.

Gleich zu Beginn berichtet der Erzähler, was ihn zum Verlassen der Heimat und zur Auswanderung nach Amerika bewogen habe. May wäre zur Handlungszeit dreiundzwanzig Jahre alt gewesen, für das tollpatschige, aber wackere Greenhorn ein durchaus plausibles Alter, gerade geeignet, um mit dem großen Häuptling der Apachen Freundschaft fürs literarische Leben zu schließen. Die in »Winnetou und der Scout« geschilderte Version ist übrigens die zweite von insgesamt drei Arten, wie Winnetou und der Ich-Erzähler – und spätere Old Shatterhand – einander kennengelernt haben. Ein Jahr zuvor hatte May in der Jugendzeitschrift »Der Gute Kamerad« dieses erste Zusammentreffen ganz anders beschrieben, und vier Jahre später, im »Winnetou I«, entstand die allgemein bekannte Begegnung des jungen – nach Mays Angaben erst neunzehnjährigen Landmessers mit dem ebenfalls blutjungen Sohn Intschu-tschunas.

Interessant ist es, das tatsächliche Schicksal Mays als Dreiundzwanzigjähriger der Handlung des »Scout« gegenüberzustellen.

»Es ist weit über ein Menschenalter her, daß ich an einer schweren seelischen Depression erkrankte«, schrieb May im Jahr 1908. Und an einer anderen Stelle in seiner Autobiographie schildert er, was er in dieser Zeit empfand: »Ich brach zusammen! Ich stand zwar wieder auf, doch nur äußerlich; innerlich blieb ich in dumpfer Betäubung liegen; wochenlang, ja monatelang... Es herrschte jetzt in mir das strikte Gegenteil von Klarheit; es war Nacht; es gab nur wenige freie Augenblicke, in denen ich weitersah, als gerade der heutige Tach mich sehen ließ. Diese Nacht war nicht ganz dunkel; sie hatte Dämmerlicht. Und sonderbar, sie erstreckte sich nur auf die Seele, nicht auch auf den Geist. Ich war seelenkrank, aber nicht geisteskrank.«

Vergleicht man diesen Zustand mit demjenigen William Ohlerts, dessen Krankheit ebenfalls seelischer Natur ist und in dem Gedicht »Die fürchterlichste Nacht«, dem »Entsetzensschrei eines begabten Menschen« ihren Ausdruck findet, so werden die autobiographischen Züge in dieser Romanfigur auf bestürzende Weise klar. Der Kolbenhieb, der Ohlert traf und ihn aus seiner Verstörung riß, ist mit dem heilsamen Schock des Urteils vergleichbar, das 1870 gegen Karl May ausgesprochen wurde und – wie er selbst in seiner Autobiographie sagt – der Beginn eines neuen Lebens wurde. Der »Religioso Benito« aus »Winnetou und der Scout« trägt Züge des Anstaltskatecheten Johannes Kochta, der ihm, Karl May, wieder den rechten Weg wies, den des Schriftstellers, der es ihm ermöglichte, seine überschäumende und überhitzte Phantasie in »unschädliche« literarische Bahnen zu lenken.

Auf etwas andere Art hat May sich in der Figur des Old Death dargestellt, der in seiner Jugend aus Leichtsinn zum Verbrecher wurde und seinen eigenen Bruder ins Elend gebracht hatte. Die Worte, die May Old Death während des

Zwiegespräches mit dem jungen Greenhorn kurz vor dem Tod des Scouts in den Mund legt, haben ebenfalls Schlüsselcharakter: »Es ist eine Strafe, ein böses Gewissen zu haben!« Auch May litt unter seiner Vergangenheit – auch er war aus Leichtsinn straffällig geworden – und versuchte, diesen Makel literarisch zu kompensieren. Er wollte seine Leser zum Guten führen, wollte ihr Lehrer sein und sie fürs »Edelmenschentum«, wie er es bezeichnete, begeistern, vor allem in seinen späteren Schaffensjahren. »Dieses ruhelose Wanderleben bildete mich aus zum Scout. Ich bin auch vielen in moralischer Beziehung ein Scout geworden«, läßt er Old Death sagen.

Ohne diese Zusammenhänge zu vertiefen – dies würde den Rahmen eines Nachwortes bei weitem sprengen –, zeigt sich bereits aus diesen Andeutungen, daß gerade diese Geschichte aus dem Wilden Westen durchaus eine »dritte« Dimension hat, die sie über die vordergründig spannende Handlung hinaus lesenswert macht.

S. C. A.

TEXAS UND MEXIKO
IM JAHRE
1865
T E
Rio Pecos
Taylorsville
CHIHUAHUA
Rio Grande
Elm Creek
Turkey Creek
Chico Creek
Rio Conchos
Estancia del Caballero
Tabal
Eagle Pass
Chihuahua
COAHUILA
MAPIMI-
Rio Grande
Laguna de Santa Maria
Rio Conchos
WÜSTE
(Bolsón de Mapimi)
Rio Sabinas
Monterey
Mapimi
Parras
Saltillo
MEXIKO
0
100
200
300
400
km